HEYNE BÜCHER

SCIENCE FICTION

Herausgegeben
von Wolfgang Jeschke

Ein Verzeichnis aller erschienenen
STAR TREK-Romane finden Sie am Schluß des Bandes.

W. R. THOMPSON

STAR TREK
THE NEXT GENERATION

PLANET DER SCHULDNER

Roman

STAR TREK®
THE NEXT GENERATION™
Band 39

Deutsche Erstausgabe

WILHELM HEYNE VERLAG
MÜNCHEN

HEYNE SCIENCE FICTION & FANTASY
Band 06/5439

Titel der Originalausgabe
DEBTOR'S PLANET
Übersetzung aus dem Amerikanischen von Uwe Anton

Umwelthinweis:
Dieses Buch wurde auf
chlor- und säurefreiem Papier gedruckt.

Redaktion: Rainer Michael Rahn

Erstausgabe by Pocket Books/Simon & Schuster, Inc., New York

Printed in Germany 1997
Umschlagbild: Pocket Books/Simon & Schuster
Umschlaggestaltung: Atelier Ingrid Schütz, München
Technische Betreuung: M. Spinola
Satz: Schaber Satz- und Datentechnik, Wels
Druck und Bindung: Ebner Ulm

ISBN 3-453-12638-6

Dieses Buch ist meiner Nichte Khela und meinem Neffen Matt gewidmet.

1

Die Sonde wechselte in den Unterlichtflug und scannte den sie umgebenden Raum. Die ersten Meßergebnisse entsprachen den Daten in ihren Speicherbanken: ein gelber Zwergstern mit mehreren Planeten. Das nächste weithin sichtbare Erkennungszeichen am Himmel: Weber 512. Der erste Planet gehörte der Klasse J an, war tot und ohne Atmosphäre, hatte sich seit dem letzten Besuch der Sonde nicht verändert. Der zweite Planet zählte zur Klasse M, erdähnlich, bewohnt von primitiven …

Nichtübereinstimmung der Daten. Energiemessungen hoher Intensität kitzelten die Sensoren der Drohne. Von einer Neugier angezogen, die so intensiv wie die ihrer Schöpfer war, flog die Sonde in das System. Die Abweichung wurde mit abnehmender Entfernung noch größer. Der Robot stellte eine intensive elektromagnetische Strahlung fest, die zu Signalen moduliert war. Neutrinoquellen wiesen auf Kernspaltungsreaktoren hin; Niedrigfrequenzstrahlungen bildeten ein elektrisches Verbundnetz. Objekte im niedrigen planetaren Orbit strahlten weitere Signale aus. Die Sonde schickte einen Subraumfunkspruch an ihre Schöpfer.

Plötzlich zuckte im hohen Orbit um den zweiten Planeten eine Verwerfung im Raumkontinuum auf. Die Drohne lokalisierte ein Raumschiff und identifizierte es als Schiff der Ferengi. Die Logik gebot Kontakt; die Sonde funkte das Schiff an. *Grüße von der Vulkanischen Akademie der Wissenschaften. Dieses Raumschiff ist eine Robotsonde auf einer Routinevermessung. Um vollständi-*

gen Zugriff auf meine Daten zu bekommen, antworten Sie bitte auf Subraumfrequenz J. Ein gegenseitiger Datenaustausch wird sich als vorteilhaft erweisen. Geheimhaltung war unlogisch; Kooperation war vernünftig.

Ferengi sind keine Vulkanier. Die Sonde wollte ihre Begrüßung gerade wiederholen, als das Ferengischiff seine Phaser abfeuerte und sie in einzelne Atome zerlegte.

Worf trug einen Behälter mit lebenden *Gagh* in der einen und eine Flasche Pflaumensaft in der anderen Hand. Er war auf dem Weg zu Will Rikers Quartier, als Data ihn auf dem Gang aufhielt. »Lieutenant«, sagte der goldhäutige Androide, »ich habe gehört, daß Commander Riker Sie eingeladen hat, sich mit ihm eine humorvolle Filmaufzeichnung anzusehen.«

»Das ist richtig«, sagte Worf.

»Darf ich mich zu Ihnen gesellen?« fragte Data. »Ich wüßte die Gelegenheit zu schätzen, Commander Rikers Reaktion auf eine Komödie zu beobachten.«

Der klingonische Sicherheitsoffizier verzog unwillkürlich das Gesicht, eine Geste, die die Furchen auf seiner unbedeckten Kopfhaut noch tiefer wirken ließ. Er respektierte Data zwar, doch der Wunsch des Androiden, menschlich zu werden, verärgerte ihn. Dieser Wunsch schien alle anderen Spezies in der Galaxis, einschließlich seiner eigenen, herabzusetzen. »Commander Riker ist der Ansicht, die Aufzeichnung würde den *klingonischen* Sinn für Humor ansprechen«, sagte er in der Hoffnung, entmutigend zu klingen.

Doch so etwas wie Entmutigung kannte Data nicht. »Seine Reaktionen wären trotzdem sehr informativ.«

Worf kämpfte gegen ein Seufzen an. »Sie müssen Commander Riker fragen.«

»Natürlich.« Der Androide folgte Worf, als der Klingone seinen Weg fortsetzte. »Darf ich fragen, warum

Sie Nahrung in Commander Rikers Quartier mitnehmen?«

»Der Commander hat es vorgeschlagen«, sagte Worf. »Es hat irgend etwas mit einer uralten irdischen Tradition zu tun.«

Worf hatte Rikers Tür erreicht und betätigte den Summer. »Herein«, sagte Rikers Stimme, und die Tür glitt auf. Worf und Data betraten die Kabine, in der der Erste Offizier der *Enterprise* sich in einen tiefen, gepolsterten Sessel lümmelte. In Reichweite stand eine Schüssel mit Popcorn auf dem Boden. »Setzen Sie sich, Worf«, sagte er.

»Danke.« Worf stellte das Gagh und den Saft neben einem leeren Stuhl auf den Boden. »Commander Data hat eine Bitte.«

Data nickte, als Riker zu ihm hochschaute. »Wenn es Ihnen recht ist, würde ich mir diese Komödie gern ansehen.«

»Nun ja ...« Riker betastete seinen kurzgeschorenen Bart. »Sie finden den Humor vielleicht ein wenig ... esoterisch.«

»Lieutenant Worf hat mich bereits gewarnt, daß der Humor auf ein klingonisches Publikum zugeschnitten ist«, sagte Data. »Aber gehe ich recht in der Annahme, daß Sie ihn ebenfalls humorvoll finden?«

»Das stimmt allerdings«, sagte Riker. Sein Bart konnte sein Lächeln nicht verbergen. »Aber auch ich betrachte ihn vom klingonischen Standpunkt.«

Data nickte. »Trotzdem bin ich der Ansicht, daß ich genug von Humor verstehe, um vorherzusagen, wann und warum Sie lachen werden. Ich möchte mein Verständnis gern überprüfen.«

Riker zuckte mit den Achseln. »Ziehen Sie sich einen Stuhl heran.«

Worf hatte bereits Platz genommen. Im Gegensatz zu Riker saß er ganz aufrecht da, mit einer Haltung, die seine natürliche Würde wahrte; der Stuhl schien nicht imstande zu sein, seinen muskulösen Körper zu stützen. »Sir«, sagte er zu Riker, »darf ich fragen, wo Sie eine klingonische Komödie gefunden haben?« Er wußte von keiner solchen Aufzeichnung. Wie die meisten Klingonen hielt Worf Humor für einen ärgerlichen fremden Brauch.

»Es ist keine klingonische«, erwiderte Riker. »Es ist ein Action-Abenteuer-Film von der Erde gegen Ende des zwanzigsten Jahrhunderts. Ich dachte, er könnte Rohmaterial für ein Holodeck-Abenteuer liefern, aber nachdem ich ihn gesehen hatte ... schon gut. Computer, Projektion abspielen.«

Das Licht in der Kabine wurde schwächer. Die Stühle standen einer leeren Wand gegenüber, auf der nun ein Bild erschien. Ein Mann in einer blauen Uniform ging eine dunkle, regennasse Großstadtstraße entlang. Als Worte auf dem Bildschirm erschienen – *Missing Link 3: Urlaub in Armageddon* – gesellte sich ein zweiter Uniformierter zu ihm. Sie hatten sich gerade begrüßt, als aus einem der Gebäude Schüsse abgefeuert wurden. Die beiden Männer sprangen hinter ein Räderfahrzeug. »Sie wollen uns umbringen, Link!« rief der eine dem anderen zu. »Ach?« erwiderte der genauso laut. »Da müssen sie sich aber mehr Mühe geben!« Ihr uralter Akzent machte die Worte fast unverständlich.

Metallkugeln durchbohrten das Fahrzeug, und die beiden Männer stürmten davon, kurz bevor dessen Kohlenwasserstoff-Kraftstoff explodierte. Während sie rannten, riefen sie sich immer wieder etwas zu. »Die werden uns umbringen!« – »Dann müssen wir sie zuerst umbringen!« »Verdammt, Link, du benimmst dich, als hättest du die Tollwut!« – »Die Tollwut? Ich wurde tollwütig *geboren!*«

Die beiden Männer liefen in ein Gebäude, in denen Männer mit großen Gewehren ganze Kugelsalven auf sie abfeuerten. Der Mann namens Link erschoß mehrere Feinde mit seiner Pistole. Als er keine Munition mehr hatte, hob er ein dickes Metallrohr auf. Er schwang es vor sich hin und her und wehrte so die Kugeln ab, die sein letzter Gegner auf ihn feuerte. Als diesem Mann die Munition ausging, zog Link ihm das Rohr über den Kopf. Trotz seines kräftigen Körperbaus mußte Link mehrmals zuschlagen, um den Mann kampfunfähig zu machen.

Riker lachte über die Szene und schaute dann zu Worf hinüber. »Gestehen Sie es ein, Worf«, sagte er. »Gerade hätten Sie *fast* gelacht!«

Worf grunzte unverbindlich. Riker hatte die Herausforderung angenommen, einen Klingonen zum Lachen zu bringen, aber bislang war es ihm nicht gelungen. *Ich wünsche ihm Erfolg,* dachte Worf. *Humor ist würdelos, doch wenn ich verstehe, was es damit auf sich hat, komme ich vielleicht besser mit Alexander zurecht.* In den Adern seines Sohnes floß auch menschliches Blut, und die Gefühle und das Verhalten des Jungen verblüfften seinen Vater oft. Der Sinn für Humor, den Alexander von seiner halbmenschlichen Mutter geerbt hatte, bildete das größte Hindernis zwischen Vater und Sohn.

Auf dem Bildschirm schoß der Mann namens Link sich eine Kugel in die Hand, drohte einem Gegner mit der Faust und ballte die Faust so fest zusammen, daß die Kugel hinausschoß. Riker lachte, aber Worf war genauso verwirrt wie Data.

»Offenhouse«, sagte Jean-Luc Picard nachdenklich. Er lehnte sich im Sessel seines Bereitschaftsraums zurück und betrachtete die Nachricht auf dem Bildschirm. Die *Enterprise* hatte den Befehl erhalten, zur Starbase 144 zu fliegen, wo sie Botschafter Offenhouse an Bord nehmen sollte. Der Botschafter hatte weitere Befehle für das Schiff; die *Enterprise* sollte ihm zur Verfügung stehen. Auf Befehl von Admiral Singh, Starfleet Command, etc., etc.

»Offenhouse«, wiederholte Picard. Warum kam ihm dieser Name so bekannt vor? »Computer, zeige mir die Datei von Botschafter Offenhouse.«

Die scharfe Kontraaltstimme zögerte kaum. »Eine solche Datei steht nicht zur Verfügung.«

»Wie seltsam«, sagte Picard, mehr zu sich selbst als zu der Maschine. »Computer, ist je ein Mensch namens Offenhouse an Bord der *Enterprise* gewesen?«

»Bestätigung«, antwortete der Computer. »Identität: Ralph Offenhouse, gefunden bei Sternzeit 41986.0 im Kälteschlaf ...«

»Genug.« Die Erinnerung stellte sich jetzt wieder ein. Die *Enterprise* war über ein Raumschiffwrack von der Erde gestolpert, im dem sich mehrere im Kälteschlaf liegende Menschen befanden. Sie alle waren Ende des zwanzigsten Jahrhunderts todkrank gewesen und hatten sich in der Hoffnung, eines Tages aufgeweckt und geheilt zu werden, der kryonischen Suspension anvertraut.

Dieser Tag war gegen Mitte des vierundzwanzigsten Jahrhunderts gekommen. Aufgrund einer Fehlfunktion der Geräte an Bord des uralten Raumschiffs waren nur drei der Passagiere lebensfähig geblieben. Man hatte sie an Bord der *Enterprise* geholt, sie aufgetaut und ihre Gesundheit wiederhergestellt. Picard war dabei nicht anwesend gewesen; man hatte ihn damals zu einer dringenden Konferenz auf Starbase 718 gerufen. Mehrere Starbases und Vorposten in der Nähe der romulanischen Neutralen Zone waren vernichtet worden, und der Verdacht war natürlich auf die Romulaner gefallen. Picard war zu seinem Schiff zurückgekehrt, um Ermittlungen anzustellen ... und Ralph Offenhouse kennenzulernen.

Alles in allem ziehe ich die Romulaner vor, dachte der Captain, während er nachdenklich die Beleuchtung des Bereitschaftsraums betrachtete. Offenhouse hatte sich als widerlich, aggressiv und ichbezogen erwiesen, und Picard konnte sich durchaus vorstellen, daß man den Mann im zwanzigsten Jahrhundert einfach eingefroren hatte, um ihn loszuwerden. Nach fast vier Jahrhunderten im Tiefschlaf hatte seine einzige Besorgnis seiner finanziellen Lage gegolten. Er hatte immer wieder und lautstark gefordert, sofort mit seinen Bankern und Breakern sprechen zu können – nein, der richtige archaische Ausdruck lautete Broker. Offenhouse war Finanzier gewesen und hatte sich unbekümmert über die Veränderungen hinweggesetzt, die die vergangenen Jahrhunderte gesehen hatten.

Um fair zu sein – der Mann hatte sich während der Konfrontation der *Enterprise* mit einer romulanischen Schwalbe als nützlich erwiesen. Der romulanische Commander, Tebok, hatte der Föderation vorgeworfen, romulanische Basen auf der anderen Seite der Neutralen Zone zerstört zu haben. Offenhouse hatte sich Teboks Drohungen und Geschrei angehört – und war irgendwie zum Schluß gekommen, daß auch die Romulaner sich auf die Zerstörungen keinen Reim machen konnten.

Diese einfache Beobachtung hatte Picard in die Lage versetzt, einen Krieg zwischen der Föderation und den Romulanern zu verhindern. Es war deutlich geworden, daß beide Seiten Opfer einer dritten Gruppe geworden waren, einer, die Waffen von fast unglaublicher Zerstörungskraft besaß. Die Romulaner hatten dies ebenfalls eingesehen, und trotz all ihrer Kriegslust hatten sie sich als zu gerissen erwiesen, einen Krieg gegen die Föderation vom Zaum zu brechen, wenn sie es plötzlich mit einem unbekannten Gegner zu tun bekamen. Es hatte sich herausgestellt, daß die Borg für die Zerstörungen verantwortlich waren …

Picard holte sich aus seiner Träumerei. Er verließ den Bereitschaftsraum und trat auf die Brücke. Die erste Schicht hatte zu diesem Zeitpunkt des »Schiffstags« dienstfrei; das Navigationspult war mit Kadett

Wesley Crusher und Fähnrich Shrev bemannt. Ein Techniker mit Antigravstiefeln stand an der Decke und arbeitete an einer geöffneten Vertäfelung.

An seiner Station gab Wesley – der zur Zeit von der Starfleet-Akademie Urlaub hatte und in seiner Kadettenuniform ziemlich adrett aussah – sein Bestes, um den Captain zu überzeugen, daß er voll konzentriert war. *Er hat etwas wiedergutzumachen,* dachte Picard. Wesley war an der Akademie in einen Zwischenfall verwickelt gewesen, bei dem ein Kadett bei einem Flugunfall ums Leben gekommen war. Es war wegen eines groben Verstoßes gegen die Sicherheitsvorschriften zu diesem Unfall gekommen, und Wesley hatte bei der Vertuschung mitgewirkt. Er hatte einen Fehler gemacht und war dafür bestraft worden, doch es war offensichtlich, daß Wesley wegen seiner Verfehlungen – dazu gehörte auch, daß er Picard belogen hatte – noch nicht mit sich selbst ins Reine gekommen war.

Die junge Zhuik schien zu dösen; ihr Kopf war über ihre Konsole gebeugt – aber auf ihrem verkniffenen grünen Gesicht lag ein Ausdruck starker Konzentration. Die drahtigen Antennen, die sich gebogen aus ihrer Stirn erhoben, schwankten hin und her, als suchten sie nach den schwachen elektromagnetischen Feldern, für die sie empfindlich waren. »Versuchen Sie es noch einmal«, rief der Techniker ihr zu.

Shrevs schlanke Antennen zitterten, als sie ihre Kontrollen berührte. »Vielen Dank, jetzt ist alles in Ordnung.« Ihre Stimme war höflich und leise, fast ein Flüstern. Obwohl die Zhuik humanoid waren, hatten sie sich aus Arthropoden entwickelt – *ein diplomatischeres Wort als »Insekten«,* dachte Picard –, und ein Großteil ihres Sozialverhaltens ahmte noch immer das ihrer in Stöcken lebenden Vorfahren nach. Zhuik konnten manchmal heißblütig sein, aber Picard hatte noch nie von einem unhöflichen Zhuik gehört.

»Alles klar«, sagte der Techniker zu Shrev. Er schloß die Vertäfelung und ging an der Decke zum Turbolift.

»Gab es ein Problem, Fähnrich?« fragte Picard.

»Nur eine kleine Energieschwankung in den Displays, Sir«, sagte Shrev. »Fähnrich Dayan hat sie korrigiert.«

»Ausgezeichnet«, sagte Picard. »Kadett Crusher, wie lange brauchen wir, um bei Warp sechs Starbase 144 zu erreichen?«

Wesley gab etwas in sein Instrumentenpult ein. »Zehn Komma vier Stunden, Sir.«

Picard nickte. »Dann mal los.« Als er den Turbolift betrat, gab Shrev bereits den neuen Kurs ein.

Picard fuhr zu seinem Quartier hinab und legte sich hin. Er fragte sich, ob der Botschafter etwas mit der cardassianischen Situation zu tun hatte. Die Föderation hatte vor gut zehn Jahren einen begrenzten Krieg gegen das cardassianische Reich geführt und gewonnen, aber die humanoiden Cardassianer hatten ihre Niederlage niemals vollständig akzeptiert. Sie versuchten ständig, einen strategischen Vorteil über die Föderation zu erlangen, und zahlreiche Geheimdienstberichte besagten, daß sie ihre Kräfte an der Grenze zur Föderation verstärkten. Der Cardassianische Krieg war schon brutal genug gewesen, dachte Picard. Nachdem die Niederlage ihren Stolz angestachelt hatte, würde ein zweiter Cardassianischen Krieg noch verheerender sein.

Du bist müde, Jean-Luc, sagte Picard sich. Müdigkeit machte ihn stets pessimistisch. Es war viel wahrscheinlicher, daß der Botschafter einen Routineauftrag ausführen mußte, der durch die prestigereiche Anwesenheit des Flaggschiffs von Starfleet erleichtert werden würde. Eine Vertragsverhandlung, eine Amtseinführung, eine neue Welt, die der Föderation beitrat …

Der Captain schaltete das Licht aus. *Offenhouse,*

dachte er, als er schon einschlief. Die Namensgleichheit mußte ein Zufall sein.

»Na gut, Link, was sollen wir jetzt tun?«

»Sterben«, schlug Riker vor. Er warf Popcorn gegen den Bildschirm – eine seltsame Verwendung für Lebensmittel, überlegte Data, obwohl Riker dieses Verhalten als eine Form von Applaus erklärt hatte. Worf knurrte zustimmend, während er noch etwas *Gagh* aß. Eines der wurmähnlichen *Gagh* schlängelte sich aus dem Krug und fiel zu Boden. Seine Augenflecke nahmen ein Licht wahr, und das Geschöpf kroch darauf zu. Riker griff danach, doch Worf erwischte es zuerst und aß es.

»Sir ...« Data überdachte die Situation. Die Hauptpersonen des Films waren in einer katastrophalen Lage. In einem tiefen, schmalen Tal gefangen, befanden sie sich mitten zwischen einer Horde drogenschmuggelnder Terroristen und einer Einheit Killerkyborgs. Tollwütige Vampirfledermäuse kreisten über ihren Köpfen. Riesenratten – das Produkt der Gentechnik-Labors des wahnsinnigen Schurken – krochen aus metergroßen Tunnels in den Talwänden. Ein Warnschild verdeutlichte, daß die beiden Menschen mitten in einem Minenfeld standen. Die Pflanzen ähnelten Giftefeu. Es würde gleich zu regnen anfangen. »Die beste Aussicht auf Überleben haben sie, indem sie eine der Ratten töten und dann ...«

»Nein«, sagte Riker. »Man sollte niemals gegen etwas kämpfen, das klüger ist als man selbst.« Data sah, daß Worf darüber lächelte, aber er lachte nicht.

»Schnell, Link!« beharrte der Schauspieler. »Wir haben *gewaltige* Probleme!«

»Was für Probleme?« brüllte Link. »Es hat noch nie besser für uns gestanden!« Er senkte seine Waffe – eine gewaltige Maschinenkanone, die hundert Schuß pro Sekunde feuern konnte – und jagte eine Salve auf den steinigen Boden. Die Kugeln lösten die Minen aus, die Wolken aus Schutt und Granatsplitter in die Luft warfen. Die Granatsplitter zerfetzten die Fledermäuse. Die zahlreichen Detonationen machten die Ratten benommen, und während sie verstört herumtaumelten, stürmten die beiden Schauspieler den Hang hinauf. Riker warf noch mehr Popcorn gegen die Wand mit dem Bild.

»Das ist völlig unmöglich«, sagte Data. »Die Explosionen würden nicht nur die Tiere, sondern auch die Menschen handlungsunfähig machen. Darüber hinaus wäre die Munition der Maschinenkanone nach drei Sekunden Dauerfeuer erschöpft. Überdies würde der Rückstoß einer solchen Waffe den Benutzer durch die Luft schleudern, und zwar mit einer Beschleunigung von ...«

»Data, Data«, sagte Riker kichernd. »Das macht es ja gerade so komisch! Es ist absurd!«

Der Androide schaute zu dem Klingonen hinüber. »Stimmen Sie mit dieser Einschätzung überein, Lieutenant?«

»Es ist absurd«, polterte Worf. Er nahm eine Handvoll Gagh, aß es und gab Riker den Krug.

Data hielt fragend den Kopf schräg. »Vielleicht würde ich es verstehen, wenn Sie die Natur der Absurdität definieren könnten.«

Riker nahm eine Handvoll *Gagh*. »Es ist komisch, weil wir wissen, was ein echter Kampf ist«, sagte er und steckte das *Gagh* in den Mund. »Und das ist keiner«, murmelte er.

»Aha«, sagte Data. Eins war ihm nun klar. »Dann lachen Sie *über* den Film und nicht *mit* ihm?«

Riker nickte zustimmend. »Dieser Film war nicht als Komödie gedacht«, sagte er. Auf dem Bildschirm zerriß eine gewaltige Explosion das Tal. Die Wucht der Detonation schleuderte Link und sein Helferlein in die Luft – sie landeten ohne jeden Kratzer auf der Kuppe des Hangs. »Aber die Leute, die ihn gedreht haben, wußten nichts vom Krieg. Ein Kampf war niemals so, nicht mal im zwanzigsten Jahrhundert.«

»Aber wäre es so gewesen«, sagte Worf sehnsüchtig, »wäre das zwanzigste Jahrhundert eine wunderbare Zeit gewesen.«

2

Captain Picard hatte dienstfrei, lungerte mit einem Dixon-Hill-Krimi in seiner Kabine herum und schien mit sich und dem Universum in Frieden zu leben. Das Universum lebte jedoch nicht in Frieden mit ihm. Sein Kommunikator piepte, als Dixon Hill gerade Jack Larsens Mörder festnehmen wollte. »Hier Picard.«

»De Shay, Sir, in Transporterraum drei. Der Botschafter ist bereit, an Bord zu kommen.«

Picard warf einen Blick auf sein Buch. Dixon Hill hatte fast vier Jahrhunderte darauf gewartet, Lefty Lefkowitz zu schnappen; er konnte auch noch eine Weile länger warten. »Ich komme sofort«, sagte Picard und legte das Buch beiseite.

Eine Minute später befand Picard sich im Transporterraum, in dem Chief De Shay die letzten Einstellungen an seinen Kontrollen vornahm. »Energie«, sagte Picard. Der Transporter erwachte zum Leben, und Picard unterdrückte ein Stöhnen. Wenn der Mann, der gerade auf der Transporterfläche materialisiert war, nicht Ralph Offenhouse war, mußte es sich um dessen Zwillingsbruder handeln. *Und möge ein gerechter und gnädiger Gott die Galaxis vor* zwei *solchen Männern bewahren,* dachte Picard. »Herr … Botschafter?« fragte Picard, und es gelang ihm nicht, seinen Unglauben zu verbergen.

»Ja, ganz recht.« Offenhouse trat von der Plattform und gab Picard die Hand. Er war von mittlerer Größe, mittlerem Gewicht und mittlerem Alter, hatte rosa

Haut, dichtes schwarzes Haar und war weder stattlich noch unattraktiv. »Schön, Sie wiederzusehen, Picard. Wie läuft's so?«

»Danke, ziemlich gut«, sagte Picard und seufzte. *Was kommt als nächstes?* fragte er sich. *Romulaner? Cardassianer? Tribbel?* »Admiral Singh hat mich informiert, daß Sie die weiteren Befehle für uns haben. Sobald Sie Ihr Quartier bezogen haben, werde ich die Führungsoffiziere zu einer Konferenz zusammenrufen.«

»Gute Idee.« Zwei Koffer materialisierten auf der Transporterfläche, und Offenhouse ergriff sie. »Werden Sie mir mein altes Quartier zuweisen?«

»Wenn Sie es wünschen ...«

»Es wird genügen«, sagte Offenhouse. »Ich sehe Sie und Ihre Offiziere dann in zehn Minuten.« Er verließ den Transporterraum.

Picard wandte sich an den Transporterchef. »Mr. De Shay«, fragte er, »hatten Sie irgendwelche Schwierigkeiten, als Sie den Botschafter an Bord beamten? Energieschwankungen, Dimensionsverschiebungen oder andere Anomalitäten?«

»Nein, Sir«, sagte De Shay. Er warf einen Blick auf seine Instrumente. »Alles verlief perfekt.« Er zuckte hilflos mit den Achseln und deutete damit an, daß er sich an Offenhouses letzten Besuch auf der *Enterprise* erinnerte. »Tut mir leid, Sir.«

»Man kann wohl nichts daran ändern«, sagte Picard. »Machen Sie weiter.«

Picard ging zum nächsten Turbolift und kehrte auf die Brücke zurück. Ihm fiel ein, daß er einmal von einem Zwischenfall an Bord einer früheren *Enterprise* gelesen hatte. Eine Fehlfunktion des Transporters hatte den Captain – entweder Pike oder Kirk, dachte Picard – und mehrere andere Mannschaftsmitglieder in ein Paralleluniversum verschlagen, in dem aus der Föderation ein unglaublich gewalttätiges Imperium geworden war. Vielleicht hatte ein ähnlicher Zwischenfall dieses Universum mit einem in Verbindung gebracht, in dem die Föderation gewalttätig und verrückt war.

Es war eine reizvolle Theorie. Vielleicht traf sie sogar zu.

Doch ob sie nun zutraf oder nicht, Offenhouse erschien auf die Minute pünktlich im Konferenzraum. Als er Platz nahm, beobachtete Picard die Reaktion seiner Brückenoffiziere. Worf und Riker betrachteten den Mann mit unverhohlenem Abscheu, während Deanna Trois große, dunkle Augen eine Mischung aus Neugier und Mitgefühl zeigten. Datas Blick war – wie immer – undeutbar.

Offenhouse eröffnete die Konferenz. »Die *Enterprise* hat den Auftrag bekommen, mich nach Megara zu bringen, ein Planet, der irgendwo im Perseus-Sektor liegt – wie war das noch mal gleich, äh … Info?«

»Data, Sir«, berichtigte der Androide ihn. »Genau gesagt ist Megara der zweite Planet von 329 Aurigae. Es handelt sich um eine Welt der Klasse M, auf der Stufe eins der industriellen Skala, mit einer Bevölkerung von vierhundert Millionen Humanoiden. Sie hat noch keine interstellaren Beziehungen aufgenommen und fällt somit unter die Erste Direktive.«

Offenhouse lächelte dem Androiden zu. »Drei minus, Digit.«

»Data, Sir. Ich verstehe diesen Ausdruck nicht – drei minus?«

»Das ist Ihre Note«, erklärte Offenhouse. »Ihre Daten sind veraltet, Data, so um etwa ein Jahrzehnt. Zur Zeit befindet Megara sich auf der Stufe neun der industriellen Skala.«

»Das ist unmöglich«, sagte Riker verärgert.

»Wie schön, daß Sie das so sehen, Sonny«, sagte Offenhouse. »Eine vulkanische Robotsonde hat Megara letzten Monat gescannt. Vor zehn Jahren mag es sich noch um eine präindustrielle Welt gehandelt haben, doch jetzt befindet sie sich auf demselben technologischen Niveau wie die Erde vor einem Jahrhundert. Die Sonde hat Anzeichen von Energiequellen hoher Intensität aufgefangen, von Datenübertragungen mit hoher Geschwindigkeit, sogar etwas, wobei es sich um einen Warpantrieb gehandelt haben könnte.«

»Und dieses Wachstum stört Sie«, sagte Troi.

Offenhouse zuckte mit den Achseln. »Mich? Nee. Aber der Rat der Föderation hat einen Anfall bekommen. Besonders, weil die Sonde ein Schiff der Ferengi in der Nähe entdeckt hat – und die Ferengi die Sonde abgeschossen haben. Ich habe den Befehl herauszufinden, was die kleinen Blödmänner auf Megara treiben.«

»Warum Sie?« fragte Riker geradeheraus. »Sie sind kein Diplomat.«

Offenhouse nickte. »Wer wäre besser geeignet, sich mit den Ferengi zu befassen?«

»Sie sind ein Anachronismus«, sagte Riker. »Welche Kenntnisse und Talente Sie auch haben mögen« – *falls überhaupt welche,* implizierte sein Tonfall –, »sie sind dermaßen veraltet und überholt ...«

»... daß die Ferengi mir bei lebendigem Leib die Haut abziehen werden.« Offenhouse sah Riker verächtlich an. »Sie glauben, ich hätte mir diesen Job irgendwie erschlichen, nicht wahr?«

»Im Prinzip schon. Sie können auf keinen Fall wissen ...«

Picard spürte einen stechenden Schmerz. »Das reicht, Nummer Eins. Herr Botschafter, man hat mir mitgeteilt, Sie hätten Befehle für uns.«

»Ja, das hätte ich fast vergessen.« Offenhouse griff in eine Tasche – Picard war plötzlich neidisch; die Sicherheitsvorschriften von Starfleet untersagten, daß Uniformen über Taschen verfügten – und zog eine Computerkarte hervor. Er schob sie über den Konferenztisch zum Captain hinüber. »Sie haben den Befehl, meine Mission auf jede erdenkliche Art und Weise zu unterstützen.«

Picard drehte die Computerkarte langsam zwischen den Fingern. »Ich verstehe. Bei Warp sieben können wir Megara in fünf Tagen erreichen.«

»Gut«, sagte Offenhouse und erhob sich. »Sie können mich bestimmt ohne größere Probleme dorthin bringen. Tja, ich habe für heute genug Heiterkeit verbreitet, Picard. Wir sehen uns.« Er ging zur Tür und blieb davor stehen. »Ach ja ...«

»Ich weiß«, sagte Picard verdrossen. »Alles, was wir in diesem Raum besprochen haben, ist geheim.«

»*Höchst* geheim«, sagte Offenhouse selbstgefällig und ging.

Picard wartete, bis die Tür des Konferenzraums sich hinter Offenhouse geschlossen hatte, bevor er etwas sagte. »Kommentare?«

»Da ist irgend etwas faul«, sagte Riker. »Man kann *ihn* doch unmöglich zum Botschafter ernennen, nicht mal für die Ferengi.«

»Ich schließe mich an«, knurrte Worf. »Dahinter verbirgt sich irgendein anderer Plan.«

»Aber die Föderation treibt mit ihren Diplomaten keine Spielchen«, sagte Picard.

»Das ist korrekt«, warf Data ein. »Historisch gesehen haben Missionen, bei denen diplomatisches Personal für geheime Zwecke eingesetzt wurde, oft in Katastrophen geendet. Der Föderation ist dieser Tatbestand bekannt.«

»Also müssen wir davon ausgehen, daß mit dem Botschafter alles seine Richtigkeit hat«, sagte Picard und sah Deanna Troi an. »Counselor, Sie sind ziemlich still.«

»Botschafter Offenhouse ist ein komplizierter Mensch«, sagte sie. »Ich glaube nicht, daß er sich seiner Existenz in der – für ihn – fernen Zukunft bereits angepaßt hat. Alle, die er kannte, sind schon lange tot, aber er lebt noch, und er ist sehr allein. Gewissermaßen ist er der einzige Überlebende einer überwältigenden Katastrophe.«

»Und diese Katastrophe ist das simple Verstreichen von Zeit«, sagte Picard.

Die betazoidische Empathin nickte. »Da ist noch mehr, Captain. Er empfindet Unbehagen darüber, an Bord der *Enterprise* zu sein. Ich muß mit ihm darüber sprechen, um genau den Finger darauf legen zu können, aber er scheint zu glauben, daß wir eine Gefahr für seine Mission darstellen.«

»Vielleicht liegt es daran, daß Botschafter Offenhouse uns mit seiner Wiederbelebung in Verbindung bringt«, sagte Data. Der Androide klang zögerlich; da er selbst keine Gefühle hatte, war er stets unsicher, wenn er über die Bedeutung von Emotionen sprach. »So unlogisch es auch sein mag, vielleicht sieht er uns als Grund dafür, von der Vergangenheit getrennt worden zu sein.«

Troi schaute überrascht drein. »Genau das habe ich auch gedacht, Data. Und diese Auffassung ist gefährlich. Jemand, der zu scheitern *erwartet, wird* auch scheitern.«

Riker schnaubte. »Der Botschafter selbst ist Grund genug dafür, daß diese Mission scheitern wird.«

»Captain«, sagte Data, »ich schlage vor, wir sehen uns unsere Befehle an.«

Picard nickte. »Ganz genau, Mr. Data.« Er schob die Datenkarte in einen Leseschlitz. Über dem Konferenztisch erschien ein holographisches Display. Ein Großteil davon zeigte ein Sonnensystem, das schnell größer wurde, während die vulkanische Sonde sich ihm näherte. Zahlen und Buchstaben flossen über den unteren Teil des Displays.

Picard stellte fest, daß Data den Blick auf die Meßwerte gerichtet hielt, während alle anderen das Bild des Sonnensystems Megara betrachteten. Der Gegensatz zwischen Mensch und Maschine – nun ja, zwischen biologischem und kybernetischem Leben, korrigierte Picard sich, während er einen Blick auf Troi und

Worf warf – faszinierte den Captain immer wieder. Menschen verstanden Bilder viel leichter als Zahlenreihen, während es Data leichter fiel, in endlosen Buchstaben- und Zahlenfolgen Muster zu erkennen.

Du kannst das *wohl kaum lesen, Jean-Luc,* dachte Picard amüsiert über sich selbst. Die Daten flackerten zu schnell über das Display, als daß ein menschliches Auge sie hätte erkennen können; der Captain lehnte sich zurück und betrachtete das Bild. Megara wurde größer, verwandelte sich von einem silbernen Punkt zu einer fetten Sichel. Auf dem erhellten Teil des Globus waren weiße Wolken, blaue Meere und ein grüner Landstreifen zu sehen. Auf der Nachtseite funkelten die Lichter eines halben Dutzends großer Städte.

In der Nähe des Planeten leuchtete ein Lichtpunkt auf. Er dehnte sich zu einer Form, die Picard an eine Königskrabbe erinnerte. »Ein Kampfkreuzer der Ferengi«, murmelte Worf, als ein Phaserstrahl aufleuchtete und die Sonde umhüllte. Das Hologramm verschwand.

Ein neues Bild erschien: Admiral Singh. Der Turban und die gezwirbelten Bartenden ließen das Gesicht des dunkelhäutigen Mannes irgendwie wild wirken, und er schien die Kamera wütend anzustarren. »Captain Picard«, sagte er. »Hiermit setze ich Sie darüber in Kenntnis, daß der Rat der Föderation die *Enterprise* Botschafter Ralph Offenhouse zur Verfügung gestellt hat. Der Rat weist Sie an, ihm Ihre volle und uneingeschränkte Unterstützung zukommen zu lassen.«

Singh hielt inne und schaute etwas freundlicher drein. »Jean-Luc, ich habe den Botschafter kennengelernt und weiß daher, wie schwer das werden wird. Man hat mir mitgeteilt, daß er ein Experte für die Ferengi ist; er hat alles studiert, was wir über sie wissen, und Ratsmitglied Diem behauptet, er habe viele ihrer bislang unverständlichen Handlungen erklären können. Es wäre taktlos von mir, dies als Talent eines *Idiot savant* zu beschreiben. Viel Glück; Singh Ende.« Das Hologramm löste sich auf.

Picard sah Data an. »Ihre Analyse?«

»Die Situation auf Megara ist genau so, wie der Botschafter sie beschrieben hat, Sir«, sagte Data. »Es ist klar, daß die Ferengi den Megaranern helfen, ihre Technik zu entwickeln.«

»Aber warum?« fragte Troi.

»Das«, sagte Picard, »ist die Frage, die wir beantworten müssen.«

Nach dem Ende der Konferenz verließ Worf den Raum als erster. Er ging direkt zu seiner Station auf der Brücke und überprüfte die Waffen. Er fürchtete einen Kampfkreuzer der Ferengi zwar nicht, respektierte aber dessen Macht. Was die Bewaffnung und Energie betraf, war so ein Schiff sogar der *Enterprise* gewachsen. Zum Glück hatten Föderationsmannschaften in Bezug auf Disziplin und Kampftraining einen Vorteil.

Worf schaute sich auf der Brücke um. Data war zur Station des wissenschaftlichen Offiziers gegangen. Der Androide war kein einfallsreicher Soldat, hatte aber kybernetische Reflexe und eine gewaltige Speicherkapazität für taktische Manöver. Am Navigationspult saßen Wesley Crusher, der Urlaub von der Akademie hatte, und Shrev, die Zhuik. Beide waren jung, hatten aber schon Kämpfe gesehen – als Zuschauer, zugestanden, aber keiner von ihnen hatte unter Feuer die Nerven verloren. Crusher war versessen darauf, sich zu bewähren, und es hieß, die Zhuik kämpften gern.

Picard, Riker und Troi blieben im Konferenzraum. Troi verabscheute Kämpfe, aber ihre Einblicke in den Geist des Feindes waren stets hilfreich. Picard war im Grunde seines Herzens ein Diplomat, brachte aber keine Schande über sich, wenn der Kampf die einzige Wahl war. Riker …

Riker kam aus dem Konferenzraum und trat hinter Worf. »Ein Kampfkreuzer der Ferengi könnte uns einen unterhaltsamen Nachmittag bescheren«, sagte der Mensch.

Worf brummte angesichts von Rikers Kampfgeist zustimmend. Von allen Mannschaftsmitgliedern ähnelte Riker ihm am stärksten, was das Temperament und die Neigungen betraf. Vor einem Jahr hatte er als Austauschoffizier an Bord des Imperialen Kampfkreuzers *Pagh* gedient und war von diesem Einsatz mit einem gewachsenen Respekt für die klingonischen Traditionen zurückgekehrt. »Ich mache mir größere Sorgen über diesen *Botschafter*«, sagte Worf leise.

»Das geht mir nicht anders«, sagte Riker. »Er mag zwar tatsächlich Botschafter sein, aber irgend etwas fühlt sich nicht richtig an. Wir bleiben besser Rücken an Rücken.«

»In der Tat.« Unter Klingonen war *Rücken an Rücken* die Parole, mit der Freunde in den Kampf gingen: Wir müssen wachsam bleiben und einander schützen. Trotz der zahlreichen Unbekannten in dieser Situation wurde Worf von diesen Worten beruhigt. Er konnte sich auf Riker verlassen.

Picard und Troi kehrten auf die Brücke zurück. »Steuermann«, sagte Picard zu Shrev, »setzen Sie Kurs auf Megara, Warpfaktor sieben.«

»Kurs berechnet und eingegeben«, sagte Shrev mit ihrem seidenen Flüstern. Das Warptriebwerk der *Enterprise* erwachte zum Leben.

Fünf Tage bis nach Megara, dachte Worf. Das ließ ihm genügend Zeit für speziell gegen die Ferengi gerichtete Kampfübungen.

Als Wesley dienstfrei hatte, kehrte er sofort in seine private Kabine zurück. *Irgend etwas wird geschehen,* dachte er, als er sich an den Computer setzte. Der neue Passagier und Worfs wiederholte Kampfübungen sprachen eine deutliche Sprache, aber niemand wollte genau sagen, was los war. Das forderte seine Neugier heraus.

Er brauchte nicht lange, um die Informationen aus dem Computer herauszuholen. Es war ein Funkspruch von Starfleet Command gekommen, und obwohl er sicherheitskodiert war, hatte Wesley kaum Probleme, den Kode zu knacken. Die Sendung war geradezu ein Schatz an Informationen: Sie enthielt eine persönliche Datei von Botschafter Offenhouse, Daten von einer vulkanischen Sonde und die üblichen bürokratischen Nachrichten, die es der *Enterprise* ermöglichten, ihre Mission auszuführen. Es sah so als, als wären Teile der Nachricht gelöscht worden. Wesley bezweifelte nicht, daß die gelöschten Teile ihm genau verraten hätten, was hier gespielt wurde. *Na ja,* dachte er, *man kann nicht* alles *haben.*

Wesley fing an zu lesen. Die Daten der Sonde erregten zuerst seine Aufmerksamkeit. Am interessantesten waren hier die Informationen über Weber 512, eine Gravitationsanomalie, die etwa ein Lichtjahr vom Megara-System entfernt war. Weber 512 war ein Binärsystem, zwei Neutronensterne, die einander in einer durchschnittlichen Entfernung von etwa zweihundert Kilometern umkreisten. Jeder Zwilling des Paars war für sich so massiv wie die Sonne der Erde, und aufgrund ihres taumelnden Orbits erzeugten sie starke Gravitationswellen. Das Paar hatte auch ein starkes, kompliziertes Magnetfeld geschaffen, das den interstellaren Wasserstoff in einen Mahlstrom aus Strahlung sog, während die beiden Sterne sich Dutzende von Malen pro Sekunde umkreisten. Das System war viel interessanter als ein simpler Pulsar, und Wesley hoffte, Gelegenheit zu bekommen, es zu studieren, wenn die *Enterprise* Megara erreicht hatte …

»Erwischt«, murmelte er vor sich hin. Weber 512 hatte nichts mit Megara zu tun. Er ließ zu, daß sein wissenschaftliches Interesse ihn vom eigentlichen Thema seiner Ermittlung ablenkte.

Er vertiefte sich wieder in die Daten der Sonde. Sie war von einem Schiff der Ferengi zerstört worden. Vor ihrer Vernichtung hatte die Sonde das Megara-System zum Teil gescannt und festgestellt, daß Megara ein typischer Planet der Klasse M war und sich auf der Stufe neun der industriellen Skala befand.

Verwirrt rief Wesley die im Bordcomputer gespeicherten Daten auf. Sie besagten, daß Megara nur auf der ersten Stufe der industriellen Skala stand. Er wußte nicht, was er davon halten sollte. Es war ungewöhnlich, eine so große Diskrepanz bei den statistischen Daten zu sehen, vor allem, wenn diese Daten von Vulkaniern gesammelt worden waren. Er konnte sich nicht vorstellen, was diesen Fehler verursacht hatte.

Während er darüber grübelte, stellte er auf dem Computer eine Aktivität fest. Eine andere Person verschaffte sich Zugriff auf die Daten der Sonde ... jemand, der die Sicherheitssperren ebenfalls umgangen hatte. Es sah so aus, als sei er nicht das einzige neugierige Besatzungsmitglied.

Der Phaser bestand aus massivem Gold, mit Diamanten gesprenkelt, und kündete auf diese Weise von Erzwinger Duroks Reichtum. Er lächelte, als er ihn um seine Hüfte schnallte. Bei den Ferengi waren Macht und Wohlstand ein und dasselbe. Wohlstand zu zeigen, hieß, Macht zu zeigen, und gebot Respekt.

Durok ergriff seine Neuropeitsche und legte die dicke blaue Schnur über seine Schulter. Die Megaraner verstanden die Peitsche besser als den Phaser. Vielleicht lag es daran, daß ein Phaser entweder tötete oder zu sofortiger Bewußtlosigkeit führte, während die Peitsche unbegrenzten, brutalen Schmerz lieferte. Schmerz war die richtige Münze, wenn man es mit aufsässigen Megaranern zu tun hatte.

Durok verließ seine Kabine und begab sich zum Transporterraum der *Dividende*. Techniker Glupet stand an der Kontrollkonsole. »Ich werde Sie in Metari Leeg absetzen«, sagte er zu Durok.

»Das weiß ich«, fauchte Durok. Er nahm eine Karteneinheit aus dem Wandschrank, schaltete sie ein und betrachtete sie schnaubend. Nur ein rotes Licht war darauf zu sehen, aber das reichte vollauf. »Was für ein Problem gibt es dort?«

Glupet grunzte. »Die Schuldner haben Direktor Sumash zerstückelt.«

Durok knurrte. Sumash war ein Ausbilder gewesen, der den klügsten – nun ja, den am wenigsten dummen – Einheimischen erklärte, wie sie ihre neuen Industrien handhaben mußten. Das war ein notwendiger Teil im Plan des Daimon; Daimon Chudak hatte nicht genügend Ferengi angeheuert, um alle Megaraner ausbilden zu lassen. Sumashs Tod würde das Projekt verzögern, und *das* würde Duroks Profit verzögern. »Sumash war schon immer ein Idiot«, sagte Durok.

»Tja, jetzt ist er ein toter Idiot«, sagte Glupet. »Ein paar Prophetinnen-Jungs haben ihn abgemurkst. Wenigstens haben sie uns nicht seinen Anteil am Profit geraubt.«

»Es überrascht mich, daß Sumash das Geld nicht an sie verloren hat.« Durok trat auf die Transporterbühne. Er verabscheute Sumash; wegen seiner Achtlosigkeit mußte er sich jetzt persönlich mit den Einheimischen befassen. Ein so törichter Mann hatte den Tod verdient. Trotzdem mußte man den Schuldnern beibringen, daß die Person eines Ferengi unantastbar war. »Wo wohnt der Sicherheitschef der Stadt?« fragte Durok. »Setzen Sie mich da ab.«

»Zu Befehl.« In dem Augenblick, bevor Glupet den Kontrollschalter hinabdrückte, bemerkte Durok getrocknete Blutflecken auf dem Transferfeld. Wie mit

Metallspitzen aufgeschnitten, dachte er. Die Schuldner waren Barbaren.

Durok materialisierte auf einem Bürgersteig in einem Bezirk, der hauptsächlich aus grobschlächtigen Ziegelsteingebäuden bestand. Die Luft roch nach Ozon, schlecht entsorgtem Abwasser und verschwitzten Megaranern. Einheimische eilten von Durok fort, als er seine Peitsche aufrollte. *Kommt nur nah genug für den Schmerz heran,* dachte er, *und ich werde euch lehren, euren Wohltätern zu schaden!*

Niemand erfüllte ihm seinen Wunsch; die Schuldner hatten gelernt, einem rachsüchtigen und wütenden Ferengi auszuweichen. Durok trampelte in das Polizeigebäude und trieb mit seiner Peitsche Megaraner aus dem Weg. Als der Sicherheitschef aus seinem Büro kam, um zu sehen, was den Aufruhr verursacht hatte, rollte Durok die Peitsche über seiner Schulter auf und zeigte mit dem Finger nach ihm. »Sie!« fauchte der Erzwinger. »Sie sollten Sumash am Leben halten. Warum haben Sie Ihren Job nicht erledigt?«

»M-Meinen Job ich erledigt habe«, stammelte der Mann. »Sumash darauf bestanden hat, allein in eine Menge sich zu begeben. Er nicht auf mich wollte hören …«

»Genug!« sagte Durok barsch. Er legte eine Hand auf den schweren goldenen Griff seines Phasers. »Es war Ihre Aufgabe, sein Leben zu schützen, Sie übergroßer Haarball. Leute, die ihre Aufgabe nicht erfüllen können, brauchen keine Arbeitserlaubnis. Geben Sie her.«

Das braune Gesicht des Mannes wurde grau, als sämtliches Blut daraus wich. Er fiel auf die Knie und fing an zu betteln: Wie sollte er ohne Arbeit seine Familie ernähren, seine Kinder würden verhungern …

Verärgert von seinem Geschwätz zog Durok den Phaser und betäubte den Mann. Er fiel auf den Rücken, und als ein Dutzend Megaraner gaffend auf den Gang liefen, ging Durok zu dem Mann und durchwühlte die Taschen seines Overalls, bis er die Arbeitserlaubnis des Mannes gefunden hatte. Das Identifikationslicht der elektronischen Karte pulsierte grün und rot, als Durok sie auf den Boden warf. Er justierte den Phaser und löste die Karte mit einem einzigen Schuß auf.

Durok erkannte einen der Megaraner im Gang. »Sie!« sagte er zu der muskulös aussehenden Frau. »Sie sind die Assistentin dieses Idioten?« Die Frau nickte stumm. »Tja, jetzt sind Sie Sicherheitschefin. Leisten Sie bessere Arbeit als dieser faule Schuldner.«

Durok verließ das Polizeigebäude. Er dachte daran, in die sichere Umgebung der *Dividende* zurückzukehren – doch trotz aller Gefahren, so dachte er plötzlich, bot Megara Vorteile, die dem Schiff fehlten. »Durok an *Dividende*«, sagte er in seinen Kommunikator, »ich werde ein paar Stunden lang die Stadt inspizieren.«

»Verstanden«, antwortete Kommunikationsoffizier Nyenyor und lachte schnaubend. »Viel Spaß bei der ... *Inspektion*.«

Soll er doch lachen, dachte Durok, als er seinen Kommunikator wieder ausschaltete. *Ich bin auf etwas Besseres aus als auf einen Lacher.*

Metari Leeg war eine Mischung aus alt und neu. Funkantennen ragten aus Strohdächern; supraleitfähige Energiekabel waren um Holzpfosten geschlungen; Antigravfahrzeuge flogen über Straßen mit Kopfsteinpflaster. Die Schuldner hätten eigentlich große Dankbarkeit für alles Gute zeigen sollen, das die Ferengi ihnen angedeihen ließen, doch statt dessen bezahlten sie ihre Schuld mit Aufständen und Morden.

Heute ist es einigermaßen sicher, sagte Durok sich, als er die Straße entlangging. Sumashs Tod hatte einige der Spannungen gelöst, die die Einheimischen spüren mußten. Die Schuldner würden vielleicht sogar von sich aus Wiedergutmachungen leisten wollen, um ihre eigene Sicherheit zu bewahren.

Dennoch – aufgeschnitten, wie ein Stück Fleisch. Der Gedanke machte Durok schaudern, und er fragte sich, ob Daimon Chudak wirklich wußte, was er auf Megara tat. Chudaks Plan war einfach und kühn: Megara in eine Industriewelt verwandeln und seine Produktion ausbeuten. Der Profit würde gewaltig sein … und der Zahltag war nur noch ein paar Monate entfernt.

Kühn, aber gefährlich, dachte Durok, *Sklaven Hochtechnologie in die Hand zu geben … selbst wenn sie sich vertraglich zur Zahlung verpflichtet haben.* Sobald Megara modernisiert war, konnten die Schuldner sich bewaffnen und die Rückzahlung verweigern. Vielleicht kündete es von schlechtem Geschmack, die Pläne einer so mächtigen Person, wie Daimon Chudak es war, in Frage zu stellen, aber bei solchen Gelegenheiten fiel Durok es immer schwerer, seine Zweifel zu unterdrücken. Die Pläne und das Verhalten des Daimon hatten etwas Verhängnisvolles an sich, als halte er irgend etwas vor seinen Leuten verborgen. Geheimhaltung war das Privileg eines Daimon, und zweifellos verbarg er lediglich den vollen Umfang seiner Profite – aber Durok hatte trotzdem Bedenken. Etwas fühlte sich nicht *richtig* an.

Durok blieb wie erstarrt stehen, als er ein Gebäude mit dem Symbol der Prophetin darauf sah. Der Kreis und die gezackten Linien symbolisierten einen Planeten, der von einem Blitz zerschmettert wurde – ein typisches Anzeichen für die Unwissenheit der Schuldner, dachte Durok verächtlich. Blitze waren nicht imstande, eine Welt zu zerschmettern. *Natürlich,* überlegte er, *ist das Symbol leicht zu zeichnen, viel einfacher als das Geschwätz der Prophetin. Also …*

Der Phaser zerschmetterte das Symbol – und die Ziegelwand dahinter – so mühelos, wie ein Blitz es auch getan hätte. Damit hatte er eine Botschaft zurückgelassen, die so einfach und direkt war wie das Gezeter der Prophetin gegen die Ferengi. Durok lächelte und steckte seinen Phaser wieder ein.

Die Straße mündete in eine breite Allee, eine von Fabriken, Lagerhäusern und Gaststätten gesäumte Hauptstraße. Auf den Bürgersteigen drängten sich Humanoide, und die Hälfte von ihnen waren Frauen. Einladend groß, mit Haut von der warmen braunen Farbe teuren vulkanischen Bernsteins, mit Gesichtern, die die begehrenswertesten Charakteristika einer Frau betonten – feine Zähne, anmutige Ohren, eine glatte Stirn –, und bekleidet mit Gewändern, die die Güter – sozusagen – verlockend verborgen hielten.

Und alles kostenlos, dachte Durok mit einem fröhlichen Kichern. Seine Zweifel und Ängste hatte er vergessen. Es bestand kein Anlaß, einen Verkäufer für den Anblick dieser weiblichen Freuden zu bezahlen, kein Grund, Geld zu verschwenden, um unvorhersehbare weibliche Launen zu befriedigen. Und diese Frauen machten auch Spaß: Im Gegensatz zu denen der Ferengi sprachen diese hier oft *stundenlang,* ohne auf ihren gierigen Bedürfnissen herumzureiten. Durok spähte schnell die Schönste der Schönen aus und folgte ihr.

Durok hätte es nicht für möglich gehalten, doch etwas lenkte ihn von der selbstgestellten Aufgabe ab: das unverwechselbare Piepen der Schwingungsfrequenz eines Computers. Das hätte er hier nicht hören dürfen. Auf Megara gab es keine modernen Computer; nicht einmal ein so kühner Mann wie der Daimon würde den Megaranern so sehr vertrauen.

Doch da war es schon wieder. Durok zog seinen Phaser und ging auf die Quelle des Geräusches zu, während Megaraner losliefen, um ihm nicht in die Quere zu geraten. Das schöpflöffelähnliche Ohr eines Ferengi war höchst empfindlich, ein Produkt der Evolution in der dünnen Atmosphäre von Ferengal, und

Durok hatte keine Schwierigkeiten, die Quelle ausfindig zu machen. Als er an die Ziegelsteinwand eines Gebäudes kam, betätigte er den Auslöser des Phasers und schoß sich den Weg frei.

Er hustete, als er durch die zerstörte Wand trat und der Staub der Ziegel in seine Nase geriet. Der Raum, den er betrat, enthielt grobe Holzmöbel – und einen Computer, ein Subraumfunkgerät und einen Holoprojektor.

»Verrat«, knurrte Durok gleichzeitig erzürnt und zufrieden. Ein Crewmitglied seines Schiffs mußte den Schuldnern die Geräte verkauft haben, eine Handlung, die seinen eigenen Profit gefährdete. Er konnte sich nicht vorstellen, wie die Megaraner einen Betrug profitabel machen konnten, aber hier war der Beweis. Positiv zu verbuchen war, daß Daimon Chudak Durok belohnen würde, weil er diesen Verrat aufgedeckt hatte – und der Anteil des Verräters am Profit unter dem Rest der Crew aufgeteilt werden würde …

Er spürte ein leises Stechen und ein Brennen auf seinem kahlen Kopf. Durok wollte nach der brennenden Stelle greifen, doch seine Hand wurde schlaff. Als sein Körper taub wurde, taumelte er, brach auf dem Holzboden zusammen und blieb auf der Seite liegen. Nach ein paar Sekunden war seine Lähmung so umfassend, daß er nicht mal mehr seine Augen bewegen konnte.

Zwei Megaraner betraten den Raum; ihre Zahl erkannte er allerdings lediglich an ihren Stimmen. Sein automatischer Translator übertrug ihre Worte in gleichmäßigen, neutralen Tönen. »Den wir auch noch müssen töten.«

»Zwei tote Fremde, so kurz hintereinander, so nah beieinander. Die anderen Ferengi argwöhnisch sein werden.«

»Nein, sie nur mitbekommen werden, daß zwei von ihrer Art sind tot.«

»Das noch mehr Vergeltungsakte nach sich ziehen wird.«

»Vergeltungsakte den Haß nähren werden. Das wir brauchen.«

»Sie auch unseren Fortschritt behindern werden.«

»Was wir sonst können tun? Wir zulassen sollen, daß dieses Monstrum seinen Gefährten von uns erzählt?«

»Ich hier den Befehl habe, aber du recht hast.«

Duroks Phaser war vor seinem Gesicht auf den Boden gefallen, und seine Hand lag nur ein paar Zentimeter von dem goldenen Griff entfernt. Er bemühte sich, die Waffe zu erreichen, wollte seine Hand zwingen, die Entfernung zu überwinden und sich darum zu schließen. Sein Daumen zuckte leicht, einmal, zweimal. Eine noch größere Anstrengung schob seine Hand ein paar Millimeter näher zur Waffe.

Ein Megaraner bückte sich und hob den Phaser auf. »Ein hübsches Spielzeug.«

»Der Griff sehr schwer ist. Er aus massivem Gold besteht.«

»Ihn damit schlag tot.«

3

Höflichkeit, sagte sich Wesley, als er sich Shrevs Quartier näherte. Die Kultur der Zhuik legte großen Wert auf gute Manieren. Shrev mochte gegenüber menschlichem Verhalten gewisse Zugeständnisse machen, aber ein Ausrutscher würde jetzt nicht hilfreich sein.

Wesley trat vor Shrevs Tür und betätigte den Summer. »Darf ich fragen, wer dort ist?« antwortete ihre leise Stimme.

»Wesley Crusher. Wenn es Ihnen recht ist, würde ich gern mit Ihnen spreche.«

»Bitte kommen Sie herein.« Die Tür glitt auf.

Wesley trat hinein. Das Licht war gedämpft und orangefarben, erinnerte an das dämmerige Leuchten von Zhuiks Sonne. Als seine Augen sich an das Halbdunkel gewöhnt hatten, sah er, daß Shrev in die gesteppte graue Tunika schlüpfte, die die meisten Zhuiks trugen. Er erhaschte einen kurzen Blick auf ihre Exoskelettplatten, die ihren nackten Torso und die Oberarme bedeckten. Die hornähnlichen grünen Sechsecke erinnerten Wesley an einen Fliesenboden. Shrev war warmblütig, aber eindeutig kein Säugetier.

»Bitte nehmen Sie doch Platz«, sagte Shrev, während sie ihr Gewand zurechtrückte. Sie nahm eine Bürste und glättete schnell ihr schulterlanges Haar. »Fänden Sie helleres Licht angenehmer?«

»Das hier ist hervorragend, danke.« Der Sitzplatz war ein karger Holzstuhl, so asketisch wie der Rest des Quartiers. Die einzigen Verzierungen waren ein Wandmosaik, dessen flache graue Rechtecke dem Muster auf Shrevs Torso entsprachen, und ein Satz in Scheiden steckender Dolche, die an Haken und Riemen an einer Wand hingen. Das Bett war mit Plastik versiegelt, als sei es noch nie benutzt worden. »Ich glaube, wir haben beide festgestellt, daß etwas Seltsames auf der Brücke passiert«, sagte Wesley.

»Dem würde ich zustimmen.« Shrev nahm auf einem Stuhl Platz und kippte ihn, bis ihr Rücken die Wand hinter ihr berührte. Sie hielt den Kopf leicht schräg, um ihre schmalen Antennen besser auf Wesley richten zu können. Obwohl sie ihn nur beiläufig musterte, kam ihr Blick ihm seltsam intensiv vor, so, als würde sie ihn in Wirklichkeit anstarren. »Ich bin der Ansicht, Sie sind mit dem Brückenpersonal viel vertrauter als ich«, sagte Shrev.

Wesley nickte; dann fiel ihm ein, daß das Nicken keine Geste der Shrev war. »Ja. Irgend etwas stimmt nicht. Lieutenant Worf führt Kampfsimulationen gegen Ferengischiffe durch. Und – haben Sie gehört, was Commander Riker zu Mr. Worf gesagt hat?«

»›Rücken an Rücken‹«, sagte Shrev. »Eine Redewendung, mit der Klingonen das Überleben bei einem verzweifelten Kampf beschreiben. Aber da ist noch mehr. Der Botschafter hat dem Captain eine Computernachricht übergeben.«

»Ich habe sie mir angesehen.« Wesley sprach absichtlich ganz leise. Dies kam ihm höflich vor, und Shrevs Stimme schien zu einer gedämpften Lautstärke zu ermutigen. »Es war keine private Nachricht – oder falls ein Teil davon privat war, wurde er gelöscht.«

»Ich habe sie ebenfalls gesehen«, sagte Shrev. »Eine Aufzeichnung der Untersuchung eines Sonnensystems, die durch einen Angriff der Ferengi beendet wurde.«

»Und die Daten über Megara entsprechen nicht den Computerdateien«, sagte Wesley.

»Die Ferengi haben vielleicht irgend etwas getan.« Shrev zögerte. »Darf ich eine Frage stellen, die unhöflich erscheinen könnte?«

»Klar. Äh ... ich meine, ich werde nicht beleidigt sein.«

Shrev lächelte; das schien der einzig wahre universelle Ausdruck zu sein. »Warum kommen Sie damit zu mir? Andere Personen wissen viel mehr als ich, und Sie haben Freunde in hohen Stellungen.«

»Ich habe mehrere Gründe«, sagte Wesley. »Als ich am Computer gearbeitet habe, stellte ich fest, daß auch Sie sich dafür interessieren. Wir arbeiten auf der Brücke ziemlich gut zusammen, und ich dachte, wir könnten auch hier zusammenarbeiten.

Zweitens ...« Er seufzte. »Es wird sich lächerlich anhören. Wenn ich den Captain – oder Mr. Riker – frage, was los ist, werden sie die Sache in einen Forschungsauftrag für mich umwandeln.« *Und es fällt mir noch immer schwer,* dachte er, *dem Captain in die Augen zu sehen, nachdem ich alle belogen habe. Vielleicht hat er mir verziehen, aber ich habe das noch nicht.*

»Statt dessen schaffen Sie Ihren eigenen Forschungsauftrag.« Ihre seidene Stimme klang erheitert. »Verzeihen Sie mir; ich wollte nicht spöttisch klingen. Sie möchten allein arbeiten, ohne Druck von Ihren Vorgesetzten.«

»Genau«, sagte Wesley. »Ich dachte mir, daß Sie es verstehen, denn so lange haben Sie die Akademie ja noch nicht verlassen ...« Klang das unhöflich? fragte er sich plötzlich. »Ich meine damit nicht, daß Sie unerfahren sind. Ich meine, daß Ihre Erinnerungen noch frischer sind.«

»Das sind sie.« Shrev schaukelte auf ihrem Stuhl vor und erhob sich. »Haben Sie gewußt, daß diese Angelegenheit ein Geheimnis ist?«

»Nun ja – *allzu* geheim kann es nicht sein«, sagte er. »Ich meine, wenn man auf der *Enterprise* wirklich ein

Geheimnis bewahren will, steckt man es nicht in einen Computer, in dem jeder es finden kann.«

»Jeder, heißt das, der es für eine kleine Herausforderung hält, Sicherheitsblöcke zu umgehen. Wie ich zum Beispiel.« Shrev hatte die Hände hinter dem Rücken gefaltet und schritt auf und ab. »Definieren wir die Angelegenheit. Wir möchten die Situation auf Megara verstehen. Die Föderation schickt einen Sonderbotschafter, der zum Ausdruck bringt, daß mehr auf dem Spiel steht als nur eine Einmischung der Ferengi.«

»Genau.« Wesley wurde klar, daß er an Offenhouse kaum einen Gedanken verschwendet hatte. Er hatte die Statistiken und Meßwerte der Sonde betrachtet, als handele es sich dabei um ein rein wissenschaftliches Problem.

»Dieser Botschafter muß besondere Talente haben«, sagte Shrev. »Wenn wir sie identifizieren können, verstehen wir vielleicht die Situation.«

»Mal sehen, was ich über Mr. Offenhouse herausfinden kann«, sagte Wesley. »Ein Geheimnis ist eine Sache, aber ich glaube nicht, daß jemand etwas dagegen haben wird, über den Botschafter selbst zu sprechen.«

Shrev lächelte, während sie auf und ab schritt. »Nein, ganz besonders nicht, da der Botschafter alle Menschen verärgert, denen er begegnet.«

Das war Wesley gar nicht aufgefallen. »Ich wußte gar nicht, daß die Zhuiks Emotionen wahrnehmen können. Äh ... ich bezweifle Ihre Worte nicht, aber ich weiß über Ihre Spezies nicht so viel, wie ich gern wissen würde.«

Shrev lachte leise. »Sie sind der köstlichste Mensch, den ich je kennengelernt habe, Wesley.« Sie fuhr mit einer Hand über eine ihrer schlanken, zitternden Antennen. »Wir nehmen keine Emotionen wahr, wie es bei Betazoiden der Fall ist, können aber die elektrischen Felder fühlen, die das meiste lebende Gewebe umgeben. Von denen kann man oft auf Gefühle schließen. Ich glaube, der Captain, Mr. Riker und Mr. Worf waren über ihre Konferenz mit dem Botschafter verärgert. Counselor Troi war verwirrt. Was Mr. Data betrifft, kann ich nichts sagen.«

»Das kann niemand«, erwiderte Wesley. »Mr. Data hat keine Gefühle. Aber das bedeutet, er bemerkt Dinge, die andere Leute übersehen. Mal sehen, was er dazu zu sagen hat.«

»Und auch die anderen«, sagte Shrev. »Wenn sie von dem Botschafter sprechen, wollen sie ihn vielleicht diskreditieren, aber das können wir in Betracht ziehen. Während Sie sich darum kümmern, werde ich sehen, was ich über die Anwesenheit der Ferengi in diesem Sektor herausfinden kann.«

»Alles klar«, sagte Wesley und erhob sich. »Ich informiere Sie, sobald ich irgend etwas herausgefunden habe.«

Als Wesley ihre Kabine verlassen hatte, ging er zum nächsten Computerterminal. »Wo ist Botschafter Offenhouse?« fragte er in der Hoffnung, der direkte Versuch würde funktionieren.

»Der Botschafter befindet sich in einem Turbolift«, antwortete der Computer. »Er ist auf dem Weg zum Gesellschaftsraum im zehnten Vorderdeck.«

Dann bin ich das auch, dachte Wesley und faßte den Entschluß, zu Fuß zu gehen. Es war Schiffsabend, und die Lampen waren zur simulierten Nacht gedämpft: eine gute Zeit zum Nachdenken.

Ich habe Mist gebaut, dachte er, womit er den Unfall meinte. Fünf einsitzige Trainingsschiffe, die bei einer Probe für die Abschlußfeier eines Jahrgangs in einer engen Formation geflogen waren. Der Kadettenführer des sogenannten Nova-Geschwaders hatte eine spektakuläre Show bieten wollen und Wesley und die anderen Mitglieder des Teams überredet, das komplizierte Kolvoord-Manöver zu fliegen, bei dem die Schiffe sich einander so weit näherten, daß die Plasmawolken ihrer Triebwerksstrahlen sich berührten und zu einer prachtvollen Rosette entzündeten. Das Manöver war gefährlich und verstieß gegen die Vorschriften, doch Wesley hatte sich bereit erklärt, dabei mitzumachen.

Es hatte nicht geklappt. Die Übungsraumschiffe waren während eines Versuchs in der Nähe des Saturn kollidiert, und Joshua Albert, einer der Kadettenpiloten und einer von Wesleys besten Freunden, war gestorben. Es hatte eine Untersuchung gegeben – und der Geschwaderführer hatte Wesley und die anderen Überlebenden überredet, bezüglich des Unfalls zu lügen, um das Team zu beschützen. Das hatte auch nicht geklappt. Die Lüge war zu kompliziert geworden, um der Ermittlung standzuhalten, doch Wesley hatte erst die Wahrheit gesagt, nachdem Captain Picard ihm gedroht hatte, sie selbst zu enthüllen. Seine Strafe – die Zurückstufung auf der Akademie um ein Jahr – war ihm im Vergleich zu dem, was er getan hatte, gering vorgekommen.

Warum habe ich nicht etwas Rückgrat gezeigt? fragte Wesley sich. *Ich hätte sagen sollen, das Manöver sei zu gefährlich ... hätte für meine Taten eintreten, niemanden belügen sollen.* Diese Schande war genauso schwer zu ertragen wie der Tod eines Freundes. Er wußte nicht, wie er sich jemals davon reinwaschen sollte.

Der Gesellschaftsraum auf dem zehnten Vorderdeck – kurz Zehn-Vorne genannt – war zur Hälfte gefüllt, als Riker, Worf und Data ihn betraten. »Guten Abend, die Herren«, sagte Guinan hinter der Bar. Wie immer wirkte die dunkelhäutige Frau erheitert, als hätte sie das Universum gerade dabei erwischt, wie es ihr einen feinsinnigen Streich spielen wollte. »Was darf es sein?«

»Das übliche, Guinan«, sagte Riker. »Für alle.«

Die Barchefin nickte. »Kommt sofort.«

Während die drei Offiziere an der Bar warteten,

wandte Data sich an Riker. »Ich bin bezüglich der cinematografischen Aufzeichnung, die wir gesehen haben, noch immer unsicher«, sagte der Androide. »Der vermeintliche Held, George Lincoln, wird als ›missing link‹ bezeichnet – das ›fehlende Glied‹. Gehe ich recht in der Annahme, daß damit ein hypothetischer Abschnitt im Evolutionsprozeß der Menschheit gemeint ist?«

»Ganz genau«, sagte Riker. »Die noch unentdeckte Stufe zwischen uns und unseren vormenschlichen Vorfahren.«

Data nickte. »Aber wenn ich das richtig verstehe, ist solch eine Bezeichnung mit ihrer Implikation minderwertiger geistiger Fähigkeiten als Beleidigung für einen Menschen gemeint. Und doch schwelgt der vermeintliche Held in dieser Anrede.«

»Das paßt doch genau«, sagte Riker. »Nur ein Vollidiot würde sich in solche Schwierigkeiten bringen.«

»Aber warum gefällt ihm dieser Name?« fragte Data.

»Wahrscheinlich brachte das zwanzigste Jahrhundert der Intelligenz nicht viel Respekt entgegen«, sagte Riker. »Oder dem Leben, wenn man bedenkt, daß die Leute damals solche Filme ernst nahmen.«

»Aber er war ... unterhaltsam«, sagte Worf.

Und er hätte dich fast zum Lachen gebracht, mein Freund, dachte Riker, während er nickte. Eines Tages würde der Erste Offizier die Barriere niederreißen – oder den Abgrund füllen –, die Worf am Lachen hinderte. Er sah das als Herausforderung an. Wenn er Worf zum Lachen bringen konnte, hatte er ein besseres Verständnis für die klingonische Seele entwickelt.

Guinan kehrte mit einem Tablett zu ihnen zurück, auf dem drei Kelchgläser standen. »Bitte sehr«, sagte sie. »Einen Skagway Slide, einen Pflaumensaft, einen Data Surprise.«

Riker runzelte die Stirn. »Was ist ein Data Surprise?« fragte er.

Guinans Lächeln wurde breiter. »Alles, was Data überrascht.« Sie sah zu, wie Data sein Getränk probierte. »Nun, Data? Sind Sie überrascht?«

»Ich habe noch kein Verständnis für dieses Gefühl entwickeln können«, gestand Data ein. »Doch was die Zusammensetzung betrifft, könnte man das Getränk wohl angemessen mit süß, stark und trocken beschreiben, wobei süß vorherrscht. Gehe ich recht in der Annahme, daß dieses Getränk einen ausgezeichneten Likör ergeben würde, den man nach dem Essen genießen kann?«

»Sehr gut«, sagte Guinan anerkennend. »Genau dafür findet er auf Argelius Verwendung. Wir werden noch einen Gourmet aus Ihnen machen, Data.«

Worf brummte etwas vor sich hin und nippte an seinem Pflaumensaft. Riker versuchte, nicht zu lächeln, als die violette Flüssigkeit ein zufriedenes Strahlen auf das Gesicht des Klingonen zauberte. *Eines Tages,* dachte Riker, *wird jemand mal seinen Mut zusammennehmen und ihm sagen, warum wir Menschen Pflaumensaft trinken – aber dieser Jemand werde nicht* ich *sein!* Rikers Getränk hatte den wuchtigen Geschmack fermentierter Fruchtsäfte; er ähnelte dem schwarzgebrannten Alkohol, den die Holzfäller in seinem heimatlichen Alaska brauten. Obwohl Synthehol den Äthylalkohol ersetzte, schmeckte der Skagway Slide noch immer wie ein Drink für harte Männer.

Die Tür des Gesellschaftsraums glitt auf, und Botschafter Offenhouse kam herein. Irgend etwas war aggressiv an der Art und Weise, wie der Mann zur Bar ging, doch Guinan lächelte ihn nur an. »Hallo, Herr Botschafter«, sagte sie. »Was darf es sein?«

Offenhouse nickte zu Worf hinüber. »Ich trinke, was der große Bursche dort trinkt.«

Guinan unterdrückte ein Lachen. »Kommt sofort.«

Pflaumensaft hatte eine beruhigende Wirkung auf die klingonische Seele, und Worf blieb ganz ruhig, als

Offenhouse ihn ansah. »Sagen Sie mal«, wandte der Mensch sich an ihn, »die Ferengi haben mit den Romulanern wie auch den Klingonen Geschäfte gemacht. Glauben Sie, eins dieser Völker würde den Ferengi so eine Tarnvorrichtung verkaufen?«

»Nein«, sagte Worf. »Fürchten Sie ein getarntes Ferengischiff?«

»Ja.« Offenhouse nahm von Guinan ein Glas Pflaumensaft entgegen. Er wollte es an die Lippen heben, senkte es dann aber wieder. »*Könnten* die Ferengi ein getarntes Schiff haben?«

»Vielleicht werden wir das herausfinden«, sagte Worf.

»Warum sollten wir uns darüber Sorgen machen?« fragte Riker ihn. Er konnte einfach nicht den Blick von Offenhouses Glas nehmen; er wollte unbedingt den Ausdruck auf dem Gesicht des Mannes sehen, wenn er einen großen Schluck Pflaumensaft hinunterstürzte.

»Warum? Das sollte doch offensichtlich sein«, erwiderte Offenhouse und starrte in sein Getränk. »Was, wenn die kleinen Mistkerle ein As im Ärmel haben? Ich möchte das nicht gern auf die harte Tour herausfinden müssen.«

»Herr Botschafter«, sagte Data, »fällt dieses Thema nicht unter Ihre Definition von Geheimhaltung?«

»Ja, allerdings«, sagte er. »Aber ich verstehe die moderne Kriegsführung nicht und *verabscheue* Überraschungen. Worf, nehmen Sie doch einfach mal so zum Spaß an, Sie würden eines Tages auf einen getarnten Kampfkreuzer der Ferengi stoßen. Was würde geschehen?«

»Sie sterben«, sagte Worf und kippte die Hälfte seines Getränks. Pflaumensaft machte ihn redselig. »Keine Tarnvorrichtung ist perfekt. Gegen die *Enterprise* hat ein getarntes Schiff keine Verteidigungsmöglichkeit, wie groß das übersteigerte Selbstvertrauen des Kommandanten auch sein mag.«

Offenhouse stützte einen Ellbogen auf die Bar. »Also können Sie ein getarntes Schiff aufspüren?«

Worf zuckte mit den Achseln. »Es ist nicht unmöglich.«

»Aber es ist *schwierig*«, sagte der Botschafter.

»Diesbezüglich könnten Sie sich bei Commander LaForge erkundigen«, sagte Riker in der Hoffnung, der Botschafter würde den Wink mit dem Zaunpfahl verstehen und gehen. »Er hält immer nach neuen Möglichkeiten Ausschau, unsere Sensoren zu verbessern.«

»Ist er gut in seinem Job?« brummte Offenhouse.

»Geordi hat mehrere Auszeichnungen für seine innovative Arbeit auf dem Gebiet der Sensortechnik bekommen«, sagte Data. »Seine Arbeit über tachyonische Heterodyns ist besonders angesehen.«

Die Tür öffnete sich erneut, und Riker sah, daß Wesley Crusher den Gesellschaftsraum betrat. Er blieb auf der Schwelle stehen, sah sich um und steuerte dann auf Offenhouse zu. »Herr Botschafter?« fragte er, als der Mann gerade das Glas hob. »Ich hoffe, ich störe nicht.«

»Nein.« Offenhouse setzte das Glas wieder ab und schaute den jungen Mann an. »Wesley Crusher, nicht wahr? Was kann ich für Sie tun?«

Wesley zögerte und stürzte sich dann ins kalte Wasser. »Nun ja, ich belege nächstes Jahr an der Akademie ein Geschichtsseminar, und im Vorlesungsverzeichnis steht, daß wir eine Woche lang über das zwanzigste Jahrhundert sprechen werden. Ich dachte, ich bekomme eine bessere Bewertung, wenn ich mit jemandem sprechen kann, der tatsächlich dabei war, als alles geschah.«

Offenhouse spielte mit seinem Glas Pflaumensaft. »Sie klingen ganz wie mein Junge, als er nach Annapolis kam.«

Obwohl Riker – im Grunde seines Herzens ein Soldat – es eigentlich gar nicht wollte, war er plötzlich interessiert. »Annapolis war die amerikanische Marineakademie, nicht wahr?«

»Genau«, sagte Offenhouse und sah Wesley an. »Stellen Sie Ihre Fragen, aber Sie müssen wissen, daß ich nicht das gesamte Jahrhundert über dabei war. Die letzten paar Jahre habe ich verpaßt, und die Anfänge sind etwas verschwommen ... zum Beispiel die Gebrüder Wright und die Erfindung der Armbrust.«

Wesley nickte eifrig. »Aber Sie müssen trotzdem noch eine Menge Dinge wissen. Zum Beispiel ... Sie waren doch Geschäftsmann, nicht wahr?«

»Ja.« Offenhouse betrachtete seine Fingernägel. »Sogar einer der besten.«

»Wie war das damals mit den Geschäften?« fragte Wesley. »Die Geschichtsbücher äußern sich darüber nicht eindeutig.«

»Die Dinge haben sich ein wenig verändert«, gestand Offenhouse ein. »Na schön, nehmen wir mal meinen Job. Ich war Finanzier, Investor – das, was man einen Entwicklungsanalytiker nennen könnte. Ich kaufe etwas – eine Fabrik, eine Fluggesellschaft oder eine Aktie – zu einem niedrigen Preis und verkaufe es zu einem hohen. Der Preisunterschied war der Profit – das Geld, das ich verdient habe. Mit diesem Verdienst habe ich dann weitere Investitionen getätigt, damit ich noch mehr Profite machen konnte.«

Wesley schien verblüfft zu sein. »Das klingt ziemlich kreisförmig«, sagte er. »Haben Sie denn nichts *getan*?«

Offenhouse schaute nachdenklich drein, während er unentwegt sein Glas drehte. »Doch, ich habe stets Profit dabei gemacht, und ich kann Ihnen sagen, ich habe jeden Denar davon verdient.«

»Herr Botschafter«, sagte Data, »der Denar war eine antike römische Münze, die schon lange vor dem zwanzigsten Jahrhundert nicht mehr in Gebrauch war.«

Offenhouse grunzte. »Ich nehme an, das haben Sie in irgendeinem Geschichtsbuch gelesen?«

Data nickte. »Diese Annahme ist richtig, Sir.«

Offenhouse deutete mit seinem Glas auf Data. »Wem wollen Sie glauben, mir oder irgendeinem Historiker? Bedenken Sie, ich war *dabei.*«

Data schaute höflich drein. »Die historischen Unterlagen ...«

»... sind so toll nun auch wieder nicht, wie sie immer dargestellt werden«, vollendete Offenhouse den Satz. »Sie würden nicht glauben, wie viele Fehler sich da einschleichen. Wie wir zu sagen pflegten ... die Geschichtsbücher werden von den Siegern geschrieben.«

»Mir ist noch immer nicht klar, *was* Sie getan haben«, sagte Wesley ungeduldig.

»Im Prinzip, Wes«, warf Riker ein, »hat er getan, was die Ferengi tun.«

»Das kann nicht stimmen«, sagte Wesley. »Ich meine, die Föderation würde nicht *zulassen*, daß jemand sich wie sie benimmt. Die Ferengi sind Lügner und Diebe.«

Offenhouses joviale Haltung versickerte allmählich. »Ich weiß«, sagte er.

Wesley bekam von dem plötzlichen Stimmungswandel nichts mit. »Sie handeln nicht einmal logisch. Fragen Sie Captain Picard. Er hat unseren ersten Kontakt mit ihnen hergestellt, und die Ferengi haben ihn sofort angegriffen. Sie haben sein Schiff, die *Stargazer*, zusammengeschossen und ...«

Offenhouse schlug sein Glas mit einem so lauten Knall auf die Theke, daß alle Gäste in Zehn-Vorne zu ihm herüberschauten. Blind für die Welt um ihn herum, stapfte er zum Interkom hinüber. »Computer, wo ist Picard?«

»Captain Picard befindet sich in seinem Quartier«, antwortete die forsche weibliche Stimme des Computers. »Er darf nur bei wichtigen dienstlichen Angelegenheiten gestört werden.«

»Gestört?« Offenhouse stieß ein Knurren aus, das sogar Worf beeindruckte. »Ich werde ihm zeigen, wer hier ›gestört‹ werden darf.« Er verließ den Gesellschaftsraum.

Wesley schaute von Worf zu Riker und dann zu Data. »Was habe ich nur gesagt?« fragte er in klagendem Ton.

Riker spreizte hilflos die Hände. »Keine Ahnung, Wes, aber Sie sollten es öfter sagen.« Er beobachtete Worf, der zum Interkom ging. Der Klingone sagte leise etwas, und Riker hörte, daß Picards Stimme antwortete.

»Wissen Sie, was ihn so auf die Palme gebracht hat?« fragte Wesley.

»Diese Sache können wir hier nicht besprechen«, sagte Riker energisch. »Der Botschafter besteht darauf, ein paar Dinge geheim zu halten.«

»Warum?« fragte Wesley. »He, ich weiß, daß wir ihn nach Megara bringen. Was ist an Megara so geheim?«

»Ich vermute, Sie haben die Daten des Planeten aufgerufen?« fragte Riker.

»Ich habe mir die Zusammenfassung für den Steuermann angesehen«, sagte Wesley. »Da steht, daß Megara eine primitive Welt ist.«

»Wir haben mehr Daten, als in der Zusammenfassung enthalten sind«, sagte Riker. »Wenn es Sie interessiert, können Sie ja einen Bericht über die Informationen in der Schiffsbibliothek für mich schreiben.«

»Ich werde darüber nachdenken«, sagte Wesley. Er drehte sich um und floh zur Tür hinaus.

Riker kicherte, als Worf sich wieder zu ihm und Data an den Tresen gesellte. »Nichts macht einem Kadett mehr Angst als die Androhung eines zusätzlichen Auftrags.«

Guinan hatte stumm gelauscht, während sie die Bar mit einem Tuch polierte. »Riker, Sie haben eine gemeine Ader«, sagte sie.

Worf nickte der Barchefin zu. »Er hat in der Tat viele bewundernswerte Eigenschaften – für einen Menschen.« Er nahm Offenhouses Glas und leerte es in einem einzigen Zug.

Picard nickte der Reflexion im Spiegel seiner Kommode zu. Nur sein bewunderndes Lächeln verdarb den Eindruck eines klassischen *Film noir*, den Filzhut und Trenchcoat ihm verliehen. Wenn seine Ahnung richtig war, würde es demnächst viel leichter sein, sich mit Ralph Offenhouse zu befassen.

Die Kabinentür glitt auf, und Offenhouse marschierte ungebeten hinein. »Picard ...« begann er, verstummte dann jedoch abrupt. »Was hat diese Kostümierung zu bedeuten?«

»Ich wollte ein Stündchen auf dem Holodeck verbringen«, sagte Picard. »Dort können wir uns unterhalten – unter vier Augen.«

»Na schön«, sagte der Mann knirschend. Er trat mit Picard auf den Gang. »Aber warum ziehen Sie sich wie Humphrey Bogart an?«

Es schien eine Sekunde zu dauern, bis Picard den Namen eingeordnet hatte; daß er ihn überhaupt kannte, war ein unerwarteter Nutzen, den er aus seiner Leidenschaft für alte Detektivgeschichten zog. »Einer meiner liebsten Zeitvertreibe ist es, die Rolle von Dixon Hill zu spielen«, sagte Picard. »Er ist ein fiktiver Detektiv aus dem San Francisco der Ära Roosevelts, und ich simuliere diese Welt auf dem Holodeck. Vielleicht finden Sie das amüsant – ich habe den Hintergrund selbst recherchiert, hege aber gewisse Zweifel, was die Genauigkeit der Schauplätze betrifft.«

»Und Sie hätten gern, daß ich Sie auf die Fehler hinweise?« fragte Offenhouse.

»Wenn Sie so nett wären.« In Wirklichkeit hatte Picard eine umfassende historische Recherche betrieben und bezweifelte, daß Offenhouse irgendeinen grellen

Anachronismus bemerken würde. Wenn überhaupt, müßte er sich eigentlich in dieser Umgebung, die in etwa seiner angestammten Ära entsprach, wie zu Hause fühlen.

»Es wird mir ein Vergnügen sein«, sagte Offenhouse lächelnd. »Irgendwie kommen Sie mir nicht wie der typische Leser von Privatdetektivromanen vor, Picard.«

»Der Anschein kann täuschen, nicht wahr?« sagte Picard. »Ich weiß einen guten Kriminalroman durchaus zu schätzen. Die Schönheit der Hill-Romane liegt darin begründet, daß sie alle Hinweise präsentieren, die man braucht, um das Rätsel aufzulösen, diese Hinweise aber oft so getarnt werden, daß man sie leicht übersehen kann. Man weiß nie ganz genau, was geschieht.«

»Ich dachte, davon würden Sie im wirklichen Leben genug bekommen«, sagte der Botschafter. Am Ende des Ganges betraten sie einen Turbolift, und Picard nannte Holodeck drei als Ziel. »Übrigens, Picard«, sagte Offenhouse, »Sie sollten vielleicht diesen kleinen Crusher im Auge behalten. Er weiß, daß etwas in der Luft liegt.«

Picard runzelte die Stirn. »Ach was?«

»Ja. Vor ein paar Minuten wollte er mir unten in Zehn-Vorne Informationen entlocken.«

»Wesley ist ein neugieriger und intelligenter junger Mann«, sagte Picard. »Des weiteren ist er diskret. Wenn er ein Geheimnis aufdeckt, wird er es nicht verraten.«

Offenhouse schaute nachdenklich drein. »Wenn er so klug ist, sollten wir ihn vielleicht in die Sache einbeziehen.«

»Nein, noch nicht. Ich würde gern sehen, wie weit er, auf sich allein gestellt, kommt.« Der Turbolift hielt an, und sie stiegen aus. Picard führte Offenhouse zum Eingang des Holodecks. »Computer, aktiviere Programm Picard eins. Wähle ein Datum im März neunzehnhundertsechsunddreißig aus.«

»Programm aufgerufen«, sagte der Computer und öffnete ihnen die Tür.

Sie traten in ein Wartezimmer, in dem eine blonde Sekretärin hinter einem Schreibtisch saß und ihre Nägel mit einer Sandblattfeile polierte. »Keine Anrufe für Sie, Mistah Hill«, sagte sie mit breitem Akzent zu Picard.

»Verstanden, Madeline«, sagte Picard und öffnete manuell die mit einem Knauf versehene Tür zu seinem Büro. »Mr. Offenhouse und ich möchten nicht gestört werden.«

Das Büro war schmuddelig und heruntergekommen, doch die Stühle waren bequem. »Nicht übel«, gestand Offenhouse ein, als er sich setzte. »Natürlich sollte Ihre Sekretärin grünen Lippenstift und orangefarbene Handschuhe tragen, und in den meisten Büros dieser Art hängen Kuckucksuhren an der Wand.«

»Aha«, sagte Picard. Er nahm hinter dem Schreibtisch Platz, hielt den Vorschlag des Botschafters in einer Aktennotiz fest, öffnete dann eine Schublade und nahm eine Flasche Gin und zwei schmutzige Gläser heraus. »Ich glaube, es ist an der Zeit, daß wir beide ins Reine miteinander kommen«, sagte er und reichte Offenhouse ein Glas. »Ich merke ganz deutlich, daß Sie meine Unterstützung nicht wünschen.«

Offenhouse trank einen Schluck, zuckte mit den Achseln und sah Picard an. »Verdammt richtig. Als Starfleet mir mitteilte, sie würden die *Enterprise* nach Megara schickten, habe ich mit der Faust auf Schreibtische geschlagen, gebrüllt, bis ich blau im Gesicht war, und mit meinem Rücktritt gedroht …«

»Warum?« fragte Picard. »Wenn Sie eine persönliche Animosität gegen mich haben …«

»Sie sind es nicht, Picard, es ihr Ihr *Schiff*. Als Singh mir diese Lügengeschichte erzählte, ein anderes Schiff stünde nicht zur Verfügung ...« Offenhouse betrachtete angewidert sein Glas und stellte es dann auf den Schreibtisch. »Picard, bei so einem Gespräch braucht man *echten* Schnaps, nicht diesen Synthehol für Waschlappen.«

Picard stellte sein Glas auf den Schreibtisch. »Was genau stimmt nicht mit meinem Schiff?«

»Zivilisten«, sagte Offenhouse. Er stand auf, ging zum Fenster und schaute auf die Skyline von San Francisco hinaus. Die Golden Gate Bridge war so anmutig wie ein Shinto-Schrein und wurde doch gleichzeitig von dem häßlichen Alcatraz fast in den Hintergrund gedrängt. Für Picard waren diese benachbarten Bauten stets Symbole für die extremen Gegensätze des zwanzigsten Jahrhunderts gewesen, für das Gute und das Böse, das so häufig Seite an Seite gelebt hatte – und die unzureichende Weise, auf die das Gute gegen das Böse gekämpft hatte.

»Zivilisten«, wiederholte Offenhouse. Mit einem Gesichtsausdruck, der an Schmerz grenzte, wandte er sich vom Fenster ab. »Picard, das ist doch ein Schlachtschiff, oder?«

»Notfalls, ja«, gestand der Captain ein.

»Es ist ebenfalls ein Forschungsschiff«, sagte Offenhouse. »Sie sollen die Nase in seltsame Orte stecken und sehen, was sich ergibt.«

Picard nickte. »Das stimmt.«

»Kampf und Forschung – das sind zwei gute, schnelle Möglichkeiten, um zu sterben.«

»In der Tat.« Picard lehnte sich mit seinem Stuhl zurück und rieb nachdenklich sein Kinn. »Sie fragen, was uns das Recht gibt, Zivilisten dieser Gefahr auszusetzen.«

»Sie sind schnell von Begriff«, sagte der Botschafter. Er trat zum Schreibtisch zurück und betrachtete die Gegenstände, die darauf lagen. Einer davon war eine örtliche Zeitung, die *Sun*. Das Papier zerknitterte, als

Offenhouse die Schlagzeilen beiläufig mit einer Fingerspitze berührte. *Farbige Wahlbezirke könnten in diesem November für FDR stimmen,* erklärte die eine, während die andere warnte: *Hitler erklärt: Deutschland wird das Rheinland wiederbesetzen.*

»Das Risiko ist ein notwendiges Übel«, sagte Picard zu ihm. »Es gab tatsächlich eine Zeit, in der die Schiffe von Starfleet in erster Linie militärische Schiffe waren. Wir hatten ein ›heroisches Zeitalter‹ mit solchen Captains wie Garth, Pike, Kirk und Sulu ...«

»Das war ein wenig nach meiner Zeit«, sagte Offenhouse.

»... aber es war auch ein gefährliches Zeitalter«, fuhr Picard fort. »Zu oft gingen solche Captains für zweifelhafte Ergebnisse gewaltige Risiken ein. Sie verstießen aus Gründen, die uns heute trivial vorkommen, gegen die Erste Direktive. Mehrmals hätten sie die Föderation fast in den Krieg gestürzt. Sie waren nach dem medizinischen Standard ihrer Zeit geistig völlig gesund, aber trotzdem unausgeglichen.«

»Ich habe davon gelesen«, sagte Offenhouse. Er setzte sich und legte die Füße auf Picards Schreibtisch. Dann schloß er die Augen, aber Picard sah auf seinem Gesicht nichts, was man mit Entspannung umschreiben konnte. »Decker hat es mit dem Planeten-Killer bis zum Ende ausgetragen, obwohl er nicht die geringste Chance hatte. Garth hat versucht, zum neuen Napoleon zu werden, Tracy beging auf Omega Vier Völkermord ... ihr Starfleet-Captains seid schon ein auserlesenes Häufchen.«

»Einige von uns ließen sich von der Macht hinreißen«, gestand Picard ein. »Und Starfleet hat auf unterschiedlichste Art und Weise versucht, das Problem zu lösen. Zivile Besatzungen, weibliche Führungskräfte, Crews aus zahlreichen Spezies Dutzender von Welten, automatische Entscheidungsprozesse. Nichts hat funktioniert. Dann wurde uns klar, daß wir Soldaten in Militärschiffe setzen und sie vom Rest der Föderation abschneiden. Ein paar Wochen in einer dermaßen eingeschränkten Umgebung, und die Weltsicht eines jeden Menschen verzerrt sich.«

Offenhouse öffnete ein Auge und sah Picard an. »Also packt man ein Schiff mit Familien voll, nur damit die Führungsoffiziere nicht achtlos werden?«

»Das ist einer der zahlreichen Gründe für die Anwesenheit von Zivilisten an Bord«, sagte Picard. Der Zyklopenblick machte ihn nervös, und er war froh, als Offenhouse das Auge wieder schloß. »Die bittere Erfahrung hat gezeigt, daß sie nötig ist. Wenn Kinder um einen herumlaufen, kann man nicht so tun, als sei das Universum einzig und allein ein Ort für heldenhafte Kämpfe, oder vergessen, daß seine Handlungen folgenreiche Konsequenzen haben. Man lebt auch in einer ausgeglicheneren Welt, und das trägt dazu bei, daß man selbst das Gleichgewicht bewahrt.«

»Und Sie sind davon überzeugt, daß diese Entscheidung richtig ist«, sagte Offenhouse.

»Nein, Sir, das bin ich nicht«, gestand Picard ein. »Obwohl dieses Prinzip funktioniert, weiß ich, daß der Zweck nicht die Mittel heiligt. Aber ich weiß, daß Starfleet die *Enterprise* nicht durch ein anderes Schiff ersetzen lassen muß, nur um Ihre Nerven zu beruhigen. Sie werden Ihre Entscheidungen genauso sorgfältig abzuwägen haben wie ich.«

Offenhouse schnaubte. »Das hatte ich sowieso vor.«

»Auch die Captains, die Sie genannt haben, hatten gute Absichten«, sagte Picard. »Aber sprechen wir lieber über unsere Absichten in Bezug auf Megara. Warum halten Sie diese Welt für gefährlich?«

»Abgesehen von einem schießwütigen Ferengi mit einem eigenen Raumschiff?« Offenhouse seufzte. »Picard, die Ferengi haben schätzungsweise etwa fünfzig Milliarden Krediteinheiten für Megara ausgegeben. Sie werden versuchen, ihre Handlungen zu verbergen.

Dixon Hill ist bestimmt schon Leuten begegnet, die für viel weniger getötet haben.«

»Wenn Sie es so ausdrücken, ist Ihre Besorgnis verständlich.« Picard öffnete seine Schreibtischschublade und holte einen flachen, stählernen Gegenstand hervor. Der Deckel gab ein schnappendes Geräusch von sich, als er ihn aufklappte und eine eigentümliche Anordnung mit einem Stück Faden, einem Metallkäfig mit einer Öffnung darin und einem winzigen eingekerbten Rad enthüllte. »Fünfzig Milliarden Krediteinheiten?«

»Ja. Eine Berechnung aufgrund der Daten der Sonde. Wenn man sich das Budget und Megaras Position ansieht, riecht die ganze Sache nach einer geheimen Militäroperation.«

»Einmal davon abgesehen, daß die Ferengi nicht besonders militaristisch sind.« Picard betrachtete das Ding. Sein Zweck blieb ihm verschlossen – er roch, wie eine Kohlenwasserstoffverbindung den Docht tränkte. Als er das Rad drehte, entstanden Funken, die den Docht entzündeten. Vielleicht hatte Hill das Gerät bei einem seiner Fälle benutzt – man konnte damit vielleicht ein Feuer machen. »Sie kämpfen nur, wenn sie damit Profit machen können«, sagte Picard. Der beißende Geruch der Flamme stieg ihm in die Nase, und er rümpfte sie.

»Ich weiß«, sagte der Botschafter. »Und ...« Er sog die Luft ein. »Und ... ich wollte auch nicht ... das heißt, ich sehe keinen Profit darin ... ich meine, keinen Profit für sie ...«

Unbeholfen klappte Picard den Deckel des Geräts wieder zu und löschte damit die blauen Flamme. »Herr Botschafter?« fragte er besorgt. Offenhouse umklammerte die Lehnen seines Stuhls so fest, daß die Knöchel weiß hervortraten, als wollte er sich verzweifelt in dieser Welt festhalten. »Sind Sie in Ordnung?«

»Ja … ich bin nur ein wenig müde. Man sollte doch meinen, daß der große Schlaf mich hellwach für Ihr … ich meine, für den Rest *dieses* Jahrhunderts gemacht hat.«

»Wir können unser Gespräch später fortsetzen«, sagte Picard.

»Ja … wir haben alle Zeit der Welt.« Offenhouse winkte Picard geistesabwesend zu und ging zum Ausgang des Holodecks. Die Tür glitt auf und enthüllte einen Gang des Raumschiffs hinter dem illusorischen Büro. Als Offenhouse auf den Gang starrte, sah Picard einen Ausdruck schmerzlicher Enttäuschung auf seinem Gesicht. »Alle Zeit der Welt«, wiederholte er traurig.

4

Admiral Singhs Gesicht verschwand vom Bildschirm. Picard blieb lange schweigend sitzen, stand dann auf und ging zum Fenster seines Bereitschaftsraums. *Wir sind auf uns selbst gestellt,* dachte er, während er den sich scheinbar langsam bewegenden Sternenhimmel betrachtete.

Die Tür zischte. »Sie wollten mich sprechen, Captain?« fragte Riker.

»Ja, Nummer Eins.« Ein trüber roter Stern bewegte sich etwas schneller als die anderen. Die Parallaxe, dachte Picard müßig; der rote Zwerg war wahrscheinlich höchstens ein paar Lichtwochen von der *Enterprise* entfernt, und aufgrund der Geschwindigkeit des Schiffes schien er durch das All zu rasen.

Picard wandte sich vom Fenster ab. »Ich habe gerade mit Admiral Singh gesprochen. Wir setzen die Mission fort.«

Riker runzelte die Stirn. »Mit einem instabilen Anachronismus als Botschafter?«

»Ralph Offenhouse ist nicht instabil«, sagte Picard. »Aber er hat Probleme.«

»Weiß jemand, was ihm ›Probleme‹ bereitet?« fragte Riker.

Picard schüttelte den Kopf. »Über den Botschafter stehen nur sehr wenige Informationen zur Verfügung. Wie Admiral Singh mir gerade mitgeteilt hat, *fängt* seine Personalakte mit seiner Sterbeurkunde *an*. In der Zusammenarbeit mit seinen Beratern war er alles andere als kooperativ, doch sie sind der Ansicht, er sei durchaus imstande, seine Aufgabe zu erfüllen, und Arbeit sei die beste Therapie für seine Sorgen. Seine Talente wiegen viel schwerer als seine Probleme – und die historischen Unterlagen lassen den Schluß zu, daß er vor seinem Tod ein stabiler, ja sogar brillanter Mann war.«

»Nach dem Standard des zwanzigsten Jahrhunderts«, sagte Riker.

Picard lächelte schwach. »Nachdem ich auf dem Holodeck mit ihm gesprochen habe, bin ich der Ansicht, daß er beeindruckender ist, als er ahnen läßt. Zum Beispiel weiß er, daß Wesley Crusher Ermittlungen über die Lage auf Megara anstellt.«

»Ach was?« fragte Riker mit offensichtlicher Überraschung.

»Anscheinend hat Wesley im Gesellschaftsraum ein paar gezielte Fragen gestellt.« Picard kehrte zu seinem Sessel zurück und bedeutete seinem Stellvertreter, ebenfalls Platz zu nehmen. »Nummer Eins, sowohl Dr. Crusher als auch Counselor Troi versichern mir, daß der Botschafter gesund ist. Trotzdem würde ich gern wissen, was ihn heute so nervös gemacht hat. Was ist in Zehn-Vorne geschehen?«

Riker strich über seinen Bart. »Nun ja … er hat Worf gefragt, ob Ferengischiffe über Tarnvorrichtungen verfügen und ob es gefährlich sei, gegen sie zu kämpfen. Dann kam Wesley herein. Er hat Offenhouse gefragt, welcher Arbeit er früher nachging, und der Botschafter hat jede Menge Doppeldeutigkeiten von sich gegeben. Dann erwähnte Wesley den Zwischenfall mit der *Stargazer*, und unmittelbar darauf ging Offenhouse zu Ihnen. Er kam mir aufgeregt vor«, schloß Riker.

Picard nickte. »Was wurde über die *Stargazer* gesprochen?«

»Nur die grundlegenden Fakten«, sagte Riker. »Sie hatten den Befehl über das Schiff, es war unser erster

Kontakt mit den Ferengi, und sie haben ohne jede Provokation angegriffen.«

Das erklärt vieles, dachte Picard. *Oder doch nicht? Es ist fast zu offensichtlich.* »Fällt Ihnen sonst noch etwas ein?«

»Nun ja … Offenhouse hat seinen Sohn erwähnt«, sagte Riker. »Ich glaube, Wesley hat den Botschafter an ihn erinnert.«

»Interessant«, murmelte Picard. »Vielen Dank, Nummer Eins.«

Riker verließ den Bereitschaftsraum, und Picard wandte seine Aufmerksamkeit der Computerkonsole zu. Nach ein paar informativen Minuten rief er Deanna Troi.

Wesley erblickte Shrev im Gang vor dem Holodeck zwei. Sie trug ihre graue Tunika und hatte ein Messer an ihre Hüfte geschnallt. Wesley kämpfte gegen den Drang an, ihren Namen zu rufen, als er zu ihr ging. Er hatte noch keine Zeit gehabt, sich umfassend über die Gebräuche der Zhuik zu informieren, doch die Intuition verriet ihm, daß Shrevs Spezies ein lautes, aufdringliches Verhalten als Unhöflichkeit ansehen würde.

Sie sah, daß er sich näherte. »Hallo, Wesley«, sagte sie und neigte leicht den Kopf, um ihre schlanken Antennen auf ihn richten zu können. »Sie erwecken den Anschein, als hätten Sie Neuigkeiten.«

Wesley hielt die Stimme gedämpft. »Allerdings, Shrev. Ich habe vor ein paar Stunden mit dem Botschafter gesprochen. Er hat gesagt, er sei Entwicklungsanalytiker – na ja, gewissermaßen.«

»Ich verstehe diese Einschränkung nicht«, sagte Shrev.

»Das ist die moderne Bezeichnung für die Tätigkeit, die seinem damaligen Beruf am nächsten kommt«, sagte Wesley. »Ich hätte Sie schon eher aufgesucht, wollte aber vorher noch etwas über diesen Beruf in Erfahrung bringen.«

Die Holodecktür öffnete sich, und De Shay kam heraus. Er trug die – nun schmutzige und grasbefleckte – Montur eines Fußballspielers und grinste breit, während er einen Fußball jonglierte. Er hatte ein blaues Auge. »Hallo, Wes, Shrev«, sagte er. »Ich hoffe, ich habe Sie nicht warten lassen.«

»Keineswegs, Sir«, sagte Shrev. »Ich bin gerade erst gekommen.«

»War Ihr …« Wesley räusperte sich und befleißigte sich wieder einer normalen Lautstärke. »Hat Ihr Spiel Spaß gemacht, Mr. De Shay?«

»Allerdings«, sagte De Shay fröhlich. »Wir haben den verdammten Engländern gezeigt, was eine Harke ist. Zwei zu eins gewonnen. Ein schöneres Spiel hat es nie gegeben, *mon amie*.« Er ging davon und ließ den Ball geschickt von der Ferse auf den Kopf hüpfen.

Wesley warf einen Blick auf die Holodecktür; Shrev schien es kaum noch abwarten zu können, dort hinein zu gehen. »Wir können uns später unterhalten, wenn Sie hier fertig sind«, schlug er vor.

»Mein Dienst beginnt in einer Stunde.« Sie blieb stehen und dachte kurz nach. »Vielleicht könnten Sie in Erwägung ziehen, mich zu begleiten, obwohl ich befürchte, daß meine Art der Entspannung Ihnen Unbehagen bereiten wird.«

Wesley zögerte. »Darf ich fragen, wie Sie sich entspannen?«

Sie nickte einmal, offensichtlich eine Nachahmung der menschlichen Geste. »Ich werde durch einen Stadtstock gehen. Gewisse Leute werden sich unhöflich benehmen, und ich werde sie töten.« Shrev legte eine Hand auf den in einer Scheide steckenden Dolch.

Wesley kam zum Schluß, daß dies nicht schlimmer klang als einige der Dinge, die Worf und Riker auf dem Holodeck anstellten. »Ich würde Sie gern begleiten«, sagte er. »Wir könnten uns ungestört unterhalten, und ich kann vielleicht auch etwas über Zhuiks lernen.«

»Möge das, was Sie lernen, nützlich sein.« Shrev drehte sich zur Türkontrolle um. »Bitte Shrev Programm eins.«

Die Tür öffnete sich zu einem ovalen Tunnel, der nach oben und nach rechts führte. Im Licht schwacher orangefarbener Lampen strömten Zhuiks schweigend in beide Richtungen. Die verhärmten, verkniffenen grünen Gesichter wandten sich Wesley zu und dann wieder ab. Viele der Wesen schienen bewußtlos zu sein, obwohl sie die Augen geöffnet hatten. Zhuiks schliefen nicht, doch von Zeit zu Zeit fiel ihr Verstand in einen Dämmerzustand; wie bei menschlichen Schlafwandlern blieb ihr Körper in Bewegung, während ihr Gehirn sich ausruhte. Wesley stellte fest, daß – wie es auch bei irdischen Insektenstöcken der Fall gewesen wäre – alle Wesen, die er hier sah, weiblich waren.

»Ich habe, wie versprochen, Nachforschungen über die Ferengi betrieben«, sagte Shrev zu Wesley. »Ich habe lediglich herausgefunden, daß sie noch nie zuvor in diesem Sektor waren. Er befindet sich weit von ihrem Gebiet entfernt, und diese Entfernung würde jeden Handel unprofitabel machen.«

»Aber sie sind trotzdem hier«, flüsterte Wesley. Die Tatsache, sich mitten in einem Stock von Fremdwesen zu befinden, machte es ihm leicht, leise zu sprechen. Er folgte Shrev auf dem Fuße; wohin sie auch gingen, sie bewegten sich genauso schnell wie die anderen Zhuiks.

»Und der Botschafter ist hier, weil sie hier sind«, murmelte Shrev. Sie bogen durch eine scharfe Kurve des Tunnels. Hier neigte der Boden sich zu einer Y-förmigen Kreuzung. Noch mehr Zhuiks wimmelten um sie herum. Wesley sah zwei der Wesen, die in einer Nische standen; sie hatten die Köpfe gesenkt, um die Antennen aneinander reiben zu können. »Sie haben erwähnt, er sei Entwicklungsanalytiker. Ich muß meine unentschuldbare Unwissenheit über dieses Thema eingestehen. Würden Sie sich die Mühe machen, mich in dieser Hinsicht aufzuklären?«

»Ich kann nicht gerade behaupten, ein Experte zu sein«, sagte Wesley, »aber ein Entwicklungsanalytiker studiert, wie ein ökonomisches System arbeitet, und sucht Stellen, an denen man es verbessern kann. Das deckt zahlreiche Gebiete ab: Rohstoffe, Fertigung, Personal, Forschung und Entwicklung, Vertrieb, Transport ... alles mögliche.«

»Jemand, der sich auf so etwas versteht, könnte aufgrund weniger Beobachtungen zahlreiche Schlüsse über eine Gesellschaft ziehen«, sagte Shrev. »Nun müssen wir überlegen ...«

Sie hatten die Tunnelkreuzung erreicht. Eine Zhuik trat aus der Menge und blieb vor Shrev stehen. Sie funkelte Wesley wütend an und betrachtete dann Shrev. »Ist auch in deinem Messer Eisen?« fragte sie leise.

Shrev zog ihr Messer. »Wie du siehst, besteht mein Messer aus gehärtetem Kupfer. Darf ich fragen, wer Shrev vom Stock Zss'zhz anspricht?«

Die Frau schwenkte ihren Dolch. »Ich hoffe, es erfreut dich zu erfahren, daß ich Zhen vom Stock Zss'zhz bin. Es ist meine Lebensaufgabe, die Eier zu untersuchen, die sich in unseren Gelegen finden, und die fehlerhaften zurückzuweisen.«

»Und ich bin geschlüpft, um Starfleet-Offizier zu werden und der Föderation zu dienen, der Zhuik angehört«, flüsterte Shrev.

»Mutantenwerkzeug der Fremden«, murmelte die Frau und stürzte sich auf Shrev. Die Menge wich zurück, um den Kämpferinnen Platz zu schaffen. Wesley trat vor, um Shrev zu helfen, zog sich dann aber an die gebogene Tunnelwand zurück. *Genau das hat sie ja gewollt,* sagte er sich, als Shrev und die Frau einander mit gezückten Messern und gesenkten Köpfen umkreisten. Die Frau sprang vor. Shrev wirbelte auf den Absätzen herum und ging mit dem Messer auf sie los. Shrevs Dolch traf sie mitten in die Brust, und sie beendete ihre holographische Existenz. Shrev steckte den Dolch in die Scheide zurück und wandte sich ab; Wesley schien sie völlig vergessen zu haben.

Die Menge setzte sich wieder in Bewegung, und Shrev wurde vom Strom der Körper erfaßt. Wesley schüttelte seine Überraschung ab und folgte ihr schnell. Als er sie einholte, sah er, daß ihre Augen glasig geworden waren, als würde sie ebenfalls schlafwandeln.

Dann richtete ihre Aufmerksamkeit sich wieder auf Wesley zurück. »Nun müssen wir überlegen, welche Dinge einen Entwicklungsanalytiker interessieren würden«, sagte sie und klang dabei ganz so, als sei nicht das geringste geschehen. »Wir haben das gewaltige Wachstum der megaranischen Industrie. Es ist klar, daß die Ferengi dabei ihre Hände im Spiel haben.«

»Sie müssen eine Menge Hightechgeräte importiert haben, um das zu schaffen«, sagte Wesley. Er wollte sie fragen, was den Kampf ausgelöst hatte, aber das schien nicht der richtige Zeitpunkt für Neugier zu sein. »Und Berater. Das ist kostspielig ... und die Zeit ...«

»Was ist mit der Zeit?« fragte Shrev.

»Die Veränderungen, die sie auf Megara bewirkt haben, müßten eigentlich *Jahre* gedauert haben«, sagte Wesley. »Aber Ferengi tätigen keine so langfristigen Investitionen. Sie sind auf schnelle Profite aus. Je schneller, desto besser.«

»Ich weiß nur wenig über die Ferengi«, sagte Shrev. »Ist es möglich, daß sie mit dem, was sie hier tun, einen gewaltigen Profit machen können?«

»Keine Ahnung«, sagte Wesley. »Vermutlich soll Mr. Offenhouse auch *das* herausfinden. Aber so benehmen Ferengi sich sonst *niemals*.«

»Dann müssen wir bessere Kenntnisse erlangen«, sagte Shrev. Im Tunnelboden war ein Loch, an dessen Seiten zahlreiche Kupfersprossen in die Wand eingelassen waren. Zhuiks kletterten die Sprossen hinauf und hinab. Shrev stieg in das Loch hinab, und Wesley versuchte, mit ihr mitzuhalten. Es war eine belebende Tätigkeit, wie eine Trainingseinheit in der Sporthalle.

Als sie den Boden erreichten, verbeugte eine Zhuik sich vor Shrev. »Darf ich Sie belästigen, indem ich Sie frage, wie ich zur Oberfläche gelange?« flüsterte sie. Wesley klammerte sich an die Sprossen und beobachtete, wie Shrev wieder ihr Messer zog.

Deanna Troi konzentrierte ihre Aufmerksamkeit auf Ralph Offenhouse, als sie sich dessen Quartier näherte. Er war wach, entspannt und in heiterer Stimmung. Seine Laune stellte für die Empathin von Betazed jedoch keinen Trost dar. Stimmungsschwankungen waren bei Leuten mit gefühlsmäßigen Problemen nicht unüblich. Seine derzeitige gute Verfassung mußte kein Indiz dafür sein, daß er wirklich seelisch gesund war.

Sie betätigte den Summer und nannte ihren Namen; die Tür öffnete sich auf seinen Befehl. Der Botschafter lag in einem Bademantel auf seinem Bett und hatte die Arme hinter dem Kopf verschränkt, während er sich die holographische Aufzeichnung einer beliebten Bühnenshow ansah. »Setzen Sie sich«, sagte er und kicherte über einen Dialog der Unterhaltungssendung.

»Danke«, sagte Troi. »Wie geht es ...«

Sein rauhes Gelächter unterbrach sie. »Entschuldigung«, sagte er, als er zu lachen aufgehört hatte. »Aber diese Serie ist ein Klassiker. Da, das ist die Folge, in der Mister Ed denkt, er sei reif für die Abdeckerei, und Wilbur bittet, ihm ein kleines Pony zu kaufen, das ihm Gesellschaft leistet, damit er sich wieder jung fühlt. Aber Wilbur kauft aus Versehen ein *Shetland*pony, und als Ed begreift, daß das ›Pony‹ über zwanzig Jahre alt ist, wird ihm plötzlich klar, daß er gar nicht so alt ist. Das ist heute noch genauso komisch wie damals, als ich ein Kind war. Ein Klassiker!«

»Ich verstehe«, sagte Troi und stellte fest, daß er zusammenhangloses Zeug redete. »Aber Herr Botschafter, Sie können diese Sendung als Kind unmöglich gesehen haben. Sie heißt ›Robot Rolls‹.«

»Klar, so nennen *die* es«, sagte Offenhouse mit einem wissenden Grinsen. »Aber jemand hat einfach eine alte Episode von ›Mister Ed‹ geklaut, das sprechende Pferd durch einen Robot-Luftwagen ersetzt und für neu ausgegeben. Sie mögen das Fernsehen zwar durch Bühnenshows ersetzt haben, aber die populäre Unterhaltung hat sich kein bißchen verändert, seit ich ins Gras gebissen habe.«

»Warum sehen Sie es sich dann an?« fragte Troi.

»Warum? Ganz einfach.« Offenhouse ging zum Replikator. »Zwei Wodka-Martinis, mit Oliven«, sagte er. Der Replikator erzeugte zwei konische Gläser, und er trug eins zu Troi hinüber. »Sie wurden in dieses Jahrhundert hineingeboren. Ich nicht. Ich muß den Hintergrund mit allem Drum und Dran aufnehmen. Ein guter Geschäftsmann geht nun mal so vor.«

»Das ist sehr vernünftig.« Troi nippte an ihrem Drink. *Was bin ich froh, daß es Synthehol gibt,* dachte sie. Bei vielen Kulturen war das Trinken ein wichtiges Ritual, und Synthehol besaß viele Vorzüge des Alkohols, aber keine der schädlichen Nebenwirkungen. Der Rausch ging schnell wieder vorbei, aber für gesellige Zwecke reichte er aus. »Sie haben sich wahrscheinlich schon gedacht, daß ich nicht zu einem Höflichkeitsbesuch vorbeigekommen bin. Captain Picard hat mir gesagt, daß Sie sich heute auf dem Holodeck schrecklich unbehaglich gefühlt haben ...«

»... und nun sollen Sie überprüfen, ob ich noch alle Tassen im Schrank habe«, sagte Offenhouse, während er mit seinem Drink Platz nahm. »Das sollte nicht allzu lange dauern. Eins, zwei. Ja, ich hab sie noch alle.«

Sie lächelte. »Können Sie mir sagen, was Sie auf dem Holodeck empfunden haben?«

Er seufzte. »Es *sah* so *aus*, als wäre ich wieder im echten San Francisco – ich habe als Junge dort mal einen Sommer verbracht. Frisco war damals anders, aber es gab noch immer Büros wie das, das Picard mir gezeigt hat, und mein Dad nahm mich in einige davon mit. Zuerst ging es mir prächtig, aber dann drehte ich beinahe durch, als Picard anfing, mit diesem Feuerzeug zu spielen. Das alte Zippo meines Dads machte fast dasselbe Geräusch, und dann der Geruch von Benzin ...«

»Und die Vergangenheit stürmte auf Sie ein«, sagte Troi. Gerüche und Geräusche waren starke Gedächtnisstimuli. Sie wünschte, der Captain hätte sie vorher um Rat gefragt; sie hätte ihn warnen können, daß der Versuch, Ralph Offenhouse eine vertraute Umgebung zu schaffen, auf jeden Fall riskant war.

Offenhouse nickte. »Es war zu viel, Counselor. Ich hatte den Eindruck, wieder zu Hause zu sein ... als könnte ich aus diesem Büro gehen und ... und ...«

»Und irgendeine noch unerledigte Aufgabe in Angriff nehmen?« fragte Deanna. Sie spürte, wie die Frage sein der Sache zugrunde liegendes Schuldgefühl verschlimmerte. »Sie möchten gern etwas ändern, nicht wahr?«

Er nickte. »Das ist das Problem, wenn man einfach umkippt. Man hat keine Chance mehr, die Dinge in Ordnung zu bringen.« Er seufzte. »Ich werde mich mit der Zeit wohl an meine neue Umgebung gewöhnen. Wenn das alles ist ...«

Deanna schüttelte den Kopf. »Ich möchte Ihnen auch noch ein paar Fragen über die *Enterprise* stellen.«

Er zuckte mit den Achseln. »Picard und ich haben dieses Gespräch bereits geführt. Ihr Schiff hat ein paar dumme Eigenschaften, aber ich kann damit leben.«

»Ich meine nicht diese *Enterprise*«, sagte Deanna. »Ich meine den amerikanischen Flugzeugträger.«

Offenhouse schwieg eine beträchtliche Weile. »Das Schiff meines Sohnes«, sagte er schließlich.

»Captain Picard hat die historischen Unterlagen überprüft«, erklärte Troi ihm. »Peter Linde Offenhouse war Pilot eines Flugzeugs an Bord der *Enterprise*, als sie im Japanischen Meer versenkt wurde.«

»Zwei Jahre nach meinem Tod«, sagte Offenhouse.

»Warum kommt Ihnen das zuerst in den Sinn?« fragte Troi.

»Keine Ahnung.« Er trank sein Glas aus, erhob sich und forderte zwei neue an.

Der Höflichkeit halber trank Troi ihr erstes Glas aus und akzeptierte das zweite. »Glauben Sie, tot wären Sie besser dran?« fragte Troi.

»Manchmal schon«, sagte er. »Zumindest wäre mir dann das Wissen erspart geblieben, daß mein einziges Kind in einem Krieg gestorben ist, zu dem es gar nicht hätte kommen sollen.«

»Die Schlacht im Japanischen Meer war *der* Wendepunkt der Eugenischen Kriege«, sagte Troi. Sie hatte sich niemals besonders für die Erdgeschichte interessiert, doch deren dunklere Seiten hatten die hypnotische Faszination einer guten Horrorgeschichte. »Dabei hat Khan Singh einen Großteil seiner militärischen Macht verloren, und dieses Ereignis steht für den Anfang des Endes seiner Superrasse. Nach dieser Schlacht ist das Große Khanat in ein Dutzend Fraktionen zerfallen, die sich sofort gegenseitig bekämpft haben …«

»… und irgendwann wurden ihre Führer wie die Ratten zur Strecke gebracht«, beendete Offenhouse den Satz. »Ich weiß. Mein Junge ist gestorben, um die menschliche Rasse vor der Tyrannei zu bewahren, und so weiter. Aber er ist trotzdem gestorben.«

Es folgte ein langer Augenblick des Schweigens, während dessen Troi an ihrem Getränk und gleichermaßen an Offenhouses Emotionen nippte. Für ihn waren die Eugenischen Kriege und ein Jahrhunderte zurückliegender Todesfall frische, offene Wunden. Er befand sich schon seit mehreren Jahren wieder unter den Lebenden und hatte sich mit seinem Verlust noch immer nicht abgefunden. Vielleicht lag es daran, daß sein einziger Sohn ohne Kinder gestorben war. Die genetische Kontinuität, die Fortsetzung der Linie und des Familiennamens bedeutete Wesen überall in der bekannten Galaxis sehr viel. Ein Scheitern in diesem Punkt führte oft zum Selbstmord, und sie spürte, daß diese Möglichkeit die Gedanken des Mannes überschattete.

Troi stellte ihr leeres Glas auf den Teppich; dieser Ort kam ihr dafür genauso gut geeignet wie jeder andere vor. Ihr Schädel brummte, als sie sich auf die Gefühle des Mannes konzentrierte. Sie spürte jetzt einen rauhen Strom der Schuld. *Das Schuldgefühl des Überlebenden,* dachte sie. *Er fragt sich, warum er überlebt hat, während alle anderen gestorben sind.* »Ich soll Sie mit klugen Worten trösten«, sagte sie. »Also lassen Sie mich Ihnen sagen, daß es besser ist zu leben, als tot zu sein.«

»Und warum?« brummte Offenhouse. »Bedenken Sie, daß Sie mit einem Mann sprechen, der beides ausprobiert hat.«

»Nun ja, Herr Botschafter, wenn Sie sterben, leben Sie nicht mehr. Ihre Freunde werden nicht mehr mit Ihnen sprechen, Sie werden das Leben vermissen und nichts mehr tun können. Aber Sie ...« Sie zeigte mit einem Finger auf ihn; ihre Hand schwankte, als sei sie nicht ganz sicher, in welche Richtung sie zeigen sollte. »Sie sind ein Mann, der einen Fehler korrigieren will. Das können Sie nicht, wenn Sie tot sind.«

»Ein interessanter Punkt«, gestand er ein. »Sonst noch etwas?«

»Nein, ich möchte Sie heute nicht bedrängen«, sagte sie.

»Na schön, Counselor«, sagte Offenhouse. Troi sah ihm zu, wie er eine dritte Getränkerunde bestellte. Es bestand nicht der geringste Zweifel, ihre Worte hatten etwas bewirkt. Ihr empathischer Sinn funktionierte heute mit großartiger Klarheit, und sie stellte fest, daß eine Tatsache – die Unfähigkeit der Toten, die Welt zu verändern – nun sein Bewußtsein durchdrang.

Troi prostete Offenhouse zu, trank das Glas aus und verließ sein Quartier. Sie ging zur Brücke, um Jean-Luc zu sagen, daß irgend etwas, das sie zu Offenhouse gesagt hatte, ihm zusätzliche Stabilität verliehen hatte. Der Botschafter mochte den Captain verärgert haben, aber er würde sich für den Mann freuen. Wie fast alle Menschen, die Troi kennengelernt hatte, freute sich auch der Captain über das Glück anderer Leute. Vielleicht war das eine Möglichkeit, den Begriff Anstand zu definieren.

Auf halbem Weg zum Turbolift stellte Deanna Troi fest, daß die künstliche Schwerkraft heftigen Schwankungen unterworfen war. Der Boden schlingerte unter ihren Füßen, als sie zum nächsten Kommunikationspult ging. »Troi an LaGeorge, ich meine Fordie, ich meine … hören Sie mich?«

»Deanna?« Geordi LaForge klang verwirrt.

»Wir haben Probleme mit der schweren Kraftkunst, ich meine die Kunstkraft, auf Deck … äh, auf dem Deck, auf dem ich bin. Genau hier.«

»Probleme?« fragte der Chefingenieur. »Deanna, all meine Instrumente zeigen einen einwandfreien Betrieb an.«

»Na schön, aber das Deck hat fürchterliche Schwierigkeiten, meine Füße festzuhalten.« Sie kicherte, schwankte und prallte gegen die Wand. »Das ist ziemlich angenehm.«

Es gab mehrere Freizeitbereiche an Bord der *Enterprise*, und in allen wurden identische Gerichte und Getränke serviert. Dennoch zog Worf es vor, im Freizeitraum auf dem Maschinendeck zu essen. Er lag zwischen der Kampfbrücke und den Torpedoschächten. Die Waffenkammer, die die Waffen barg, die von den Außenteams und seinen Sicherheitswächtern benutzt wurden, war ganz in der Nähe. Scharfe Ohren konnten hören, wie Kühlmittel durch die Phaserbänke rauschten. Irgendwie machte die Umgebung die *Rokeg*-Pastete süßer, den *K'truyg* herber, das *Gagh* lebendiger.

Worf befand sich mit seinem Sohn Alexander in der Cafeteria. Der Replikator lieferte gerade eine gegrillte *Scrag*-Keule, als Riker das Restaurant betrat. »Werden Sie sich beschweren, wenn Ihr vorgesetzter Offizier sich zu Ihnen setzt?« fragte er Worf auf die grobschlächtige Weise, die klingonische Krieger zu schätzen wußten.

»Wenn es sein muß«, knurrte Worf. Es gefiel ihm, daß dieser Mensch in der Nähe seines Sohns war. Riker war ein guter Einfluß; Alexander war Klingone und brauchte das, was die Menschen »Vorbilder« nannten. Da der Junge unter so vielen Nicht-Klingonen lebte, war er ständig so ungesunden Vorstellungen wie Etikette und Pazifismus ausgesetzt. Rikers einziger Fehler war, daß er in Wasser badete – fast jeden Tag, vermutete Worf. Der Mann verhielt sich nicht ganz wie ein Klingone.

Riker bestellte das gleiche wie Worf und Alexander und setzte sich an ihren Tisch. Er packte sein *Scrag* mit beiden Händen und riß mit den Zähnen einen Bissen ab. »Alexander«, sagte Riker, während er schluckte, »ich habe heute deine Lehrerin getroffen. Sie sagt mir, daß es in deiner Klasse keine Rabauken mehr gibt.«

»Ich habe mich benommen«, sagte Alexander.

»Und alle anderen auch«, sagte Riker. »Das schreibt sie dir zu.«

»Es hat Probleme gegeben?« fragte Worf, durch das

Kompliment geehrt, das Riker seinem Sohn gemacht hatte. Ein guter Klingone setzte die Disziplin durch.

Alexander zuckte mit den Achseln. »Na ja, ich habe mal gesehen, wie Rajiv Nonong schlug.«

»Und?« fragte Worf.

»Ich habe Rajiv gesagt, daß das ... *komisch* aussieht.« Der Junge grinste und zeigte dabei die scharfkantigen Zähne der Klingonen. »Ich habe ihn verkehrt herum an den Knöcheln festgehalten, als ich das sagte.«

Riker lachte bewundernd. Alexander war für sein Alter klein und zierlich, sowohl nach menschlichen als auch nach klingonischen Begriffen. *Aber mein Sohn,* dachte Worf, *gleicht seine Zartheit mit seiner Entschlossenheit mehr als nur aus. Er wird Welten erobern!*

»Klingt ganz so, als kämest du gut zurecht«, sagte Riker und schaufelte *Rokeg*-Pastete in sich hinein.

»Ich bin gern mit Menschen zusammen«, sagte Alexander und schaute zu seinem Vater hoch. »Ich bin *froh*, daß wir sie nicht ausgelöscht haben.« Riker lachte, und Worf schlug seinem Sohn anerkennend auf die Schulter.

»Hallo, Worf.« LaForge hatte die Cafeteria betreten. Er setzte sich zu ihnen an den Tisch und wandte den Blick von dem Krug mit wimmelnden *Gagh* auf Rikers Tablett ab. »Vielleicht haben wir ein Sicherheitsproblem.«

Worf knurrte. »Wer muß getötet werden?«

»*So* schlimm ist es nun auch wieder nicht«, sagte der Ingenieur. »Aber jemand hat Äthylalkohol an Bord des Schiffes geschmuggelt. Jetzt liegt Deanna Troi mit einer schlimmen Alkoholvergiftung auf der Krankenstation.«

Riker schaute erstaunt drein. »Deanna ist *betrunken*?«

»Sie flog fast doppelt so schnell wie das Schiff, als ich sie endlich fand«, sagte LaForge. »Dr. Crusher entgiftet sie gerade, aber sie kann uns noch nicht sagen, was passiert ist.«

»Sie hat sich vor einer Weile mit Offenhouse unterhalten«, sagte Riker und verzog das Gesicht, als er die Verbindung sah. »Worf, glauben Sie ...«

»Ja.« Die Wände der Cafeteria schienen unter Worfs Knurren zu erzittern. »Ich muß das dem Captain überlassen. Diplomaten haben leider gewisse Privilegien.«

»Beim nächsten Mal mehr Glück, Worf«, sagte Riker und nahm noch einen Bissen von dem Blutkuchen. Er spülte ihn mit Pflaumensaft herunter.

»Ja«, murmelte Worf und sah LaForge an. »Commander, können wir über eine technische Angelegenheit sprechen?«

»Klar, Worf«, sagte LaForge.

»Ich habe über das Problem nachgedacht, getarnte Schiffe zu entdecken«, sagte der klingonische Sicherheitsoffizier. »Unsere Techniken sind seit mehreren Monaten nicht verbessert worden. Es wäre eine Schande, wenn es uns nicht gelingen sollte, ein getarntes Schiff aufzuspüren.«

»Sie wollen der Konkurrenz also vorausbleiben«, sagte LaForge. »Wie kommen Sie darauf?«

Worf warf einen Blick auf Alexander. Sollte er eingestehen, daß er um die Sicherheit seines Sohnes besorgt war? Niemals. »Es war nur so ein Gedanke.«

»Na ja, es ist ein interessanter Gedanke«, sagte LaForge. Obwohl die goldenen Rillen seines VISOR seine Augen verbargen, sah Worf, wie sehr das Problem ihn faszinierte. Dieser Mensch hatte ein besonderes Interesse an Sensoren, vielleicht wegen seiner Abhängigkeit von der Sehhilfe. »Im Augenblick ist unsere Sensorentechnik so ziemlich an der Grenze angelangt. Wir müßten nach etwas suchen, das unsere derzeitigen Sensoren nicht entdecken können. Das Problem ist nur – wir scannen bereits nach allem, was getarnte Schiffe ausstrahlen.«

Riker hatte seine Pastete aufgegessen und griff nach

der *Scrag*-Keule. »Wonach suchen wir jetzt *nicht?*« fragte er.

»Nach einer Vielzahl von Dingen«, antwortete LaForge. »Nach Quarks, Gravitinos, Photinos, Neutrinos, Gravitationswellen – Dinge, die durch eine Tarnvorrichtung dringen, aber weder von anderen Systemen neutralisiert werden, noch leicht festzustellen sind, noch von gewöhnlicher Materie ausgestrahlt werden.«

Alexander schaute von seiner *Scrag*-Keule auf. Während die Erwachsenen sich unterhalten hatten, hatte er den Großteil davon verdrückt. »Können Sie ein anderes Schiff dazu *bringen*, sie auszustrahlen?«

Langsam legte sich ein Lächeln auf LaForges Gesicht. »Alexander, du bist ein kluger Junge. Vielleicht ist das wirklich möglich.« Er erhob sich. »Ich muß im Maschinenraum ein paar Dinge überprüfen.«

»Darf ich zusehen?« Alexander schaute zu seinem Vater hoch. »Meine Hausaufgaben habe ich schon gemacht.«

»Solange du Commander LaForge nicht ärgerst«, sagte Worf. Er hatte noch nicht ausgesprochen, als Alexander schon aufstand, sich den Rest seiner Pastete schnappte und dem Ingenieur aus dem Raum folgte.

Riker kicherte. »Ein toller Junge.«

»Ja – obwohl er badet.« Worf beschäftigte sich mit seinem *Scrag*. »Commander, ich habe die Archive nach weiteren antiken Filmen durchgesehen. Ich habe einen gefunden, der Sie vielleicht interessiert.«

»Noch eine Komödie?« fragte Riker.

»Er ähnelt Ihrer Komödie, ist aber ... prachtvoller«, erklärte der Klingone. »In diesem Film gibt es zahlreiche Kämpfe Mann gegen Mann. Die Schurken sind auf den ersten Blick zu erkennen. Der Held sagt kein Wort. Der Film heißt *Rambo V*.«

»Und Sie meinen, er ist prachtvoll?« fragte Riker.

Worf nickte. »Alle sterben.«

»Klingt vielversprechend.« Riker schluckte einen

halb zerkauten Bissen *Scrag* herunter. »Und ich habe noch eine Komödie gefunden.«

Worf täuschte Verärgerung vor. »Sie sind *entschlossen*, mich zum Lachen zu bringen.«

»Ja, selbst wenn es mich umbringt ...« Er wurde plötzlich ganz blaß im Gesicht, und seine Lippen zuckten, während seine Stimme schwächer wurde.

Worf betrachtete Riker beunruhigt. »Geht es Ihnen gut?«

»Ja, ich habe nur ... argh!« keuchte Riker, griff sich an den Bauch und brach zusammen.

Worf sprang zu Riker und schlug an seinen Kommunikator. »Transporterraum, ein Nottransport zur Krankenstation!« befahl er.

Sie wurden vom Transporterstrahl erfaßt, die Cafeteria löste sich auf und wurde von der Krankenstation ersetzt. »Doktor!« brüllte Worf. Er hob Riker hoch und warf ihn auf ein Biobett. Gegenüber lag Deanna Troi bewußtlos auf einem anderen Biobett.

Dr. Beverly Crusher eilte aus ihrem Büro. »Was ist passiert?« fragte sie.

»Commander Riker ist vergiftet worden«, sagte Worf. Er überlegte, wie man es wohl angestellt hatte. War der Replikator umprogrammiert worden? Und warum? Versuchte irgendein Untergebener, seine Karriere voranzubringen, indem er Riker beseitigte? Das war an Bord klingonischer Schiffe gang und gäbe, aber bei Starfleet unbekannt. Mittlerweile verlor Riker den Kampf, seinen Schmerz zu verbergen. »Ich werde Sie rächen«, versprach Worf ihm.

»Ganz ruhig«, sagte die Ärztin. Sie aktivierte die Instrumente des Biobetts, warf einen Blick auf die Ergebnisse und sah Riker dann in die Augen und den Mund. »Sie haben gerade zu Mittag gegessen«, sagte sie. »Was genau gab es?«

Worf dachte nach. »*Rokeg, Gagh, Scrag ...*«

»*Scrag*«, sagte Dr. Crusher. Sie holte einen Injektor

hervor und drückte ihn gegen Rikers Oberarm. »Ah, ja. Das Fleisch des Mörder*garbat*, im eigenen Blut mariniert und mit zehn verschiedenen Gewürzen behandelt. Die beste Errungenschaft der klingonischen Küche – und für Menschen völlig unverdaulich.« Die Ärztin ließ sich einen größeren Injektor bringen und pumpte etwas in Rikers Zwerchfell.

Worf schaute zu Riker hinab; aus dessen Gesicht wich langsam der Schmerz. »*Scrag* hat *das* bewirkt?«

Die Ärztin nickte und sah ihren Patienten an. »Will Riker«, sagte sie energisch, »ich habe Sie *gewarnt*, gewisse klingonische Gerichte zu verzehren. Ich habe Ihnen eine Liste der Stoffe gegeben, die das menschliche Verdauungssystem nicht verarbeiten kann. Stand *Scrag* nicht ganz oben?«

Riker stieß mit einem rasselnden Keuchen den Atem aus. »Ich habe nicht mehr daran gedacht.«

»Und ich habe Sie gewarnt, daß gewisse klingonische Substanzen tödlich sein können«, fuhr sie fort. »Sie können von Glück reden, daß Sie sich diesmal nur etwas zugezogen haben, was wir im medizinischen Sprachgebrauch *fürchterliche Leibschmerzen* nennen.«

»Es war die Sache wert«, keuchte Riker und zwang sich zu einem Grinsen, als er Worf ansah. »Lassen Sie den zweiten Gang auftragen.«

5

Kardel Anit war hungrig und müde. Jedesmal, wenn er blinzelte – und das geschah oft –, verklebten seine Lider über den Augen. Sein Körper bewegte sich eher aus Gewohnheit denn aus eigenem Antrieb, während er seinen Trödelkarren die Gasse entlangzog. Es hatte den ganzen Tag über geregnet, und wo die Straßen nicht gepflastert waren, waren sie schlammig. Die Stiefel hielten seine Füße trocken, und der Overall schützte ihn vor der feuchten Kühle der Luft. Die Kleidung und Rüstung eines Soldaten der Vo war bei weitem nicht so gut gewesen wie das, was er jetzt trug. Als Soldat war er bei solchem Wetter zweimal krank geworden, und einmal hatte der Frost ihm drei Zehen eines Fußes genommen. Doch wer brachte einem Mann Achtung entgegen, der so eine formlose graue Kleidung trug?

Hinter der Fabrik der Rattenaugen lag ein neuer Abfallhaufen. Das meiste von dem, was die Arbeiter wegwarfen, war wertlos, aber man konnte genug sammeln, um davon leben zu können. Anit fand mehrere große Behälter, eine Brechstange, eine verschmutzte Persenning, die aus etwas bestand, bei dem es sich eher um Metall als um Stoff zu handeln schien.

Die Hintertür der Fabrik glitt auf, und ein ochsenloser Wagen rollte auf die Gasse. Der Mann, der das Lenkrad hielt, schien Anit nicht zu bemerken, als der Wagen vorbeirollte. Trotz der Erschöpfung verspürte Anit darüber den alten Zorn. Wer war dieser Mann, daß er einen Soldaten ignorierte?

Ein vollständiger Mann, beantwortete Anit die Frage selbst. Er hatte versucht, Arbeit in solch einer Fabrik zu bekommen, aber die Rattenaugen und ihre Lakaien hatten ihn abgewiesen. Was konnten sie schon mit einem Mann anfangen, der nur einen Arm und ein Auge hatte? Da zählte es auch nichts, daß Anit in den Diensten der Vo Gatyn verstümmelt worden war, die nun ganz Megara beherrschte. Er erhielt keine Arbeitserlaubnis mehr, und für einen, der nicht mehr »nützlich« war, keine »Produktionsquote« mehr erfüllen konnte, war kein Platz mehr. Solch ein Mann mußte dann zusehen, wie er den Atem und das Blut in sich und seiner Familie bewahren konnte.

Anit blieb stehen und sah durch ein Fenster in die Fabrik. Er machte Männer aus, die Maschinen berührten. Die Maschinen ließen Metallblöcke und -rohre durch die Luft schweben. Männer in plumper Schutzkleidung schoben sie zusammen und verschweißten sie mit Stöcken, die flammenähnliches Licht spuckten. Vor zehn Jahren hätte so ein magischer Anblick ihn mit Ehrfurcht erfüllt. Jetzt verspürte er nur Neid auf die Arbeiter, die ihre nächste Mahlzeit sicher hatten und genug Geld verdienten, um die niemals endenden Forderungen der Steuereintreiber zu befriedigen.

Er zog seinen Karren durch eine andere Gasse, als ein Mann sich ihm näherte. Zuerst hielt Anit ihn für einen Dieb – seit der Ankunft der Rattenaugen hatte das Verbrechen sich wie Unkraut ausgebreitet –, doch als er in seinen Overall griff, zog er lediglich ein Blatt Papier hervor. Er hielt es Anit hin, der es nahm und sofort das darauf abgebildete Symbol sah: eine Welt, die von einem Blitz zerrissen wurde. Das Zeichen der Prophetin gegen die Dunkelheit. Die andere Seite war bedruckt. Anit verbarg das Blatt in seinem Overall und ging nach Hause.

Anit wohnte mit seiner Frau und fünf Kindern in einem Ziegelsteingebäude mit zwei Zimmern. *Bald sechs Kinder,* dachte er, als er Molokan auf der Schwelle sah. Hochschwanger watschelte sie hinaus und sah in den Karren. Sie hob einen der Behälter hoch. »Einen guten Eimer man daraus machen kann«, sagte sie.

»Ja«, erwiderte er. Sie trugen den Tand ins Vorderzimmer des Hauses. Der Laden war bereits mit Kram gefüllt; Anit wußte, daß er einen Großteil davon niemals verkaufen würde. Doch niemand konnte sagen, *was* die Leute vielleicht kauften.

Nach getaner Arbeit gingen Anit und Molokan in den hinteren Raum. Ihre beiden ältesten Kinder saßen, gegen eine Wand gelehnt, auf dem Boden und lasen eifrig in den Büchern aus der Schule der Rattenaugen – eine altmodische Schule, wie er sich erinnerte, in der die Schüler endlose Tage lang auf Bänken saßen, während ein Lehrer ihnen den Unterrichtsstoff einpaukte. Zum Glück setzten die Rattenaugen Kinder nicht den Lernhelmen aus. Die anderen Kinder hatten sich in einer Ecke zusammengerollt und ließen sich die Rücken vom Kochfeuer in der Grube wärmen, während sie schliefen.

Anit setzte sich an den Tisch. Wortlos stellte Molokan eine Schüssel Eintopf und einen Krug Bier vor ihn hin, und er aß mit Bewegungen, die ihn an Maschinen in einer Fabrik denken ließen. Das Essen war nicht gut; es hatte den schalen Geschmack von Nahrung, die zu lange gelagert worden war, aber die Händler verkauften hier keine frischen Lebensmittel – nur Eingemachtes, das mit Eisenbahnen hierher gebracht und in Eistruhen gelagert wurde.

Anit betrachtete seinen ältesten Sohn. Erst jetzt bemerkte er, daß es sich bei Vatons »Schulbuch« um eins der Abenteuerbücher handelte, die die Rattenaugen verboten hatten; der Junge las sie, weil sie illegal waren. Solche Bücher erzählten einfache, unmögliche Geschichten über Welten im All, auf denen die Leute nichts anderes taten, als andere zu töten, zu betrügen und berauben. Sollten sich wirklich Welten um Sterne drehen, konnte Anit sich gut vorstellen, daß die Sternenleute sich so ungeheuerlich benahmen. Er hatte gesehen, daß die Rattenaugen noch Schlimmeres taten und andere Leute zwangen, Schlimmeres zu tun.

Während ihr Gatte aß, blieb Molokan hinter ihm stehen. Als sie jung gewesen waren – bevor die Rattenaugen gekommen waren –, hatte sie sich seiner Forderung widersetzt, sie solle sich wie eine anständige Soldatenfrau benehmen. Jetzt betrachtete sie diese simple Geste nicht mehr als Erniedrigung. Durch sie klammerte auch sie sich an die alten Zeiten.

Sie war ihm immer eine gute Frau gewesen, erinnerte er sich. Sie hatte ihn nach der Schlacht, bei der er verstümmelt worden war, am Leben gehalten. Sie hatte sich geweigert, die Kinder zu nehmen und sich einen neuen Gatten zu suchen, einen, der ihr besseres Essen und ein anständiges Heim bieten konnte. Molokan war Bäuerin, wußte aber mehr von Treue als die Vo Gatyn.

Als Anit seine Mahlzeit beendet hatte, holte er das Blatt aus seinem Overall und gab es Molokan. »Lies«, befahl er. Die Rattenaugen hatten viele Leute das Lesen gelehrt, sie gezwungen, sich einem dämonischen Ritual zu unterwerfen, bei dem sie eine Metallhaube tragen mußten und ihnen Nadeln in die Haut gestochen wurden, doch von Anit hatten sie nicht verlangt, sich der Tortur zu unterziehen. Sie hatten ihn als zu wertlos eingestuft, um ihm noch etwas beizubringen.

Molokan las. »›So spricht die Prophetin gegen die Dunkelheit‹«, sagte sie leise, damit die Kinder sie nicht hörten. »›Morgen werde ich dem Bösen trotzen, das vom Himmel kommt, das den Himmel selbst besetzt hat, auf den Pfaden des Paradieses den Schmutz von seinen Stiefel kratzt und seine Abscheulichkeit unseren Göttern in die Bärte spuckt. Bald werden wir den Rattenaugen alles abnehmen, was uns gehört, und noch mehr. Das, was sie uns aufzwingen, werden wir gegen sie wenden, und unsere Kinder werden gegen die dämonischen Fremdweltler im Himmel selbst zu Felde ziehen. Morgen um Mitternacht werdet ihr mich an den heiligen Orten sehen. Jetzt verbrennt dieses Papier und schaut ein Wunder.‹«

Anit war zu müde, um zu versuchen, den verworrenen Worten Sinn zu entnehmen. »Die Prophetin gegen die Dunkelheit hierher wird kommen?« fragte er so einfach wie ein Kind. Er wußte nicht, ob Fremdweltler Ungeheuer oder böse Leute waren; er wollte nur wissen, ob es Hoffnung gab.

»Das Papier sagt, sie unter uns wird wandeln«, sagte Molokan.

»Gut«, sagte Anit. »Nun das Wunder des Papiers wir wollen schauen.«

Molokan watschelte zum Kochfeuer und warf das Blatt in die Flammen. Das Papier entzündete sich und brannte mit unnatürlicher Helligkeit. Als die Flammen es verzehrten, erschien darüber ein Geist, der nicht größer war als eine Männerfaust. *Die Prophetin gegen die Dunkelheit!* dachte Anit. Er sank vor Ehrfurcht auf die Knie, während die mit einem Talar bekleidete Gestalt segnend die Hände hob und dann verblich.

Anit und Molokan betrachteten noch einen langen Augenblick das Feuer. »Gut es wäre«, sagte Molokan sehnsüchtig, »die Prophetin selbst zu sehen, während an einem heiligen Ort sie spricht.«

»Das wir nicht werden tun«, sagte Anit und legte seine Hand auf ihren geschwollenen Leib. »Die Rattenaugen und Banditen eine zu große Gefahr sind. Unseren Kindern wir die Eltern nicht werden nehmen. Außerdem«, fügte er hinzu und nickte zum Feuer, »die Prophetin wir gerade haben gesehen.«

»Das wir haben«, sagte Molokan zögernd. Anit wußte, daß sie die Prophetin sehen wollte – und daß dieses Bedürfnis stärker war als selbst Hunger oder Durst. Draußen vor der Stadt gab es einen Hain, in dem die Leute gebetet hatten, bevor die Rattenaugen die Religion verboten hatten. Es wäre schön, dorthin zu gehen und die Prophetin zu sehen, selbst wenn dies bedeutete, von den rachsüchtigen Rattenaugen getötet zu werden …

Anit schüttelte den Kopf, als wolle er diesen Gedanken vertreiben. Die Welt war grausam geworden, seit die Rattenaugen sie übernommen hatten. Wer würde sich um Molokan und die Kinder kümmern, wenn er starb? Waisen mußten auf der Straße verhungern, eine grauenhafte Schändlichkeit, die früher niemand geduldet hätte.

Anit und Molokan machten sich für den Schlaf fertig. Sie legten sich auf ihre Pritsche, und Anit befahl Vaton, das Glasfeuer zu löschen. Im Dunkeln zog Anit die Decke über sich und seine Frau hoch und bettete Molokans Kopf auf seinen Armstumpf. Sie schlief tief und fest – diese Schwangerschaft erschöpfte sie mehr denn jede andere zuvor –, doch trotz seiner Erschöpfung konnte Anit nicht einschlafen. Er stellte sich vor, wie die Prophetin in die Stadt einzog, die Fabriken mit einem einzigen Blick dem Erdboden gleichmachte, die alten Zeiten mit einem gesprochenen Wort wiederherstellte und die Rattenaugen mit einer Geste hinwegfegte.

Picard war mit den Nachwirkungen übermäßigen Alkoholgenusses vertraut – seiner Familie gehörte einer der besten Weinberge und Destillen in Frankreich –, doch was er auf der Krankenstation vorfand, erstaunte ihn über alle Maßen. Deanna Troi sah aus wie das Opfer einer brutalen Transporter-Fehlfunktion. Ihre Haut war teigig, ihr Haar fiel unordentlich über das Biobett, und ihre großen dunklen Augen waren blutunterlaufen und eingefallen. »Keine Angst«, sagte Picard mit mitfühlendem Humor, »Dr. Crusher hat mir versichert, daß Sie es überleben werden.«

Troi zuckte zusammen und stöhnte auf. »Erinnern Sie mich nicht daran«, sagte sie.

»Nur Mut«, sagte Picard und seufzte. »Der Botschafter hat sich ja einen hervorragenden Zeitpunkt ausgesucht, um Sie betrunken zu machen.«

»Er hat es nicht bewußt getan«, sagte Troi so leise, daß man sie kaum verstehen konnte. »Ich habe keine böse Absicht in ihm gespürt – er hat nicht mal gewußt, daß er mir etwas Ungewöhnliches anbietet. Deshalb bekam ich auch nicht mit ...«

»Aber er hat die Programmierung des Replikators manipuliert, um einen ziemlich starken, aus Getreide gebrannten Alkohol herzustellen«, sagte Picard, »und das verstößt gegen die Vorschriften von Starfleet.«

»Aber genau das scheint er gebraucht zu haben«, flüsterte Troi. »Und wenn er ein gesichertes Programm überwinden kann, ist er wohl kaum der primitive Bauerntölpel, für den jeder ihn hält.«

»Dafür habe ich ihn keineswegs gehalten«, sagte Picard.

»Nicht? Gut. Vielleicht heißt das, dieser Kater läßt allmählich nach.« Troi wollte sich aufsetzen, fiel dann aber wieder zurück, und das Biobett protestierte mit einem elektronischen Quietschen gegen ihre Bewegung. »Vielleicht aber auch nicht.«

Picard seufzte erneut. »Ich muß wissen, in welchem geistigen Zustand der Botschafter ist.«

»Jetzt geht es ihm gut, obwohl man vorsichtig sein muß, wenn man seinen Sohn erwähnt.« Troi zuckte erneut zusammen, als hätte man eine helle Lichtquelle auf ihre Augen gerichtet. »Das ist doch nicht zu fassen. Die *Wände* haben Gefühle.« Sie stöhnte auf und schloß ganz fest die Augen. »Aber wenigstens sind *sie* gut gelaunt.«

»Counselor ...« setzte Picard von neuem an.

»Sie wollen mehr über Ralph wissen«, sagte sie.

»Vielleicht hilft es Ihnen, wenn Sie Ihre Kenntnisse über die Eugenischen Kriege auffrischen.«

Picard nickte. »Das habe ich bereits getan. Und ich streite nicht ab, daß Militärgeschichte mich fasziniert.« So barbarisch er auch gewesen sein mochte, die Kriegsführung des zwanzigsten Jahrhunderts hatte etwas Direktes und Energisches gehabt – besonders, wenn tapfere Männer sich und ihre zerbrechlichen Flugzeuge gegen die fliegenden Kampfwagen des Khanats geworfen oder mit Gewehren und Artillerie gegen Laserkanonen und elektromagnetische Schilde gekämpft hatten ...

Troi zuckte angesichts seiner Gedanken zusammen. »Captain, Ralph ist kein Pazifist, haßt aber den Krieg. Der Tod seines einzigen Kindes hat ihn sehr hart getroffen. Irgendwie hat dies ihm eine gewaltige Schuld aufgebürdet.«

»Ich werde das in Erinnerung behalten«, sagte Picard. »Gibt es sonst noch etwas?«

»Ja«, flüsterte Troi. Sie griff nach oben, packte ihn am Kragen und zog sein Gesicht näher zu dem ihren hinab. »Bitte *fühlen* Sie nicht so laut.«

Der Captain befreite sich von ihrem Griff und verließ die Krankenstation. Trois Zustand ließ vermuten, daß auch der Botschafter völlig weggetreten war, doch als Picard den Summer von Offenhouses Tür betätigte, begrüßte der Mann aus dem zwanzigsten Jahrhundert ihn mit fröhlicher Stimme. »Kommen Sie herein, Picard.«

Der Captain tat wie geheißen. Offenhouse wirkte völlig normal. Seine Augen waren klar, sein Gesicht rosig und glattrasiert. »Herr Botschafter«, sagte Picard, und seine Stimme war gleichzeitig fest und herzlich, »bitte sehen Sie in Zukunft davon ab, meine Mannschaftsmitglieder betrunken zu machen.«

Offenhouse schaute verwirrt drein. »Betrunken?« wiederhole er.

»Counselor Troi ...«

»Oh!« Er schüttelte den Kopf. »Tut mir leid, Picard. Ich hätte nicht gedacht, daß ein paar Wodka-Martinis jemanden umhauen können. Aber ich sage Ihnen, betrunken spricht sie noch immer vernünftiger, als es bei den meisten Menschen in nüchternem Zustand der Fall ist.«

»Ach ja?« fragte Picard. Mit einer Handbewegung bedeutete er dem Botschafter, daß die Sache damit für ihn erledigt war. »Ich möchte mit Ihnen unsere Mission besprechen.«

»Gut. Setzen Sie sich.« Offenhouse machte es sich auf dem Bett bequem, während der Captain in einem Sessel Platz nahm. »Unser erstes Problem wird es sein, Megara zu erkunden, ohne die Ferengi auf uns aufmerksam zu machen.«

»Das ist unmöglich«, sagte Picard. »Argwohn ist der natürliche Geisteszustand der Ferengi.«

»Genau«, sagte Offenhouse. »Also müssen wir ihren Argwohn in die falsche Richtung lenken. Das kriegen wir vielleicht hin, weil sie glauben *wollen*, ihre Operationen wären noch geheim.«

»Das wird schwierig werden«, sagte Picard. »Die Ferengi sind gerissen.«

»Sie sind ein Haufen Piranhas. Aber sehen Sie mich als Hai an.« Offenhouse grinste und zeigte Zähne. »Picard, als ich damals noch ein armer, aber bescheidener Finanzier war, habe ich gelernt, wie *leicht* es ist, betrügerische Geschäftsleute wie die Ferengi zu überlisten. Ich werde mit ihnen fertig.«

Picard beugte sich in seinem Sessel vor. »Herr Botschafter, wollen Sie damit sagen, daß Ferengi sich wie Geschäftsleute des zwanzigsten Jahrhunderts benehmen?«

»Wie *betrügerische* Geschäftsleute des zwanzigsten Jahrhunderts«, sagte Offenhouse selbstgefällig. »Das ist das Geheimnis meines Erfolgs, Picard, der Faktor, weshalb die Föderation mich für ein Genie hält, oder zumindest für einen … einen …« Er sah zur Decke und schnappte mehrmals mit den Fingern. »Wie lautet dieser französische Ausdruck noch, der ›weiser Narr‹ bedeutet?«

»Idiot savant«, sagte Picard leise.

»Genau. Nicht, daß jemand mir das ins Gesicht gesagt hätte.« Er wälzte sich vom Bett und ging zum Replikator. »Eine Kirschcola, mit gestoßenem Eis.« Er nahm ein Glas aus der Öffnung und sah Picard an. »Ich habe lange gebraucht, um *dieses* Getränk zu duplizieren. Sie sollten es einmal probieren, Picard.«

Der Captain betrachtete das Glas. Die braune Flüssigkeit sprudelte und zischte häßlich, als wäre sie gerade eben unter Anwendung von Gewalt aus einem Chemielabor geflohen. »Vielleicht ein andermal«, sagte Picard. »Wir haben darüber gesprochen, wie Sie die Ferengi sehen.«

»Geschäft ist Geschäft«, sagte Offenhouse zu ihm und setzte sich wieder. »Und Betrüger sind Betrüger. Picard, es ist ein Jahrhundert her, seit jemand in der Föderation sich Sorgen um Konkurrenz und Prozente und all die anderen Dinge machen mußte, die das Geschäftsleben zum größten Spiel machen, das die Menschheit je erfunden hat. Na schön, Sie haben Ihre Wirtschaft so weit rationalisiert, daß Sie keine Arbeitslosigkeit, Armut oder Wirtschaftskrisen mehr kennen, aber das heißt auch, daß Sie Kulturen nicht mehr verstehen, bei denen es so etwas noch gibt.«

»Unsere Soziologen sind da anderer Ansicht«, sagte Picard. Er beobachtete mit kaum verborgenem Entsetzen, wie Offenhouse die zischende braune Flüssigkeit in seinem Glas trank. »Sie verstehen sehr wohl einiges von diesen Dingen.«

»So, wie Ihr Androide etwas von Gefühlen versteht«, sagte Offenhouse. »Ich habe den Spezialisten der Föderation einiges erklärt, was sie mit ihren ›Fachkenntnissen‹ übersehen haben, weil sie sich einfach nicht vorstellen können, wie man sich *fühlt*, wenn man von Arbeitslosigkeit oder Armut bedroht wird, oder von ... nun ja, von vielen Dingen. Ich habe alles studiert, was die Föderation über die Ferengi in Erfahrung gebracht hat, und kam mir dabei vor, als würde ich etwas über Freunde lesen, die ich vor langer Zeit aus den Augen verloren habe.

Wichtig ist nur, ich verstehe die Ferengi und kann mit diesen kriecherischen Wieseln umgehen. Im Augenblick lautet meine eigentliche Frage, wie wir auf Megara Nachforschungen betreiben sollen. Natürlich gehe ich runter, aber ich kann nicht überall sein. Ich brauche Leute, die sich umsehen, Augen und Ohren offenhalten und mir verraten, was dort vorgeht.«

Picard lächelte. »Neugier, Beobachtungsgabe und Intelligenz sind Grundvoraussetzungen, will man Offizier bei Starfleet werden. Wir haben nicht zuletzt Zivilisten an Bord dieses Schiffes, damit sie fremde Welten besuchen und es anderen Völkern somit ermöglichen können, Bürger der Föderation kennenzulernen. Das ist eine wichtige diplomatische Funktion.«

»Klingt nach einem tollen kleinen Eisbrecher«, stimmte Offenhouse zu. Er trank wieder einen Schluck und schien trotz des ätzenden Sprudelns keinen Schaden zu nehmen. »Wieviel Geld werden sie auf Megara ausgeben? Für Souvenirs, Restaurantbesuche, was auch immer.«

»Bescheidene Beträge, würde ich sagen«, erwiderte Picard. »Im großen und ganzen streben unsere Leute nicht unbedingt nach Besitz.«

»Sagen Sie Ihnen, sie sollen es sich angewöhnen«, sagte der Botschafter. »Sie werden es brauchen.«

»Na schön«, sagte Picard. »Also sprechen wir über die Megaraner, Herr Botschafter. Sie sind den Machenschaften der Ferengi wehrlos ausgeliefert; was stellen wir mit ihnen an?«

»Abgesehen davon, die Ferengi aus der Stadt zu jagen?« Der Botschafter schüttelte den Kopf. »Wir können mit Sicherheit davon ausgehen, daß die Ferengi die megaranische Gesellschaft völlig umgekrempelt haben, aber darüber hinaus weiß ich nicht, was wir zu erwarten haben oder tun können, um ihnen zu helfen, sich wieder zu erholen.«

»Ich auch nicht«, sagte Picard, »aber wenn wir Erfolg haben, können wir sie doch nicht einfach im Stich lassen.«

Offenhouse schloß seine Hand so fest um das Glas, daß die Knöchel weiß hervortraten. »Nein, das werde ich auf keinen Fall«, sagte er fast zu sich selbst. »Diesmal nicht.«

Wesley zögerte und betrat dann den Gesellschaftsraum auf dem zehnten Vorderdeck. Guinan war nirgendwo zu sehen; sie hatte dienstfrei, und Data hatte ihren Platz hinter der Bar eingenommen. Shrev saß in einer Ecke und aß aus einer Schüssel etwas, das wie eine klebrige gelbe Suppe aussah.

Data polierte mit einem sauberen Tuch ein Glas. Er trug keine Uniform, sondern die archaische, rot und weiß gestreifte Montur eines Kellners in einer Eisdiele. »Hallo, Wesley«, sagte der Androide. »Sie wünschen?«

»Äh ... ein Vanilleeis mit heißer Schokoladensauce«, sagte der junge Mann. »Ein großes, mit allem Drum und Dran, wie Counselor Troi es immer bestellt.«

»Mit nichtreplizierten Zutaten?« fragte der Androide. »Counselor Troi behauptet, das Replizieren könne den feinen Geschmack ›echter‹ Eiscreme und Schokolade nicht einfangen. Ich würde vorschlagen, Sie versuchen es einmal.«

»Äh ...« Wesley hatte so etwas schon öfter gehört. Wenn er ganz ehrlich war, mußte er jedoch eingestehen, daß nichtreplizierte Nahrung für ihn komisch schmeckte – vor allem, wenn er darüber nachdachte, woher einige der Zutaten kamen. Andererseits wollte er Data nicht beleidigen. »Klar, ich versuch's mal.«

»Kommt sofort.«

»Danke.« Wesley beobachtete die Hände des Androiden, als sie geschickt das Dessert zubereiteten. »Sagen Sie, Data, warum tun Sie das?«

Data neigte fragend den Kopf. »Haben Sie mich nicht gebeten, Ihnen ein Vanilleeis mit heißer Schokoladensauce zu servieren?«

Wesley lächelte. Manchmal fragte er sich, ob Data Fragen absichtlich mißverstand, um so ein Lächeln zu provozieren. »Ich meine, warum arbeiten Sie hinter der Bar?«

»Guinan hat mir vor kurzem mitgeteilt, daß Barkeeper eine einzigartige Sicht auf das menschliche Verhalten haben«, sagte der Androide. Er gab Schlagsahne auf die Eiscremekugeln und fügte dann verschiedene Verzierungen hinzu. »Dies liegt hauptsächlich an den von ihr so bezeichneten ›Geständnissen‹, ein Prozeß, bei dem die Gäste der Bar ihre Sorgen und Probleme bereits nach einer bescheidenen Anregung beim Barkeeper abladen. Zum Beispiel würde ich die Bemerkung machen, daß Sie besorgt aussehen, und Sie würden mir daraufhin erklären, weshalb Sie sich Sorgen machen, was Ihrem Gefühlszustand eine gewisse Linderung verschaffen würde.« Data goß heiße Schokoladensauce über das Dessert. »Übrigens sehen Sie zufällig tatsächlich besorgt aus.«

»Nein, ich habe in den letzten paar Tagen nur viel gearbeitet«, sagte er. »Ich habe die Kultur der Zhuiks studiert«, fügte er hinzu.

»Sie hätten Fähnrich Shrev fragen können«, schlug Data vor.

»Ich habe bereits ein paar Mal mit ihr gesprochen«, sagte Wesley. »Sie ist der Grund, wieso ich mich über diese Kultur informiere.«

»Ah. Sie entwickeln eine Freundschaft?« fragte Data.

»Ich will es hoffen. Das Problem ist nur, ich habe mich den Großteil meines Lebens über in der Gegenwart von Nichtmenschen aufgehalten, aber wohl niemals verstanden, wie anders sie wirklich sind.« Wesley nahm von Data den Eisbecher und einen Löffel entgegen. Doch statt zu essen, spielte er mit dem Löffel. »Andere Spezies kommen mir nur wie anders aussehende Menschen vor, und dann überrascht es mich immer wieder, wenn sie etwas tun, das ein Mensch niemals tun würde.«

»Das ist ein ganz normales menschliches Gefühl«, stellte Data fest. »Hat Fähnrich Shrev etwas getan, das Ihnen Probleme bereitet?«

»Ja ... nein.« Wesley schüttelte den Kopf. »Es liegt an mir. Ich hätte nicht erwarten sollen, daß sie menschlich reagiert, nicht wenn das, was sie tut, für sie ganz normal ist.«

»Dann möchten Sie sie also so akzeptieren, wie sie ist«, sagte Data. Er hielt erneut den Kopf schräg, als fragte er eine innere Datenbank ab. »Ich glaube, das angemessene Vorgehen besteht darin, mit ihr zu Abend zu essen, was Ihnen die Gelegenheit bietet, noch mehr zu lernen. Und wie es bei den meisten Rassen der Fall ist, ziehen die Zhuiks es vor, mit Freunden zu essen.«

»Genau. Danke, Data.« Wesley nahm den Eisbecher und ging zu dem Tisch hinüber, an dem Shrev saß. Ihre Suppe ähnelte, wie er nun sah, wohl eher Honig oder Nektar, und der Löffel war ein Spachtel, den sie mit einer rauhen Zunge ableckte, die so grün wie ihr Gesicht war. Er kam zum Schluß, daß die Mahlzeit angesichts der Tatsache, daß die Zhuik sich aus Insekten entwickelt hatten, die irdischen Bienen ähnelten, wahrscheinlich aus Nektar bestand.

Wesley fiel gerade noch rechtzeitig ein, leise zu sprechen, wenn er sich an Shrev wandte. Er hatte festgestellt, daß das gezwungene Flüstern es vereinfachte, die extreme Höflichkeit an den Tag zu legen, die die Zhuiks normal fanden. *Ich komme mir fast vor wie ein Schauspieler, der sich in seine Rolle vertieft hat,* dachte er. *Wenn ich sie »darstelle«, ist es mir fast unmöglich, nicht überaus höflich zu sein.* »Darf ich mich aufdrängen?« fragte er.

»Ich würde Ihre Gegenwart begrüßen, Wesley.« Shrev sog zurückhaltend die Luft ein. »Ihre Mahlzeit hat ein angenehmes Aroma.«

»Genau wie die Ihre, Shrev.« Er neigte leicht den Kopf und hob den Blick, um sie anzusehen. Obwohl er keine Antennen hatte, die er auf sie richten konnte, nahm er an, daß diese Haltung ihr aufmerksam vorkommen würde; die Zhuiks hatten wahrscheinlich den Eindruck, daß die Menschen stets dicht über ihren Köpfen in die Luft starrten, statt sie zu betrachten.

Sie lächelte. »Seit wir uns zum letzten Mal getroffen haben, haben Sie unsere Gebräuche studiert.«

Wesley nickte. »Es kam mir höflich vor, und ich wollte verstehen, was ich auf dem Holodeck gesehen hatte.«

»Was Sie gesehen haben, hat Sie verängstigt«, sagte Shrev beunruhigt.

»Nur meine Unwissenheit verängstigt mich«, sagte Wesley. Er hatte diesen Satz sorgfältig geprobt und stellte nun erfreut fest, daß er Shrev tatsächlich beruhigte. »Aber nun glaube ich zu wissen, warum Sie es getan haben. Bei Ihrer Spezies ist die Genetik eng mit dem Verhalten verbunden. Eine Mutation kann sich als Verhaltensabweichung offenbaren.«

»Und wir sind für Mutationen wesentlich anfälliger als die meisten Spezies«, sagte Shrev. Der Gesellschaftsraum verfügte über eine ausgezeichnete Akustik, aber Wesley mußte trotzdem die Ohren spitzen, um Shrev trotz des Geplauders der Gäste an den anderen Tischen verstehen zu können. »Unser genetisches Material ist von Natur aus nicht so stabil wie das Ihre.

Würden wir unsere Stöcke nicht von Mutanten säubern, würden wir innerhalb von ein paar Generationen in den Verfall und die Auslöschung abgleiten. Daher akzeptieren wir dieses Töten.«

Aber es ist ungewöhnlich, daß ein Zhuik auch nur einmal im Leben einen Mutanten tötet, überlegte Wesley. Zhuiks mit offensichtlichen Geburtsfehlern wurden in der Kindheit getötet, normalerweise von ihren Eltern – ein Gebrauch, der in einigen zurückgebliebenen menschlichen Kulturen keineswegs unbekannt war, wie mehr als nur ein Lehrbuch klargestellt hatte. Shrev hatte im Holodeck über ein Dutzend Angehörige ihres Volkes getötet. »Es bedeutet auch, daß schlechte Manieren Sie einfach aufregen müssen«, sagte Wesley. »Und Ihnen muß das Leben unter den Menschen wie eine ständige Demonstration von Unhöflichkeit vorkommen.«

»Meine Reaktion auf schlechte Manieren ist genetisch bedingt«, flüsterte Shrev. »Aber ich kann Nichtzhuiks Zugeständnisse machen. Und ich finde es entspannend, mich mit Ihnen abzugeben. Ihre Manieren sind tadellos.«

»Es freut mich zu hören, daß ich lerne, Shrev.« Wesley erinnerte sich an seinen Eisbecher und aß einen Löffel davon. »Und es freut mich, daß Sie die Anspannung auf dem Holodeck abreagieren können.«

Sie lächelte. »Sie sind freundlich und sachkundig. Das Töten entspannt mich; meine Spezies verspürt das *zh'hs'hzs,* das … instinktive Bedürfnis, unter gewissen Umständen zu töten. Dadurch kann ich mir selbst auch bestätigen, daß ich gute und schlechte Manieren noch immer erkenne und eine anständige Person bin. Aber haben Sie die Unhöflichkeit der Leute erkannt, die ich getötet habe?«

Kein einziges Mal, dachte er. »Ich war oft verwirrt, Shrev.«

»Nun ja.« Sie leckte an ihrem Nektar. »Die Frau, die nach dem Eisen gefragt hat, hat die Auswahl meiner

Freunde beleidigt. Unser Blut enthält Kupfer, Ihres hingegen Eisen. Verstehen Sie?«

Wesley zögerte. »Bei uns Menschen kämpfen wir nur selten wegen einer Beleidigung bis zum Tod.«

»Aber unter Menschen ist Unhöflichkeit kein genetisches Versagen.« Shrev aß einen weiteren Spachtel Nektar. »Hoffentlich beleidige ich Sie mit meiner Aufrichtigkeit nicht, aber einige Angehörige meines Volkes sind der Ansicht, daß Fremde unsere Kultur verseuchen, da sie von uns erwarten, daß wir uns ihrer Moral anpassen. Während wir dieses Thema ausführlich diskutieren, war die Frau unhöflich, indem sie es so unverblümt vor einem Fremden erwähnt hat.«

»Und als anständige Dame konnten Sie nicht zulassen, daß diese Beleidigung ungestraft bleibt«, flüsterte Wesley und zitierte damit wörtlich einen Satz aus einem Lehrtext, den er studiert hatte. »Darf ich nach der Frau fragen, die sich nach dem Weg zur Oberfläche erkundigt hat?«

»Sie hat einen Mangel an Orientierung gezeigt«, erklärte Shrev ihm. »Die meisten Angehörigen meines Volkes haben ein angeborenes Wissen über die Wege innerhalb unseres Stocks, aber ein Mutant weiß nicht, wo oben ist und wo es lang geht ...«

Wesley lachte laut auf. »Entschuldigung, Shrev«, sagte er dann und senkte die Stimme wieder. »Das ist ein typisch menschlicher Ausdruck. Wenn jemand durcheinander ist oder sich dumm benimmt, sagen wir, er weiß nicht, wo es lang geht.«

»Eine interessante Übereinstimmung.« Sie lächelte. »Die Behauptung, ich müßte plötzlich an mehrere Dozenten an der Akademie denken, wäre sehr unhöflich von mir.«

»Ich glaube, ich kann sie namentlich nennen«, sagte Wesley.

»Wirklich?« Als ihre Augen und Antennen sich auf ihn richteten, kam Wesley ihr Lächeln verschlagen vor.

»Ich erinnere mich ganz besonders an Klarten, dem ich nicht abspreche, daß er ein ausgezeichneter Unterweiser in Nahkampftechniken ist.«

Wesley zuckte zusammen, als ihm Klartens Angewohnheit einfiel, jeden, der einen Fehler gemacht hatte, vortreten zu lassen, um an ihm oder ihr Judogriffe und -würfe zu demonstrieren. Des weiteren behauptete Klarten unablässig, ein Kadett, der nicht kämpfen konnte, sei keinen Pfifferling wert. »Ja, er ist gut«, sagte Wesley.

»Und Sie werden noch weitere drei Jahre unter seiner fachkundigen Obhut stehen«, sagte Shrev.

Wesley begriff, wohin sie das Gespräch lenkte: Sie verspürte offensichtlich den sehr menschlichen Drang, es Klarten heimzuzahlen. »Ich würde die Gelegenheit willkommen heißen, ihn zu überraschen«, sagte Wesley. »Und ich habe auf dem Holodeck gesehen, wie gut Sie mit einer Waffe umgehen können. Dürfte ich Sie mit der Bitte belästigen, mich zu lehren, das Messer wie Zhuiks benutzen?«

Shrev lächelte erneut. »Das würde mir unendlich gefallen, Wesley.« Sie war mit ihrer Mahlzeit fast fertig; ihr Spachtel kratzte schon am Boden der Schüssel. »Nun ja. Ich habe über unser letztes Gespräch nachgedacht. Wie Sie ganz richtig sagten, ist das Vorgehen der Ferengi kostspielig und zeitraubend und entspricht keineswegs ihren Gebräuchen.«

»Das kann ich noch immer nicht erklären«, sagte Wesley. »Ich muß irgend etwas übersehen.«

»Vielleicht haben wir die falschen Blumen gekostet. Der Nektar, den wir suchen, könnte woanders sein.« Sie leckte am Spachtel. »Was, wenn die Ferengi für eine andere Partei arbeiten?«

»Ja ...« sagte Wesley. »Für Geld würden sie alles tun. Aber wer hätte einen Grund dafür, einen rückständigen Planeten wie Megara zu entwickeln?«

»Diese Frage kann ich nicht beantworten.«

»Ich auch nicht ... Moment mal, vielleicht sollten wir das Pferd von hinten aufzäumen«, sagte Wesley. Er schaute zur Decke des Gesellschaftsraums hinauf; er hatte den Kopf so lange nach vorn gebeugt, daß sein Hals schon ganz steif war. »Wer könnte es sich leisten, sie mit so einer Sache zu beauftragen?«

»Es gibt zahlreiche Möglichkeiten.« Shrev legte ihren Spachtel beiseite. »Romulaner, Tholianer, Cardassianer, Orionpiraten, Gorn, abtrünnige Klingonen.«

»Megara hat eine gute strategische Position an der Grenze zur Föderation«, sagte Wesley, »und eine Menge Planeten in diesem Sektor sind noch von niemandem beansprucht worden. Jede dieser Spezies würde die Gelegenheit beim Schopf ergreifen, sich auf Megara einen Stützpunkt zu verschaffen.«

»Das ist logisch«, sagte Shrev. »Jetzt müssen wir nach Fakten suchen, die unsere Logik unterstützen oder zurückweisen.«

6

Das Entsetzen war vor Jahren vergangen, doch Odovil Pardi fühlte sich in Gegenwart des Ferengi noch immer nervös. Es half nicht gerade, daß Ri'vok von Problemen in ihrer Produktion sprach. »Während des vergangenen Sechstags haben zwei Schiffsladungen oktahedrale kristalline Muster enthalten«, sagte der kleine Mann. Er saß hinter Odovils Schreibtisch und zwang sie damit, in ihrem eigenen Büro zu stehen. »Sie machen das Metall wertlos. Das hat in zwei verschiedenen Fabriken unsere Produktionsquoten verpfuscht. Sind Sie hier zu faul oder zu dumm, um die Qualität Ihrer Produkte zu überprüfen?«

»Unser Bestes wir tun«, sagte Odovil. Ihr Stolz ließ nicht zu, daß sie schwieg, obwohl ihr unwohl dabei wurde, dem Fremden in die Augen zu sehen. In ihrem weiten grauen Overall fühlte sie kalten Schweiß.

»Ihr Bestes«, schnaubte Ri'vok. »An Ihrer Stelle würde ich die faulen Überzieher rauswerfen, die für dieses Problem verantwortlich sind. Entziehen Sie ihnen die Arbeitserlaubnis; das ist ein Befehl. *Dann* werden Ihre Leute lernen, ihr Bestes zu geben.« Er hob die Hand, und einen Augenblick lang dachte Odovil, er würde nach der leuchtend blauen Peitsche greifen, die er um eine Schulter geschlungen hatte. Doch er berührte lediglich eine der Verzierungen auf seiner Weste, leuchtete auf und dematerialisierte.

Odovil setzte sich hinter ihren Schreibtisch und wartete, bis sie zu zittern aufhörte. Jedesmal wenn sie einen der Fremdweltler sah, wurde sie an ihre Ausbildung erinnert. Man hatte ihr befohlen, sich im Bürgermeisteramt in Kasten Darr zu melden, wo sie in einen kleinen Raum gehen mußte. Ein Mann – ein *richtiger* Mann, keiner dieser runzeligen, rattenäugigen Scheusale – hatte ihr einen leuchtenden Helm auf den Kopf gesetzt, und danach konnte sie sich drei Tage lang an gar nichts mehr erinnern; die Behandlung hatte sie in eine fiebrige Benommenheit stürzen lassen.

Odovil hatte Wochen gebraucht, um wieder gesund zu werden. Während sie sich langsam erholte, stellte sie fest, daß sie lesen, schreiben, rechnen und sich an alles erinnern konnte, was sie je gehört und gesehen hatte – und daß eine namenlose Furcht einen Schatten auf ihren Geist warf und in ihr den Drang auslöste, sich in der Ecke eines kleinen Raums zu verkriechen. Mit der Zeit erfuhr sie, daß die Ausbildungsmaschine der Ferengi bei manchen Leuten häßliche Nebenwirkungen hatte, und als sie den Wahnsinn sah, der andere befallen hatte, stellte sich bei ihr das Gefühl ein, noch Glück gehabt zu haben. Den Ferengi war es völlig gleichgültig gewesen; als sie wieder gesund war, hatten sie sie getestet und ihr gesagt, welche Arbeit sie für sie tun müßte.

Schließlich verließ Odovil die Plastikhütte, die als ihr Büro diente. Das metallverarbeitende Werk, *ihre* Fabrik, bedeckte eine Fläche von der Größe einer Kleinstadt. Fliegende Frachtcontainer brachten Erze von der ganzen Welt her. Separatoren und Schmelzhütten entzogen den Erzen Metalle; Verarbeiter und Hochöfen verwandelten reine Metalle in Legierungen; Schmiede und Metallwerke gossen die Legierungen zu Platten, Trägern und anderen Formen. Ozon und die Gerüche von glühendem Metall erfüllten die Luft.

Die Fabrik beschäftigte über zweitausend Leute. Einige von ihnen nickten Odovil zu oder berührten ihre Mützen, als sie an ihnen vorbeiging. Odovil tat so, als würde sie sie nicht sehen. Der Fremdweltler hatte ihr vorgeschlagen, ein paar dieser Leute zu entlassen, *ihrer* Leute, und die Ferengi verstanden in dieser Hinsicht keinen Spaß. Schon zweimal hatten sie ihr befohlen, Arbeiter zu feuern, um einen Streik zu beenden und ein Quotendefizit zu bestrafen. Odovil hatte gehorcht; Manager, die sich solchen Befehlen widersetzten, wurden selbst gefeuert, und mit ihnen zahlreiche Unschuldige. Widerstand war zwecklos.

Einem Megaraner die Arbeitserlaubnis zu entziehen, war eine Strafe, die diabolischer als die Hinrichtung war. Ohne Arbeitserlaubnis konnte niemand eine Stelle bekommen, eine Wohnung mieten, nicht einmal Essen kaufen … jedenfalls nicht legal. Leute ohne Arbeitserlaubnis wurden in die kriminelle Unterwelt getrieben oder gezwungen, eine gefährliche und untergeordnete Schwarzarbeit anzunehmen. Andere verhungerten einfach. Und nun mußte sie einige ihrer Leute in diese gnadenlose Hölle werfen …

Haragan Til beaufsichtigte die Hauptmaschinen. Der alte Mann war als Bauer auf seinem eigenen Land aufgewachsen, und als die Fremdweltler die metallverarbeitende Fabrik erbauten, zogen sie seine Familie einfach ein und zwangen sie in ihre Dienste. Odovil fand ihn in einem Kontrollraum, in dem er mit seinem Assistenten den Zeitplan dieses Tages besprach. »Kristalle«, sagte Til voller Abscheu, als Odovil ihm von Ri'voks Beschwerde berichtete. »Fluktuationen in der ersten Abkühlphase wir müssen haben. Sofort ich mich darum kümmere.« Til verließ die Baracke.

Der Assistent schloß die Tür. »Ärger wir haben gehabt«, sagte er. Odovil konnte sich nicht an den Namen des jungen Mannes erinnern. »Die Rattenaugen drei unserer besten Leute haben mitgenommen. Zwei von ihnen die magnetothermischen Hochöfen haben beaufsichtigt. Wir ihre Nachfolger noch ausbilden.«

»Davon ich nichts habe gehört«, sagte Odovil

bockig. Ihre Unkenntnis überraschte sie nicht. Das Werk verfügte über eine effiziente Bürokratie, die aber »kleinere« Begebenheiten wie den Verlust von ein paar Arbeitern oft herausfilterte. »Warum die Rattenaugen diese Leute haben mitgenommen?«

»Das die Rattenaugen nicht haben gesagt«, erwiderte der Mann. Er warf einen Blick auf das Instrumentenpult des Kontrollraums. »Nur das ich weiß«, fuhr er fort, während er einen Knopf neu einstellte. »Sie unsere besten Leute haben mitgenommen.«

Odovil verließ die Baracke und ging zu ihrem Büro zurück. Sie kam zum Schluß, daß es typisch für die Fremdweltler war, ein Problem zu schaffen und die Schuld dann anderen in die Schuhe zu schieben. Aber vielleicht würde das ihr eine Entschuldigung geben, niemanden zu feuern. Zu den Problemen war es gekommen, weil die neuen Arbeiter noch nicht voll ausgebildet waren. Wenn sie sie feuerte, war sie gezwungen, neue Leute auszubilden, was nur noch mehr Probleme schaffen konnte. Natürlich würden die Fremdweltler ihr vielleicht befehlen, einfach jemand anders zu feuern – aber versuchen konnte sie es.

Ihre Sekretärin wartete auf dem Kiesweg vor ihrem Büro auf sie. »Du von der Vo Gatyn eine Nachricht hast«, sagte die alte Frau. Ihr kurzes Haar war so grau wie ihr Overall. »Auf deinem Schreibtisch der Brief liegt.«

Odovil nickte. »Noch etwas es gibt?« fragte sie, da ihre Sekretärin sie erwartungsvoll anschaute.

»Nein … nur, daß heute abend in Kes Pa'kess ein Tanz wird stattfinden. Einen entspannenden Abend du vielleicht würdest genießen.«

»Nein«, sagte Odovil. Der Gedanke, zu einer Tanzveranstaltung zu gehen, erfüllte sie mit dumpfem Schrecken. »Nein. Arbeiten ich muß, neue Probleme es gibt. Gute Leute die Rattenaugen haben mitgenommen.«

»Die Ofenbediener und einen aus dem Versand?« fragte die Sekretärin. »Wir Ersatz bereits haben eingestellt.«

»Gut genug sie nicht sind«, sagte Odovil. »Die anderen wir müssen zurückholen.«

»Zurück sie nicht werden kommen«, sagte die alte Frau.

»Du etwas weißt?« fragte Odovil.

»Etwas von meiner Kusine in Metari Leeg ich habe gehört«, sagte sie. »Eine neue Schule die Rattenaugen dort haben gebaut. Leute dort die Rattenaugen dafür ausbilden, auf ihrem Raumschiff zu arbeiten. Und nach Metari Leeg die Rattenaugen diese Leute haben gebracht.«

»Diener auf ihren Schiffen sie brauchen?« wunderte Odovil sich. Sie konnte sich nicht vorstellen, warum die Fremdweltler Leute dafür ausbildeten, im Weltraum zu arbeiten.

»Vielleicht eine neue Möglichkeit sie haben gefunden, Profite zu machen«, sagte sie. »Gehört ich habe, viele talentierte Leute für diese Ausbildung sie holen.«

Odovil nickte stumm und ging in ihr Büro. Talentierte Leute. Wenn die Ferengi den Entschluß fassen sollten, *sie* für diese Ausbildung anzufordern – nein, daran durfte sie gar nicht denken.

Sie setzte sich an ihren Schreibtisch und sah den Brief der Vo auf einem Stapel Anforderungen und Hausmitteilungen. Es war ein Rechteck aus Pergament – eine der vielen Vergünstigungen, die die Ferengi der Vo Gatyn gewährten –, und er berief Odovil zu einer Konferenz heute abend im Schloß der Vo, wo die Vo sich die Ehre gab, neue Möglichkeiten zu diskutieren, die Macht und den Wohlstand ihres Staates zu vergrößern.

Odovil warf den Brief in den Reißwolf. Jeder wußte, daß die Vo Gatyn eine Marionette der Ferengi war. Ihr »Vertrag« mit den Fremdweltlern war eine Heuchelei, die ihnen ermöglichte, alles zu tun, was ihnen beliebte.

Zumindest ein, wahrscheinlich jedoch mehrere Ferengi würden dort sein und schnaubend Drohungen und Forderungen präsentieren ... und ein schrecklicher Schwarm Leute ihres Volkes, laut, lachend, ungehobelt, rücksichtslos ...

Haragan Til kam eine Stunde später in das Büro und fand Odovil unter dem Schreibtisch kauernd, den Kopf mit beiden Händen haltend.

Megara wurde auf dem Hauptbildschirm schnell größer. »Dreißig Sekunden bis zur Umlaufbahn«, sagte Riker. »Mr. Worf, lösen Sie Alarmstufe Rot aus.«

»Aye, Sir«, sagte der Klingone glücklich. Der allgemeine Alarm jaulte durch das Schiff. »Alle Decks melden sich kampfbereit«, sagte er.

Picard schaute zu Offenhouse, der sich neben Wesley Crusher gegen das Navigationspult lehnte. »Zufrieden, Herr Botschafter?«

»Erfassen Sie das Ferengischiff so schnell wie möglich«, sagte Offenhouse. »Ach ja ... Data, wie teuer war diese vulkanische Sonde?«

Der Androide sprach, ohne von seiner Station neben der Wesleys aufzuschauen. »Fünf Komma sieben drei zwo Millionen Krediteinheiten, Herr Botschafter.«

»Machen Sie zehn Millionen daraus«, sagte Offenhouse. »Runde Zahlen klingen immer beeindruckender.«

Beeindruckender als was? fragte Picard sich, als Wesley den Warpflug der *Enterprise* beendete. Das Manöver wurde sauber ausgeführt, und das Raumschiff nahm einen Standardorbit um Megara ein. Als Wesley sprach, konnte er den Stolz in seiner Stimme nicht verbergen. »In Position, Captain. Kampfkreuzer der Ferengi auf null Komma null, Entfernung einhundert Kilometer.«

»Das Ziel wurde mit allen Waffen erfaßt«, meldete Worf.

»Rufen Sie sie«, sagte Offenhouse.

Die Ferengibrücke erschien auf dem Hauptbildschirm und zeigte beunruhigte Männer, die sich auf einen Kampf vorbereiteten. »Wagen Sie es ja nicht, Ihre Schilde zu heben!« brüllte Offenhouse die Ferengi an. »Wer von euch schäbigen Schlappschwänzen hat das Kommando über die heruntergekommene Schrottkiste, die Sie sich Raumschiff zu nennen erdreisten?«

Einer der Ferengi sah schnaubend zu ihnen hinüber und entblößte dabei einen Mund voller scharfer, konischer Zähne. »Ich bin Daimon Chudak«, sagte er. Picard mußte ihm zugestehen, daß er über eine ausgezeichnete Selbstbeherrschung verfügte; er schien nicht die geringste Angst zu haben. »Wer sind *Sie*, daß Sie es sich herausnehmen, mich zu verärgern?«

»Hören Sie auf damit, so elend herumzujammern«, fauchte Offenhouse. »Sagen Sie mal, Sie Verschwender, haben Sie wirklich geglaubt, damit durchzukommen?«

Chudak entblößte erneut die Zähne. »Wovon schwatzen Sie, Sie ohrloses Wunder?«

Offenhouse machte zwei Schritte in Richtung Bildschirm, und Picard sah, daß er die Hände zu Fäusten ballte. »Stellen Sie sich nicht dumm, dafür sind Sie nicht klug genug. Ich spreche von der Sonde, die Sie vernichtet haben. Wenn Sie aus dieser Sache lebend herauskommen wollen, Sie halbgescheites Überbleibsel einer Müllauktion, werden Sie der Vulkanischen Akademie der Wissenschaften die zehn Millionen Krediteinheiten zahlen, die Sie sie gekostet hat ...«

»Die Sonde war nicht mehr als eine Million wert«, sagte Chudak.

»... *und* uns nicht mehr belästigen!« donnerte Offenhouse den Ferengi an. »Wir wissen, was auf Megara geschieht, Sie Loch in der Wechselgeldbörse der Galaxis. Glauben Sie etwa, Sie könnten die Föderation *ewig* täuschen? Wir wissen, daß Sie die letzte Sonde manipuliert haben. Was verbergen Sie hier? Eine Dilithiummine? Kevas? Pergium? Was es auch ist, Sie werden sich die Profite nicht unter den Nagel reißen.«

Picard erkannte die plötzliche Verwirrung des Ferengi. »Manipuliert ...? Wir haben nie ... das ist ...«

»Ich sollte Sie jetzt töten.« Offenhouse verschränkte die Arme vor der Brust. »Vor zehn Jahren haben Sie falsche Daten in eine Langstreckensonde eingespeist, Sie Bearbeitungsgebühr auf dem großen Girokonto des Lebens. Oder haben Ihre klauenhändigen Lakaien etwa die Dateien von Memory Alpha manipuliert? So oder so ... Sie hätten uns *fast* zu der Annahme gebracht, Megara sei eine primitive Welt. Wir sehen, daß dem nicht so ist ...«

Chudaks Bild verschwand vom Schirm. »Die Ferengi haben die Verbindung unterbrochen«, sagte Worf.

»Natürlich«, sagte Offenhouse, der plötzlich wieder ganz ruhig und gefaßt war. »Sie müssen sich ein paar Minuten lang beraten. Picard, ich gehe jede Wette darauf ein, daß sie sich bereit erklären, die Vulkanier sofort und in voller Höhe zu bezahlen.«

»Das bezweifle ich nicht«, sagte Picard. Offenhouses grober diplomatischer Stil schien Wirkung zu zeigen – und es war ein Vergnügen gewesen, dem Mann zuzusehen. »Ist das wichtig, Herr Botschafter?«

Offenhouse nickte. »Das ist die Bestätigung für eine Ahnung, die ich habe.«

»Und die wäre?« fragte Riker.

»Daß diesen Ferengi unbegrenzte Geldmittel zur Verfügung stehen«, sagte Offenhouse. »Und daß die kleinen Geizhälse unbedingt verbergen wollen, weshalb sie hier sind. Counselor, können Sie von den Ferengi irgend etwas empfangen?«

Deanna schüttelte den Kopf. »Betazoiden können die Gefühle von Ferengi nicht wahrnehmen. Ihre Gehirne haben vier Lappen und bleiben uns daher verschlossen.«

»Vorausgesetzt, sie *haben* irgendwelche Gedanken,

die man lesen kann«, murmelte Worf. Ferengi zählten nicht zu seinen bevorzugten Spezies. »Die Ferengi rufen uns«, meldete er einen Augenblick später.

»Stellen Sie sie durch«, sagte Offenhouse.

Chudaks Bild erschien wieder. »Wir bestreiten, daß diese vulkanische Sonde zehn Millionen Krediteinheiten wert war«, sagte er knirschend.

Offenhouses Feindseligkeit erwachte unvermittelt. »Haben Sie in letzter Zeit mal interstellare Sonden gekauft? Sie hätten einen Blick auf das Preisschild werfen sollen, bevor Sie sie einfach abschießen. Zehn Millionen Krediteinheiten, Chudak, oder ich verpasse Ihnen persönlich eine Gesichtspolitur erster Klasse.« Um nicht den geringsten Zweifel an seiner Absicht zu lassen, schlug er mit einer Faust auf seine Handfläche.

Chudak knurrte leise. »Um des profitablen Frieden willens werde ich für unseren verständlichen Fehler bezahlen – aber Sie dürfen Megara *nicht* besuchen. *Ich* habe einen Exklusivvertrag mit der Regierung des Planeten.«

Offenhouse schüttelte trotzig den Kopf. »Die Föderation erkennt solche Verträge nicht an. Hat sie nie anerkannt und wird sie nie anerkennen.«

»Die Vo von Megara erkennt meinen Vertrag an«, sagte Chudak. »Sie! Picard! Seit wann führt ein Zivilist Ihr Schiff?«

Bevor Picard antworten konnte, lachte Offenhouse laut auf. »Die Föderation ist keine militärische Organisation, Sie Trottel. Die Soldaten arbeiten für die Zivilisten. Wie ich einer bin. Haben Sie das kapiert? Und *ich* arbeite für Profit.«

Chudak funkelte ihn wütend an. »Die Megaraner werden Ihnen das Landerecht verweigern!«

»Was ist los, Chudak?« fuhr Offenhouse seinen Widersacher höhnisch an. »Haben Sie Angst, daß ich ihnen ein besseres Angebot mache?«

»Sie?« sagte Chudak spöttisch. »Sie könnten einem

Schuldner doch nicht mal Geld verkaufen, Sie schlecht aufgesetzte Vereinbarung einer Konventionalstrafe!«

»Ach nein? Warum sind Sie dann so nervös?« Offenhouse stieß ein schlüpfriges Kichern aus. »Heute stehen uns aber wieder die Haare zu Berge, was?«

Chudak starrte Offenhouse verdrossen an, und Picard verspürte unwillkürlich Mitleid mit dem kahlköpfigen Ferengi.

»Landen Sie«, knirschte Chudak. »Landen Sie und eilen Sie in Ihr Verderben, Sie pelziger Deckenkrabbler!« Die Verbindung wurde unterbrochen.

»Das hat Spaß gemacht«, sagte Offenhouse gelassen. Seine Wut hatte sich gelegt. »Ich bezweifle zwar, daß ich dem Ferengi Feuer unter dem Hintern gemacht habe, aber mit etwas Glück wird er mich jetzt für einen ausgesprochenen Hitzkopf halten.«

»Was dazu führen könnte, daß er Sie unterschätzt«, sagte Picard und rieb sich nachdenklich das Kinn. »Herr Botschafter, Ihre Beleidigungen stellen eine intime Kenntnis der idiomatischen Ausdrücke der Ferengi unter Beweis.«

»Das ist doch keine Leistung«, sagte Offenhouse. »Wenn man weiß, wie wichtig den Ferengi der Profit ist, kommt man schnell darauf, daß es ein Tiefschlag ist, wenn man jemanden einen schlechten Geschäftsmann oder einen Schuldner nennt.«

Worf knurrte. »Ich empfange einen Subraumfunkspruch vom Ferengischiff«, sagte er. »Es ist eine Bankanweisung über zehn Millionen Krediteinheiten, zahlbar an die Vulkanische Akademie der Wissenschaften.«

Offenhouse kicherte. »Nichts macht mehr Spaß, als großzügig mit dem Geld anderer Leute umzugehen. Picard, stellen Sie eine Verbindung mit dieser ›Vo von Megara‹ her und teilen Sie ihr mit, daß wir ihr einen Besuch abstatten. Dann gewähren Sie Landurlaub – aber nur Offizieren, und nur einer beschränkten Anzahl.«

»Sonst noch etwas?« fragte Riker mit höflichem Tonfall, der an Sarkasmus grenzte.

»Ja, Sonny, Sie können mir einen Überblick über die industrielle Infrastruktur da unten verschaffen«, sagte Offenhouse. »Fabriken, Minen, Transportwesen, den ganzen Kram. Ich brauche genauere Daten, als wir sie von der Sonde erhalten haben. Picard, ich möchte mir für ein paar Minuten Ihren Bereitschaftsraum ausborgen.«

»Selbstverständlich«, sagte Picard ruhig. Er warf einen Blick zu Wesley hinüber, dem man deutlich ansah, daß er die Ohren gespitzt hatte und alles aufzuschnappen versuchte, was hier gesprochen wurde.

Der Maschinenraum pochte, als Energie in die Schilde und Waffen geleitet wurde. Wie so viele Starfleet-Ingenieure wünschte auch LaForge sich, daß die Brückencrew sich zusammenreißen, beruhigen und den Alarm beenden würde. Die Alarmstufe Rot stellte keine echte Belastung für die Schiffssysteme dar, doch Geordi hatte Besseres zu tun, als Kindermädchen für ein paar überladene Phaser zu spielen.

»Da, Geordi!« Alexander hatte sich auf einen Sessel an einem Computerterminal gehockt. Er zeigte auf ein Meßgerät neben dem Hauptanzeigegerät. »Sie haben einen Energieabfall im sekundären Steuerbord-Zwischenkühler.«

»Danke, Al.« Geordi nahm eine Einstellung vor. Zivilisten hatten während eines Alarms eigentlich nichts im Maschinenraum zu suchen, doch Geordi machte bei ihm eine Ausnahme. Alexander störte den Betrieb nicht – und wenn im Maschinenraum etwas schiefging, war es nirgendwo auf dem Schiff sicher. Außerdem hatte Geordi den Jungen gern um sich. Kinder hatten eine Sichtweise vom Universum, die genauso einzigartig war wie die von Außerirdischen – man nehme nur Alexanders Idee zum Aufspüren getarnter

Schiffe. Geordi wußte nicht genau, was Worfs Sohn dazu trieb, hier herumzuhängen – der Junge wollte nicht Ingenieur werden –, aber er würde ihn nicht danach fragen.

Geordi warf erneut einen Blick auf die Hauptanzeige, setzte sich dann und nahm Justierungen vor, bis er dann mit den Werten zufrieden war. »Jetzt bleib so«, sagte er gut gelaunt.

»Können wir jetzt die Simulationen durchführen, Geordi?« fragte Alexander.

»Würde ich gern tun, Al«, erwiderte der Ingenieur, »aber wir können während eines Alarms nicht den Hauptcomputer mit Beschlag belegen. Aber keine Bange, ich habe so eine Ahnung, als würde deine Idee hervorragend funktionieren. Wir müßten damit eigentlich sogar mehr als nur getarnte Schiffe entdecken können – nämlich auch solche, die sich in Nebeln und anderen natürlichen Phänomenen verbergen, was ja eine ziemlich gebräuchliche Taktik ist. Die Galaxis ist voller verwirrender Orte, an denen man ein Schiff normalerweise nicht entdecken kann.«

»Oh.« Der Junge trat mit den Füßen gedankenlos gegen den Boden und schaute dann auf. »He, Geordi, wie viele Romulaner sind nötig, um eine Glühbirne zu wechseln?«

»Keine Ahnung«, sagte Geordi. »Wie viele?«

»Zwei. Einer, der sie wechselt, und ein anderer, der ihn umbringt und den Ruhm für sich beansprucht.«

Geordi lachte mit Alexander. *Als ich ein Junge war,* erinnerte er sich, *haben wir uns diesen Witz über die Klingonen erzählt. Ach, verdammt, was soll's.* »Wie viele Ferengi braucht man, um eine Glühbirne zu wechseln?« fragte Geordi ihn.

»Ferengi wechseln keine Glühbirnen. Das wäre Verschwendung.« Er kicherte. »Wie viele Menschen braucht man, um eine Glühbirne zu wech … äh …«

Geordis VISOR nahm eine farbliche Veränderung

auf Alexanders Gesichtshaut wahr; er errötete vor Verlegenheit. Aber LaForge wollte ihm diesen Witz nicht verderben. »Eine Glühbirne?« gab Geordi sich unwissend. »Was ist eine Glühbirne?« Alexander lachte, und Geordi hörte, daß auch ein paar seiner Kollegen kicherten.

Der Interkom forderte piepsend seine Aufmerksamkeit. »Alarmstufe Rot aufgehoben. Mr. LaForge, melden Sie sich im Konferenzraum.«

»Wir müssen los«, sagte Geordi zu Alexander. Der Junge sprang vom Stuhl und folgte dem Ingenieur zum Turbolift. »Brücke«, sagte Geordi zu dem Lift.

»Deck zwölf«, sagte Alexander und schaute zu dem Menschen hoch. »Geordi? Vater hat dieser Witz gefallen ... der darüber, daß wir die Menschen nicht ausgelöscht haben. Kennen Sie noch mehr von dieser Sorte?«

»Aus dem Stegreif nicht ... Augenblick mal, versuch es mal damit. Menschen sind schon ganz in Ordnung, auch wenn sie wie Tribbel sind.«

»Dumm«, sagte Alexander lächelnd. »Vater wird er gefallen. Und Commander Riker ebenfalls. Danke, Geordi.« Der Lift hielt an, und Alexander stieg aus.

Vielleicht wurden er und Will Riker bei der Geburt vertauscht, dachte Geordi, als der Turbolift sich wieder in Bewegung setzte. Den Klatschbytes nach zu urteilen, die im Schiff verbreitet wurden, war Worf der Ansicht, sein Sohn handle nicht klingonisch genug, was die Ursache für Spannungen zwischen Vater und Sohn war. Der Junge mochte nach menschlichem Maßstab einfach nicht zu bändigen sein, aber Klingonen legten die Meßlatte offensichtlich höher.

Der Turbolift hielt an, und Geordi ging durch die Brücke zum Konferenzraum. Die übliche Gruppe war anwesend: Picard, Riker, Troi, Worf, Data und Dr. Crusher. Botschafter Offenhouse war ebenfalls da. Geordi nahm zwischen Crusher und Troi Platz.

Er betrachtete seine Kameraden. Sein VISOR nahm

die feinen Veränderungen wahr, die Gefühle beim körperelektrischen Feld und der Hauttemperatur bewirkten, und während er ihre Bedeutung keineswegs mit der Präzision einer Deanna Troi erkannte, gelangen ihm manchmal ganz gute Vermutungen darüber, wie die Leute sich fühlten. Alle im Konferenzraum schienen wachsam, aber guter Stimmung zu sein; niemand war besonders erregt. Das war eine angenehme Überraschung, denn die Gerüchte besagten, der Botschafter sei ein ausgemachtes ...

Offenhouse eröffnete die Konferenz, indem er mit den Knöcheln auf den Tisch trommelte. »Ich habe mir gerade mal meine Datei über Daimon Chudak angesehen – den Kommandanten dieses Ferengischiffs«, fügte er mit einem Blick auf Geordi und Dr. Crusher hinzu. »Was ich gefunden habe, vertieft das Geheimnis nur noch. Computer, zeige Chudaks Datei.«

Auf dem Monitor des Raums erschienen ein Bild und eine Textdatei. Geordi engte die Bandbreite seines VISORs ein, damit es nur das »sichtbare« Spektrum akzeptierte, das des Lichts mit einer Wellenlänge zwischen viertausend und siebentausend Ångström. Die ständigen Kopfschmerzen, die sein VISOR verursachte, wurden schwächer, als der Datenfluß nachließ. Das Bild zeigte einen typischen männlichen Ferengi: schöpflöffelähnliche Ohren, ein kahler, runder Kopf, gefurchte Nase und Stirn und eine anscheinend endlose Zahl von Fangzähnen.

»Daimon Chudak«, sagte Offenhouse. »Alter siebenunddreißig Standardjahre. Persönliches Vermögen zwei Milliarden Krediteinheiten – reich, aber nicht herausragend wohlhabend.«

Geordi weitete die Bandbreite seines VISORs wieder aus, und seine Sicht wurde wieder normal. Damit kehrten allerdings auch die Schmerzen zurück; die Schaltkreise speisten nun so viele Daten ein, wie sein Nervensystem verarbeiten konnte, und diese Belastung verursachte eine Anspannung, die wiederum die Schmerzen auslöste. Fast automatisch glitt er in die schmerzunterdrückende Selbstkontrolle, die ein vulkanischer Heiler ihm beigebracht hatte, als er ein Junge gewesen war. Der Schmerz war nichts im Vergleich damit, die Elektrofelder, Thermalmuster und Magnetflüsse sehen zu können, die das Universum durchdrangen.

»Zwei Milliarden Krediteinheiten«, sagte Riker. »Ist sein Schiff darin eingeschlossen?«

»Ja«, sagte der Botschafter. »Chudak hat sein Geld selbst verdient, seine Familie ist arm. Ihnen ist vielleicht aufgefallen, daß er keine Kastentätowierung auf der Stirn trägt.«

»Das scheint in der Ferengigesellschaft ein ziemliches Handicap zu sein«, sagte Deanna Troi.

»Eigentlich nicht«, erwiderte Offenhouse. »Geschäftssinn beeindruckt die Ferengi mehr als die Abstammung. Das zeigt nur, daß er klug und aggressiv ist, und darüber hinaus stattlich« – Geordi hörte keine Ironie in Offenhouses Stimme – »und mutig. Es gibt auch Beweise dafür, daß er die Ferengigesetze mehrmals umgangen hat.«

»Sie beschreiben einen Piraten«, polterte Worf. Geordi glaubte, in der Stimme des Klingonen Bewunderung zu hören.

»Man kann Chudaks Verhalten auf Megara nicht piratenhaft nennen«, sagte Data und schaute zu dem Botschafter hinüber. »Unsere Sensoruntersuchungen haben die Daten der Sonde bestätigt. In den letzten zehn Jahren haben die Ferengi auf Megara eine umfassende industrielle Infrastruktur geschaffen, die praktisch der gesamten Bevölkerung Arbeit gibt. Ein Pirat hätte weder die Zeit noch die Absicht, so eine technologische Gesellschaft aufzubauen.«

»Komisch«, sagte Geordi. »Aber vielleicht benutzt Chudak Megara als Sklavenwelt. Sie stellen dort spottbillig Güter her, und er verkauft sie mit Profit.«

»Das wäre möglich«, sagte Picard nachdenklich. »Wissen wir, was die örtlichen Industrien herstellen?«

»Nein, Sir«, erwiderte Data. »Elektronische Interferenzen in den Fabriken machen einen genauen Scan der Oberfläche unmöglich. Doch es gibt keine Anzeichen dafür, daß von Megara irgend etwas exportiert wird.«

»Sämtliche Waren bleiben hier?« fragte Geordi ungläubig. »Ich dachte, es sei Sinn eines solchen Unternehmens, die Produktion zu verkaufen.«

»Ist es auch, und das führt mich zu einem weiteren Problem«, sagte Offenhouse. »Ich kann nicht erklären, woher Chudak die fünfzig Milliarden Krediteinheiten hat, die er braucht, um diese Operation zu finanzieren. Von Ferengal sind sie nicht gekommen; der Geheimdienst der Föderation hat Einblicke in ihr finanzielles System, und wir wissen, daß Chudak auf seiner Heimatwelt kein Geld aufgetrieben hat.«

»Er könnte Megara trotzdem als Sklavenwelt halten«, sagte Riker. »Mit einem Kampfkreuzer der Ferengi kann man eine gesamte Welt zwingen, ohne Entgelt zu arbeiten.«

»Aber damit könnte Chudak längst nicht alles bezahlen, was er importieren mußte«, hielt Geordi dagegen. »Baugeräte, Replikatoren, um die Fabrikeinrichtungen zu bauen, Konstruktionspläne – die Megaraner könnten einiges selbst herstellen, aber eine gewisse ›Grundausstattung‹ muß vorhanden sein.«

»Genau«, sagte Offenhouse anerkennend. »Ich habe noch nicht genug Informationen, um dieses Geheimnis zu klären, also gehen wir zum nächsten Punkt über. Picard, haben Sie ein paar Einladungen organisiert?«

Der Captain lächelte. »Die Vo Gatyn wird uns beide heute abend empfangen. Wir sind zu einem Abendessen auf ihrem Privatsitz eingeladen.«

»Gut, ich habe schon immer gern auswärts gegessen«, sagte Offenhouse. »Und wie steht es damit, ein paar Touristen runterzuschicken?«

»Wir haben die Erlaubnis, zwanzig Personen in Gatyns Hauptstadt zu bringen«, sagte Picard. »Kes Pa'kess, wie sie genannt wird, ist ziemlich groß und stark industrialisiert. Die Vorkehrungen müßten Ihren Anforderungen entsprechen, Herr Botschafter.«

»In der Tat«, sagte Offenhouse. »Ich will mit unseren Leuten sprechen, bevor wir sie runterbeamen. Noch etwas.« Er sah Geordi an. »Mr. LaForge, nicht wahr?«

Geordi nickte. »Ja, Herr Botschafter?«

»Wir brauchen etwas Kleingeld«, sagte er. »Ein paar Münzen, die aus reinem Gold bestehen. Und Geldbörsen, um sie zu transportieren. Können Sie die Replikatoren darauf programmieren?«

»Kein Problem«, sagte Geordi, »aber wollen Sie wirklich reines Gold haben? Das ist eins der weichsten Metalle überhaupt. Ihre Münzen werden im Nu verkratzt sein.«

»Besonders, wenn jemand darauf beißt«, sagte Offenhouse und erhob sich. »Picard, wählen wir unsere Touristen aus, und dann bereiten wir uns auf das Dinner vor.«

Der Captain und der Botschafter verließen den Konferenzraum. »Ich hätte nie gedacht, mal zu hören, daß jemand einen Ferengi ›stattlich‹ nennt«, sagte Riker zu Worf.

»Vielleicht hat er sie zu lange studiert«, sagte Beverly Crusher. »Manche Menschen werden dann so.«

Geordi gelang es mit Mühe, nicht über Rikers plötzliches multispektrales Erröten zu lachen. Worf nahm jedoch Anstoß an dem Scherz; das bioelektrische Feld des Klingonen kräuselte sich in jener wütenden Entfaltung, die Geordi stets an das Heben von Schutzschilden erinnerte. »Übrigens, Worf«, warf Geordi schnell ein, »in ein paar Stunden müßten wir den neuen Antitarn-Sensor testen können.«

Worf knurrte, als wolle er seine Anspannung irgendwie abbauen. »Die Theorie hat eine solide Basis?« fragte er.

»Ich muß noch ein paar Simulationen vornehmen«, sagte Geordi. Troi lächelte, als sie fühlte, daß er übertrieb, sagte aber nichts. »Aber, ja, die Theorie sieht gut aus. Und es müßte nicht nur bei getarnten Schiffen funktionieren. Wenn alles klappt, werden wir jeden in Betrieb befindlichen Reaktor aufspüren können. Das könnte uns einen ziemlichen Vorteil verschaffen.«

»Bis jemand eine Möglichkeit findet, die Sache wieder auszugleichen«, sagte Riker.

»Früher oder später findet man immer eine Möglichkeit«, sagte Geordi ungerührt. »Deshalb macht dieses Spiel ja solchen Spaß. Sollte es funktionieren, werde ich in meinem Bericht auf jeden Fall Alexanders Gedankenanstoß erwähnen, Worf.«

»Das ist entgegenkommend«, knurrte der Klingone mit aller Höflichkeit, die er aufbringen konnte.

»He, er hat es sich verdient«, sagte Geordi und stand auf. »Ich informiere Sie, sobald ich für den ersten Test bereit bin.«

Geordi verließ den Konferenzraum. *Münzen,* dachte er, als er zum Turbolift ging. Abgesehen von ein paar besonderen Anlässen hatte die Föderation seit Jahrzehnten keine harten Zahlungsmittel mehr verwendet; die Replikatortechnik machte das Fälschen zu einfach. Geordi kam zum Schluß, daß *er* solche Münzen ohne jede Probleme fälschen konnte. Schließlich hatten die Megaraner ja keine Ahnung, was in der Föderation als Geld durchging. Wahrscheinlich deshalb hatte Offenhouse auf reinem Gold bestanden – auf vielen Planeten verlieh das Metall selbst und nicht die auf die Oberfläche der Münze geprägten Symbole dem Geld seinen Wert.

»Geordi, warten Sie«, rief Beverly, als er in den Turbolift trat. Er verhinderte, daß die Tür sich schloß. »Ich möchte Sie etwas fragen.«

»Aber sicher, Beverly. Maschinenraum«, befahl er dem Lift.

Die Ärztin strich ihr Haar glatt, und er sah, wie statische Entladungen um ihre Finger tanzten. »Geordi, ist Ihnen in letzter Zeit an Will Riker etwas Seltsames aufgefallen?«

Er kicherte. »Meinen Sie den Mann, der lebendes *Gagh* ißt?«

»In zahlreichen irdischen Kulturen werden lebende Insekten verzehrt«, erinnerte Beverly ihn. »Aber ich befürchte, daß Will mit seiner Bewunderung für die Klingonen vielleicht ein wenig ... übertreibt, wenn Sie wissen, was ich meine.«

»Jeder braucht ein Hobby«, sagte Geordi. »Aber Will weiß, wann er aufhören muß. Erinnern Sie sich noch daran, als Worf sich die Wirbelsäule gebrochen hatte?«

»Ja. Will hat verhindert, daß er Selbstmord begeht, obwohl das der klingonischen Tradition entsprochen hätte.« Die Ärztin schüttelte den Kopf. »Ich habe einfach Zweifel an einem Mann, der Lebensmittelvergiftungen riskiert.« Der Fahrstuhl hielt an, und die Tür öffnete sich und gab den Blick auf die technische Abteilung frei. »Übrigens habe ich einen neuen Bericht über Sehnerv-Implantate bekommen, Geordi. Die Vulkanier haben einige bemerkenswerte Fortschritte gemacht. Kommen Sie auf der Krankenstation vorbei, und wir besprechen die Sache.«

»Mache ich, sobald ich Zeit habe.« Er eilte aus dem Lift, und die Tür schloß sich hinter ihm.

Wie immer, wenn er die technische Abteilung betrat, schaute Geordi sich in dem hohen Raum um. Alles sah genauso aus, wie es sein sollte. Ein dichtes, intensives Leuchten schlang sich um Stromleitungen. Strukturfestigkeits-Feldsysteme zeichneten sich an den Schiffswänden ab. Computerchips zwinkerten und schimmerten in kybernetischer Nachdenklichkeit.

Eine normale Sehkraft wäre schön, dachte Geordi. Er

hatte sich immer gefragt, wie ein Regenbogen aussah; er konnte nicht an der freundlichen Debatte darüber teilnehmen, ob Deanna Troi, Beverly Crusher oder Guinan die schönste Frau an Bord der *Enterprise* war. Und doch ...

Geordi trat zum Warpantrieb. Der Mechanismus schlummerte nun und pochte mit den Träumen eines vollblütigen Rennpferds. Geordi wußte, daß das Leben dieser Einheit aufgrund der lichtundurchlässigen Metallabschirmung für jeden anderen Menschen an Bord nur durch das bewölkte Fenster der Sensormeßergebnisse sichtbar war.

Das aufgeben? Geordi seufzte und fragte sich, mit welcher Ausrede er der Ärztin diesmal kommen würde.

7

»Würden Sie das Messer bitte höher halten?« flüsterte Shrev und führte mit ihrer Holoklinge eine Finte gegen Wesley aus. Der junge Mann wich schnell zurück – *ich werde im Ausweichen noch richtig gut,* dachte er sarkastisch – und parierte ihren schlangenähnlichen Stoß. Dann …

Skreee! Shrevs Klinge kreischte triumphierend auf und signalisierte damit einen tödlichen Treffer. Wesley schaute an sich hinab und sah die holographische Projektion, die eine tödliche Wunde simulierte: Shrev hatte ihn ins Herz getroffen.

»Ausgezeichnet«, sagte die Zhuik, während die Zuschauer in der Sporthalle kicherten. Sie drückte mit dem Daumen auf den Griff ihres Übungsmessers, und die holographische Klinge verschwand. »Ich habe diesmal eine volle Minute gebraucht, um Sie zu töten.«

»Eine Minute?« Wesley nahm ein Handtuch von einem Gestell an der Wand und wischte sich Schweiß aus dem Gesicht. Er war kurzatmig. »Mir kam es länger vor.«

»Bei einem Kampf ist eine Minute sehr lang«, stimmte sie ihm zu. »Eine Minute reicht aus, damit ein Freund Ihre Notlage sieht und Ihnen zu Hilfe eilt. Gegen eine erfahrene Kämpferin, wie ich eine zu sein behaupte, zeugt ein so langes Überleben von erstaunlichem Talent.«

»Danke, Shrev.« Das Lob nahm dem Kichern der Zuschauer und seinen eigenen Erinnerungen einiges an Schärfe. Shrev hatte ihn in der vergangenen Stunde ein

Dutzendmal getötet, und er hatte ihr nur mit viel Glück einen hypothetischen Kratzer am linken Arm zufügen können. »Ich habe eine ausgezeichnete Lehrerin.«

»Wir beide leisten hier gute Arbeit«, sagte sie und legte die Übungsmesser zurück in ihr Schließfach.

Der Interkom verlangte summend ihre Aufmerksamkeit. »Kadett Crusher, melden Sie sich im Bereitschaftsraum des Captains«, sagte der Schiffscomputer.

Shrev sah ihn an. »Das ist eine interessante Aufforderung«, sagte sie. »Könnte er sie für den Landurlaub in Betracht ziehen?«

»Könnte sein«, sagte Wesley. Er hatte ihr erzählt, was er auf der Brücke aufgeschnappt hatte. »Wären Sie in diesem Fall daran interessiert, mich zu begleiten, falls die Gelegenheit sich bietet?«

»Unbedingt«, sagte Shrev. »Und jetzt wäre es höflich von Ihnen, sich zu beeilen, nicht wahr?«

Wesley nahm den Turbolift zum Bereitschaftsraum. Er freute sich nicht besonders darauf, Picard gegenüberzutreten. Der Captain hatte zwar Mitgefühl angesichts seiner Zurückstufung gezeigt, erinnerte ihn aber auch stets daran, was geschehen war. Die Verletzung einer Sicherheitsvorschrift, daraus folgend der Tod eines Freundes, dann die Lüge, um alles zu vertuschen …

Na ja, sagte er sich, *ich kann nicht so tun, als wäre es nicht passiert.*

Picard war allein im Bereitschaftsraum, als Wesley ihn betrat. Auf eine Geste des Captains hin nahm er Platz. »Kadett Crusher«, sagte Picard, »wie würde es Ihnen gefallen, auf Megara Tourist zu spielen?«

»Sehr gut, Sir«, sagte Wesley.

»Das hatte ich gehofft«, erwiderte Picard. »Sagen Sie, wieviel wissen Sie über Megara?«

Die neutralen Worte des Captains schienen in der Luft zu schweben, während Wesley sich fragte, wieviel der Mann über sein Vorgehen in Erfahrung gebracht hatte. *Das ist nicht der richtige Zeitpunkt, um Spielchen zu treiben,* wurde ihm klar. »Ich habe die Daten der vulkanischen Sonde und andere Dateien gesehen, Sir, kann mir aber keinen Reim darauf machen, was da unten vorgeht.«

»Dieses Gefühl kenne ich nur allzu gut«, sagte Picard. »Na schön. Ich werde Sie dem Außenteam zuteilen. Ich kann Ihnen nicht sagen, wonach Sie suchen sollen, doch jede Beobachtung könnte wichtig sein. Ich rechne zwar nicht mit Gefahren, erwarte aber, daß Sie Diskretion walten lassen. Die Ferengi könnten zuviel Neugier als ungewollte Einmischung betrachten.«

»Verstanden, Sir«, sagte Wesley. »Ich werde meine Nase nirgendwo hineinstecken, wohin sie nicht gehört.« Wesley hielt inne. »Äh ... Captain? Könnte Fähnrich Shrev mich begleiten?«

Picard runzelte die Stirn. »Sind Sie der Ansicht, sie könnte etwas zu Ihrem Auftrag beitragen, Kadett?«

Wesley nickte eifrig. »Jawohl, Sir. Wir haben die Situation besprochen, und sie hat einige Ideen.«

»Dann machen Sie es so«, sagte Picard und lächelte. »Ich glaube, das ist das erste Mal, daß ein Kadett sich seinen befehlshabenden Offizier aussucht. Und jetzt möchte ich etwas anderes mit Ihnen besprechen, Kadett.«

Wesley bereitete sich innerlich auf das Unausweichliche vor. *Der Zwischenfall,* dachte er. »Jawohl, Sir.«

Picard seufzte. »Ich muß nicht auf Counselor Trois Dienste zurückgreifen, um zu wissen, daß Sie sich in meiner Gegenwart unbehaglich fühlen. Sie beschäftigt noch immer, was Sie auf der Akademie getan haben, und meine Anwesenheit macht Ihrem Gewissen zu schaffen.«

»Ja, Sir«, sagte Wesley unbeholfen. »Ich fühle mich einfach ... es ist ... ich weiß nicht.«

»Sie fühlen sich, als würden Sie sich niemals mit

dem abfinden, was Sie getan haben«, sagte Picard. Er deutete mit dem Kopf auf das Raumschiffmodell in seinem Büro: die *Stargazer*. »Ich habe mich genauso gefühlt, nachdem ich die *Stargazer* verloren hatte.«

»Sir?« Das verwirrte Wesley. »Das ist nicht dasselbe. Sie haben die *Stargazer* nicht zerstört; das haben die Ferengi getan.«

»Ich mache mir Vorwürfe darüber, wie ich die Dinge bei Maxia Zeta gehandhabt habe«, sagte Picard. »Ein besserer Captain hätte vielleicht eine Möglichkeit gefunden, eine Auseinandersetzung zu vermeiden. Es spielt keine Rolle, ob das Gefühl berechtigt ist oder nicht; es kommt nur darauf an, daß ich noch immer der Meinung bin, irgendeinen ... Fehler gemacht zu haben. Daß ich verantwortlich für all die Leben bin, die verloren gingen.

Aber man lernt, sich mit solch einer Erfahrung abzufinden. Man stellt fest, daß sie Teil von einem wird, daß sie einen gewissen Einfluß auf die Entscheidungen ausübt, die man nun trifft. So hoch der Preis auch sein mag, diese Erfahrung kann einen zu einem besseren Menschen und einem besseren Offizier machen.«

»Ich glaube, ich verstehe, Sir«, sagte Wesley. »Sie meinen, irgendwann hört es auf, eine Last auf Ihren Schultern zu sein, und wird zu etwas Ähnlichem wie einer Sibylle.«

»So ungefähr«, sagte Picard lächelnd. Die Sibyllen waren antike Prophetinnen gewesen, und der Legende zufolge hatten sie den alten Römern Ratschläge gegeben – Ratschläge, die sie oft viel gekostet hatten. »Wie ich sehe, haben Sie Latein studiert.«

»Ich habe einen Kurs belegt, Sir«, sagte Wesley. Ihm fiel ein, daß Latein eine von Picards zahlreichen Interessen war.

»Das ist eine bemerkenswert nützliche Sprache«, sagte Picard. »Das Lateinstudium zwingt uns, uns daran zu erinnern, daß vor nicht allzu langer Zeit wir

Menschen genauso ›primitiv‹ wie viele der Spezies sind, die wir auf neuen Welten kennenlernen. Die Werke Ciceros und Mark Aurels zeigen des weiteren auf, daß man bei ›Primitiven‹ Weisheit und Genialität finden kann, ohne daß sie technisch hochentwickelt sein müssen.«

»Daran hatte ich nicht gedacht, Sir«, sagte Wesley. »Ich glaube, ich habe mich zu sehr in die Deklinationen und Konjugationen vertiefen müssen, um auf so etwas achten zu können.«

»Bei mir war es genauso, als ich mein Lateinstudium anfing.« Picard sprach in den Interkom. »Botschafter Offenhouse und Fähnrich Shrev sollen bitte zu mir kommen. Ich bin überzeugt, der Botschafter wird ein paar Worte zu sagen haben.«

»Ja, Sir«, sagte Wesley. Er fühlte sich erleichtert, daß er dem Captain gegenübergetreten und ihm der Himmel nicht auf den Kopf gefallen war.

Einen Augenblick später betrat Offenhouse den Bereitschaftsraum. »Was ist los, Junge?« fragte er, als er sich setzte.

»Ich schicke Kadett Crusher und Fähnrich Shrev nach Megara«, sagte Picard.

Das Gesicht des Botschafters wurde abweisend. »Nein. Ihn nicht. Es ist zu gefährlich.«

»Das ist aber nicht meine Einschätzung der Situation, Herr Botschafter«, sagte Picard. »Unsere Beziehungen mit den Ferengi sind größtenteils friedlich, und ich bin davon überzeugt, daß Fähnrich Crusher imstande ist, diesen Auftrag ohne Zwischenfall zu bewältigen.«

Die beiden Männer starrten sich einen Augenblick lang an, dann gab Offenhouse nach. »Na schön«, sagte er und sah Wesley an. »Sie haben sowieso schon herumgeschnüffelt. Haben Sie eine Ahnung, was die Ferengi vorhaben?«

»Fähnrich Shrev glaubt, daß sie für eine dritte Partei

arbeiten, Sir«, sagte Wesley. Einen Augenblick lang hatte er befürchtet, Offenhouse würde seinen Willen durchsetzen können. Wesley wollte Megara besuchen, sowohl um seine Neugier zu befriedigen, als auch um dem Captain zu beweisen, daß er ihn nicht noch einmal enttäuschen würde. »Was sie da unten tun, ergibt nach den Maßstäben der Ferengi keinen Sinn, außer, jemand anders bezahlt sie dafür.«

Offenhouse nickte nachdenklich. »Könnte sein«, gestand er ein. »Aber das führt lediglich zur Frage: Wer hat sie angeheuert, und warum? Weiß diese Shrev auch dazu etwas zu sagen?«

»Noch nicht, Sir, abgesehen davon, daß diese Pläne wahrscheinlich gegen die Föderation gerichtet sind«, sagte Wesley. »Megara hat eine ausgezeichnete strategische Position.«

»Nicht unbedingt«, sagte Offenhouse eher zu sich selbst als zu Wesley. »Es *könnte* auch um einen Handelsposten gehen ... jemand außerhalb der Föderation will Geschäfte mit uns treiben und gegenüber der Konkurrenz einen gewissen Vorsprung bekommen. Oder um eine Forschungsbasis, für jemanden, der *uns* studieren will, ohne unsere Aufmerksamkeit zu erregen.«

»Das sind interessante Möglichkeiten«, sagte Picard, als Shrev den Bereitschaftsraum betrat. Auf einen Wink Picards nahm sie neben Wesley Platz. »Herr Botschafter, ich glaube, wir können mit der Einsatzbesprechung beginnen.«

Der Lederbeutel mit Goldmünzen zerrte an Shrevs Hüfte. »Wo die herkommen, gibt's noch jede Menge davon«, sagte De Shay. »Melden Sie sich bei mir, wenn Sie alles ausgegeben haben.«

»Danke sehr, Sir, das werde ich«, sagte Shrev. Sie konnte sich kaum vorstellen, so viel Gold auszugeben – De Shay hatte gesagt, es seien zweihundert Münzen mit einem Gesamtgewicht von zwei Kilo in dem

Beutel –, aber die Befehle des Botschafters waren eindeutig. Angesichts der Ausdauer ihres Volkes brauchte sie vielleicht tatsächlich wesentlich mehr Gold, um diese Befehle auszuführen.

Wesley befestigte ebenfalls einen Beutel an seinem Gürtel und trat mit Shrev auf die Transporterfläche. Er nickte ihr zu, und sie nahm das als Zeichen, daß er bereit war. »Bitte Energie«, sagte sie zu De Shay.

Der Transporterraum verblich und wurde durch eine düstere Straße ersetzt. Der Himmel war mit Wolken bedeckt, aber Shrevs empfindliche Augen fanden trotzdem problemlos die Sonne. Die Lichtpolarisation gab ihr Hinweise auf die Himmelsrichtungen: Der Norden lag dort, die Brise kam also aus dem Westen. Die Schwerkraft war etwas geringer als an Bord der *Enterprise*, aber der Unterschied war nicht drastisch. Stromkabel verliefen kreuz und quer über die Straße, und Frachtfahrzeuge – einige davon so primitiv, daß sie Räder statt Schwebevorrichtungen benutzten – bewegten sich über die Straße. Die Luft roch nicht gerade besonders gut.

Shrev sah zahlreiche Humanoide, Männer wie Frauen, und mit wenigen Ausnahmen waren sie mit fast identischen, ziemlich weiten Overalls bekleidet. Sie gingen auf beiden Seiten der Straße und überließen die verschlammte Mitte den plumpen Fahrzeugen. *Sie sehen fast wie Menschen aus,* dachte Shrev und stellte eine allgemeine Ähnlichkeit mit Wesley fest. Die Informationen, die ihre Antennen aufnahmen, überlagerten die ihrer Augen und umgaben die grauen Gesichter und Körper mit den schimmernden Spuren von körperelektrischen Feldern.

Wesley sah sich um. »Ich wünschte, ich hätte einen Tricorder«, sagte er.

»Einen Tricorder? Warum? Wir sind doch nur harmlose Touristen«, erinnerte Shrev ihn und lächelte. »Obwohl eine erschöpfende Aufgabe vor uns liegt.«

»Wie bitte?« fragte der Mensch. »Das verstehe ich nicht, Shrev.«

»Hat der Botschafter uns nicht befohlen, wir sollen einkaufen, bis wir umfallen? Wenn ich das richtig verstanden habe ...«

Wesley lachte und riß sich dann zusammen. »Verzeihen Sie mir bitte, Shrev, ich wollte nicht andeuten, daß Sie sich irren. Aber aufgrund des Tonfalls des Botschafters gehe ich davon aus, daß er es nicht wörtlich meinte, sondern eine idiomatische Redewendung benutzt hat. Er hat uns auf humorvolle Weise aufgetragen, viel Geld auszugeben.«

»Ach so.« Shrev hatte von Redewendungen gehört, aber nicht gewußt, daß Menschen sie bei einer wichtigen Besprechung so beiläufig benutzten. »Trotzdem müssen wir Geld ausgeben. Sehen Sie einen geeigneten Ort dafür?«

»Nun ja ...« Wesley schaute die Straße entlang. »Keine Ahnung, Shrev. Hier sieht es ja schrecklich trist aus.«

»Auch auf mich macht diese Straße einen verarmten Eindruck.« Sie zeigte nach vorn, wo ihre Antennen eine Ansammlung von Einheimischen wahrgenommen hatten. »Dort drüben schwärmen Leute; sehen wir mal nach, welche Blumen sie anlocken.«

Die Straße öffnete sich auf einen Platz. Als die beiden ihn überquerten, bemerkte Shrev, daß die Einheimischen sie betrachteten. Die Megaraner hielten sich ein gutes Stück von ihnen fern und musterten sie aus den Augenwinkeln. Keiner von ihnen sprach in Wesleys oder Shrevs Hörweite. Sie fragte sich, ob die Megaraner über ungewöhnliche Sinne verfügten, die sie vielleicht auf die Besucher konzentrierten. »Wesley«, sagte sie. »Sie haben gesagt, hier sehe es trist aus. Fehlt es diesen Leuten vielleicht an Ihrer Farbsicht?«

»Meiner ... oh.« Er sah sich um und schüttelte dann den Kopf. »Nein, ich glaube nicht, daß sie das sind, was wir farbenblind nennen, Shrev. Ich sehe hier Farben, aber nicht viele. Die meisten Farben hier sind matt, entweder grau oder schmutzigblau. Das erinnert mich an ein Gefängnis oder an ein Arbeitslager.«

»Als hielten die Ferengi sie wie Sklaven?« fragte sie.

»Vielleicht. Ich habe nie von einer Welt gehört, auf der die Leute sich *gern* so anziehen.« Er zögerte. »Obwohl ihre Kleidung ihnen vielleicht attraktiv vorkommt. Ich möchte Sie nicht beleidigen, aber für das beschränkte menschliche Auge wirkt auch Ihre Jacke trist und grau.«

»Ich verstehe Ihren Standpunkt durchaus«, sagte Shrev und betastete ihre Jacke nachdenklich. »Dieses Material enthält besondere metallische Fäden. Obwohl sie für Ihre und meine Augen unsichtbar sind, reflektieren sie bestimmte Strahlungsarten, für die meine Antennen empfänglich sind. Doch ich muß feststellen, daß die Megaraner lediglich über Sinne zu verfügen scheinen, die mit den Ihren vergleichbar sind.«

»Es ist wirklich verwirrend«, stimmte Wesley ihr zu. Er zeigte nach vorn. »Dort ist ein Geschäft.«

Der Laden war eins von einem Dutzend Ziegelsteingebäuden, die eine Seite des Platzes säumten. Er verfügte über gläserne Schaufenster, in denen eine seltsame Mischung von Waren auslag. Shrev sah ein Dutzend Musikinstrumente, darunter eine Doppelflöte, die der *Merredivy* ihres Volkes ähnelte, und ein Windspiel aus Metall. Andere Gegenstände waren hübsch, aber nutzlos; sie lächelte bei dem Gedanken, diese quastenbesetzte Haube über ihre Antennen zu ziehen. Und was sollte eine Person, deren Ohröffnungen von konzentrischen Chitinringen umgeben war, schon mit Ohrringen anfangen?

Sie und Wesley betraten das Geschäft. Es wurde von einer einzigen Glühlampe unter der Decke erhellt und von langen Holztischen in eine Art Labyrinth unterteilt. Der Raum hatte eine Länge von vielleicht zehn

Metern, und in der Rückwand befand sich eine verhangene Tür. Nach ein paar Sekunden kam ein junger Mann in den Laden. Über einem Auge trug er eine Klappe, und der hochgesteckte Ärmel des Overalls verriet, daß er den rechten Arm verloren hatte.

Er betrachtete die Besucher mit dem erhalten gebliebenen Auge. »Ja?« fragte er, und der allgemeine Translator gab seine Stimme ziemlich tief wieder.

Shrev griff nach einem zwölfsaitigen Musikinstrument, einem Gerät mit einem langen Hals und einem kugelförmigen Körper. »Bitte verzeihen Sie die törichte Frage«, sagte sie, »aber ist dieses Kunstwerk zu verkaufen?«

Er gab ein grunzendes Geräusch von sich, das der Translator ignorierte. »Wenn den Preis Sie können zahlen, es ist zu verkaufen.«

»Ich weiß nicht genau, wie wir uns auf den Preis einigen sollen. Vielleicht können Sie mir helfen?« Shrev gab ihm eine Münze aus ihrem Beutel. »Wie viele davon würden Sie verlangen, wenn Sie dies als Zahlungsmittel akzeptieren?«

Der Mann bekam ein Stielauge, während er die Münze betastete. Er biß hinein, grinste plötzlich und unterdrückte das Grinsen dann. »Sechs«, sagte er, hob eine Hand und zeigte all seine Finger.

»Der Preis erfreut mich«, sagte Shrev und bezahlte ihn. Er steckte die Münzen in eine Tasche. Wesley fand eine Schachtel mit kleinen Eisenwerkzeugen, einen Oktanten und eine massive, mit großen Nägeln versehene Keule. Er gab dem Mann dreißig Münzen.

Wesley hob die Keule hoch. »Die möchte ich einem Kriegerfreund schenken«, sagte er – laut, dachte Shrev. »Er wird wissen wollen, ob mit ihr schon mal gekämpft wurde.«

»Viele Male«, sagte der Ladenbesitzer. »Als die Vo Gatyn, mit Spinnweben ihr Name bedeckt werden möge, gegen die Vo Darvit kämpfte, Anrom persönlich in den Kampf auf Ardevboden diese Keule trug. Davor ...«

Shrev entfernte sich von Wesley und dem Mann, ließ sie über das Kämpfen sprechen – es schien eine universelle Konstante zu sein, daß Männer sich gern über verschiedene Möglichkeiten unterhielten, einander abzuschlachten. In der Gegenwart dieses Megaraners fühlte sie sich unwohl. Bei ihrem Volk hätte jemand, der so schlimm verstümmelt war, den Tod gesucht, um die Schande zu vermeiden, für einen Mutanten gehalten zu werden. Sie rief sich in Erinnerung zurück, daß viele Spezies jedoch anderer Ansicht waren. Die Menschen zum Beispiel sahen verkrüppelnde Verletzungen und Verunstaltung als Herausforderung für ihren Einfallsreichtum an; der Chefingenieur des Schiffes war der lebende Beweis dafür.

Shrev betrachtete billige Schmuckstücke, bis eine breite Metallplatte die Aufmerksamkeit ihrer Augen und Antennen erregte. Die Oberfläche der Platte ließ erkennen, daß sie mit einem Hammer bearbeitet worden war, und irgend etwas – Unreinheiten im Metall, ein Trick des polarisierten Lichts, was auch immer – ließ sie wie eine an Nektar unglaublich reiche Blume aussehen. Sie sah noch prachtvoller aus als das Wandmosaik in ihrem Quartier und schimmerte wie der gesteppte Stoff ihrer Jacke. Nur mit Mühe konnte sie sich davon abhalten, an dem Metall zu lecken.

Es könnte sich fast um ein Geschenk der Allmutter handeln, dachte sie. Sie wußte, es war reiner Aberglaube, doch solche Ikonen waren in jeder Religion der Zhuiks wichtig, ein Symbol für Reichtum und Überfluß. Es war ein bemerkenswerter Zufall, so einen Gegenstand hier zu finden.

Shrev trug sie zu dem Ladenbesitzer, der noch immer mit Wesley plauderte. Der Kadett schaute zu ihr hinüber und lächelte. »Meine Freundin würde gern noch mehr Geld ausgeben, Mr. Anit«, sagte er.

»Dafür?« sagte der Mann ungläubig.

»Ich finde es wunderschön«, sagte Shrev. »Haben Sie noch mehr in der Art?«

»Nein«, sagte er. »Sein Schöpfer von den Rattenaugen wurde weggebracht.«

»›Rattenaugen‹?« wiederholte Wesley. »Ach, *die* meinen Sie.« Er streckte die Hand aus, als wolle er etwas darstellen, das kaum hüfthoch war.

Shrev wurde klar, daß er die Ferengi meinte. Etwas an dem Mann veränderte sich, und Shrev bemerkte ein plötzliches Flackern seines körperelektrischen Feldes, ein Anzeichen von Besorgnis. »Ich muß leider sagen, daß die Rattenaugen auf vielen Welten ein Problem sind«, erklärte Shrev dem Mann. »Aber wir wollen nicht von ihnen sprechen, wenn ich etwas so Schönes in der Hand halte.«

»Äh ... ja«, sagte der Ladenbesitzer und rieb sich mit der Hand das Kinn, während er den Teller betrachtete. »Für Sie diese alte Platte wirklich wunderschön ist?«

»Für mich ja.« Sie lächelte ihn an. »Ich sehe sie nicht so, wie Sie es vielleicht tun. Sie haben eventuell bemerkt, daß ich nicht wie mein guter Freund bin, oder wie Sie, mein schätzenswerter Geschäftspartner.«

»Wir kommen von außerhalb«, erklärte Wesley.

Der Mann lachte, aber es klang gezwungen. »Für Sie nur eine dieser – Krediteinheiten, Sie sagen? Eine Krediteinheit nur ich verlange.«

Shrev bezahlte bereitwillig. »Wenn Sie mehr Gegenstände in diesem Stil erwerben können, werde ich sie gern kaufen«, sagte sie und sah sich in dem Geschäft um. »Sie scheinen ein Talent dafür zu haben, die verschiedensten Dinge zu besorgen.«

Der Mann zögerte. »Ja ... nun ... Handel mit Trödel oftmals die einzige Möglichkeit heutzutage für einen Soldaten ist, Leib und Seele zusammenzuhalten. Ehre den Rattenaugen nichts bedeutet«, fügte er hinzu.

»Weitere Worte sind überflüssig«, sagte Shrev. »Wir

kennen uns aus mit den ...« Sie ahmte Wesleys hüfthohe Geste nach. »Aber sie spielen keine Rolle. Kennen Sie zufällig einen anderen Laden, in dem man Kunst in diesem Stil finden könnte?«

»Knifflig diese Frage ist.« Er legte erneut die Hand ans Kinn. »Von einem Laden, der vielleicht etwas hat, ich weiß. Von dem Platz nach Norden Sie gehen, und auf die zweite Straße nach rechts Sie abbiegen. Drei Türen auf der Seite, auf die Ihr Schatten fällt, Sie gehen weiter, und dort einen Verkaufsstand mit Utensilien Sie finden.«

Shrev und Wesley verabschiedeten sich und kehrten zu dem belebten Platz zurück. »Der allgemeine Translator braucht dringend Übung«, sagte der Mensch.

»Übung er braucht«, stimmte Shrev ihm zu, und die beiden kicherten gemeinsam. Sie gingen zur nördlichen Seite des Platzes. »Haben Sie von dem Mann viel erfahren?«

»Ja. Die örtliche Herrscherin, die Vo Gatyn, ist eine Green.«

»Das klingt schlimm, aber ich fürchte, ich verstehe die Bedeutung nicht«, sagte Shrev.

Wesley zögerte, als wolle er sich seine Antwort genau überlegen. »Bitte verzeihen Sie, daß ich erwartet habe, Sie würden ein so obskures Detail aus unserer Geschichte kennen. Ein ›Green‹ ist ein Mensch, der einem nichtmenschlichen Eroberer dient. In unserem Eugenischen Kriegs wurde ein britischer Colonel namens Green zum Verräter und half den Khans, Australien zu überfallen.«

»Und jetzt benutzen Sie seinen Namen auf diese Weise«, sagte Shrev. Sie wußte ein wenig über den Eugenischen Krieg der Erde, der begonnen hatte, nachdem eine Gruppe von Wissenschaftlern mit ein paar grobschlächtigen genetischen Techniken versucht hatte, eine Rasse von überlegenen Menschen zu schaffen. Diese Überlegenheit erwies sich als gefährliche Falle, als die neue Rasse sich entschloß, die alte zu versklaven. »Ich nehme an, ein ›Green‹ dient freiwillig?«

»Sehr freiwillig«, sagte Wesley. »Auf jeden Fall ist das auch ein Grund, wieso ich diesen Knüppel gekauft habe. Anit – so heißt der Ladenbesitzer – sah aus wie ein alter Soldat, und ich dachte mir, ich könnte ihn dazu bringen, von den örtlichen Kriegen zu erzählen. Er hat mir gesagt, als die Ferengi kamen, hätten sie eine unbedeutendere Herrscherin namens Gatyn bestochen, ihnen zu helfen, den Planeten zu erobern. Sie gaben ihr moderne Waffen und Transportmittel, und sie hat alle anderen unterworfen. Jetzt ist sie eine Marionettenherrscherin.«

»Also üben die Ferengi keine direkte Herrschaft aus«, sagte Shrev.

»Genau«, erwiderte Wesley. »Offiziell hat Gatyn die Ferengi angeheuert, ihre Welt zu modernisieren. Sie haben bei der Vertragsunterzeichnung sogar eine große öffentliche Zeremonie abgehalten, damit alles korrekt aussieht.«

»Also geben sie vor, für ihre Sklaven zu arbeiten«, stellte Shrev fest, als sie den nördlichen Ausgang des Platzes erreichten. Sie kamen in der Menge der Einheimischen und Fahrzeuge nur langsam voran. Mehrere Fahrzeuge schwebten auf Antigraveinheiten. »Wesley, Sie haben impliziert, Sie hätten mehr als einen Grund dafür gehabt, diese Keule zu kaufen«, sagte Shrev, die die feindseligen Blicke vieler Leute bemerkt hatte. »Rechnen Sie damit, sie hier benutzen zu müssen?«

»Nein«, sagte er. »Sie ist ein Geschenk.«

»Ach was? Sie kommt mir aber wie ein ziemlich exotisches Geschenk vor.«

Wesley nickte. »Sie ist groß, sie ist primitiv und sieht aus wie ein Kaktus mit einer Funktionsstörung der Schilddrüse. Worf wird begeistert sein. Data bekommt den Oktanten, und meiner Mutter werden diese alten chirurgischen Werkzeuge gefallen.« Er hielt die Tasche hoch.

»Und meine Stock-Matriarchin wird das hier zu schätzen wissen.« Shrev tippte mit der Fingerspitze auf die Platte. »Ich sehe auf dieser Platte das Herz einer nektarreichen Blume. In meiner Religion symbolisiert das« – wie sollte man *hzs'sz* übersetzen? – »göttliche Gunst«, beendete sie den Satz.

Die Umschreibung war unzureichend, doch Wesley schien zu verstehen. »Glauben Sie, wir können noch mehr davon finden?« fragte er.

»Wir werden sehen«, sagte Shrev. Dann fiel ihr plötzlich auf, daß hier etwas fehlte, und sie drehte mehrmals den Kopf. »Wesley, irre ich mich, oder gibt es hier keine Kinder?«

»Ich sehe auch keine kleinen Megaraner«, sagte er nach einem Augenblick. »Und ich habe noch keine gesehen, seit wir heruntergebeamt sind.«

»Als würde man sie vor Fremden verstecken.«

»Ja«, sagte Wesley. »Und noch etwas kommt mir seltsam vor, Shrev. Ich sehe den Einheimischen ziemlich ähnlich, aber Sie fallen auf. Sie hätten eigentlich viel mehr Interesse erregen müssen, als es der Fall ist.«

»Außer, Zhuiks sind hier oft zu Besuch, was ich bezweifle«, sagte sie und sah sich noch einmal um. »Die Leute scheinen uns zu meiden.«

»Nicht alle«, sagte Wesley. »Wir werden verfolgt.«

»Dieu merci«, murmelte Picard, als der Botschafter den Transporterraum betrat. Offenhouse war mit einer schwarzen Frackjacke, Nadelstreifenhosen und einem Zylinder bekleidet. Mit einem breiten Band war ein vergoldeter Orden der Föderation an seiner Brust befestigt. Er hielt einen Spazierstock mit einem faustgroßen Diamanten als Griff in der Hand.

Offenhouse kicherte, als er Picards kritischen Blick

bemerkte. »Ich weiß. Der ganze Aufwand ist vielleicht umsonst.«

Picard räusperte sich. »Das entspricht kaum der üblichen Kleidung moderner Diplomaten, Herr Botschafter.«

»Reich aussehen, reich sein – das ist ein altes Sprichwort der Ferengi. Ich lege es darauf an, Chudak zu beeindrucken.« Er wirbelte den Spazierstock herum. »Und mit diesem Prachtstück sämtliche Wanzen zu blockieren. In dem Orden ist ein Translator und ein Tricorder mit begrenztem Spektrum eingebaut.«

Picard nickte. »Und was hat es mit dem Hut auf sich?«

»Er hält meinen Kopf trocken, wenn es regnet.« Offenhouse trat mit Picard auf die Transporterfläche und betrachtete dann stirnrunzelnd die Bodenplatten. »Sagen Sie, Picard, haben Sie je *Die Fliege* gesehen?«

»Ich glaube nicht«, sagte Picard und gab dem Transportertechniker ein Zeichen. »Was ist das?«

»Ein alter Film …«

Das Summen des Transporters unterbrach den Botschafter. Picard und Offenhouse materialisierten in einem von hohen Steinmauern umgebenen Hof.

»… den Sie sich irgendwann mal ansehen müssen«, beendete Offenhouse den Satz. Er schaute sich auf dem Hof um und runzelte erneut die Stirn. »Bezaubernd.«

»Sieht ziemlich mittelalterlich aus«, bestätigte Picard und betrachtete die Zinnen, Türme und Pforten des Schlosses. »Und in ausgezeichnetem Zustand.«

»Als würde es noch immer benutzt, um Eindringlinge abzuwehren«, sagte Offenhouse und zog dann an Picards Ellbogen. »Wir bekommen Gesellschaft.«

Ein großer braunhäutiger Mann in einem weißen und gelben Gewand trat durch eine Türöffnung in einer Steinmauer. »Botschafter Offenhouse, Captain Picard«, sagte er und deutete eine minimale Verbeugung an. »Ich bin Verden, Amtsdiener der Vo Gatyn. In der großen Halle werde ich Sie der Vo vorstellen. Sie werden speisen, und sie wird später mit Ihnen sprechen. Kommen Sie bitte mit.«

Picard und Offenhouse folgten dem Megaraner in das Gebäude. Sie betraten einen Saal, und der Botschafter pochte mit seinem Stock auf den Steinboden. Der Raum war kalt und nicht sehr groß, doch Picard wußte, daß man mit Steinquadern und Holzbalken eben nicht über eine gewisse Größe hinauskam. Licht fiel durch leuchtende Platten in der Decke. Sie mußten dringend justiert werden; der Glanz machte es Picard unmöglich, nach oben zu schauen.

An den Längswänden des rechteckigen Saals standen lange Tische, und darauf zahlreiche Tabletts mit Weinflaschen und Krügen. Etwa zwanzig Personen warteten an den Tischen, bedienten und unterhielten sich. Sie waren gut gekleidet, doch Picard sah ein halbes Dutzend Diener in schlecht sitzenden Overalls, die in den Ecken des Saals warteten. Bei dem einzigen Stuhl, der zu sehen war, handelte es sich um einen Thron am anderen Ende des Raums. Eine schlanke schwarze Frau mit kurzem grauem Haar saß darauf. Abgesehen von einem roten Umhang und einem goldenen Kranz als Krone war sie schlicht gekleidet, und Picard sah, daß sie an ihrem Gürtel sowohl ein Messer als auch einen Schall-Intervaller befestigt hatte.

Offenhouse zog vor ihr den Hut. »Vo Gatyn, ich bin Ralph Offenhouse, generalbevollmächtigter und außerordentlicher Botschafter der Vereinten Föderation der Planeten ...« Picard schwieg während des gesamten protokollarischen Austausches. Offenhouse betonte die guten Absichten und hohen Prinzipien der Föderation; Gatyn sprach von ihrer rechtmäßigen Herrschaft über das gesamte megaranische Volk, die ihr von den Älteren Göttern verliehen und durch ihren ehrenvollen Sieg über alle Widersacher bewiesen worden sei, den sie lediglich aus eigener Kraft und mit Hilfe ihrer edlen Lehnsmänner errungen habe.

Was für ein Unsinn! dachte Picard, während er höflich lächelte. Schon allein die Logistik machte es unmöglich, mit mittelalterlicher Technik einen ganzen Planeten zu erobern und besetzt zu halten. Gatyn klang, als wolle sie sich selbst einreden, sie sei die wahre Herrscherin Megaras und kein bloßes Werkzeug der Ferengi.

Nachdem die Vorstellungen beendet waren, führte Verden die beiden Menschen fort vom Thron. »Wenn sie bereit ist, mit Ihnen zu sprechen, werde ich zurückkommen«, sagte er und verließ den Saal.

»Kommen Sie, Picard«, brummte Offenhouse, »Sehen wir zu, daß wir was zu essen bekommen, bevor Chudak aufkreuzt.«

Picard nickte. »Was erwarten Sie von Chudak?« fragte er leise. »Informationen darüber, wer hier wirklich das Sagen hat?«

Offenhouse erwiderte das Nicken. »Je mehr ich darüber nachdenke, desto stärker bin ich davon überzeugt, daß Shrev und Peter recht hatten: Die Ferengi arbeiten für eine dritte Partei. Das heißt, das alles hier« – er deutete auf den Thron der Vo und die Höflinge, die sie umgaben – »ist bloße Heuchelei, also lehnen Sie sich zurück und genießen Sie die Show.«

Peter? dachte der Captain verwundert. *Sein Sohn? Das ist aber ein seltsamer Versprecher.*

Picard begleitete Offenhouse zu einem der Buffettische. Beverly Crusher hatte ihm versichert, es sei ungefährlich, megaranische Nahrung zu sich zu nehmen; die Sensoranalyse des Oberflächenlebens hatte ergeben, daß die einheimischen Proteine, Kohlenhydrate und diversen anderen Substanzen keine unangenehmen Überraschungen für den menschlichen Metabolismus bargen. Das war besonders für den Captain eine gute Nachricht gewesen, der neue kulinarische Erfahrungen zu schätzen wußte.

Picard ertappte sich dabei, wie er über sein Gespräch mit Wesley nachdachte. Er wünschte, er hätte ausführlich mit ihm sprechen können, doch das wäre dem jungen Mann gegenüber unfair gewesen. Wesley brauchte eine gewisse Führung, doch zu viel davon würde seine Fähigkeit beeinträchtigen, eigene Entscheidungen treffen zu können. *Die Erste Direktive auf persönliche Beziehungen angewandt,* überlegte Picard. *Ich will Wesley helfen, doch zu viel ›Hilfe‹ würde ihm das Recht nehmen, selbst über seine Zukunft zu bestimmen. Hab Vertrauen ihn ihn, Jean-Luc. Er wird seine eigenen Antworten finden.*

Der Captain löffelte gerade ein paar sautierte Pilze, als Chudak den Saal betrat. Er trug ordentliche schwarze Kleidung, gut geschnitten und mit Silber besetzt. *Ein Ferengi mit Geschmack,* dachte Picard überrascht. Chudak hatte Kleidung ausgewählt, die sein Gesicht und seinen Körperbau betonte, und sein Auftreten deutete an, daß er sehr wohl wußte, wie stattlich er nach dem Standard seines Volkes war.

Chudak schritt zu Offenhouse. »In Wirklichkeit sind Sie sogar noch häßlicher«, schnaubte der Ferengi. »Wer hätte das gedacht?«

»Sie ganz bestimmt nicht.« Offenhouse schüttelte traurig den Kopf. »Ich stelle mit Bedauern fest, daß meine Konkurrenz so schäbig ist.«

»Und *ich* bedauere, daß ich keine Konkurrenz *habe!*« Ein halbes Dutzend Megaraner hatte sich um sie versammelt; einer gab Chudak ein Glas mit einem grünen Punsch. »Sehen Sie sich doch an! Die Götter haben einige Köpfe perfekt gemacht! Die anderen haben sie unter Haar verborgen. Was, Picard?«

»Haar ist eine wunderbare Substanz«, sagte Picard und wies Chudaks Versuch damit zurück, einen Keil zwischen ihn und Offenhouse zu treiben.

Chudak schien über Picards Gleichgültigkeit verstimmt zu sein. »Machen Sie ruhig ein großes Trara,

Mensch«, sagte er zu Offenhouse. »Versuchen Sie nur, mir meine Kunden abspenstig zu machen.«

Der Botschafter lächelte und schüttelte den Kopf. »Die Föderation kann jedes Angebot unterbieten, das Sie diesen Leuten gemacht haben, aber ich habe es gar nicht eilig, sie Ihnen abspenstig zu machen, Sie Überziehungsgebühr auf dem großen Girokonto des Lebens.«

»Sie weichen dem Thema aus«, knurrte Chudak. »Ich habe diesen Leuten Dinge verkauft, die sie von der Föderation – mit ihrem selbstsüchtigen Gerede von der ›Ersten Direktive‹ und ›Nichteinmischung‹ – niemals bekommen hätten. *Ich* habe ihnen geholfen, eine moderne Welt aufzubauen. *Sie* würden sie weiterhin im Dreck wühlen lassen, Mensch.«

»Und Sie machen es nicht anders.« Offenhouse wandte Chudak den Rücken zu und nahm sich ein Glas Punsch. »Das ist ein armer Planet, Chudak. Wie bezahlen die Leute Sie?«

»Momentan *gar nicht*«, sagte Chudak. »Ich *investiere* hier. Aber wenn dieser Planet erst voll industrialisiert ist, bekomme ich ein Viertel seiner Industrieproduktion. Stromaggregate, Warptriebwerke, Computersysteme – einfach *alles*, und das, solange ich lebe.«

»Vielleicht leben Sie ja gar nicht so lange«, sagte Offenhouse leise und nippte an seinem Getränk. Als Picard die Männer und Frauen betrachtete, die sie umgaben, stellte er fest, daß die Worte des Botschafters auch die Einstellung der Megaraner wiedergaben. Wenn sie Chudak dienten, dann jedenfalls nicht freiwillig.

Chudak wußte genau, daß er hier verhaßt war. »Glauben Sie etwa, ich würde meine Sicherheit vernachlässigen?« fragte er Offenhouse.

»Ja, wenn jemand Ihnen genug bezahlt«, sagte Offenhouse. »Da wir gerade von Bezahlung sprechen ... wie finanzieren Sie dieses Projekt?«

Chudak knurrte wütend. »Was geht Sie das an?«

Offenhouse zuckte mit den Achseln. »Nur morbide Neugier.«

Picard drehte sich wieder zum Tisch um. Er stellte seinen Teller ab und nahm etwas, das wie ein Glas Rotwein aussah. Es handelte sich tatsächlich darum, doch der Wein war viel zu süß für seinen Geschmack.

Chudak lügt, dachte Picard plötzlich. Die Intuition verriet dem Captain, daß der Daimon nicht damit rechnete, irgend etwas aus den megaranischen Fabriken zu bekommen. Das einzige, was es hier für ihn gab, war der Haß.

Eine junge Frau in einem gelben Kleid erschien an Picards Seite. Ihr dunkles Gesicht war rund und hübsch und hatte Charakter. »Unseren Wein Ihr Gaumen angenehm findet?« fragte sie.

»Ich habe nur selten so einen gekostet«, antwortete Picard wahrheitsgemäß. Er zwang sich zu einem Lächeln, während er an dem Bukett roch. »Ich komme aus einer Familie von Winzern.«

»Genau wie ich«, sagte die Frau. Irgendwie machte sie einen zurückhaltenden Eindruck, als sei sie nicht ganz davon überzeugt, daß es eine gute Idee war, mit Picard zu sprechen, und ihre Blicke wirkten gar gehetzt. »Als Mädchen um unsere Weine und Bottiche ich mich habe gekümmert. Aber als die Rattenaugen kamen, Metallurgin ich wurde, und jetzt für die Industrie Legierungen ich liefere.«

»Ein ehrbarer und lohnender Beruf«, sagte Picard, »aber die Liebe zu den Weinbergen bleibt immer bestehen.«

»Schnell zu ihnen zurückkehren ich möchte«, sagte sie. »Odovil Pardi ich heiße.«

Der Captain verbeugte sich höflich. »Jean-Luc Picard, zu Ihren Diensten.«

Odovil lächelte und zeigte dabei eine ganz reizende Lücke zwischen ihren Schneidezähnen. »Ihr Freund«, fuhr sie dann wesentlich leiser fort, »davon hat gesprochen, daß die Rattenaugen nicht lange leben. Etwas er weiß?«

»Wunschdenken«, sagte Picard. »Mein Freund und Chudak sind erbitterte Feinde.«

»Feinde? Und doch aus dem Himmel Sie sind gekommen«, sagte sie. »Im Himmel alles Böse wohnt, oder es so heißt.«

Das klingt fast religiös, dachte der Captain, *auch wenn Religionen, in denen das Böse aus dem Himmel kommt, eigentlich sehr selten sind. Oder haben ihre Erfahrungen mit den Ferengi diese Leute davon überzeugt, daß ›böse‹ und ›fremd‹ Synonyme sind?* »Sowohl Gutes als auch Böses kann aus dem Himmel kommen«, sagte Picard. »Denken Sie daran, wie Regen einen Weinberg retten oder zerstören kann.«

Odovil nickte und sah sich dann flüchtig im Saal um. »Viele hier über das ›Wetter‹ sich Gedanken machen.«

»Vielleicht wird es besser«, sagte Picard in der Hoffnung, sie richtig verstanden zu haben. »Darf ich mich nach Ihrer Stahlproduktion erkundigen?«

»Gut sie ist«, sagte sie und beschrieb ihm die Legierungstechniken, die Methoden der Massenproduktion und die Zugfestigkeit. Picard wünschte sich, LaForge sei hier, um ihm dabei zu helfen, ihren Worten Sinn zu entnehmen, aber er verstand genug vom Maschinenbau, um mitzubekommen, daß ihre Gießerei Tritanium produzierte – und zwar mit modernen Fertigungsmethoden.

»Die Produktion jährlich sich vervierfacht«, sagte Odovil zu ihm. »Als zum erstenmal die Rattenaugen kamen, Geräte und Pläne für die Gießereien sie uns gaben. Jetzt neue Gießereien wir selbst bauen, und mehr. Jedes Jahr mehr wir lernen.«

Picard nickte. Die Ferengi hatten Megara eine »Saat« an Geräten und Techniken zur Verfügung gestellt – und höchstwahrscheinlich auch ein umfassendes Aus-

bildungssystem; unwissende Bauern konnten keine modernen Maschinen bedienen –, aber der Großteil der Umwandlung Megaras mußte von den Einheimischen selbst bewältigt werden. Dazu war eine ganz gewaltige Veränderung ihrer Lebensweise erforderlich; niemand würde eine Sklavenwelt ein Paradies nennen.
»Die Veränderungen müssen schwierig gewesen sein«, vermutete Picard.

»Schwierig und mehr«, bestätigte die Frau. »Viel Arbeit, viele Tote; jetzt viele Arme es gibt, und von Glück ich kann sprechen, daß so gut es mir geht. Von Glück …« Ihre Stimme wurde abweisend, und Picard sah etwas Kaltes in ihren Augen. Das ließ ihn sich fragen, wie sehr die Ferengi diese Welt tatsächlich verändert hatten.

Gul Verden behielt sein Kostüm der Einheimischen an, als er in den Überwachungsraum hinabging. Er konnte die Kleidung nicht ausstehen, aber es würde ihm Unannehmlichkeiten bereiten, sich jetzt umzuziehen.

Und ich habe bereits Unannehmlichkeiten genug, dachte er, während er mit der Hand sein Gesicht berührte. Der implantierte sechste Finger, die Operationen, die sein Gesicht und seinen Körper geglättet und ihm eine andere Farbe gegeben hatten, das Medikament, das seinem Fleisch den typischen Geruch verlieh – und vor allem die Jahre der Isolation auf diesem zurückgebliebenen Planeten. Er war die Unannehmlichkeiten leid.

Aber er würde sie ertragen. Dieser Auftrag war nicht so zufriedenstellend wie ein Flottenkommando, aber wichtig. Megara stellte einen von vielen Zügen im Manöver gegen die Föderation dar, ein Bauer, der über ein Schachbrett zu einem strategisch wichtigen Feld geschoben wurde. Er würde dem cardassianischen Reich einen leichten Vorteil verschaffen, wenn der nächste Krieg begann, und genug solcher Vorteile würden das Reich diesen Krieg gewinnen lassen. Sich als

Einheimischer zu verkleiden, kam ihm genauso feige wie erniedrigend vor, aber es war nötig. Es gab Zeiten, da die cardassianischen Kontrolleure sich frei unter den Megaranern bewegen mußten, und der Plan würde vielleicht scheitern, sollten die Megaraner herausfinden, daß hier noch andere Fremdwesen beteiligt waren.

Wenigstens verberge ich mich nicht vor Kriegern, sagte Verden sich und bewahrte damit wenigstens noch einen Rest von Stolz. *Und dieser verdammte Auftrag ist fast vorbei. Die Fabriken sind bereit; die Einheimischen sind für ihre Aufgaben ausgebildet. Wir müssen ihnen nur noch ein paar kleine Anstöße geben, um die Mission zu vollenden. In einem Monat könnten wir auf dem Weg nach Hause sein.*

Doch die Arbeit war noch nicht beendet. Gatyn, die nominelle Herrscherin dieses Planeten, hatte Verden den Gehorsam verweigert, indem sie den Menschen eine Audienz gewährt hatte. Die Frau war von Natur aus widerspenstig und hatte sich entschlossen, auf diese Weise ihre Unabhängigkeit zu unterstreichen. Doch es war noch nicht alles verloren; vielleicht würde sich nun etwas Wichtiges ergeben, wenn sie ihrerseits die Menschen ausspionierten.

Verden ging zur Station seines Stellvertreters. »Bericht«, befahl er.

»Der menschliche Botschafter spricht mit dem Ferengi, Gul Verden«, sagte Ubinew. Er hatte ein Spionauge auf Chudak und den Botschafter der Föderation gerichtet, und ein Computer in seiner Kontrollkonsole erstellte eine Abschrift ihrer Worte. Verden las Offenhouses Fragen an Chudak, die unter Beweis stellten, daß der Mensch Verdacht geschöpft hatte. Die anderen Mitglieder seines Teams waren im Überwachungsraum damit beschäftigt, die Menschen in der Stadt zu beobachten. Das Föderationspersonal beanspruchte sie bis an den Rand ihrer Kapazität, doch seine Offiziere hielten noch mit. Die Besucher unterhielten sich mit den

Einheimischen und gaben viel Geld aus, richteten sonst jedoch keinen Schaden an.

Die visuellen Scanner blickten von der Decke des Großen Saals hinab, wo sie im Glanz der Glühbirnen verborgen waren. Verden betrachtete Offenhouses Bild auf dem Monitor der Konsole, konnte dem Ausdruck auf dem rosafarbenen Gesicht des Fremdwesens jedoch keinerlei Informationen entnehmen. »Können Sie bei dem Botschafter keinen Bewußtseinsscan vornehmen?« fragte er Ubinew.

»Nein. Der Feigling hat einen Störsender gegen aktive Sondierungen. Ich bekomme lediglich Ton und Bild.«

Verden stieg die Stufen zur Kommandoplattform hinauf und setzte sich. »Geben Sie mir das Befehlsbuch«, sagte er zu seinem Assistenten.

Gehorsam gab Bwolst seinem Vorgesetzten das elektronische Notizbuch. Der Missionsleiter kannte die Befehle für diese Situation bereits, doch Ubinew und die anderen im Raum mußten *wissen,* daß Verden die Befehle *seiner* Vorgesetzten befolgte. Sonst hätte Verden vielleicht ihren Gehorsam verloren.

Verden sah die Dateien des elektronischen Notizbuchs durch und stellte fest, daß die Befehle tatsächlich so lauteten, wie er es in Erinnerung hatte. »Wie viele Menschen sind in der Stadt?« fragte er Hrakin.

»Achtzehn, Sir«, erwiderte der Geheimdienstoffizier sofort. »Darüber hinaus befinden sich eine Zhuik und ein Vulkanier in der Stadt. Hinzu kommen noch die beiden Menschen im Großen Saal.«

»Ausgezeichnet!« Verden lächelte anerkennend. »Sie gehorchen gut, Hrakin. Töten Sie alle Föderationsleute in der Stadt. Nehmen Sie dazu so viele Männer mit, wie Sie brauchen.«

Hrakin zögerte. »Sir, wenn wir diesen Komplex verlassen, werden die Sensoren des Raumschiffs uns vielleicht entdecken.«

Das ließ Verden innehalten. Es stellte eine gewaltige Versuchung dar, sich hier und jetzt gegen die Menschen zu wenden – aber man ließ einen Hinterhalt nicht vorzeitig zuschnappen, und Megara war ein gewaltiger Hinterhalt. »Wir müssen es riskieren«, entschloß er sich schließlich. »Sie werden nicht nach uns suchen – und wir können die Aussichten verbessern, nicht entdeckt zu werden. Die ›Prophetin‹ soll Unruhen entfachen. Damit müßte das Schiff so beschäftigt sein, daß es uns nicht entdecken kann.«

»Ich gehorche«, sagte Hrakin.

»Ausgezeichnet«, erwiderte Verden. Die Unruhen würden den Eindringlingen von der Föderation klar machen, daß sie hier nicht willkommen sind. Ein wenig diplomatisches Soufflieren würde die Angelegenheit vollends beenden; ihre eigene Erste Direktive würde die Menschen zwingen, sich zurückzuziehen.

Aber was, wenn es nicht funktioniert? fragte Verden sich. Vielleicht waren drastischere Maßnahmen nötig. Er forderte einen Trupp Wachen an – seine eigenen Leute, nicht die Einheimischen – und begab sich mit ihnen zum Großen Saal.

8

»LaForge an Brücke«, sagte Geordi. »Worf, ich bin jetzt bereit für den Test des Detektors.«

Es folgte eine kurze Stille. »Fahren Sie fort«, sagte Worf dann.

»Alles klar, Leute«, rief Geordi der Crew im Maschinenraum zu. »Wir gehen genau wie besprochen vor. Gravitationswellen-Oszillator auf null Komma null eins Prozent Energie.«

Der Oszillator war ein simples Gerät zum Erzeugen einer künstlichen Schwerkraft. Man hatte ihm die Dämpferschaltkreise ausgebaut und ihn neben dem primären Generator aufgestellt. Statt eine glatte und gleichmäßige Verzerrung in der Krümmung der Raumzeit zu erzeugen, stieß die Einheit nun Schwerkraftwellen mit der Frequenz von zwanzig Zyklen pro Sekunde aus.

Das Gerät erwachte zum Leben. *Ich möchte nicht daneben stehen, wenn es mit voller Kraft läuft,* dachte Geordi, als er sein Pulsieren spürte. Es gab ein bissiges Brummen von sich, zu tief, als daß LaForge es hören konnte, aber stark genug, um Schmerzen in seinen Zähnen zu erzeugen. Das VISOR zeigte dem Ingenieur, daß die Hülle des Oszillators unter der Energiezufuhr vibrierte. »Wie sehen die Meßwerte aus?« rief er.

»Stabil«, sagte Fähnrich Gakor, der hinter dem Computerterminal saß. Er rümpfte laut den Rüssel. So ungewöhnlich es für einen Tellariten auch sein mochte, er hatte einen scharfen Sinn für Humor. »Und noch brennen keine Schaltkreise durch.«

»Das ist immer ein gutes Zeichen«, sagte Geordi. Er arbeitete gern mit Gakor zusammen. Die meisten Menschen hielten die Tellariten für streitsüchtig, und es traf tatsächlich zu, daß sie einer Auseinandersetzung nie aus dem Weg gingen. Die Tellariten hatten die Debatte zur Kunstform erhoben, und sie konnten einen mit ihrer Logik genauso zum Wahnsinn treiben, wie ein Vulkanier es vermochte. Das war eine nützliche Begabung, wenn man einer Neuentwicklung die Flausen austreiben mußte. »Na schön, geben Sie mir die Neutrinowerte durch.«

»Keine Abweichung«, sagte Gakor verärgert. Er trat mit einem Huf gegen das Terminal. Die Werte blieben völlig stabil. »Noch *immer* keine Abweichung.«

»Verdammt«, murmelte Geordi und schaute zu dem Reaktor. Sein VISOR machte Neutrinos aus, aber nur gerade eben; hätte das Experiment geklappt, hätte er den erwarteten Unterschied bei den Neutrinos nicht wahrnehmen können. »Oszillator aus«, sagte er, und das lästige Brummen hörte auf.

»Was ist los?« fragte Alexander. Er hatte ruhig auf seinem Platz gesessen und die Vorbereitungen für den Test »seines« Detektors beobachtet.

»Ich weiß es nicht genau, Al«, sagte Geordi. Er setzte sich, nahm sein VISOR ab und rieb sein Nasenbein. Manchmal half eine kurze befristete Blindheit Geordi beim Nachdenken; es war, als würde das ganze Universum plötzlich nicht mehr existieren und ihn mit seinem Problem alleinlassen. »Ich bin hier einer langen, dünnen logischen Kette gefolgt. Vielleicht habe ich ein Glied der Kette übersehen.«

Da er ohne sein VISOR blind war, hörte er lediglich, daß der Junge sich auf seinem Sitzplatz bewegte. »Wie sieht diese Kette aus?« fragte Alexander.

»Nun ja ...« Geordi deutete auf die Metallauflage

um das Isolierfeld. »Da drin mischen wir Materie und Antimaterie. Theoretisch reagieren die beiden perfekt miteinander und verwandeln sich in reine Energie. Praktisch tun sie das nicht. Dabei entstehen vielmehr alle möglichen Partikel.«

»Und deshalb haben sie eine so starke Abschirmung«, sagte Alexander.

»Genau«, bestätigte Geordi. »Auf jeden Fall schwimmen in dieser Suppe jede Menge Neutronen herum. Freie Neutronen sind instabil und haben eine Halbwertzeit von dreizehn Minuten. Die meisten von ihnen werden zerstört oder absorbiert, bevor sie verfallen können, aber nicht alle. *Diese* Neutrionen zerfallen dann zu einem Proton, einem Elektron und einem bestimmten Neutrino.«

»Und es sind die Neutrinos, die durch die Tarnvorrichtung schlüpfen«, sagte Alexander. »Da sie normalerweise nicht mit normaler Materie reagieren, kann kaum etwas sie aufhalten. Aber deshalb kann man sie auch nur so schwer nachweisen.«

Geordi nickte. Der Junge schien beim Physikunterricht aufgepaßt zu haben. »Normalerweise lohnt es sich nicht, nach Neutrinos zu suchen. Das Universum ist voll von ihnen, und will man die Neutrinos vom Hauptantrieb eines Raumschiffs anmessen, könnte man genauso gut versuchen, um zwölf Uhr mittags auf Vulkan nach einer Kerzenflamme zu suchen. Also verändern wir die Regeln ein wenig. Die Gravitationswellen von unserem Oszillator *sollten* eigentlich Auswirkungen auf den Verfall der Neutrinos haben, indem sie den Raum komprimieren und dem Prozeß dabei etwas Energie hinzufügen. Wir *sollten* Neutrinos bekommen, die doppelt so energiereich wie normal sind und daher viel leichter aufzuspüren sein müßten.«

»Gewissermaßen, als würde man um zwölf Uhr mittags auf Vulkan nach einer Lötlampe suchen«, schlug Alexander vor.

Gakor trat zu ihnen, als Geordi wieder sein VISOR über die Augen schob. »Das alles setzt voraus, daß wir die physikalische Theorie verstehen«, sagte der tellurische Ingenieur.

»*Und* daß ich den Detektor richtig konfiguriert habe«, fügte Geordi hinzu. Er fragte sich, was er falsch machte. *Wahrscheinlich stelle ich meine Unwissenheit unter Beweis,* dachte er reumütig. Er war kein Physiker, wenngleich der Ingenieur eines Raumschiffs sich auch auf diesem Gebiet auskennen mußte. Die ganze Vorstellung basierte auf der Idee, daß der Verfall eines bestimmten Kernteilchens sich so verhielt, wie er es erwartete. Das Universum war jedoch so stur, sich stets so zu verhalten, wie es ihm richtig erschien. Was hatte er übersehen?

Geordi betrachtete das Fesselfeld der Materie und Antimaterie, als könne er die Antwort in dessen Energien wirbeln sehen. Die Gravitationswellen *müßten* dem Neutronenzerfall eigentlich Energie hinzufügen, und die Energie müßte dann bei den Neutrinos auftauchen. Natürlich waren Neutrinos selbst unter den Gesetzen der Quantenphysik etwas ganz Besonderes. Sie verfügten über Masse – den neuesten Experimenten zufolge etwa ein Zehntel Elektronenvolt –, bewegten sich aber gleichzeitig lichtschnell. Eigentlich konnte kein Gegenstand, dessen Ruhemasse nicht null betrug, sich im Einsteinraum mit Lichtgeschwindigkeit bewegen, aber die Neutrinos taten es trotzdem. Die meisten theoretischen Erklärungen konzentrierten sich auf die Beziehung zwischen Materie und Energie und zielten darauf ab, daß die Masse sich irgendwie neu als Energie bestimmte.

»Gakor«, sagte Geordi, »rekonfigurieren wir den Detektor. Wir suchen auf der Energieebene; vielleicht sollten wir statt dessen nach Masse suchen. Die zusätzliche Energie könnte als gesteigerte Neutrinomasse auftreten.«

Gakor verzog nachdenklich den rosa Rüssel. »Es ist nicht gerade leicht, Neutrinos zu wiegen. Wir brauchen ein paar Stunden, um die Geräte neu einzustellen.«

»Wir haben die Zeit«, sagte Geordi. Dann fiel ihm Alexander ein. »Das wird sich hinziehen, Al, und ich will auf keinen Fall, daß dein Dad mir sagt, ich sei schuld, daß du lange aufgeblieben bist, obwohl du morgen früh Schule hast.«

»Na schön.« Alexander hüpfte vom Stuhl. »Ich muß jetzt sowieso ein Bad nehmen. Tschüß, Geordi.«

Ein Bad, dachte Geordi. Er wußte, daß einige Kinder sich gern die Aufmerksamkeit ihrer Eltern verschafften, indem sie sie ärgerten, doch Alexander fand immer wieder ziemlich ausgefallene Möglichkeiten dafür.

Das war das siebente Geschäft, das Shrev und Wesley aufgesucht hatten, und Shrev hatte bereits ein Muster festgestellt. Erstens wurden in jedem Laden Gegenstände verkauft, die nützlich, aber nicht lebensnotwendig waren. Zweitens hatte jeder Ladenbesitzer mindestens ein körperliches Problem, entweder einen Geburtsfehler oder eine Verletzung. Wenn sie ein Geschäft verließen, sahen sie stets jemanden – normalerweise ein junges Kind –, der ihnen zum nächsten vorauslief. Shrev kam zum Schluß, daß es ein Netz von Ladenbesitzern gab, die aufgrund ihrer Verunstaltungen zusammenhielten und entschlossen waren, den beiden freigebigen Fremden so viel Gold wie möglich aus der Tasche zu ziehen. Die Vorkehrung hatte ihre Vorteile; diese Leute benachrichtigten sich offensichtlich gegenseitig, daß es mehr Geld brachte, wenn man sich mit den Fremden unterhielt, und das wiederum erleichterte Shrevs und Wesleys Aufgabe.

In diesem Geschäft wurden handgefertigte Stoffe verkauft, und Wesleys Kommentaren zufolge sprachen sie das menschliche Auge an. Für Shrev sahen sie trist aus, genau wie – so vermutete sie zumindest – das lichtspaltende Material ihrer Jacke für Wesley trüb und öde aussah. »Haben Sie das selbst gewebt?« fragte Wesley die Ladenbesitzerin, eine junge Frau mit sehr langem Haar.

»Meine Schwester und ich diesen Stoff machen«, sagte sie und seufzte. »Bessere Arbeit wir nicht können finden. Die Fallsucht wir haben, und die Rattenaugen uns keine Arbeit zugestehen. Glück wir haben, daß für Kleidung Geldpapier ein paar Leute können ausgeben.«

»Geldpapier?« fragte Wesley. »So etwas habe ich noch nie gesehen. Vielleicht kann ich Ihnen etwas abkaufen?«

Die Frau war damit einverstanden, und Shrev stand ruhig daneben, während sie verhandelten. Ausgezeichnet, dachte die Zhuik. Wesley stellte Fragen, die den Wert des örtlichen Geldes bestimmten, für den Fall, daß der Botschafter damit etwas anfangen konnte. Dann tauschte er eine Goldmünze gegen zwei Handvoll Papier, und die Frau vergoß eine Freudenträne über den Handel. Nachdem der Austausch vollzogen war, sammelte Wesley die Stoffballen ein, die er erworben hatte, und sie verließen den Laden.

»Fallsucht?« fragte Shrev. Sie befanden sich auf einer schmalen, verschlammten, menschenleeren Straße. Ihre Stimme klang hier unnatürlich laut.

»Wahrscheinlich meint sie Epilepsie«, sagte Wesley.

»Oh. Ein neurales Problem.« Aber noch mehr Fragen wollten beantwortet werden. »Ich habe auch festgestellt, daß diese Leute ihre Münzen schmecken, und frage mich nun, ob sie den Geschmack von Metall wahrnehmen können.«

Wesley schaute verwirrt drein. »Schmecken? Ach so … Sie können es nicht wissen, aber es ist eine klassische Methode, Gold auf seine Echtheit zu überprüfen, indem man hineinbeißt. Unsere Zähne sind härter als Gold, und deshalb hinterlassen sie Spuren auf den Münzen wenn diese rein sind.«

»Faszinierend.« Die »Zähne« der Zhuik waren hufeisenförmige Chitinplatten, die nur dazu geeignet waren, bestimmte Blumen zu zerquetschen, um an ihren Nektar heranzukommen. Sie betrachtete Wesleys Last – Stoffballen, einen prunkvollen Teppich, einen bronzenen Kerzenhalter. Shrev trug eine Handvoll Schriftrollen und einen Helm mit einem Federbusch. »Sollen wir unsere Erwerbungen auf das Schiff schicken?«

»Eine gute Idee.« Sie fanden eine trockene Stelle neben einer Ziegelmauer, legten alles auf den Boden und riefen die *Enterprise*. »Ich möchte jetzt keinen Blick in Frachtkammer zwei werfen«, sagte Wesley.

Shrev lachte leise. »Stellen Sie sich vor, wie der Captain sich fühlen wird. Ich fürchte, sein Schiff wird aussehen wie ein Handelsraumer von Orion. Sollten Sie dieses Papiergeld nicht der Sammlung hinzufügen?«

»Nein, das möchte ich Mr. Offenhouse zeigen.« Wesley steckte das Papier in den Beutel an seiner Hüfte und beobachtete dann, wie ihre Beute abtransportiert wurde. »Er wird hören wollen, was diese Frau mir über das hiesige Geld erzählt hat. Vielleicht kann er sich einen Reim darauf machen.«

»Man soll die Hoffnung nicht aufgeben.« Shrev warf einen Blick zum Himmel. Die Bewölkung war nicht mehr so dicht, aber die Sonne näherte sich dem Horizont, und das Licht wurde schwächer. Die Nacht würde sie nicht behindern, für Wesley aber ein Problem darstellen. Da es ihm an ihrer Fähigkeit mangelte, im Infrarotbereich zu sehen, konnte er in diesem Zustand, den seine Spezies »Dunkelheit« nannte, den Weg nicht finden. »Wesley, bitte lassen Sie es mich wissen, sobald das Licht für Ihre Augen nicht mehr ausreicht. Wir werden dann sofort aufbrechen.«

»Wir müßten noch eine Stunde lang Tageslicht haben«, sagte Wesley. Er schaute die Straße entlang, zuerst in die eine, dann in die andere Richtung. »Da ist schon wieder unser Schatten.«

»Unsere Verfolger?« Shrev schaute in die Richtung, in die er nickte, und machte wieder die beiden Megaraner aus, die sie beschatteten, seit die auf den Planeten gebeamt waren. Die Männer blieben stets mehrere Dutzend Meter zurück, und Shrev war schließlich zum Schluß gekommen, daß es sich um Polizeispitzel handelte. Zweifellos wollten die Megaraner – oder ihre Oberherren – genau wissen, was ihre Besucher taten.

Shrev und Wesley entfernten sich von den beiden Männern und gingen auf einen kleinen Platz zu. Es gab zahlreiche solcher Plätze in der Stadt, die mit kreuz und quer verlaufenden Straßen verbunden waren. Als sie näher kamen, hörte Shrev eine laute Stimme, die sich über das ärgerliche Gebrüll anderer Stimmen erhob. Was auch immer dort gesprochen wurde, das Durcheinander der Stimmen war zu groß, als daß der allgemeine Translator es verstanden hätte.

»Da drüben ist eine Frau in einem braunen Mantel«, sagte Wesley. Er war fünfzehn Zentimeter größer als Shrev und hatte deshalb einen besseren Überblick. »Sie sieht aus, als würde sie hier das große Wort führen«, sagte Wesley. »Und ... diese Robe sieht ziemlich komisch aus, aber ich kann nicht genau sagen, was damit nicht stimmt.«

»Wir müssen näher heran ...« Shrev verstummte, als fünf Meter vor ihnen zwei Männer aus einer Seitenstraße kamen. Einen erstaunten Augenblick lang wollte sie einfach nicht glauben, was ihre Antennen ihr verrieten. Dann berührte sie den an ihrer Jacke befestigten Insignienkommunikator. »*Enterprise*, wir würden es sehr zu schätzen wissen, wenn Sie uns *sofort* auf das Schiff beamten.«

Wesley wußte nicht, wie ihm geschah. »Shrev, was soll das ...« sagte er mit lauter Stimme.

Die beiden Männer sprangen sie ohne das geringste Zögern an. Der eine zog ein Messer mit einer gebogenen Klinge und stach auf Wesley ein. Shrev griff ihn ihrerseits an, sprang zurück, als er die Waffe auf sie richtete, trat wieder vor und schlug mit der Handkante auf seinen Unterarm.

Das Messer drang in ihre linke Seite ein, durchschnitt ihre Jacke und zersplitterte eine Platte des Exoskeletts. Dann blieb sie in dem Chitin stecken, und Shrev versuchte, den Schmerz zu ignorieren, während der Mann versuchte, das Messer wieder herauszuziehen. Sie ballte ihre Hände zu Fäusten und schlug sie dem Mann gegen die Schläfe. Der Schlag machte ihn benommen, und er ließ das Messer fallen. Ein zweiter Schlag schickte ihn auf die Knie. Shrev hieb noch zweimal auf seinen Kopf ein, und beim letzten Schlag hörte sie das scharfe Krachen eines Knochens. Der Mann brach tot zusammen; sie hatte ihm den Schädel eingeschlagen.

Wesley kämpfte gegen den zweiten Mann. Shrev sah, daß er einen Stoß gegen die Brust abbekommen hatte und zurücktaumelte. Sie trat einen Schritt auf ihn zu, griff sich dann an die Seite und fühlte, daß lauwarmes Blut ihre Jacke durchnäßte. Dann erfaßte der Transporterstrahl sie. Innerhalb von ein paar Sekunden waren sie und Wesley auf dem Schiff zurück.

Wesley fing sie auf, als sie zusammenbrach. »Krankenstation!« rief er De Shay zu.

Der Transporter schickte sie umgehend weiter. Als Wesley Shrev auf ein Biobett half, sah sie, daß mehrere andere verletzte Besatzungsmitglieder ärztlich behandelt wurden. Dr. Crusher eilte zu ihnen hinüber. »Wesley, bist du in Ordnung?« fragte sie.

»Mir geht es gut, Mom«, sagte er. »Shrev ist niedergestochen worden.«

»Schon gesehen«, erwiderte Dr. Crusher. Sie scannte Shrev schnell, schnitt ihr dann die Jacke auf und machte sich an die Arbeit. »Shrev«, sagte sie, während sie einen anabolischen Protoplaser einstellte, »Sie haben einen Stich in die linke Herzröhre abbekommen. Sprechen Sie nicht, schonen Sie Ihre Kraft.«

»Ich *muß* sprechen«, sagte Shrev schwach. »Wesley, unsere Angreifer waren Cardassianer, die chirurgisch so verändert wurden, daß sie wie Megaraner aussehen.«

»Cardassianer?« sagte er laut und senkte dann die Stimme. »Cardassianer. Bitte verstehen Sie mich nicht falsch, ich möchte Sie nicht beleidigen, aber sind Sie sicher?«

»Ziemlich«, sagte sie. Der Schmerz ließ nach, als der Protoplaser den Heilungsprozeß beschleunigte. »Die Modifizierungen mögen menschliche Augen täuschen, aber die meinen nicht. Und auch nicht meine Antennen. Die Narben und Entstellungen sind im Infrarotbereich ganz deutlich sichtbar, wie auch die *Hz'zhivezh*, die … körperelektrischen Muster, die bei jeder Spezies anders und einzigartig sind. Informieren Sie sofort den Captain, Kadett.«

»Augenblick mal«, sagte die Ärztin. »Wesley, du gehst nirgendwo hin, bis ich …«

»Es geht mir gut, Mom«, sagte er eindeutig gereizt.

»Und was ist das da auf deinem Gesicht?« sagte Dr. Crusher, ohne von ihrer Arbeit aufzuschauen. »Ketchup? Du hast noch nie Tischmanieren gehabt, aber so schludrig bist du auch nicht.«

Wesley zuckte zusammen, als er seine Stirn berührte. »Ich muß es trotzdem dem Captain sagen«, widersprach er.

»Das kannst du nicht«, erwiderte Dr. Crusher. »Er ist auf dem Planeten. Dr. Par'mit'kon!«

Der Saurianer eilte in die Krankenstation. »Ja, Doktor?«

Dr. Crusher zeigte auf ihren Sohn. »Behandeln Sie diesen Cowboy und vergewissern Sie sich, daß er keinen Sprung in der Schüssel hat. Und jemand bringt mir bitte eine Einheit zhuikanisches Blut, Typ Pfeil nach unten, Kringel nach links.«

Der reptilische Arzt richtete den Blick seiner lidlosen gelben Augen auf Wesley. »Begleiten Sie mich, Kadett.«

»Lassen Sie mich zuerst Bericht erstatten«, beharrte Wesley. »Crusher an Brücke ...«

Während Wesley mit Commander Riker sprach, staunte Shrev über den Wortwechsel der Menschen. Bei den Zhuik widersprach ein Kind niemals seiner Mutter, und eine Mutter setzte das Wohlergehen ihres Kindes über alles andere. Die Sorge für die Familie war eine genetische Notwendigkeit; ohne sie war niemand besser als ein Mutant – oder war sogar buchstäblich einer. Dr. Crusher mochte ihre Gefühle hinter einem gewissen derben Humor verborgen haben – aber warum hatte sie sie überhaupt verborgen?

Beschwer dich nicht, sagte Shrev sich. Die menschliche Bereitschaft, den Dienst an der Öffentlichkeit über die Familie zu stellen, hatte bewirkt, daß die beste Ärztin des Schiffes *sie* mit ihrer lebensrettenden Aufmerksamkeit bedacht und Wesley seinen Teil zur größeren Sicherheit des Schiffes beigetragen hatte. Daß die *Enterprise* es mit Cardassianern zu tun hatte, mochte für die Mannschaft den Unterschied zwischen Leben und Tod bedeuten.

»Shrev«, sagte Dr. Crusher nach einem Augenblick, »Sie haben sehr großes Glück gehabt, junge Dame. Sie müssen noch ein paar Stunden lang mit Beschwerden rechnen, doch es wird nicht mal eine Narbe zurückbleiben.«

»Ich danke Ihnen für Ihre ausgezeichnete Arbeit.« Die Mitteilung, daß keine Narbe zurückbleiben würde, war eine große Erleichterung. Es gab Kulturen, die Narben als Zeichen von Mut und Kampfbereitschaft ansahen, doch die Zhuik waren der Ansicht, daß sie genetischen Defekten zu ähnlich waren. »Und ich muß Ihnen zu Ihrem Sohn gratulieren. Wesley hat sich während unserer Mission ausgezeichnet verhalten.«

»Das freut mich zu hören«, sagte sie mit einem Lächeln. Ein Sanitäter brachte ein Gerät für eine Bluttransfusion, und Dr. Crusher schob die Nadel in eine Ader in Shrevs Unterarm. Grüne Flüssigkeit tropfte den Schlauch hinab.

»Wesley ist schon ziemlich bemerkenswert«, sagte Shrev, die über die beiläufige Reaktion auf das Kompliment erstaunt war. »Er ist intelligent, aufmerksam und höflich.«

»Höflich? Mein Wesley?« Dr. Crusher schüttelte mit spöttischer Überraschung den Kopf. »Wir leben wirklich in einem Zeitalter der Wunder.«

»Ich kann Ihnen versichern, daß ich es völlig ernst meine«, sagte Shrev.

»Ich weiß.« Die Ärztin lächelte erneut und tätschelte Shrevs Schulter. »Jetzt ruhen Sie sich lieber aus, junge Dame. Sie üben einen guten Einfluß auf meinen Sohn aus, und wir können nicht zulassen, daß Ihnen etwas zustößt.«

»Cardassianer«, wiederholte Riker nachdenklich. Er saß im Sessel des Captains und betrachtete die Szene auf dem Hauptbildschirm. Rauchfäden stiegen von zahlreichen Bränden in der heruntergekommenen Stadt auf. Gatyns Festung, die zehn Kilometer entfernt lag, war von den Unruhen nicht betroffen. »Sind Sie sicher, Kadett?«

»Ja, Sir«, sagte Wesley. Er trug noch immer seine Zivilkleidung und einen Mediplast auf der Stirn. Er sah etwas mitgenommen aus, schien jedoch in bester Stimmung zu sein. »Sie wurden chirurgisch getarnt, aber nicht gut genug, um Fähnrich Shrev zu täuschen.«

»Interessant«, sagte Riker. *Cardassianer,* dachte er. Die

Bestimmungen des Waffenstillstands hatten sie aus diesem Sektor verbannt. Ihre Anwesenheit war ein kriegerischer Akt, und wenn er die Situation nicht richtig handhabte, *würde* sie sich zu einem Krieg ausweiten. »Leider fällt mir keine Möglichkeit ein, wie ich den Captain informieren kann, ohne die Cardassianer zu warnen«, sagte er.

»Vielleicht sollten Sie den Captain und den Botschafter zurück aufs Schiff holen«, schlug Deanna Troi vor.

»Ganz meine Meinung«, bekräftigte Worf. »Diese Angriffe waren zu koordiniert, um ungeplant zu sein.«

»Als versuche jemand, uns aus der Stadt zu jagen«, sagte Riker. Wenigstens boten die Unruhen die ideale Entschuldigung, um den Captain dort herauszuholen. »*Enterprise* an Picard.«

»Ich hören, Nummer Eins«, antwortete Picard.

»Sir, an zahlreichen Stellen von Kes Pa'kess ist es zu Unruhen gekommen«, sagte Riker. »Unsere Außenteams wurden angegriffen.«

»Todesfälle?« fragte Picard.

»Zahlreiche Verletzte, zwei davon schwer«, sagte Riker. »Lieutenant Broz hat eine Gehirnerschütterung, und Fähnrich Shrev bekam einen Messerstich in eine Herzröhre. Beide sind außer Lebensgefahr.«

»Ich verstehe. Warum wurden unsere Leute nicht beim ersten Anzeichen von Schwierigkeiten evakuiert?« fragte Picard.

»Die Unruhen fingen gleichzeitig an«, erklärte Riker. »Aufgrund unserer Überraschung und der begrenzten Kapazität des Transportersystems konnten wir nicht schnell genug handeln. Wir werden mehr wissen, sobald Commander Data die Einsatzbesprechungen mit allen Außenteams abgeschlossen hat. Sir, es wäre vielleicht keine schlechte Idee, wenn Sie auf das Schiff zurückkehren, bis die Situation sich stabilisiert hat. Ich bin der Ansicht, wir sollten über die Lage sprechen.«

»Wir sind hier in Sicherheit, Riker«, warf Offenhouses Stimme ein. »Wir kommen nach Hause, nachdem wir mit der Vo Gatyn geplaudert haben. Bis dahin leben Sie wohl.«

Riker hörte, daß Worf knurrte, als Offenhouse den Kanal schloß. »Sie haben recht«, sagte Riker zu ihm. »Wir sollten sie sofort heraufbeamen.«

Worf knurrte erneut.

Riker seufzte. »Ich weiß. Der Botschafter hat das Kommando.«

Worf knurrte zum drittenmal.

»Mir gefällt es auch nicht«, gab Riker ihm recht. Er erhob sich vom Sessel des Captains und ging zu Worfs Station. »Wie würden Sie ein Schiff verbergen, wenn Sie ein Cardassianer wären?«

»Durch indirektes Vorgehen«, sagte Worf sofort.

»Das Schiff der Ferengi?« fragte Riker und schüttelte den Kopf. »Wir haben es gescannt. Es sind jede Menge Ferengi an Bord, aber keine Cardassianer, und dort ist auch nicht genug Platz für sie, daß sie sich verstecken könnten.«

»Und ich nehme dort keine Cardassianer wahr«, fügte Deanna hinzu.

»Vielleicht kommt das Schiff nur hierher, um Personal und Vorräte zu bringen oder abzuholen«, sagte Worf. »Eine Planetenbasis *braucht* kein Schiff.«

»Das stimmt ... aber ich kann mir nicht vorstellen, daß die Cardassianer ohne eins auskommen. Ein Schiff ist zu nützlich.«

»Die Cardassianer könnten das Schiff irgendwo in dieser Region versteckt haben«, schlug Wort vor.

Riker strich nachdenklich über seinen Bart. »Könnte sein«, gestand er ein. »Die Cardassianer haben den Hinterhalt zur Kunstform erhoben. Welche Stelle in diesem System ist am besten geeignet, um ein Schiff zu verstecken?«

Wesley hatte still zugehört. »Commander, in dieser Gegend gibt es einen binären Neutronenstern. Dort könnte man eine ganze Flotte verstecken«, sagte er. »Die Strahlung ist zu hoch, um Sensoruntersuchungen vorzunehmen. Computer, zeige auf dem Hauptschirm Weber Fünf-zwölf.«

Riker betrachtete das verzerrte, aufgrund des Rauschens fast unkenntliche Bild, das auf dem Schirm erschien. Zwei Neutronensterne wirbelten so dicht umeinander, daß die Schwerkraft sie zu tränenförmigen Gebilden verzerrte, während ihre Magnetfelder die Wasserstoffbüschel um die Sterne herum zu leuchtendem Plasma aufwühlten. Schwerkraftwellen kräuselten das Bild, als betrachtete man es durch mehrere Schichten fließenden Wassers.

Worf bedachte das undeutliche Bild mit einem Knurren. »Computer, überlagere das Bild mit Strahlungsstärken.«

»Der Befehl kann nicht ausgeführt werden«, meldete der Computer. »Die Strahlungsstärke fluktuiert für zuverlässige Messungen zu schnell.«

»Die Daten der Sonde besagen, daß die Strahlungsintensität hoch ist«, sagte Wesley. »Ein Schiff mit guten Deflektoren kann sich praktisch unbegrenzt dort aufhalten.«

»Und falls ein cardassianisches Schiff sich irgendwo versteckt, dann dort«, sagte Riker. *Falls,* dachte er. Falls ein cardassianisches Schiff sich dort versteckte, konnte man davon ausgehen, daß es die natürliche Tarnung, die Weber 512 bot, voll ausnutzte. Man würde es nicht entdecken können ... außer ... »Riker an LaForge. Wie kommen Sie mit diesem neuen Detektor voran?«

»Wir sind fast bereit für einen weiteren Test, Commander«, antwortete der Ingenieur.

»Behandeln Sie die Sache mit Priorität«, befahl Riker. »Vielleicht brauchen wir dieses Gerät bald.«

9

Man versuchte, die Besucher von der Föderation zu beeindrucken, indem man ihnen zeigte, wie unbedeutend sie waren. In der Stunde seit Rikers Meldung hatte Picard gesehen, wie sich ein halbes Dutzend Leute dem Thron näherte und mit der Vo Gatyn sprachen, und er wußte genau, daß sie alle nach den Menschen den Saal betreten hatten. Trotzdem warteten Picard und Offenhouse geduldig auf ihre Audienz bei der Herrscherin Megaras.

Picard neigte den Kopf. »Was genau hoffen Sie von Gatyn zu erfahren?« fragte er Offenhouse leise.

»Eine Menge«, sagte der Botschafter. »Ich möchte gern herausfinden, wie fest Chudak diese Welt im Griff hat, was für Befehle er gibt, von wem *er* vielleicht Befehle bekommt – solche Dinge. Warum? Langweilen Sie sich?«

Picard schüttelte den Kopf. »Ich mache mir Sorgen um die Sicherheit meiner Mannschaft.«

»Riker hat alles unter Kontrolle. Jetzt machen Sie ein fröhliches Gesicht und sehen sich unseren Kumpel an. Chudak langweilt sich viel mehr als wir.«

Das entsprach den Tatsachen. Der Daimon der Ferengi stand an einem Tisch und trank Wein, während er eine Megaranerin betrachtete. Gelegentlich hatte Picard gesehen, wie er mit verschiedenen Megaranerinnen gesprochen hatte, doch es war offensichtlich, daß sie seine Zuwendung verabscheuten. Doch das hinderte ihn keineswegs daran, der unangenehmen Neigung der Ferengi nachzugehen, Frauen zu belästigen, die nicht dem Volk der Ferengi angehörten. Wie immer fragte Picard sich, wieso Ferengi von Frauen anderer Spezies angezogen wurden. Die einfache Logik besagte, daß das Herz eines Ferengi eigentlich beim Anblick eines kahlen Kopfes, spitzer Zähne und Ohren wie Suppenschüsseln schneller schlagen müßte.

Verden kam in den Großen Saal zurück. Sein weißes und gelbes Gewand flatterte, als er zum Thron eilte. Der Amtsdiener sprach kurz mit seiner Monarchin und winkte dann die beiden Menschen zum Thron. Sie kamen der Aufforderung nach; Picard nickte der schlanken Frau zu, während Offenhouse die Hand an den Hut legte. »Eure Majestät«, sagte der Botschafter. »Die Föderation würde gern mit Euch über Handel und Geschäfte sprechen.«

»Solche Gespräche wir nicht wünschen«, sagte sie. »Sie gehen.«

»Vielleicht wünscht Chudak sie nicht«, sagte Offenhouse, »aber wir können Ihnen bessere Bedingungen anbieten, als er es tut.«

Gatyn schaute ungeduldig drein. »Wir gesprochen haben. Sie gehen. Verden.«

Der Amtsdiener machte eine scharfe Geste. »Sie kommen mit mir.«

»Aber gern«, sagte Offenhouse. Er hob zum Gruß seinen Spazierstock an die Hutkrempe, und dann folgten er und Picard ihm in einen schmalen Seitengang.

Verden blieb unter einem gleißenden Licht in der Steindecke stehen. »Die Vo hat gesprochen«, sagte er. »Sie müssen gehen.«

»Sie hat nicht gesagt, daß wir *sofort* gehen müssen«, wandte Offenhouse ein.

»Das muß sie auch nicht sagen«, erwiderte Verden. »Sie wollen über Geschäfte sprechen? Sie wollen die Rattenaugen hinauswerfen und deren Arbeit übernehmen?«

»Auf jeden Fall«, sagte Offenhouse. »Wir würden nicht so viel berechnen. Sie würden mehr verdienen.«

»Wir vertrauen Ihnen nicht«, sagte Verden und lehnte sich gegen die grobe, dunkle Wand. »Sie sind Fremde, wie die Rattenaugen. Sie wollen lediglich nehmen und immer nur nehmen. Warum sollten Sie sich von ihnen unterscheiden?«

»Was haben Sie zu verlieren?« fragte Picard. Er war leicht verwirrt; an Verdens Grammatik war etwas seltsam, als spreche er nicht denselben Dialekt wie die anderen Megaraner.

Verden musterte ihn. »*Alles* haben wir zu verlieren«, sagte er. »Unser Heim, unser Leben. Aus Wohltätigkeit sind Sie nicht hierher gekommen; Sie werden Dinge finden, die Sie mitnehmen wollen. Wir werden noch mehr verlieren.«

»Falsch geraten«, sagte Offenhouse. »Wir wollen nur die Rattenaugen loswerden. Das ist unser Profit. Und jetzt ...«

»*Sie* werden keinen Profit machen!« sagte Chudak. Picard drehte den Kopf und sah, daß der Ferengi gerade aus dem Großen Saal kam. Er hielt einen Phaser in der Hand. »Sie wollen mich verraten, Verden? Unseren Vertrag brechen?«

»Nein, niemals«, sagte Verden.

»Ich glaube Ihnen nicht!« knirschte der Ferengi. »Ich sollte Sie auf der Stelle töten, Sie verschuldetes, überteuertes Exemplar von ...«

Ein Phaserstrahl zischte, und Chudak brach auf dem Steinboden zusammen. Die Tür zum Großen Saal fiel zu, und zwei Männer stürmten in den Gang. Sie waren wie einheimische Bedienstete gekleidet, mit groben grauen Overalls, trugen aber Handphaser, bei denen es sich nicht um Modelle der Ferengi handelte.

Verden zog einen Phaser aus dem Umhang und wandte sich dann an die Wachen. »Durchsucht die Spione der Föderation und werft sie in eine Zelle. Ich werde die Verhördrogen holen.« Er stieß den bewußtlosen Chudak mit der Spitze seines Stiefels an. »Und bringen Sie diesen Mistkerl irgendwo hin – wo er es bequem hat.«

Verden kehrte in den Großen Saal zurück, während die beiden Wachen Picard und Offenhouse durch den Gang trieben. Sie gingen eine Wendeltreppe hinauf, und als sie das Ende eines zweiten Gangs erreichten, untersuchten die Wachen sie mit einem Tricorder. Picard verlor seinen Insignienkommunikator, während man den Botschafter um den Stock, die Schärpe und mehrere Gegenstände aus seinen Taschen erleichterte. Dann wurden die beiden in eine Zelle gesperrt.

Picard untersuchte die Zelle sofort. Sie hatte eine Größe von drei mal drei Metern und eine Höhe von zwei Metern. Die Wände schienen ziemlich massiv zu sein. Die Tür war von außen mit einem primitiven, aber effektiven eisernen Schloß versperrt, während ein kleines Fenster in der Rückseite von dicken Eisenstangen gesichert wurde. Im Gang leuchtete eine elektrische Lampe, und ihr Schimmer fiel durch die Risse im Türpfosten. Auf dem Boden lag Stroh aufgehäuft.

Offenhouse schien die Zelle nicht im geringsten zu beeindrucken. »Glauben Sie, daß es in diesem Dreckloch Wanzen gibt?«

»Echte ganz bestimmt«, sagte Picard, »aber wenn Sie gemeint haben, ob wir abgehört werden, glaube ich, die Antwort lautet nein.«

»Wirklich? Warum nicht?«

»Weil es sinnlos ist«, erwiderte Picard. »Ein Lauscher könnte nichts erfahren, was nicht auch ein geschickter Verhörspezialist herausfinden kann – und wer immer Verden sein mag, ich hege nicht den geringsten Zweifel daran, daß er einer ist oder zumindest über einen verfügt.«

»Ja«, sagte Offenhouse. »Er benimmt sich, als wäre

er hier der Boß. Wofür halten Sie ihn, Picard? Für einen Menschen? Einen Renegaten von der Föderation?«

»Vielleicht«, sagte Picard. »Mir ist aufgefallen, daß er nicht wie ein Einheimischer spricht. Aber wichtig ist im Augenblick nur, daß wir seine Gefangenen sind.«

»Ein guter Einwand«, sagte Offenhouse. Picard machte im Halbdunkeln aus, daß er die Tür untersuchte. »Was würde Dixon Hill tun, wenn er in so einer Klemme steckt?«

»Warten, bis seine Sekretärin die Kaution stellt«, sagte Picard.

»Wie schade, daß Sie keine Sekretärin haben«, sagte Offenhouse. Er ging zum Fenster, legte eine Hand um eine Gitterstange und zog daran. »Besteht irgendeine Chance, daß Riker uns hier herausbeamt, bevor Verden zurückkommt?«

»Das ist sehr unwahrscheinlich«, sagte Picard. »Und wenn man alles in Betracht zieht, bezweifle ich, daß wir das Verhör überleben werden. Wir wissen zuviel; Verdens einzige Frage wird vielleicht sein, wie er uns töten kann, ohne sich zu verraten.«

»Ich hatte befürchtet, daß Sie das sagen werden.« Offenhouse nahm seinen Zylinderhut vom Kopf und riß dessen Krempe ab. Er ging zum Fenster und rieb mit dem Rand der Krempe an einer Gitterstange. Picard hörte ein leises, raspelndes Geräusch. »Es ist doch komisch mit den Leuten«, sagte der Botschafter. »Sie versteifen sich so sehr darauf, nach hochmodernen Lösungen zu suchen, daß sie die altmodischen schlichtweg vergessen.«

»Wie bitte?« sagte Picard.

»Kidnapping ist eine alte Geschäftspraxis der Ferengi«, sagte Offenhouse. »Ich habe mir gedacht, falls Chudak uns entführt, wird er uns die Kommunikatoren und was auch immer abnehmen, aber nicht auf den Gedanken kommen, uns nach Feilen oder Sägen zu durchsuchen. Schließlich erwartet man von Föderationsleuten ja, daß sie über eine moderne Ausrüstung verfügen. Sieht so aus, als würde diese Logik auch für Verden gelten.«

»Ihre Hutkrempe ist eine *Säge*?« fragte Picard.

»Zur Tarnung in Plastik eingeschweißt. Was bin ich froh, daß ich mir all diese alten James Bond-Filme angesehen habe. Das hier« – er schlug gegen die Steine – »ist eine Außenmauer des Schlosses. Zwischen uns und der Freiheit befinden sich also lediglich diese Gitterstangen.«

»Und Verden und seine Leute«, sagte Picard. »Was, wenn wir ihnen begegnen?«

»Ich habe einen Plan«, sagte Offenhouse. Er sägte mittlerweile am zweiten Gitterstab. »Vielleicht können Sie ja aus einem Stück Seife schon mal einen Phaser schnitzen.«

Picard mußte darüber kichern; Dixon Hill hatte einen ähnlichen Trick benutzt, um aus einem abgelegenen Lagerhaus zu fliehen. Einen Augenblick später hörte Offenhouse zu sägen auf, ergriff mit beiden Händen eine Gitterstange und zog daran. Picard half ihm, und unter ihrer Anstrengung verbog das weiche Eisen sich. Nachdem sie noch eine Weile gesägt und gezogen hatten, konnten sie auch die zweite Gitterstange entfernen, wodurch eine Öffnung entstand, die groß genug war, daß sie hindurchkriechen konnten.

Picard kletterte zuerst hinaus. Die Nacht war dunkel, doch die Sterne spendeten gerade so viel Licht, daß sie den Boden sehen konnten, der sich vier Meter unter dem Fenster befand. Der fünfhundert Meter vom Schloß entfernte Waldrand war ein dunkler Streifen. Picard ließ sich zu Boden fallen, und Offenhouse folgte ihm ein paar Sekunden später. »Sie haben einen Plan erwähnt«, sagte Picard. »Wie sieht der aus?«

»Wir laufen, als wäre der Teufel hinter uns her!« erwiderte Offenhouse.

»Es funktioniert!« rief Geordi. Gakor lachte und schlug triumphierend auf das Display der Schaltkonsole. Die sich kräuselnden Schwerkraftwellen bewirkten, daß bei dem Prozeß, bei dem die Neutrinos zerfielen, auch welche ausgestoßen wurden, die neun Zehntel eines Elektronenvolts wogen. Während es Neutrinos mit unterschiedlicher Masse gab, kamen solche mit diesem Gewicht in der Natur nicht vor. Das Gerät arbeitete viel besser, als der Ingenieur je zu erwarten gehofft hatte. »LaForge an Brücke. Commander, wir haben dem Detektor die Flausen ausgetrieben. In einer Stunde sind wir zu einem groß angelegten Test bereit.«

»Verstanden«, antwortete Riker. »Beeilen Sie sich.«

Geordi sah Gakor an, der ihn mit einem sehr menschlichen Achselzucken bedachte. »Manchen Leuten kann man es einfach nicht recht machen«, sagte der Tellarit.

»Die Lage scheint zu eskalieren«, sagte Geordi. Er schaltete den Oszillator aus, und die entnervenden Vibrationen des Geräts nahmen ein Ende. Er und Gakor gingen zum Oszillator hinüber. »Es wird wahrscheinlich einfacher sein, dieses Ungetüm vor dem Schott eines Shuttlehangars aufzubauen.«

»Nein, wir sollten die Platten der Hüllenvertäuung rekonfigurieren«, sagte Gakor, der die Gelegenheit sah, eine Auseinandersetzung vom Zaum zu brechen.

»Wenn wir fertig sind, müßten wir sie wieder in den ursprünglichen Zustand bringen«, hielt Geordi dagegen. »Das wäre eine Menge Arbeit für einen einzigen Test.«

»Aber wenn der Test erfolgreich verläuft, müssen wir sie nicht noch einmal umbauen«, sagte Gakor. »Und die Anordnung der Vertäuungsplatten ist bereits im Computer gespeichert. Die Anpassungen werden einfacher ausfallen als bei diesem Oszillator, und die Vertäuungsplatten können stärkere Gravitationswellen ausstrahlen.«

»Das Problem ist, Riker will, daß wir uns beeilen«, sagte Geordi und trat mit der Stiefelspitze leicht gegen den Fuß des Oszillators. »Außerdem würde ich dieses Ding liebend gern aus der Luftschleuse werfen.«

Gakor lachte herzhaft. »Bei voller Energie würde es die Antigravsysteme des Schiffes auch dann stören, wenn man es draußen anbringt. Das ganze Schiff wird dieses *Grauko* summen hören, und das wird uns nicht gerade beliebt machen.«

Geordi hob beide Hände. »Sie haben mich überzeugt. Wir nehmen die Vertäuungsplatten.«

»Das wird sehr zeitraubend sein«, sagte Gakor und gestand damit den Schwachpunkt in seiner Argumentation ein. »Wir haben es lediglich auf den Beweis eines Lehrsatzes abgesehen, und wenn wir den nicht erbringen können, haben wir unsere Zeit und Energie verschwendet.«

Geordi lachte. »Gakor, würde ich behaupten, Selbstmord sei eine schlechte Idee, würden Sie bestimmt sich selbst dazu überreden, es zu versuchen.«

»Mich? Niemals?« sagte der Tellarit. »Aber sollten *Sie* es versuchen, würde es meine Chancen auf eine Beförderung verbessern ...«

Lachend gingen die beiden Techniker zum Computerterminal und machten sich bei den Vertäuungsplatten an die Arbeit. Dabei handelte es sich um starke Generatoren zur Erzeugung einer künstlichen Schwerkraft, die an strategisch wichtigen Stellen an der Schiffshülle angebracht waren und benutzt wurden, um die *Enterprise* im Raumdock zu verankern. Sie waren lediglich für diesen Zweck entworfen worden, und Geordi merkte schnell, daß umfassende Modifikationen erforderlich waren, bevor sie als Gravitationswellenemitter eingesetzt werden konnten. Querverbindungen ... neue Schaltkreise ... Sensoren und Kontrollen ... »Wir haben uns jede Menge Arbeit aufgehalst«, sagte er zufrieden.

»Das müßte uns eine Weile beschäftigt halten«, stimmte Gakor ihm zu. Er rief am Computerdisplay einen Schaltplan auf und hob mehrere Stellen der Schiffshülle hervor. »Ich glaube, wir kommen schneller voran, wenn wir zusammenarbeiten.«

»Nein, wir können das schneller erledigen, wenn jeder für sich arbeitet.« Geordi lächelte. »Aber eins nach dem anderen. LaForge an Alexander Rozhenko.«

Ein rasselndes, knirschendes Geräusch antwortete ihm. *Wie der Vater, so der Sohn,* dachte Geordi, als er das klingonische Schnarchen hörte. Es konnte bis zum nächsten Tag warten, dem Jungen mitzuteilen, daß der Test funktioniert hatte. »Gehen wir«, sagte er zu Gakor.

Etwas hatte das gesamte Schloß in Aufruhr versetzt. Die Vo Gatyn war in ihre Kampfhalle verschwunden, Diener und Wachen liefen überall hin und her. Die Gäste brachen schnell auf, um sich vorsorglich in Sicherheit zu bringen.

Odovil blieb während des Aufruhrs ganz ruhig, als hätte ihr Gespräch mit Chudak irgend etwas in ihr zerbrochen – oder sie in einen Zustand getrieben, der weit jenseits von Entsetzen lag. Als sie an diesem Abend den Saal betreten hatte, hatte sie mit dem Fremdweltler gestritten und ihm mitgeteilt, sie könne ein paar Auszubildende nicht für schlechte Legierungen verantwortlich machen. Chudak hatte ihrer Argumentation beigepflichtet – und ihr befohlen, morgen früh vier ihrer Leute zu entlassen, als Warnung vor schludriger Arbeit. Nehmen Sie die letzten vier zur Seite, die durch das Tor kommen, hatte Chudak gesagt, und entziehen Sie ihnen die Arbeitserlaubnis. Leute, die zu spät kommen, sind normalerweise sowieso die faulsten Arbeiter und haben den Hungertod verdient.

Sie würde es nicht tun. Es war an der Zeit, ein Spiel zu wagen. Diese neuen Fremdweltler waren Chudaks Feinde, und sie mochten der Schlüssel für seine Vernichtung sein. Es war vielleicht nicht ganz einfach, sich ihrer Hilfe zu vergewissern, aber sie hielt es für möglich. Wenn sie versagte – nein, daran würde sie nicht denken. Sie würde nicht versagen.

Odovil stand in einem Seitengang und beobachtete den Aufruhr im Großen Saal, als ein Korporal an ihr vorbeiging. »Halt«, sagte sie leise und berührte seinen Ellbogen. »Welche Probleme es gibt?«

»Gefangene aus den großen Fremdweltlern die Vo hat gemacht«, sagte der Mann. »Verrat sie haben geplant, und nun sie entkommen sind.«

Sie nickte. »Und nun Sie die Fremdweltler jagen?«

»Ja«, sagte er und zog seinen Schwertgürtel enger. Eine Nachtbrille der Ferengi baumelte um seinen Hals. Bestechungsaugen nannte sie sie; Korruption war üblich geworden, seit die Ferengi die Macht übernommen hatten. Odovil spielte mit ihrem Armband. Die kleinen Juwelen und Silberfacetten funkelten im Licht des Großen Saals. »Sie die Fremdweltler fangen werden«, sagte sie. »Mir gleichgültig ist, wie. Wenn Sie sie gefangen haben, ich mit ihnen möchte sprechen.«

»Schwer das wird sein«, antwortete der Korporal. »Andere Wachen zusehen werden, und zur Vo die Fremdweltler wir sofort bringen müssen.« Seine Blicke waren auf ihr Armband gefallen. Dem Korporal war jegliche Subtilität fremd, und nach einem Augenblick hatte Odovil ihre Absprache mit ihm getroffen. Das Armband verschwand in seiner Tasche, und er eilte davon.

In der Hoffnung, daß er sich nicht einfach bestechen lassen und sie dann betrügen würde, ging Odovil den Korridor entlang. Eine Treppe führte sie ins Untergeschoß des Schlosses, und nach einem Moment fand sie die Wäscherei. Kleidungsstücke lagen in der Nähe der Ultraschall-Waschmaschine aufgestapelt. Odovil durchsuchte sie, wobei sie die Prachtgewänder der Vo Gatyn und die maßgeschneiderte Kleidung ihrer Soldaten und persönlichen Diener ignorierte. Schließlich fand sie einen grauen Overall, der ihr paßte. Odovil zog ihn an und versteckte ihr gelbes Kleid zwischen der Schmutzwäsche, nachdem sie ihre Juwelen und persönlichen Besitztümer in dem Overall verstaut hatte. Sie bedauerte es, das Kleid zu verlieren, das sie viel gekostet hatte, doch es würde jetzt nur Aufmerksamkeit erregen.

Die im Schloß verbliebenen Wachen schienen sehr nervös zu sein, und Odovil bewegte sich in den Schatten, während sie zu einer der Seitentüren in der Außenwand schlüpfte. Das kleine Tor war von innen verriegelt, aber nicht verschlossen. Sie hatte Glück und fand in Haltern neben der Tür mehrere Glühmoosstäbe. Odovil nahm sie und schlich sich hinaus.

Die Nacht war schwarz, nur die Sterne und das Schimmern des Mooses erhellten ihren Weg. Sie fand die Spur der Jäger und folgte ihr in der Hoffnung, daß der Korporal Wort halten und zu ihrer Vereinbarung stehen würde. Es würde noch einige Stunden dauern, bis sie das genau wußte. Mit etwas Glück hatte der Mann die Fremdweltler bereits gefangengenommen und brachte sie nun zur Hütte des Freisassen, die in diesem Wald verborgen war ... eine Hütte, die, als sie ein Mädchen gewesen war, ein beliebter Treffpunkt war, an dem man mit seinem Freund ungestört zusammen sein konnte.

Odovil lachte nervös, als sie sich an Geschichten über die Hexen und Banditen erinnerte, die angeblich in den Wäldern lauerten. Die Vorstellung, solchen Geschöpfen zu begegnen, machte ihr keine Angst mehr. Keins von ihnen konnte so gefährlich sein wie die Ferengi.

Als Wesley die Krankenstation betrat, sah er, daß Data neben Shrevs Biobett stand. »Sie erholen sich, Shrev?« fragte Wesley leise.

»Ja, vielen Dank«, erwiderte sie mit nach dem Maßstab der Zhuik fester Stimme. Ihre zerfetzte, blutbeschmierte Jacke war durch ein weites Krankenhausnachthemd ersetzt worden. »Und Sie?«

»Nur ein Kratzer«, sagte er und zeigte auf seine Stirn. Dann warf er einen Blick auf die Anzeigen über dem Bett der Zhuik. Er kannte die angemessenen Werte für Zhuiks nicht, doch alle befanden sich im grünen Bereich; sie mußte also auf dem Weg der Besserung sein. Das erfüllte ihn mit Erleichterung. Sie hatte ihn auf seine Bitte hin nach Megara begleitet, und er fühlte sich verantwortlich für das Geschehene. »Ich kann mir vorstellen, daß Commander Data Fragen an uns hat«, flüsterte er mit einem Blick auf den Androiden.

»Das ist korrekt ...« Data hielt inne, neigte den Kopf und fuhr dann genauso leise fort, wie Wesley und Shrev gesprochen hatten. »Wir werden diese Einsatzbesprechung mit einer Schilderung Ihrer Erlebnisse beginnen, Fähnrich.«

»Jawohl, Sir. Wir wurden auf eine Straße gebeamt ...«

Wesley lauschte geduldig, während Shrev sprach. Gelegentlich bat Data ihn, die Gespräche zu beschreiben, die er mit den verschiedenen Megaranern geführt hatte. Wesley stellte fest, daß Data konzentriert zur Sache ging, und zehn Minuten, nachdem er seine erste Frage gestellt hatte, waren sie bereits bei dem Kampf angelangt. »Vielleicht sollten Sie mit Counselor Troi sprechen«, sagte Data, als Shrev beschrieb, wie sie den Angreifer getötet hatte. »Töten ist stets ein traumatisches Ereignis.«

»Das stimmt«, pflichtete Shrev ihm bei, und Wesley bemerkte, wie verwirrt sie dreinschaute. »Aber ich muß Ihnen leider mitteilen, Sir, daß es bereits zu spät für Counselor Troi ist, um mit meinem traumatisierten Angreifer zu sprechen.«

Wesley unterdrückte ein Gelächter. »Shrev, ich glaube, Commander Data macht sich Sorgen um *Ihre* Gefühle.«

Ihre drahtigen Antennen wanden sich in offensichtlicher Verwirrung. »Ach ja? Ich danke Ihnen für Ihre Besorgnis, Commander, aber ich habe keine Probleme damit, obwohl der Mann, gegen den ich kämpfte, unverzeihlich unhöflich war.«

»Er hat sich nicht vorgestellt, als er sie angriff«, erklärte Wesley dem Androiden. Dann fiel ihm etwas ein, das schon geraume Zeit an ihm nagte. »Diese Frau in der Robe.«

»Was ist mit ihr, Wesley?« fragte Data.

Wesley versuchte, in Worte zu fassen, was er wußte. »Ich bin nicht sicher, was es zu bedeuten hat, Sir, aber ihr Gewand sah ... leuchtend aus, als fiele ein Licht darauf.«

»Vielleicht eine Täuschung des Sonnenscheins ...« Data hielt inne. »Nein, die Lichtverhältnisse machen das unwahrscheinlich. Ich werde diesen Umstand als weitere Seltsamkeit abspeichern. Wesley, Sie haben erwähnt, daß Sie Papiergeld erworben haben, um seinen Informationsgehalt zu analysieren. Ich würde dieses Geld gern sehen.«

»Ja, Sir.« Wesley trug noch seine Zivilkleidung und hatte auch die Tasche noch umgeschnallt. Er öffnete sie und gab Data das Geld.

Der Androide blätterte den Stapel Papier in Sekundenschnelle durch. »Faszinierend«, sagte er. »Im ultravioletten Bereich des Spektrums wird deutlich, daß hier verschiedene Druckverfahren und zahlreiche Tinten- und Papiertypen Verwendung fanden. Und alle Verfahren bis auf eins sind von minderer Qualität.«

Das erinnerte Wesley an etwas, das er gelesen hatte. »Falschgeld?« fragte er.

»Das ist die logische Schlußfolgerung, Kadett«, sagte Data und gab Wesley das Geld zurück. »Vorausgesetzt, das Geld mit der besten Papierqualität und Tinte ist echt, ist ein Drittel dieses Geldes falsch.«

»Das ist ein hoher Prozentsatz«, sagte Shrev.

»Das ist korrekt, Fähnrich«, stimmte Data zu. Er schaute nachdenklich drein. »Das weist auf eine ungewöhnlich hohe Kriminalität auf Megara hin. Darüber hinaus würde ein solcher Anteil von Falschgeld die Wirtschaft des Planeten ernsthaft destabilisieren.«

»Und dabei ist es da unten schon schlimm genug«, sagte Wesley. »Die meisten Leute bekommen gerade so viel Lohn, daß sie davon leben können. So etwas habe ich noch nie gesehen«, fügte er hilflos hinzu. »Man könnte fast glauben, jemand versuche *absichtlich*, diese Leute umzubringen.«

»Weder die Ferengi noch die Cardassianer sind für ihre wohltätige Natur bekannt«, sagte Data. »Doch falls sie Megara tatsächlich ausbeuten, wirkt so ein Verhalten auf mich kontraproduktiv.«

»Vielleicht verfolgen sie ja ganz andere Absichten«, sagte Shrev. »Doch auch mir fällt die Vorstellung schwer, daß solche Zerstörungen einen bestimmten Sinn haben könnten.«

Dr. Crusher näherte sich der Gruppe. »Shrev, Sie haben für den Augenblick genug Aufregung gehabt.«

»Dank Ihrer Pflege bin ich bei bester Gesundheit«, erwiderte die Zhuik.

»Schmeichelei bringt Sie nicht weiter«, sagte Dr. Crusher und fuhr mit einem Scanner über Shrevs linke Seite. Ihre Herzröhren waren muskuläre Zylinder mit zahlreichen Kammern, die von ihrer Hüfte zu ihrem Schädel hinaufführten, und der Messerstich hatte schwere Schäden am Muskelgewebe des Pseudoherzens hervorgerufen. »Die Schwellung ist noch beträchtlich, doch *falls* Sie ruhig liegen bleiben, werde ich Sie *vielleicht* morgen früh entlassen.«

»Wie Sie wünschen«, sagte Shrev. Ihre Augen blieben geöffnet, doch die Anzeigen auf dem Monitor des

Biobetts wurden flacher, und ihre Antennen rollten sich auf ihrem Kopf zusammen.

Dr. Crusher betrachtete die Werte. »Gut. Der Tiefschlaf wird den Heilungsprozeß beschleunigen.«

»Ist sie in Ordnung?« fragte Wesley.

Seine Mutter nickte. »Ihr geht es gut. Und du mußt jetzt nicht mehr flüstern; sie kann dich nicht hören.«

»Na schön ...« Wesley verstummte, räusperte sich und wiederholte dann mit normaler Lautstärke: »Na schön, Mom.«

»Ich werde Fähnrich Shrev morgen noch einmal befragen«, sagte Data zu Wesley, als sie vom Biobett zurücktraten. »Mich verwirren noch immer bestimmte Aspekte Ihres Erlebnisses, besonders diese Frau in dem braunen Umhang. Mehrere andere Besatzungsmitglieder haben unmittelbar vor Beginn der Unruhen solch eine Person gesehen.«

»Es scheint sich um eine Geistliche zu handeln«, warf Dr. Crusher ein.

»Das ist nicht die einzige mögliche Interpretation«, sagte Data. »Es gibt Anzeichen dafür, daß Umhänge mit Kapuzen eine traditionelle Form der megaranischen Bekleidung darstellen, zumindest bei den unteren Gesellschaftsschichten. So ein Gewand könnte von xenophobischen Agitatoren als politische Aussage benützt werden.«

»Das wäre logisch«, sagte Wesley und wünschte sich, Datas Schöpfer hätte dem Androiden eine klarere Ausdrucksfähigkeit mit auf den Weg gegeben. »Aber warum verwirrt Sie das?«

»Keiner unserer Leute hat die Gestalten in den Umhängen vor den Angriffen gesehen«, erklärte Data. »Lieutenant Somek, dessen vulkanisches Gedächtnis sehr zuverlässig ist, hat nichts gesehen. Es hat den Anschein, als wären die Agitatoren wie aus dem Nichts aufgetaucht.«

Wesley zuckte mit den Achseln. »Vielleicht haben sie

die Umhänge erst angelegt, als sie anfingen, ihre Reden zu halten.«

»Das wäre möglich«, gestand Data ein. »Wenn Sie mich jetzt entschuldigen würden, ich möchte Commander Riker Bericht erstatten. Danke für Ihre Hilfe, Kadett.« Data verließ die Krankenstation.

Auf einen Wink folgte Wesley seiner Mutter in ihr Büro. »Es hat den Anschein, als würdest du mit Shrev prächtig zurechtkommen.«

»Ich mag sie«, bestätigte Wesley.

»So sehr, daß du schon wie ein Zhuik sprichst«, sagte sie. »Sie hat mir erzählt, daß du sehr höflich bist.«

»Dann fühlt sie sich wohler«, erklärte der Junge. »Und mir tut es nicht weh, ein wenig höflicher zu sein.«

Seine Mutter runzelte die Stirn. »Nein, das auf keinen Fall – solange du nicht vergißt, daß sie biologisch gesehen nicht *völlig* humanoid ist.«

»Keine Angst, daran denke ich«, sagte er ein wenig verlegen. Wesley hatte genug vergleichende Biologie geschnuppert, um zu wissen, warum Zhuiks keine Mischehen mit anderen Spezies schlossen. Immerhin war er froh, daß seine Mutter nicht eine ihrer ernsten Vorlesungen über die Tatsachen des Lebens vom Stapel gelassen hatte. Er nahm seinen gesamten Mut zusammen. »Und ich glaube, Shrev wird daran denken, daß ich nicht insektoid bin, nicht einmal teilweise«, fügte er hinzu.

Die Ärztin lachte. »Touché. Aber im Ernst ... sei vorsichtig und achte darauf, daß deine Gefühle dich nicht in eine unmögliche Lage bringen.«

»Mach dir keine Sorgen«, sagte er und verließ die Krankenstation. Er wußte, daß keine Gefahr bestand, sich in Shrev zu verlieben. Männliche Zhuiks waren Drohnen; klein, kurzlebig und mit einer Intelligenz, die kaum der einer Baummaus gleichkam. Von der Biologie einmal ganz abgesehen, war Wesley klar, daß Shrev die Vorstellung von romantischer Liebe völlig fremd war.

Was wirklich überaus schade war.

Gul Verden gelang es mit knapper Not, seinen Zorn im Zaum zu halten. *Wut ist ein Werkzeug,* sagte er sich. *Benutze es, laß nicht zu, daß du von ihm benutzt wirst.* Er sagte sich den Spruch immer wieder vor, wie er es schon als Kind getan hatte, bis er schließlich spürte, daß er die Selbstbeherrschung zurückgewann.

Verden wußte, daß er guten Grund hatte, wegen seiner Fehler wütend zu sein. Er hatte seine Gegner unterschätzt, was im Kampf des Lebens stets ein schwerer Fehler war. Er hatte sich zu sehr auf die Ausrüstung der Einheimischen verlassen; Steinmauern und Eisenstäbe hätten ausreichen *sollen,* um die Menschen festzuhalten. Er hatte den einheimischen Wachen vertraut, die den Ausbruch jedoch erst bemerkt hatten, als Verden mit den Verhördrogen in die Zelle zurückgekehrt war. Und doch – wer hätte damit gerechnet, daß die Menschen eine dreimal verdammte *Säge* mitbringen?

Ubinew überwachte die Jagd an seiner Station. Verden verschwendete seine Zeit und Konzentration nicht, indem er einen Bericht verlangte; er sah selbst, was die Displays und Anzeiger der Instrumente zu vermelden hatten. Die Hälfte der einheimischen Wachen suchte den Wald um Gatyns Schloß ab. Sie trugen Nachtbrillen der Ferengi, doch Verden bezweifelte, daß sie etwas finden würden. Die einheimischen Truppen hatten kaum Erfahrung mit Nachtbrillen, und die Menschen hatten ihren Verfolgern gegenüber einen kleinen, aber wertvollen Vorsprung.

Verden setzte sich auf den Kommandostuhl. Er wünschte, er hätte seine eigenen Leute mit ihrer vertrauten Ausrüstung dort draußen. Sie hätten mit den

Gefangenen kurzen Prozeß gemacht – aber er mußte das Föderationsraumschiff mit in die Rechnung einbeziehen. Eine Sensormessung – oder ein entkommener Gefangener – würde den Menschen verraten, daß Cardassianer auf dieser Welt präsent waren. Bislang hatte Verden bei den Risiken, die er eingegangen war, Glück gehabt, aber er wollte auf keinen Fall zu weit gehen.

Ich muß mit dem Schlimmsten rechnen, dachte er. Die beiden Menschen wußten, daß die Ferengi nicht die einzigen Fremden auf Megara waren. Der Botschafter hatte bereits Verdacht geschöpft, und Chudaks Eingreifen hatte Verden gezwungen, zu viel zu enthüllen. Sollte es den beiden Menschen gelingen, auf ihr Schiff zurückzukehren, würden sie melden, was sie wußten. Also mußten die beiden Menschen getötet werden, bevor sie auf das Schiff zurückkehren konnten – nein, das war sinnlos. Die Besatzung des Föderationsschiffes würde Untersuchungen über ihren Tod anstellen.

Wir müssen das Schiff zerstören, dachte Verden. Doch dazu war er gezwungen, die Flotte zu Hilfe zu rufen, eine Entscheidung, die ihm nicht besonders angenehm war. Sein Stolz verlangte, daß er der Befehlshaber blieb und sich nicht einer anderen Person unterordnete ...

Verden erhob sich abrupt und verließ den Überwachungsraum. Er fand sich allein in einem der schmalen Gänge des Bunkers wieder, in dem er blieb, bis seine Ausbildung und Disziplin seine Instinkte unterdrückt hatten. *Stolz ist unwürdig,* sagte er sich beschämt, während er die Mantras seiner frühesten Lektionen wiederholte. *Selbstsucht ist unwürdig. Allein sind wir schwach. Gemeinsam sind wir stark. Sind meine Beine schwach, weil ich auf ihnen stehe? Es ist besser, sich den Sieg zu teilen, als in der Niederlage allein zu stehen ...*

Endlich konnte er die Erniedrigung, die es bedeutete, um Hilfe zu rufen, akzeptieren. Knapp ein Lichtjahr vom megaranischen Sonnensystem entfernt befand sich ein binärer Neutronenstern, und seine Strahlungsfelder verbargen ein mächtiges Kriegsschiff der Liburn-Klasse. Das Schiff wartete dort, um notfalls feindliche Schiffe in einen Hinterhalt zu locken, die sich in die Operation Megara einmischten. Ein Kampf gegen ein Raumschiff der Galaxy-Klasse war ein Glücksspiel, aber sonst drohten eine Entdeckung und das sichere Scheitern.

Verden kehrte in den Überwachungsraum zurück und ging zum Kommunikationsoffizier. »Rufen Sie den *Tödlichen Pfeil*«, befahl er Bwolst. »Seine Anwesenheit ist erforderlich, um das Schiff der Föderation zu vernichten. Und die ›Prophetin‹ soll weiterhin für Aufruhr in der Stadt sorgen.«

»Ich gehorche«, sagte der Mann.

Genau wie ich, dachte Verden. Er ging zu Ubinew und trat hinter ihn. Verden runzelte die Stirn, als er sah, wie unorganisiert die Suche mittlerweile gehandhabt wurde. Die einheimischen Truppen waren dazu nicht zu gebrauchen.

10

Ich habe nicht gewußt, daß es so viele Töne der Farbe Schwarz gibt, dachte Picard, während er und Offenhouse durch den Wald stolperten. Es gab gerade so viel Sternenlicht, daß sie ein paar schwache Umrisse sehen konnten, aber nicht genug, um zwischen dunklen Schatten und auf den Boden gefallenen Ästen unterscheiden zu können. Dem Captain blieb lediglich der Trost, daß der Botschafter öfter gefallen und gestolpert war als er.

Offenhouse rutschte aus, fiel flach auf die Nase und fluchte. »Picard«, sagte er dann leise, »haben Sie den Eindruck, daß wir uns verirrt haben?«

»Absolut«, erwiderte der Captain.

»Dann hat es doch nicht viel Sinn, daß wir weitergehen, oder?« fragte Offenhouse. »Vielleicht laufen wir ja schnurstracks zum Schloß Dracula zurück. Ich würde mich lieber irgendwo verkriechen und jede Aufmerksamkeit vermeiden.«

»Das hat etwas für sich«, sagte Picard. Er setzte sich vorsichtig und lehnte den Rücken gegen einen Baumstamm. »Wir sollten uns überlegen, wie wir in Kontakt mit der *Enterprise* treten können.«

»Womit?« Die verschwommene Gestalt, die der Botschafter war, setzte sich an neben ihn. »Glauben Sie, ihre Sensoren können uns finden?«

»Vielleicht«, sagte Picard. »Die Frage ist nur … wird jemand auf den Gedanken kommen, außerhalb des Schlosses nach uns zu suchen?«

Offenhouse kicherte. »Sie wollen doch hoffentlich

nicht vorschlagen, daß wir dorthin zurückkehren? Es wird nämlich gar nicht lange dauern, bis unsere Freunde dort anfangen werden, nach uns zu suchen, und ich wette, sie haben Nachtsichtbrillen, oder was auch immer heutzutage in Gebrauch ist.«

»Wir benutzen tatsächlich etwas, das wir Nachtsichtbrille nennen«, bestätigte Picard. »Natürlich ...«

Der Botschafter unterbrach ihn. »Licht«, flüsterte er.

Picard reckte den Hals und machte einen schwachen grünen Glanz aus, der sich durch den Wald bewegte. *Keine Ferengi,* dachte er. Die würden sich nicht durch solch eine Festbeleuchtung verraten. Das traf auch für die Leute der Föderation zu.

Das Licht kam näher, und Picard sah mehrere humanoide Gestalten zwischen den Bäumen. Dann machte er weitere Lichter aus, und ihm wurde klar, daß er und Offenhouse umzingelt waren. Wenn sie absolut ruhig blieben, würden die Verfolger sie vielleicht nicht bemerken ...

Doch dafür war die Suche zu effizient, und nach einem Augenblick wurden sie von drei Männern entdeckt. Einer von ihnen trug einen Holzstab, der mit einem leuchtenden grünen Moos bedeckt war. Ganz nebenbei stellte der Captain fest, daß die Megaraner leuchtende Pflanzen als Nachtlicht benutzten. Das schwache Licht wurde von den hervorquellenden Augen eines anderen Mannes reflektiert ... *Nein,* wurde Picard klar, *er trägt eine Infrarotbrille. Und zwar ein Modell der Ferengi. Es wird immer seltsamer.*

Die beiden anderen Männer trugen Schwerter. Sie bedeuteten Picard und Offenhouse, sich zu erheben. Der eine berührte mit der Spitze seines Schwerts den Ellbogen des Botschafters und zwang ihn, die Hände zu heben. »Haben Sie auf *jeden* so eine Wirkung?« fragte Picard den Botschafter verzweifelt, während drei weitere Bewaffnete zu ihnen traten.

Der Mann mit dem Stab zischte eindringliche Worte.

Obwohl man ihm den Translator abgenommen hatte, konnte Picard die Bedeutung vermuten: *Seid still. Kommt mit. Oder …* Der Captain war nicht so töricht, Widerstand zu leisten, und hoffte, Offenhouse würde genauso denken.

Was dann geschah, ergab nur wenig Sinn. Ein Messer blitzte auf, und der Mann mit dem Stab fiel mit einem gurgelnden Seufzer zu Boden. Sein Mörder zischte den anderen Männern barsche Worte zu, und die Soldaten antworteten mit einem verdrossenen Murmeln. Der Mörder hob den Stab des Toten auf.

Die Megaraner führten die beiden Menschen davon. Der phosphoreszierende Stab spendete genug Licht, um ein problemloses Vorwärtskommen zu ermöglichen, und sie schlugen ein scharfes Tempo an. Picard versuchte, die von ihnen zurückgelegte Entfernung zu schätzen, indem er seine Schritte zählte. Nach den ersten fünf Kilometern gab er auf.

Sie waren schon mehrere Stunden durch den Wald marschiert, als sie ein niedriges Steingebäude erreichten. Ihre Häscher öffneten die Tür, führten Picard und Offenhouse hinein und schlossen die Tür hinter ihnen wieder. Picard hörte, daß ein schwerer Riegel vorgeschoben wurde.

Offenhouse rümpfte in der Dunkelheit die Nase. »Ich würde sehr aufpassen, wohin ich mich setze, Picard.«

»Ja«, sagte der Captain. »Wahrscheinlich wird dieser Raum auch als Stall benutzt.«

»Oder als Ziegenpferch.« Offenhouse seufzte. »Unsere Freunde benehmen sich allerdings nicht so, als würden sie für die Ferengi arbeiten. Was glauben Sie, was sie von uns wollen?«

»Ich kann es mir nicht vorstellen.« Picard ging an der Wand entlang, tastete sie mit den Händen ab. »Es sind – oder besser gesagt *waren* – die Soldaten der Vo

Gatyn; deshalb wußten sie, daß wir dort draußen waren, und deshalb haben sie diese Brillen.«

»Und dann haben sie ihre Vo hintergangen«, sagte Offenhouse.

»Es hat den Anschein, als wäre an diesem Spiel noch jemand beteiligt.« Picard fand die Tür und untersuchte sie mit den Händen. Wie er es erwartet hatte, war sie ziemlich stabil. Er tastete die niedrige Decke ab; die glatte Oberfläche verriet ihm, daß sie aus Schieferplatten bestand. Der Stein würde einen Sensorscan stören; angesichts der allgemeinen Ähnlichkeit zwischen Menschen und Megaranern war es durchaus möglich, daß die *Enterprise* Picard und Offenhouse für Einheimische hielt.

Picard seufzte. »Das ist peinlich«, sagte er zu Offenhouse. »Captains von Raumschiffen sollten sich nicht von Fremdwesen gefangennehmen lassen.«

»Ach was? Wie ich gehört habe, geschieht das doch ständig«, sagte Offenhouse. »Sie beamen auf einen Planeten, werden gefangengenommen, fliehen …«

»… und bringen die Crew und die Mission mit einer Rettungsaktion in Gefahr«, beendete Picard den Satz. »Eine solche Achtlosigkeit sieht man als schlechten Stil an, Herr Botschafter. Und *zweimal* am selben Tag gefangengenommen zu werden …« Picard schüttelte reumütig den Kopf. »Das wird mir ewig anhängen.«

»Nehmen Sie es nicht so schwer«, sagte Offenhouse. »Es ist bereits nach Mitternacht. Sie sind heute also erst einmal gefangengenommen worden.«

»Na und? Das ist mir ein großer Trost.« Picard kratzte mit einem Fuß am Boden, bis er zum Schluß kam, daß er einigermaßen sauber war. Dann hockte er sich nieder. »Na schön, Herr Botschafter, anscheinend sind wir ungestört und haben Zeit im Überfluß. Sollen wir die diplomatische Lage diskutieren?«

»Warum? Sie ist so schlecht wie die Luft hier drin.« Picard hörte, daß Offenhouse sich auf den schmutzigen Boden setzte. »Eins ist offensichtlich. Chudak hat Verden für einen Einheimischen gehalten.«

»Obwohl Verden eindeutig ein Fremdwesen ist«, sagte Picard. »Fähnrich Shrevs Vermutung scheint zuzutreffen. Die Ferengi arbeiten für eine weitere, noch unbekannte Partei.«

»Die den Ferengi nicht verraten hat, wie ihr Plan tatsächlich aussieht«, fuhr Offenhouse fort. »Chudak tappt genauso im Dunkeln wie wir.«

»Den Anschein hat es.« Die Ferengi waren normalerweise ziemlich gerissen; Picard konnte nicht so richtig glauben, daß jemand sie als Werkzeug benutzte. »Ich frage mich, was für ein Spiel auf Megara getrieben wird.«

»Ein schmutziges«, erwiderte Offenhouse sofort. »Verdens Leute würden keine Spielchen treiben, wären sie auf dem aufsteigenden Ast.«

»Der Meinung bin ich auch«, sagte der Captain. »Ich kann mir durchaus vorstellen, daß es sich um ein militärisches Spiel handelt. Abgesehen von der Geheimhaltung geht es hier auch um gewaltige Kosten.«

»Diese fünfzig Milliarden Krediteinheiten«, sagte Offenhouse. »Das ist ein riesiges Budget für eine militärische Operation. Vielleicht hat Verdens Volk die Ferengi beauftragt, Verteidigungsanlagen für sie zu errichten. Das verrät uns aber noch immer nicht, wer Verden in Wirklichkeit ist.«

»Leider nicht.« Picards Augen hatten sich an die Dunkelheit gewöhnt und bemerkten einen schwachen Schimmer, der durch den schmalen Rauchabzug im Dach der Hütte fiel. *Es dämmert,* dachte er. Mittlerweile würde Riker nach ihm und dem Botschafter suchen. »Da wir gerade von militärischen Operationen sprechen, Herr Botschafter ... Sie sind ein beträchtliches Risiko eingegangen, als wir auf Chudaks Schiff stießen.«

»Das würde ich nicht sagen«, erwiderte Offenhouse. »Chudak hat diese Sonde abgeschossen, und er hätte das gleiche vielleicht mit der *Enterprise* versucht. Auf diese Weise war es sicherer.«

»Trotzdem haben Sie mit meinem Schiff gespielt«, sagte Picard. »Militärische Macht ist ein gefährliches Werkzeug, Herr Botschafter. Die Drohung, sie einzusetzen, provoziert oft eine gewalttätige Reaktion des Gegners, besonders, wenn dieser Gegner überrascht wird und sich unsicher fühlt. Selbst wenn der Einsatz von Gewalt gerechtfertigt zu sein scheint, hat er schon oft zur Vernichtung der Partei geführt, die darauf zurückgegriffen hat, und so mancher Sieger hat festgestellt, daß er schlimmer dran ist, nachdem er einen blutigen Krieg ›gewonnen‹ hat, als es zuvor der Fall gewesen war. Ihr eigenes zwanzigstes Jahrhundert bietet dafür zahlreiche Beispiele ...«

Ein lautes, rasselndes Geräusch unterbrach den Captain. Er lauschte einen Augenblick lang verwirrt, bis er es dann erkannte. Als es lauter wurde, seufzte Picard müde. Ralph Offenhouses Schnarchen hätte sogar einen Klingonen beeindruckt.

»Da stimmt etwas nicht«, sagte Riker, als der Captain auf seinen Ruf nicht reagierte. Picard hatte sich seit Stunden nicht mehr gemeldet. Das war bei einer diplomatischen Mission nicht ungewöhnlich, doch nach den Unruhen in der Stadt machte es Riker nervös. Der Erste Offizier hatte die Hände auf dem Rücken verschränkt und ging auf und ab. »Data, erfassen Sie den Captain.«

Wesley beobachtete, wie der Androide quer über die Brücke zur Station des wissenschaftlichen Offiziers ging. Er arbeitete kurz an den Kontrollen und sah dann Riker an. »Sir«, sagte er, »ich kann weder den Captain noch den Botschafter lokalisieren. Ich nehme einen Scan der Umgebung des Schlosses vor.«

»Ich glaube nicht, daß wir sie auf diese Weise finden werden«, sagte Riker.

»Vielleicht hat man sie als Geiseln genommen«, sagte Worf.

»Den Verdacht habe ich auch«, gab Riker ihm recht. Er trat an Worfs Station und betrachtete dessen Display. »Ferengi, Cardassianer, Unruhen, Attentate und jetzt eine Entführung«, sagte er verdrossen. »Um mich ganz originell auszudrücken, Mr. Worf: Es hat noch nie besser für uns gestanden.« Der Klingone brummte, während er darüber nachdachte.

Wesley warf Data einen verwirrten Blick zu. »Der Satz stammt aus einem Film des zwanzigsten Jahrhunderts«, erklärte Data leise. »Im richtigen Zusammenhang beschreibt er eine äußerst gefährliche Situation.«

Wesley nickte. Er hatte gehört, daß Riker und Worf sich für uralte Filme interessierten. Riker schritt noch einen Augenblick lang auf und ab, nahm dann im Sessel des Captains Platz und schaute düster zum Hauptbildschirm hinüber. »Mr. Worf, beginnen wir mit der Suche nach dem Captain. Stellen Sie eine Verbindung mit dem Schiff der Ferengi her.«

Die Brücke des Ferengischiffs erschien auf dem Bildschirm. Wesley betrachtete den Mann in der Mitte und stellte fest, daß es sich nicht um Daimon Chudak handelte. »Ich will Chudak sprechen«, sagte Riker.

»Der Daimon steht nicht zur Verfügung«, antwortete der Ferengi. »Ich bin Oshal, sein Stellvertreter.«

»Wo ist Chudak?« fragte Riker.

Oshal zuckte mit den Achseln. »Er tätigt gerade Geschäfte mit der Vo Gatyn. Wenn *Ihre* Geschäfte nicht warten können, müssen Sie sie mit mir machen.«

Als Riker den Kanal schloß, scannte Wesley das Schiff der Ferengi. »Commander Riker«, meldete er, »es befinden sich keine Menschen an Bord des Ferengischiffs, und sie haben ihre Transporter in letzter Zeit nicht benutzt.«

»Unter dem Schloß habe ich etwas Seltsames entdeckt«, sagte Data. »Es handelt sich um ungewöhnliche Energiemessungen, die auf eine kleine, abgeschirmte Einrichtung hindeuten.«

»Können Sie sich genauer ausdrücken?« fragte Riker.

»Nein, Sir«, antwortete der Androide. »Die Einrichtung wird von dem Schloß darüber und von den elektromagnetischen Interferenzen der Umgebung getarnt. Ich habe nur ein paar zusätzliche Energiespuren entdecken können.«

»Tja, zumindest wissen wir jetzt, wo die Cardassianer ihr Hauptquartier haben«, sagte Riker. »Nur logisch, daß sie in der Nähe ihrer Marionette bleiben. Aber wir kommen dort nicht rein, solange sie ihre Schilde gehoben haben.« Wesley schaute über die Schulter und sah, daß Riker frustriert mit der Faust auf die Armlehne des Sessels schlug.

»Sir«, sagte Data, »darf ich vorschlagen, daß wir Kontakt mit den Cardassianern herstellen und Verhandlungen eröffnen?«

»Das ist eine schlechte Idee«, polterte Worf.

»Ganz meine Meinung«, sagte Riker. »Die cardassianische Anwesenheit hier ist ein kriegerischer Akt. *Offiziell* wissen wir nicht, daß sie hier sind – denn von der Minute an, in der wir es erfahren, haben wir wieder Krieg.«

»Und Cardassianer richten Kriegsgefangene hin«, fügte Worf hinzu.

Riker nickte. »Davon wäre der Captain nicht begeistert ... und der Botschafter«, fügte er nach einer nachdenklichen Pause hinzu.

Wesley betrachtete seine Instrumente, während Riker, Worf und Data besprachen, welche Möglichkeiten ihnen blieben. Das Steuerpult verfügte über seine eigenen Sensoren, und wenn sie auch nicht so empfindlich waren wie die der wissenschaftlichen Station, genügten sie für seine Zwecke doch vollkommen. Wesley richtete sie auf das megaranische Schloß.

Dort unten war Nacht, aber die Infrarotsucher legten

ein durchaus befriedigendes Bild des Schlosses auf Wesleys Monitor. Wesley folgte einem inneren Gefühl und verringerte die Bandbreite, so daß die Sensoren nur noch Gegenstände und Lebewesen anzeigten, deren Temperatur höchstens um ein paar Grad von der von Menschen und Megaranern abwich. Das Bild auf seinem Schirm verwandelte sich in zahlreiche weiße Punkte auf einem schwarzen Untergrund. Er betrachtete es eine Minute lang verwirrt und sah dann, daß die Punkte sich bewegten. »Commander Data?« rief er. »Sehen Sie sich das Infrarotbild an. Irgend etwas geschieht außerhalb des Schlosses.«

»Außerhalb des Schlosses?« wiederholte Riker.

»Das ist korrekt«, sagte Data. Wesley hörte, daß das Computerterminal leise piepte, während der Androide seine Befehle eingab. »Außerhalb der Schloßmauern hält sich eine große Anzahl von Individuen auf. Ihre Bewegungen lassen darauf schließen, daß sie nach etwas suchen.«

»Zum Beispiel nach geflohenen Gefangenen«, sagte Worf. »Können die Sensoren zwischen Menschen und Megaranern unterscheiden?«

»Nicht aus dem Orbit«, erwiderte Data. »Die Unterschiede sind für eine Fernbeobachtung zu gering.«

Worf knurrte unzufrieden. »Wenn der Captain geflohen ist, müssen wir schnell handeln.«

»Aber nicht blindlings«, sagte Riker. Er stand auf, ging zu Datas Station und betrachtete den Bildschirm. »Welcher dieser Punkte ist der Captain?«

Wesley hatte einen Einfall. Er drehte sich auf seinem Sitz um und schaute zu Riker. »Commander, vielleicht könnten uns die Megaraner helfen.«

Zu Wesleys Erleichterung lachte der Erste Offizier nicht. »Vor einer Weile haben diese Megaraner unsere Leute angegriffen«, sagte Riker.

»Nicht alle waren darin verwickelt, Sir«, sagte Wesley. »Ich glaube, wir können einem der Leute vertrauen, die ich dort unten kennengelernt habe, einem Ladenbesitzer namens Anit.«

»Was könnte er unternehmen?« fragte Riker.

»Ich weiß es nicht genau«, gestand Wesley ein. »Aber er war früher Soldat und kennt Land und Leute.«

»Das hat gewisse Möglichkeiten«, sagte Worf.

»Jedenfalls mehr, als lediglich hier herumzusitzen«, stimmte Riker ihm zu. »Mr. Worf, stellen Sie ein Außenteam zusammen und suchen Sie den Captain.«

»Aye, Sir«, sagte Worf. »Commander Data, Kadett Crusher, kommen Sie mit.«

Wesley folgte Data und Worf in den Turbolift. »Erzählen Sie mir von diesem Anit«, sagte Worf zu Wesley, während die Liftkabine sie zum Transporterraum brachte.

»Er war früher Soldat«, wiederholte Wesley, »und ist etwa dreißig Jahre alt. Er braucht Geld, um seine Familie ernähren zu können; also könnten wir ihn wahrscheinlich anheuern, selbst wenn er keine Fremden mögen sollte. Er hat auf dem Schlachtfeld einen Arm und ein Auge verloren, hat aber einen scharfen Verstand und jede Menge Verbindungen.«

»Verbindungen?« Data neigte den Kopf. »Ach, Sie meinen Bekannte, Kollegen, Geschäftspartner ...«

»Können wir ihm vertrauen?« fragte Worf ungeduldig.

»Ich glaube schon, Sir«, sagte Wesley, »aber es wäre vielleicht angebracht, daß ich allein mit ihm spreche, bevor er Sie sieht.«

»Das ist ein ausgezeichneter Vorschlag«, sagte Data. »Sie könnten einige seiner xenophobischen Tendenzen lindern.«

»Es könnte nicht schaden, wenn wir eine Menge Gold mitnehmen«, warf Wesley ein.

Der Turbolift hielt an. Die drei gingen einen Korridor entlang und betraten den Transporterraum. Während der diensthabende Techniker Phaser, Nachtsichtbrillen und Geldbörsen verteilte, holte Wesley die Keule aus Frachtkammer zwei und reichte sie Worf. »Ich habe Anit gesagt, sie sei ein Geschenk für einen Krieger«, sagte Wesley zu dem Klingonen. »Er wird sich freuen, wenn Sie sie tragen, Sir.«

Worf nickte, während er die Keule in der Hand wog. »Nützlich«, sagte er zufrieden. Wesley erkannte das als höchstes Lob, das ein Klingone einer Waffe machen konnte. Worf deutete mit ihr auf die Transporterfläche. »Sie gehen zuerst, Kadett«, sagte er.

Der Kaffee war abscheulich. Trotz seiner Müdigkeit mußte Geordi kichern, als er daran dachte, wie schwierig es gewesen war, den Replikator zu programmieren, so eine Brühe zu produzieren. Der Computer des Geräts war so konstruiert, daß er dem Vergnügen des Benutzers dienen wollte, und die Maschine hatte einfach nicht glauben können, daß jemand ein Getränk haben wollte, das schmeckte wie … wie …

Spülwasser? fragte Geordi sich. *Reaktorkühlmittel? Ausgepreßter Tribbel?* Geordi war es nie gelungen, den genauen Geschmack des Kaffees zu identifizieren, aber damit entsprach das Gebräu einer alten Starfleet-Tradition. Wenn Ingenieure Überstunden schieben und bis spät in die Nacht arbeiten mußten, hielten sie sich mit miserablem Kaffee wach.

Nun ja, menschliche *Ingenieure,* gestand er sich ein, als er Gakor betrachtete. Der Tellarit saß am Computerhauptterminal der Frachtkammer, hatte die Hände vor seinem Schmerbauch gefaltet und den Kopf zurückgelegt, während er ein kleines Nickerchen hielt. Zum Glück schnarchten Tellariten nicht.

Geordi fühlte sich hellwach, als er den Kaffee ausgetrunken hatte. »LaForge an Brücke«, sagte er. »Wir können den neuen Detektor jetzt testen.«

»Verstanden«, sagte Riker. »Fahren Sie fort.«

Geordi weckte Gakor. Der Tellarit setzte sich auf und warf einen Blick auf das Computerdisplay. »Alle Werte sind normal«, sagte er zu Geordi.

»Okay«, erwiderte LaForge. »Computer, leite die Aufspürsequenz ein.«

»Eingeleitet«, sagte der Computer.

Geordi setzte sich. Sein gesamter Körper fühlte sich an, als wäre er durch die Mangel gedreht worden, und das lag nicht nur am Schlafmangel. Er und Gakor waren schier endlose Kilometer durch Wartungsschächte und Jefferiesröhren gekrochen, während sie bei den Vertäuungsplatten die Runde gemacht, Schaltkreise justiert und Module ausgetauscht hatten. Geordi hoffte, daß der Test gelang; er konnte darauf verzichten, diese Strapaze zu wiederholen und alles in den ursprünglichen Zustand zurückzuversetzen.

Gakor lachte und schlug sich mit den klauenähnlichen Händen auf die Knie. »Es funktioniert!«

»Das gibt's doch nicht!« sagte Geordi und versuchte, überrascht zu klingen. Der Detektor nahm, genau wie vorhergesagt, einen Neutrinofluß wahr. »Maschinenraum an Brücke. Können Sie mir die Position des Ferengischiffs nennen?«

Eine Frauenstimme antwortete. »Eins sieben zwei Komma drei acht, Entfernung einhundert Kilometer.«

Geordi warf einen Blick auf den Computermonitor. »Das entspricht unseren Messungen«, sagte er. »Aber ... wir bekommen eine zweite Messung, von einer Energiequelle auf der Planetenoberfläche.«

Nun meldete sich Riker. »Bei den Koordinaten zwei null Komma eins null sieben?«

Geordi betrachtete die Daten. »Ja, Sir«, bestätigte er. Der Neutrinofluß entsprach kaum einem Prozent des Ausstoßes vom Schiff. »Aber sie ist nicht stark genug, um von der Energiequelle eines Raumschiffs zu stammen. Ich würde sagen, es handelt sich um den Primärgenerator einer feststehenden Einrichtung.«

»Genau darum handelt es sich«, bestätigte Riker. »Gut gemacht. Geordi, was für eine Reichweite hat dieser Detektor?«

»Keine große«, erwiderte Geordi zögernd. Er gestand es nicht gern ein, aber der neue Detektor entsprach nicht seinen Erwartungen. »Zehn, fünfzehn Lichtstunden. Vielleicht kann ich das noch etwas verbessern, aber wir haben es hier mit einer grundlegenden Beschränkung zu tun. Wir benutzen Gravitationswellen, und die schwächen sich nach dem Abstandsgesetz exponentiell ab.«

»Verdammt!« murmelte Riker. »Ich hatte gehofft, wir könnten damit Weber 512 scannen.«

»Das ist fast ein Lichtjahr entfernt«, sagte Geordi. »Ich kann bestenfalls eine in Betrieb befindliche Energiequelle am Rand des megaranischen Sonnensystems aufspüren.«

»Wir können Ihren Detektor trotzdem gebrauchen. Verknüpfen Sie ihn mit dem Sensornetzwerk und verbinden Sie ihn dann mit dem Feuerkontrollsystem.«

»Aye-aye, Sir«, sagte Geordi, als Riker den Kanal schloß. Er ging zum Nahrungsmittelreplikator zurück. Es sah so aus, als würde er noch jede Menge Kaffee brauchen.

Chudak träumte. Er war glücklich; er hatte all den Reichtum, den ein Ferengi sich wünschen konnte, und würde ihn bald noch vergrößern. Soeben betrat die schönste Frau der Galaxis sein Schlafzimmer, um ihm die Höhe seiner neuen Profite mitzuteilen. Er betrachtete sie lüstern, während sie sich dem Bett näherte und sich über ihn beugte. Sie war groß, schlank und verführerisch und lächelte, als sie eine Hand auf seine Schulter legte ...

Chudak grunzte unwirsch, als Verden ihn wachschüttelte. »Geht es Ihnen gut?« fragte der Amtsdiener.

»Ja ...« Chudak verspürte einen Aufruhr der Gefühle, als sich die Erinnerung wieder einstellte. Der schäbige Schuldner hatte auf ihn geschossen ... der Amtsdiener mußte Verbindungen zu einer anderen Partei haben, wenn ihm ein Phaser zur Verfügung stand ... er war von Verrat umgeben ...

Als Verden seine Schulter losließ, fiel Chudaks Blick auf die Hand des Amtsdieners. Nun, da er sie genauer betrachtete, stellte er fest, daß der sechste Finger des Megaraners mißgebildet zu sein schien. An seinem Ansatz befand sich eine Erhebung, und die braune Farbe war viel zu gleichmäßig. Sie war eindeutig künstlich, was nur eins bedeuten konnte. »Sie sind ein Cardassianer«, sagte Chudak.

»Richtig.«

Chudak knurrte. Seine privaten Verhandlungen mit den abstoßenden Geschöpfen hatten ihn fast in den Wahnsinn getrieben. Sie hatten für jede Phase des Unternehmens absolute Geheimhaltung gefordert; Chudak hatte nicht mal seinen Führungsoffizieren sagen dürfen, daß die Cardassianer hier ihre Hand im Spiel hatten. Diese Geheimnistuerei hatte die Operation erschwert ... und nun *das* ...

Chudak verspürte Furcht. Er hatte stets damit gerechnet, daß die Cardassianer ihn hintergehen würden. Er hatte natürlich Vorbereitungen getroffen ... doch jetzt war die einzige Situation über ihn hereingebrochen, auf die er sich nicht vorbereitet hatte. Tja, seine einzige Hoffnung war, sich mit Dreistigkeit herauszuwinden. »Warum hat man mir nicht gesagt, daß Ihre Leute Agenten hier unten haben?« fragte Chudak.

»Den Grund dafür müssen Sie nicht wissen«, sagte Verden. »Wichtig ist nur, daß ich hier das Kommando habe.«

»Mein Vertrag ...« Setzte Daimon Chudak an.

»Ich berufe mich jetzt auf Paragraph zwanzig Ihres Vertrages«, sagte Verden. »Ich spreche von dem echten Vertrag, nicht von dem, den Sie mit Gatyn unterzeichnet haben. Und ich erinnere Sie an Paragraph zwölf. Sollte die Föderation von unserer Anwesenheit hier erfahren, verlieren Sie sämtliche Profite, die Sie machen könnten.«

Das Bett ächzte, als Chudak sich wütend aufsetzte. »Sie werden es nicht *wagen*, unseren Vertrag zu brechen!«

»Ich spreche davon, ihn einzuhalten«, sagte Verden. Er trat vom Bett zurück – ein sehr gutes Bett, wie Chudak feststellte, und es stand in einem der besseren Räume des Schlosses. Für einen erfahrenen Unterhändler wie Chudak deutete der Umstand, daß Verden auf seine Bequemlichkeit achtete, darauf hin, daß er den Vertrag in der Tat einhalten wollte. Und nun, da die Situation sich ein wenig geändert hatte, konnte Chudak sich vielleicht eine etwas vorteilhaftere Ausgangsposition erarbeiten.

Der Daimon legte sich wieder hin und bettete den Hinterkopf auf seine Hände. »Sprechen wir davon, wie wir den Vertrag einhalten können, Verden. Daß die *Enterprise* über uns schwebt, erschwert die Geheimhaltung natürlich, und Sie wissen, daß Schwierigkeiten meine Kosten steigern ...«

»Sie werden tun, was ich sage«, sagte Verden. »Sie werden mir helfen, die *Enterprise* zu vernichten.«

»Das ist riskant«, brummte Chudak. »Meine Mannschaft wird eine Gefahrenzulage verlangen ...«

Verdens Gesicht zuckte verärgert, ein Anblick, der Chudak gefiel. *Das ist etwas, das ich mit dem fellköpfigen Botschafter der Föderation gemeinsam habe,* dachte er mit widerwilligem Respekt. *Offenhouse mag es zwei Ohrläppchen an einem vernünftigen Verstand fehlen, aber wir beide wissen, wie man einen Gegner aus dem Gleichgewicht bringt.* »Ich kann keine Zeit mit Verhandlungen verschwenden«, sagte der Cardassianer. »Nennen Sie Ihren Preis.«

»Eine Milliarde Krediteinheiten«, entgegnete Chudak.

»Für die Vernichtung eines Raumschiffs der Föderation ein durchaus angemessener Lohn«, bestätigte Verden. »Wir sind uns einig. Gehen Sie folgendermaßen vor: Sie werden auf Ihr Schiff zurückkehren, Kontakt mit der *Enterprise* aufnehmen und die Mannschaft beruhigen.«

»Beruhigen?« wiederholte Chudak. »Sie ist bereits argwöhnisch. Was ist mit Picard und Offenhouse passiert?«

»Sie werden Ihnen sagen, daß die Menschen geflohen sind, nachdem sie die Einheimischen beleidigt haben. Sie werden in Verhandlungen über eine Rettungsmission und ein Lösegeld treten, aber dafür sorgen, daß die Gespräche sich in die Länge ziehen und erfolglos verlaufen. Während Sie die Menschen ablenken, wird ein Kriegsschiff eintreffen und die *Enterprise* vernichten.«

Chudak lächelte zufrieden. »Geben Sie mir den Vertrag über diese Milliarde Krediteinheiten schriftlich, und wir sind uns einig. Und ... wird Ihr Kriegsschiff schon ziemlich bald eintreffen?«

Verden betrachtete ihn mißtrauisch. »Das müssen Sie nicht wissen.«

Chudak lachte. »Ich will nur wissen, ob ich vielleicht noch ein Stündchen Zeit habe. Das ist doch das Schlafzimmer der Vo Gatyn, nicht wahr?«

»In der Tat«, sagte Verden. »Wieso?«

Der Daimon der Ferengi lachte erneut. »Es ist doch eine Schande, eine so schöne Dame aus ihrem Quartier zu jagen. Schicken Sie sie rein.«

11

Ein Instinkt weckte Anit noch vor der Dämmerung. *Diebe,* dachte er und griff nach seinem Dolch. Seit dem Eintreffen der Rattenaugen war die Zahl der Diebe und Banditen auf ihrer Welt gewachsen wie die der Fliegen auf einem Misthaufen; und sie waren so kühn und gierig wie die Steuereintreiber. Die Fremdweltler hatten überall in der Stadt ihr Gold ausgegeben, und nun hatten die Diebe der Stadt sich auf die Suche nach diesem Gold gemacht.

Anit glitt aus dem Bett; Molokan murmelte leise im Schlaf vor sich hin, wurde aber nicht wach. Anit schlich zu dem Durchgang zwischen den beiden Räumen des Gebäudes und stellte sich hinter die Decke, die als Türersatz diente. Das Gold war im Wohnzimmer, im Boden vergraben; er würde die Einbrecher töten, wenn sie über die Schwelle traten, um danach zu suchen.

Er hörte Geräusche im Laden. Ja, jemand stolperte durch die Dunkelheit. Dann fragte eine ihm bekannte Stimme leise: »Kardel Anit?«

Einer der Fremdweltler, dachte Anit. Er war verunsichert. Die Prophetin hatte vor Fremdweltlern gewarnt, und es gab keinen Grund, wieso er ihnen vertrauen sollte – besonders nicht, wenn sie mitten in der Nacht herumschnüffelten. Aber ihr Gold war gut.

»Kardel Anit?« wiederholte die Stimme. »Ich brauche Hilfe.«

Anit faßte eine Entscheidung. »Herein Sie kommen«,

sagte er und weckte damit Molokan und mehrere Kinder. Er trat einen Schritt von der Schwelle zurück und legte die Hand auf den Griff des Glasfeuers.

Der Fremdweltler betrat den Wohnraum. Als er durch die Türöffnung ging, schaltete Anit das Glasfeuer ein, und sein Schein blendete den Alien. Es war der Rosafarbene, nicht die Grüne, und er war allein. An seiner Hüfte hing ein Geldbeutel. »Um meine Hilfe Sie bitten«, sagte Anit.

»Jawohl, Sir.« Er warf einen Blick auf Anits Dolch und sah dann in Anits Augen. »Die Rattenaugen haben meinen Schiffsführer gekidnappt.«

Anit runzelte über die Worte des Fremdweltlers verwirrt die Stirn. Meinte er, daß sein Schiffsführer die Rattenaugen entführt hatte? Nein, er hatte die Worte bestimmt umgedreht. »Mehr Sie mir erzählen«, forderte Anit ihn auf, während Molokan und die Kinder den Fremdweltler verängstigt anstarrten.

Der Fremde kam der Aufforderung nach. »Wir wissen nicht, wo der Schiffsführer Picard ist oder wie wir ihn finden können. Ich hatte gehofft, Sie könnten uns helfen.«

»Ich helfen könnte«, sagte Anit. In Wirklichkeit hatte er nicht die geringste Ahnung, was er unternehmen konnte, aber er wollte die Gelegenheit nicht verpassen, mehr Gold zu bekommen. »Ein großes Risiko ich werde eingehen. Viel Gold Sie mir müssen geben.«

Der Fremdweltler hielt Anit seinen Geldbeutel hin. »Ist das genug?«

Der einhändige Anit gab Molokan mit seinem Dolch einen Wink. Sie nahm den Beutel, öffnete ihn und faßte hinein. »Gold!« sagte sie mit großen Augen. »Drei Klets er wiegt. Drei!«

Mit dieser Menge Gold konnte er seine Familie ein Jahr lang ernähren. »Einig wir uns sind«, sagte Anit zu dem Fremdweltler. Er warf einen Blick auf seine Familie und trat dann durch die Türöffnung in sein Geschäft. Der junge Fremdweltler folgte ihm. »Allein Sie sind gekommen?«

»Meine Freunde warten darauf, daß ich sie rufe.« Der Fremdweltler berührte einen Ziergegenstand an seiner Brust. »Offizier Worf, Offizier Data, er wird uns helfen. Kommen Sie herunter.«

Licht schimmerte, und zwei Fremdweltler erschienen in dem Raum. Anit nahm ihre Ankunft gefaßt zur Kenntnis. Alle wußten, daß die Rattenaugen auf diese Weise reisten, und nachdem er ein Dutzend Mal gesehen hatte, wie ein Glasfeuer die Nacht verdrängte, hatte er seine Ehrfurcht vor Wundern verloren. Seine Kinder behaupteten, dies sei kein wahres Wunder, doch wie konnte man den Dingen vertrauen, die man in der Schule der Rattenaugen lernte?

Anit betrachtete die Neuankömmlinge. Der eine war nicht rosa, sondern golden und hatte gelbe Augen. Der andere hatte die Farbe eines Menschen, aber einen zur Hälfte kahlen Schädel mit zahlreichen Wölbungen auf der Stirn. Er trug die Keule, die Anit dem ersten Fremdweltler verkauft hatte. Die drei Fremdweltler sprachen schnell miteinander, und dann verschwand der Rosafarbene in einem strahlenden Licht. In diesem Augenblick watschelte Molokan in den Laden und blockierte die Tür. Sie hielt ein Schnitzmesser in der Hand, und Anit wußte, daß sie es benutzen würde, sollte sie glauben, die Fremdweltler wollten den Kindern etwas antun.

Der mit der Keule sah Anit an. »Wie können wir unseren Schiffsführer finden?«

Anit seufzte; er hatte befürchtet, daß jemand ihm diese Frage stellen würde. »Verkleidungen Sie brauchen«, sagte er. Er führte sie in den Laden und stöberte in einem Stapel Kleidung. Nach einem Augenblick waren die drei Männer mit Roben bekleidet. Dem Gesetz der Ferengi zufolge war es verboten, diese alten Gewänder zu tragen, doch nachdem es nach den Unruhen in der Stadt brodelte, würde man sie deshalb nicht zur Rechenschaft ziehen. Die Kapuzen würden die fremdartigen Gesichter verbergen und die langen Ärmel die mißgestalteten fünffingrigen Hände.

Das Fremdwesen namens Worf betrachtete Anit mißtrauisch. »Nachdem wir unseren Schiffsführer gefunden haben«, sagte es, »werden Sie noch zehn Beutel Gold bekommen.«

Anit kniff unwillkürlich die Lippen zusammen. *Gerissen dieses Wesen ist,* dachte er. Er hatte vorgehabt, die Fremdweltler auf einen langen und harmlosen Marsch durch die Stadt mitzunehmen, Gefahren zu vermeiden und sie herumzuführen, bis sie aufgaben. Aber diese Belohnung änderte alles. Sie bedeutete anständige Nahrung für seine Familie, warme Kleidung, Wärme im Winter.

Und wenn er starb oder die Fremdweltler ihn betrogen? Anit zuckte im Geiste die Stirn. Sein Tod würde es Molokan ermöglichen, einen neuen Gatten zu finden, jemand, der ihr und den Kindern ein besseres Leben bieten konnte. Kinder und ehrbare Frauen waren noch immer hoch angesehen, trotz der Versuche der Rattenaugen, sie wie Ware zu behandeln.

Und nun ein Soldat ich wieder werde sein, dachte er. *Ein Söldner für meine Familie. Ehrenwert ein Söldner nicht ist, aber Ehre ich schon lange nicht mehr habe.* »Mit mir ihr jetzt werdet gehen«, sagte Anit zu den Fremdweltlern. Er führte sie zur Vordertür hinaus, auf einen leeren Platz, der vom ersten grauen Licht der Dämmerung berührt wurde. Molokan wagte es nicht, das Unglück herauszufordern, indem sie sich von ihm verabschiedete; auch nach all diesen Jahren war sie noch die Frau eines Kriegers.

»... ein paar Pfannkuchen mit reichlich Ahornsirup«, sagte der Botschafter. Er saß auf dem Boden der Hütte und hatte den Rücken gegen die Steinmauer gelehnt.

Nach Picards Schätzung war die Sonne vor einer Stunde aufgegangen, und Licht fiel durch Spalten in den Wänden. »Außerdem Speck und Orangensaft. Und dazu Toast, und …«

»Herr Botschafter«, sagte Picard, »wenn ich ehrlich sein darf: Als Sie geschlafen haben, waren Sie nicht so lästig.« Obwohl der Captain nicht gerade von Hungerkrämpfen geschüttelt wurde, hätte er ein Frühstück wirklich gut vertragen können.

Offenhouse kicherte. »Tut mir leid, Picard, aber um eine ausgemachte Nervensäge zu sein, muß man ständig in Übung bleiben, besonders wenn man Chudak immer eine Nasenlänge voraus bleiben will. Haben Sie gesehen, wie er sich bei all diesen Puppen im Schloß benommen hat? Es ist *Talent* erforderlich, um so schnell von so vielen Frauen zurückgewiesen zu werden.«

»Darin ist er ausgezeichnet«, pflichtete Picard ihm bei, heilfroh, daß Offenhouse das Thema Essen aufgegeben hatte. Er setzte sich neben die Tür. »Ich habe mich schon immer gefragt, warum männliche Ferengi dermaßen von Frauen anderer Spezies fasziniert sind. Das paßt doch einfach nicht zusammen.«

»Genauso wenig wie Menschen und Vulkanier«, sagte Offenhouse. »Oder Menschen und Klingonen, Menschen und Romulaner, Menschen und Betazoiden, Menschen und Bajoraner … ach, schon gut.« Er rieb die schwarzen Bartstoppeln auf seinem Kinn. »Meinen Sie das im Ernst?«

»Natürlich. Ich wollte Sie fragen …« Picard hielt inne und unterdrückte ein Gähnen. Die Nacht ohne Schlaf hatte ihn erschöpft. »Verzeihung. Die Ferengi sind eine der geheimnisvollsten Rassen in der Galaxis, und doch haben Sie einige bemerkenswerte Schlußfolgerungen über sie gezogen.«

»Ich sage lieber ›Vermutungen‹ dazu«, erwiderte Offenhouse. »Dann vergesse ich nicht, daß ich mich irren könnte; ich habe nicht genug Fakten, um all meine

Ideen zu belegen. Aber wenn Sie meine Vermutung hören wollen, warum sie Frauen anderer Spezies mögen … das ist ganz einfach. Was suchen Sie bei einer Frau?«

»Kurz und knapp? Gesellschaft, Kameradschaft, Freundschaft«, sagte der Captain.

»Bei ihnen ist es nicht anders«, sagte Offenhouse. »Jeder braucht jemanden, mit dem er seine Gefühle und Träume teilen kann. Wir sind das, wozu die Biologie uns gemacht hat, also suchen wir das bei dem jeweiligen Liebhaber. Aber die Ferengi … sagt Ihnen die Redewendung ›Krieg der Geschlechter‹ etwas?«

Der Captain mußte unwillkürlich lächeln. »Ich glaube, ich habe den Ausdruck schon mal irgendwo gehört.«

»Na ja, ich vermute, auf Ferengal scheint es sich dabei um offene Kriegführung zu handeln«, sagte Offenhouse. »Die Ferengi benehmen sich, als hätten sie zwei verschiedene Gesellschaften, eine männliche und eine weibliche; was sie verbindet, ist lediglich die unbedeutende Aufgabe, Kinder zu produzieren. Diese Trennung kann so extrem sein, daß die Frauen die männlichen Kinder gar nicht großziehen. Sie geben sie ihren Vätern, die ihre Söhne ins … ins Familiengeschäft aufnehmen …«

Das ist nicht der richtige Zeitpunkt für ihn, darüber zu sprechen, dachte Picard, als er hörte, wie dem Mann die Stimme versagte. »Das klingt nicht gerade gefühlsmäßig befriedigend.«

»Ist es auch nicht«, sagte Offenhouse. »Vielleicht sind männliche Ferengi auf Frauen anderer Spezies deshalb so scharf. Ferengimänner und -frauen kennen keine Kameradschaft untereinander, also suchen sie sie bei Angehörigen anderer Spezies.«

Picard nickte nachdenklich. »Ich verstehe. Ich hatte mich gefragt, ob die Menschen aus demselben Grund von Angehörigen anderer Spezies angezogen werden.«

»Nein. Ferengi sind einsam, aber Menschen lieben einfach das Exotische. Sehen Sie sich Shrev und Peter an ... Wesley, meine ich.«

Er muß darüber sprechen, dachte Picard. Etwas drängte den Mann dazu, seine Vergangenheit zur Sprache zu bringen. Picard entschloß sich, das Risiko einzugehen, eine Explosion zu erleben. »Wesley Crusher ähnelt Ihrem Sohn sehr stark, nicht wahr?«

Offenhouse seufzte. »Mehr, als ich es zum Ausdruck bringen kann.«

»Auch wenn es nur ein geringer Trost ist«, sagte Picard, »der Tod Ihres Sohnes hatte Bedeutung. Er hat dazu beigetragen, Khan Singhs Reich zu vernichten ...«

»Das weiß ich«, sagte Offenhouse. »Und ich weiß auch, wie schwach dieser Trost ist.«

Picard stand vor einem Rätsel. Die Vernichtung des Großen Khanats hatte den Prozeß in die Wege geleitet, der zur Vereinigung der Erde und der Beendigung aller Kriege geführt hatte. »Ich verstehe nicht ganz ...«

Der Botschafter blieb einen langen Augenblick schweigend sitzen. »Ich will Ihnen etwas erzählen, das nicht in den Geschichtsbüchern steht«, sagte er schließlich. »Wissen Sie, woher Khans Superrasse kam?«

»Das ist schwer zu sagen«, antwortete Picard. »Ihre geistigen Väter waren eine internationale Gruppe von Wissenschaftlern; während der sechziger und siebziger Jahre des zwanzigsten Jahrhunderts hatten sie Laboratorien in Haiti und Pakistan ...«

»Sie hatten auch ein Labor im Tschad«, sagte Offenhouse, »und ein Hauptquartier im Nordjemen. Sie arbeiteten in den ärmsten Ländern der Erde, weil es dort einfacher war, Beamte zu bestechen oder zum Schweigen zu bringen und menschliche Versuchskaninchen anzuheuern ...«

Picard fröstelte plötzlich. »Woher wissen Sie das?«

»Weil ich einen Großteil ihrer Geräte geliefert habe«,

sagte Offenhouse, und seiner Stimme war der Abscheu vor sich selbst deutlich anzuhören. »Elektronenmikroskope, Computer, Medikamente, Chemikalien, was Ihnen nur in den Sinn kommt. Alles, was sie haben wollten, und Fragen wurden nicht gestellt, nicht mal, wenn ich Ausfuhrverbote umgehen und die Waren hinausschmuggeln mußte. Ohne mich hätten sie es nicht geschafft. Ich bin genauso Khan Singhs Pate wie die anderen.«

Kein Wunder, daß Counselor Troi Schuldgefühle in ihm wahrgenommen hat, dachte Picard. »Sie konnten doch nicht wissen, was sie vorhatten«, sagte er. »Sie waren kein Wissenschaftler. Selbst wenn Sie gewußt hätten, welche Fragen Sie stellen müssen ...«

Offenhouse schüttelte den Kopf. »Ich *wollte* keine stellen. Ich wußte, daß etwas faul war, habe aber zu viel Geld verdient, um mich daran zu stören. Hätte ich Interpol auf sie aufmerksam gemacht ... aber ich habe es nicht getan. Mein Sohn hat den Preis bezahlt. Genau wie die gesamte Welt. Und was ist aus mir geworden? Ich bin reich gestorben, und zwar, bevor ich die Konsequenzen tragen mußte. Dann bekam ich eine zweite Chance, ein neues Leben, einen wichtigen Job, Anerkennung ... obwohl ich es *verdient* hätte, in der Hölle zu schmoren.« Er seufzte. »Ihre Leute hätten mich dort lassen sollen, wo sie mich gefunden haben – tot und im All treibend.«

»Sie haben einen Fehler gemacht«, sagte Picard. »Das passiert uns allen ...«

»Aber Ihnen ist kein so großer unterlaufen«, erwiderte Offenhouse.

»Mein Gewissen braucht kein Bandmaß, um meine Fehler zu messen«, erwiderte der Captain. »Es fragt mich nur, was ich unternehme, um den Fehler wiedergutzumachen.«

»Ich habe nach einer Möglichkeit gesucht, genau das zu tun, Picard«, sagte der Botschafter. »Seitdem ich mit

Ihrer Counselor gesprochen habe. Vielleicht auch schon davor – manchmal verstehe ich einfach nicht, was in meinem Kopf vor sich geht. Aber was kann ich tun, um wiedergutzumachen, die Khans auf die Welt gebracht zu haben? Nichts wäre ausreichend ...«

Offenhouse verstummte, als er vor der Hütte Stimmen hörte. Picard lauschte eindringlich, doch ohne den allgemeinen Translator konnte er den Worten keinen Sinn entnehmen.

Die Tür wurde geöffnet, und Odovil Pardi, die Frau, mit der Picard im Schloß gesprochen hatte, betrat die Hütte. Statt des Kleids, das sie vorher getragen hatte, trug sie nun einen häßlichen grauen Overall. Odovil war unbewaffnet, doch der großgewachsene Mann, der auf der Schwelle stand, hielt einen Krummsäbel in der Hand, was diesen Umstand mehr als nur ausglich. Die Frau trat zu Picard und sagte etwas in ihrer Sprache; ihre nervöse Stimme hatte einen fragenden Unterton.

Picard seufzte. »Ich verstehe Sie leider nicht.«

Odovil runzelte die Stirn und holte dann aus einer Tasche des Overalls einen zusammengefalteten Zettel und einen Stift. Sie zeichnete etwas auf das Papier und zeigte es dem Menschen. »Meh-gah-rah«, sagte sie langsam und übertrieben deutlich. »Feh-ren-gih.«

Picard betrachtete die unbeholfene Zeichnung. Sie zeigte zwei Sonnensysteme; neben dem einen befand sich das Gesicht eines Menschen, neben dem anderen das eines Ferengi. *Fordert sie uns auf, Partei zu ergreifen?* fragte Picard sich, als Odovil ihm den Stift gab. Sie und der Wachposten betrachteten ihn eindringlich ...

Offenhouse nahm die Sache in die Hand. »Ferengi!« sagte er nachdrücklich und zog einen Zeigefinger über seine Kehle.

Das brachte ein Lächeln auf Odovils Gesicht. »Ferengi!« wiederholte sie und ahmte die Geste des Kehledurchschneidens nach. Sie betrachtete Picard und wartete.

Ich kann nur hoffen, daß ich mir nicht die eigene Kehle durchschneide, dachte Picard, während er einen Zeigefinger über seine Kehle zog. »Ferengi!«

Das ließ Odovil wieder lächeln. »Sehen Sie, Picard?« sagte Offenhouse fröhlich. »Es zahlt sich aus, eine Fremdsprache zu sprechen!«

Neanderthalerisch? fragte Picard sich und betrachtete das Papier. Es war noch jede Menge Platz darauf, und das brachte ihn auf eine Idee. Er nahm den Zettel und borgte sich Odovils Stift. Er zeichnete ein Dutzend Sonnensysteme ein und malte dann die Köpfe eines Menschen, eines Vulkaniers und eines Zhuik, alles Angehörige des Außenteams, die man der Frau vielleicht beschrieben hatte.

Der Botschafter sah ihm über die Schulter, während er künstlerisch tätig war. »Nicht schlecht«, sagte er bewundernd.

»Kunst ist auf der Akademie ein Pflichtfach«, sagte Picard. »Ich hoffe, die Vorstellung zu vermitteln, daß die Föderation größer und mächtiger ist, als die Ferengi es sind. Und« – er fügte den Kopf eines Klingonen hinzu – »wie ich Commander Riker kenne, wird er Worf mit der Suche nach uns beauftragen. Lassen wir sie wissen, daß es sich um einen Freund handelt.«

»Gute Idee«, sagte Offenhouse. »Und fügen Sie noch ein paar Leute hinzu.«

Picard konnte noch einen Tellariten und einen Saurianer zeichnen, dann wurde der Bleistift zu stumpf, als daß man ihn noch hätte benutzen können. Er zeigte auf seinen Entwurf. »Föderation«, sagte er zu Odovil.

Sie sah auf den Zettel. »Föderation«, wiederholte sie. Die angedeutete Größe der Föderation schien sie zu beeindrucken. Odovil nahm Picard den Zettel wieder ab und fischte ein zweites Stück Papier aus ihrer Tasche. Sie zeigte es Offenhouse und Picard.

Der Botschafter betrachtete es. »Das ist Geld«, sagte er.

»Ich glaube, Sie haben recht«, stimmte Picard ihm zu. Er beobachtete, wie Odovil den Geldschein zwischen Megara und der Föderation über der Zeichnung hin und her bewegte. »Handel«, sagte er, als Odovil ihn fragend ansah. »Herr Botschafter, ich glaube, sie will Geschäfte machen.«

»Sieh an«, sagte Offenhouse und leckte sich die Lippen. »Endlich geht's bergauf.«

Bevor Data die *Enterprise* verließ, hatte er sich darauf programmiert, Ulathisch zu beherrschen, die örtliche megaranische Sprache. Das war effizienter, als den allgemeinen Translator zu benutzen, ein Gerät, das sein Schöpfer in seine Schaltkreise eingebaut hatte. Der Translator hatte ernste Nachteile: Er konnte nicht immer die feinen Unterschiede zwischen Worten ähnlicher Bedeutung wiedergeben, und daher gingen bei der Übersetzung so lebenswichtige Bestandteile wie idiomatische Redewendungen und gefühlsmäßige Untertöne verloren. Er konnte nur einen Stimmkanal gleichzeitig handhaben, und sprachen zwei oder mehr Leute gleichzeitig, war das Gerät überfordert.

Anit führte Data und Worf durch eine Reihe schmaler, gewundener Gassen. Die meisten Gebäude, die die schmalen Wege säumten, bestanden aus Ziegeln, doch ihre Türen waren dünn, und die Fenster waren glaslose, nur von Schlagläden bedeckte Löcher. Als er an ihnen vorbeikam, fingen seine empfindlichen Ohren eine Reihe von Gesprächsfetzen auf. Die Themen schienen den frühmorgendlichen Aktivitäten von Tagwesen zu entsprechen: das Wecken von Langschläfern, das Vorbereiten und Verzehren des Frühstücks, das Anziehen, das Verabschieden, bevor man aufbrach, um dem Tagwerk nachzugehen. In dieser Hinsicht schienen die Megaraner sich in keiner Hinsicht von den Humanoiden in der Galaxis zu unterscheiden.

Data schnappte des weiteren Gespräche über die

Unruhen des gestrigen Tages auf. Die meisten Megaraner schrieben sie den Ferengi zu, die mehrmals mit einem Wort bezeichnet wurden, das »Fremdweltler« bedeutete. Das Wort ähnelte einem Begriff mit der Bedeutung »Dämonen«, ein Zusammenhang, den er übersehen hätte, hätte er sich auf den Translator verlassen.

Data gefielen die Implikationen überhaupt nicht. *Anscheinend sind für die Megaraner die Begriffe »Ferengi«, »fremd« bzw. »Fremdwesen« und »böse« fast identisch besetzt,* dachte er. *Das ist bedauerlich, würde aber erklären, wieso unsere Mannschaftsmitglieder angegriffen worden sind. Ihre Sprache zwingt die Megaraner, alle Außerirdischen als Feinde zu betrachten.* Zumindest klang keine der Stimmen außergewöhnlich aufgebracht, was bedeutete, daß die Stadtbevölkerung ruhig geworden war. Weitere Unruhen waren anscheinend nicht zu befürchten.

Die drei gingen eine Gasse entlang, die schließlich auf einen überfüllten öffentlichen Platz mündete. »Schmutz darauf ich schleudere«, sagte Anit zu Worf und Data. »Leer am Morgen dieser Platz oft ist.«

Worf knurrte unter der Kapuze seines Umhangs. »Gibt es Probleme?«

»Hier zu Ärger es schnell könnte kommen«, sagte Anit. »Die Prophetin gegen die Dunkelheit hier spricht.«

»Wir diese Menge müssen umgehen?« fragte Data. Er glaubte, die ulathische Syntax nun zu verstehen; wie beim Russischen und Lateinischen verlangte die Grammatik, daß das Verb ans Ende des Satzes gestellt wurde. Die Anordnung von Subjekt und Prädikat schien poetischen Anforderungen der metrischen Gliederung und des Versmaßes zu unterliegen, wobei mit Hilfe von Suffixen zwischen den Fällen unterschieden wurde.

»Recht Sie haben«, sagte Anit. Stirnrunzelnd betrachtete er die Ansammlung von Leuten, die die Mündung der Gasse blockierten. Data stellte fest, daß diverse Leute Roben trugen, während ein Mann mit einem Gewand bekleidet war, das einer Toga ähnelte. Alle anderen waren mit grauen Overalls bekleidet.

»Die Menge kein Problem ist«, sagte Anit schließlich. »Probleme ich erwarte, wenn Sie der Prophetin sollten begegnen. Verfluchte Fremdweltler Sie sind.«

»Wir sind Feinde der Rattenaugen«, sagte Worf, und seine Stimme klang säuerlich vor Ironie. »Vielleicht wird die Prophetin uns deshalb verzeihen.«

»Vielleicht«, sagte Anit. »Den Rand der Menge hinten wir umgehen werden. Vorsicht wir müssen lassen walten. Sie kommen.«

Der Platz war ein Meer von Köpfen und Stimmengemurmel. Es war kaum Raum zwischen der Menge und der Front der Läden, und die drei Männer brauchten eine Viertelstunde, um zur Mündung der nächsten Gasse zu gelangen. Während dieser Zeit versuchte Data, die Prophetin zu beobachten. Zuerst hörte er nur ihre laute, schrille Stimme. Er analysierte sie und stellte fest, daß sie mit einer Wahrscheinlichkeit von fünfundsiebzig Prozent weiblich und mit einer von neunundneunzig Komma drei Prozent künstlich war. Diese Beobachtung war so ungewöhnlich, daß Data stehenblieb, sich umschaute und schließlich auf einen Mauervorsprung kletterte.

Von diesem unsicheren Ausguck aus konnte er die Prophetin nun sehen. Sie stand mitten auf dem Platz, hatte die Arme gehoben und die Kapuze zurückgeschlagen und so einen Kopf mit langem, glattem grauem Haar enthüllt. Während der fünf Sekunden, die Data auf dem Vorsprung blieb, stellte er mehrmals seine optischen Sensoren ein. Die Prophetin war nicht völlig lichtundurchlässig, zumindest was das sichtbare Spektrum betraf; sie strahlte etwa ein Zehntausendstel des Lichts aus, das aus nächster Nähe auf sie fiel, womit sie für Datas erhöhte Sehfähigkeit durchsichtig war. Darüber hinaus war sie unsichtbar, wenn man sie im infraroten und ultravioletten Teil des Spektrums betrachtete. Ihr Blick fiel auf Data, aber sie reagierte nicht auf seine Anwesenheit.

Bemerkenswert, dachte Data, als er von dem Vorsprung sprang. *Die Prophetin ist ein Hologramm.*

Er folgte schnell den anderen, die nicht bemerkt hatten, daß er zurückgeblieben war. Anit und Worf bogen in eine andere Gasse ein, und Data folgte ihnen. Er war etwa zehn Meter weit gekommen, als ein kleiner, fester Gegenstand zwischen seine Schulterblätter prallte. Er schätzte, daß ein Mensch ernsthafte Verletzungen davongetragen hätte.

»Fremdweltler!« Data drehte sich um, als der Schrei erklang. Drei junge Megaraner standen an der Einmündung der Gasse. Einer warf einen Pflasterstein dem Data mühelos auswich. Sie liefen durch die Gasse auf Data zu, und zwei von ihnen zückten Messer. »Fremdweltler, Dämon, Ungeheuer!« riefen sie.

»Runter!« schrie Worf, während Anit fluchte. Data nahm an, daß Worf ihm damit einen der Situation angemessenen Befehl erteilte. Er warf sich schnell zu Boden und blieb bäuchlings liegen. Einen Augenblick später hörte er das Kreischen eines auf schwere Betäubung eingestellten Phasers. Data hob den Kopf und sah, daß die drei Angreifer in den Dreck der Gasse stürzten.

Worf und Anit liefen bereits die schmale Straße entlang. Data erkannte sofort die Vorzüge dieses Vorgehens und folgte ihnen. Sie wurden erst langsamer, nachdem sie um eine Ecke gebogen waren. »Noch wir leben«, keuchte Anit. »Verfolgt wir nicht werden.«

»In der Tat.« Worf funkelte Data unter seiner Kapuze wütend an. »Wir müssen *mehr* Vorsicht walten lassen, Commander, nicht weniger.«

»Ich werde mich darum bemühen«, sagte Data. Die

xenophobische Reaktion der Megaraner hatte ihn überrascht. Anit schien ganz vernünftig zu sein, und Data erkannte nun, daß dieser Umstand ihn veranlaßt hatte, die Erlebnisse der anderen Mannschaftsmitglieder nicht gebührend zu berücksichtigen. Er rief sich in Erinnerung zurück, daß Anit ein wirtschaftliches Interesse daran hatte, den Fremdwesen zu helfen, während die anderen Megaraner die Fremdweltler als Bedrohung ansahen.

Anit blieb vor einer Tür stehen und klopfte dagegen. Nach einem Augenblick wurde sie geöffnet, und die drei betraten einen Raum mit Ziegelsteinwänden, der Data an Anits Räumlichkeiten erinnerte. Er sah Strohsäcke, einen groben Tisch und eine kleine Feuergrube, in der nun verlöschende Glut schwelte.

Ein Mann in einem grauen Overall begrüßte Anit. »Mein alter Hauptmann!« rief er und drückte ihn mit zwei stämmigen Armen an sich. »Wir uns nicht oft genug sehen. Über alte Zeiten wir müssen sprechen.«

»Über *Gold* wir müssen sprechen, Unteroffizier Taygar«, sagte Anit und warf seine Kapuze zurück. »Und Blut von Rattenaugen. Sie noch immer viel Blut von Rattenaugen vergießen wollen?«

»So viel wie möglich«, sagte Taygar. Die Augen des jungen Mannes strahlten. Dann drehte er sich zu Worf und Data um. »Mit *ihnen*?« Data hörte den Argwohn in seiner Stimme.

»Zuverlässig sie sind«, sagte Anit. »Die Rattenaugen sie inbrünstig hassen, und mit Gold sie bezahlen. Die alten Gefährten Sie noch können finden?«

»Natürlich«, sagte Anit. »Heute nicht gearbeitet wird. Geschlossen die Fabriken sind, und das Energienetz durcheinander ist. Die Gefährten um Mittag Sie hier sehen können. Aber wer Ihre Freunde sind?«

»Gute Fremdweltler«, sagte Anit. »Fremdweltler, die die Rattenaugen hassen. Worf, Data, Ihre Gesichter mein Unteroffizier sehen muß.«

»Natürlich«, sagte Data und zog die Kapuze zurück. Er stellte fest, daß Taygar sich nicht an den fremden Gesichtern zu stören schien. Dies war ein Anzeichen dafür, daß seine Xenophobie nicht tief verwurzelt war.

Anit nickte ihnen zu. »Rattenaugen nicht sie sind, Taygar. Soldaten für sie wir können sein, Ehre wir können erwerben.«

»Wieder Ehre«, sagte Taygar. »Aber was, wenn sie uns betrügen?«

Anit zuckte mit den Achseln, aufgrund seines amputierten Arms eine schiefe Geste. »Dann als verratene Soldaten wir sterben. Oder ewig als Sklave der Rattenaugen Sie wollen leben?«

»Das eine gute Frage ist«, gestand Taygar ein. Er musterte Worf und zeigte dann auf die Keule. »Die Sie benutzen können?«

»Und ob«, polterte Worf. »Wie viele Männer können Sie zusammenrufen?«

»Zwei Handvoll«, sagte der Unteroffizier. »Gute Männer, gute Waffen.«

Worf grunzte zustimmend und griff dann unter seinen Umhang. »Gute Soldaten verdienen gutes Gold«, sagte er und gab Taygar die Geldbörse. »Holen Sie sie, und wir führen sie in den Kampf.«

Taygar öffnete den Beutel und starrte hinein. Einen Augenblick lang schienen die Münzen ihn in den Bann geschlagen zu haben. Dann stieß Anit ihn an. »Mehr sie uns werden geben«, sagte der Einarmige. »Viel mehr.«

Taygar ging, und Anit nahm auf dem einzigen Stuhl des Raums Platz. »Nicht all unseren Männern ich würde vertrauen«, sagte er, »doch solange genug Gold da ist, auch die Männer werden bleiben.«

»Wir haben viel Gold«, sagte Worf. Er stellte vorsichtshalber den allgemeinen Translator ab, drehte sich zu Data um und sprach auf Klingonaase. »Ich hörte die Prophetin sprechen. Ihre Worte waren süß vor Haß, aber sie sang nicht wie eine Einheimische.«

Data prüfte die Rede der Prophetin noch einmal und antwortete dann in derselben Sprache. »Ja, ihre Syntax war falsch. Außerdem habe ich festgestellt, daß die Prophetin ein Hologramm war.«

Worf schaute verwirrt drein. »Eine bloße Gaukelei?«

»Korrekt. Ich kann nicht erklären, warum die Ferengi die Bevölkerung aufhetzen wollen, doch dies ist eindeutig der Fall.«

Anit beobachtete sie ungeduldig, während Worf und Data sich in einer Sprache unterhielten, die er nicht verstand. »Wovon sprechen Sie?« fragte er.

Während Worf seinen Translator wieder aktivierte, entschloß er sich, ausweichend zu antworten. »Wir fragen uns, wie Sie unseren Captain finden wollen.«

Der Megaraner rieb sein Kinn. »Einzelheiten ich noch nicht kann nennen. Wo zuletzt er wurde gesehen?«

»Im Schloß der Vo Gatyn«, erwiderte Worf. »Wir glauben, daß er in den Wald nördlich vom Schloß geflohen ist, doch er hat noch keinen Kontakt mit uns aufgenommen.«

»In den Fregav-Wald«, murmelte Anit. »Viel ich nachdenken muß.«

»Dann tun Sie das«, schlug Worf vor.

Data hing seinen eigenen Gedanken nach. Auf Ulathisch war die Bezeichnung »Gute Fremdweltler« fast so eine Art »schwarzer Schimmel«, ein Widerspruch in sich. Trotzdem hatte Anit genau diese Worte benutzt, und Taygar hatte sie ohne das geringste Zögern akzeptiert. Anscheinend waren diese Leute geistig ziemlich flexibel. *Aber sie üben diese Flexibilität nicht immer aus,* dachte er, als er über den Angriff nachdachte. Das ließ für die Zukunft nichts Gutes erhoffen.

Ich könnte mehr Schlaf brauchen, dachte Wesley, als er das Display des Navigationspults betrachtete. Er hatte sich in der Nacht ein paar Stunden aufs Ohr legen können, fühlte sich aber alles andere als ausgeschlafen. Andererseits hatte er an der Akademie auch schon Prüfungen bewältigt, ohne überhaupt geschlafen zu haben, und das hatte seine Leistung nicht beeinträchtigt.

Auf seinem Display blinkte ein Lämpchen. »Sir, das Schiff der Ferengi ruft uns«, sagte Wesley zu Commander Riker.

»Ignorieren Sie sie«, sagte Riker. »Wir werden uns unterhalten, wenn *ich* dazu bereit bin. Und halten Sie mich über diesen Neutrino-Detektor auf dem laufenden.«

»Ja, Sir.« Wesley richtete seine Aufmerksamkeit wieder auf die Instrumente. Kurz darauf kam Shrev auf die Brücke und nahm neben ihm am Navigationspult Platz. »Es freut mich außerordentlich, daß es Ihnen gut geht«, flüsterte Wesley ihr zu.

Ihr Kichern klang wie das Rascheln trockener Blätter. »Auch mich freut es, daß es mir gut geht«, sagte die Zhuik. »Ihre schätzenswerte Mutter ist mit meiner Erholung zufrieden. Dürfte ich Sie nun belästigen, indem ich Sie bitte, daß Sie mich über die Lage in Kenntnis setzen?«

Wesley kam der Bitte schnell nach, und Shrev schüttelte den Kopf, als er erzählte, daß Worf ihm befohlen hatte, auf die *Enterprise* zurückzukehren. »Das kommt mir wie die reinste Verschwendung eines talentierten Junioroffiziers vor«, sagte Shrev. »Hat Lieutenant Worf seine Entscheidung begründet?«

»Mr. Worf begründet seine Befehle *niemals*«, sagte Wesley, obwohl er sich denken konnte, welche Gründe Worf dazu veranlaßt hatten. Wesley hatte mit dieser Art von Mission noch keine Erfahrung – und dann war da noch der Zwischenfall an der Akademie. Worf hatte niemals etwas verlauten lassen, doch es mußte ihm mißfallen, daß Wesley seine Ehre beschmutzt hatte.

Wesley schüttelte die Gedanken ab. »Ich habe hier

oben getan, was ich konnte«, sagte er zu Shrev, »und mir unsere Sensorwerte angesehen.«

»Das ist eine nützliche Funktion«, sagte Shrev. »Haben Sie schon etwas gefunden?«

»Ich weiß nicht«, sagte Wesley und holt eine der Dateien auf den Bildschirm des Navigationspults. Weiße Punkte trieben über den Monitor; das Schaubild wurde mit fünfzigfacher Beschleunigung abgespielt. »Das ist eine Aufzeichnung der Aktivitäten außerhalb des Schlosses, Beginn eine Stunde nach unserem letzten Kontakt mit dem Captain. Die Sucher ziehen kreisförmig durch den Wald, abgesehen von dieser einen Gruppe von sechs oder sieben Personen. Wir wissen nicht, was wir von ihnen halten sollen.«

»Vielleicht Reisende«, sagte Shrev und betrachtete das Bild auf dem Monitor. »Wie seltsam. Ich möchte Sie nicht herabsetzen, aber für Humanoide bewegen diese Leute sich ziemlich schnell, als würde die Dunkelheit sie nicht im geringsten beeinträchtigen.«

»Die Ferengi oder Cardassianer müssen ihnen Infrarotsichtgeräte gegeben haben«, sagte Wesley.

»Auch diesen Reisenden?« fragte sie.

»Sie folgten wahrscheinlich einer Straße«, sagte Wesley. »Das wird ihnen das Vorankommen erleichtert haben ... Augenblick. Es wäre *trotzdem* noch dunkel um sie herum. Sie trugen keine Lampen oder Fackeln oder etwas in der Art; das hätten wir bemerkt. Wieso können sie die Straße also so gut sehen?«

»Ungewöhnliche Handlungen müssen überprüft werden«, sagte Shrev. Ihre Antennen zuckten eifrig. »Stellen wir fest, welche Blumen diese Straße säumen.«

»Eine gute Idee«, sagte Wesley und aktivierte die Vermessungssensoren.

12

Ubinew schaute von seiner Konsole im Kommandoraum auf. »Der *Tödliche Pfeil* wird in vier Stunden eintreffen«, meldete der cardassianische Geheimdienstoffizier seinem Vorgesetzten. »Das Schiff fliegt auf einer Linie zwischen den Neutronensternen und der *Enterprise.*«

Das gefiel Verden. Die Strahlung des binären Neutronensterns würde die Annäherung des *Tödlichen Pfeils* tarnen, solange der Kommandant sein Schiff genau zwischen dem Stern und dem Schiff der Föderation hielt. »Wie ist der Status des feindlichen Schiffes?«

»Die *Enterprise* hat Besatzungsmitglieder in die Stadt gebeamt. Um ihre Aktivitäten zu behindern, sorgen wir dafür, daß es dort weiterhin zu Unruhen kommt. Chudak befindet sich wieder auf seinem Schiff und versucht, Kontakt mit den Menschen aufzunehmen.«

»Es *versucht* es?« fragte Verden.

»Die *Enterprise* hat noch nicht reagiert«, erklärte Ubinew seinem Kommandanten. »Ich vermute, sie wollen die Ferengi verärgern, indem sie Chudak warten lassen.«

»Das ist ein typisches menschliches Verhalten«, sagte Verden. »Informieren Sie mich, sobald der Kontakt hergestellt wurde.«

»Ich gehorche«, sagte Ubinew.

Verden nickte und nahm in seinem Sessel Platz, um über die Situation nachzudenken. Der *Tödliche Pfeil* würde sowohl das Schiff der Föderation als auch das der Ferengi zerstören, um den Anschein zu erwecken, die beiden Schiffe hätten sich gegenseitig vernichtet. Verden mußte unbedingt Indizien schaffen, die diesen Anschein unterstützten, denn die Föderation würde auf jeden Fall ein Schiff ausschicken, um Untersuchungen über den Verlust vorzunehmen. Er würde sich des weiteren auf ein größeres Interesse der Föderation an Megara vorbereiten müssen.

Das würde kein Problem sein. Der Plan war fast abgeschlossen, und die Föderation konnte sich kaum noch einmischen – ihre groteske Ethik würde verhindern, daß man effektive Schritte einleitete. Verden hätte die Ferengi noch eine Weile gebrauchen können, würde ihren Verlust jedoch verkraften, und der Plan hatte von Anfang an ihre Eliminierung vorgesehen. Es würde den Plan schützen, sie schon jetzt zu opfern.

Nur schade, daß Chudak einen sauberen Tod im Weltraum erleiden wird, dachte Verden. Nachdem die Ferengi die Industrie von Megara aufgebaut hatten, sah der Plan vor, daß die Megaraner sich die Herrschaft über ihre Welt verschafften. Das sollte als Revolte getarnt geschehen. Das cardassianische Team hätte überall auf dem Planeten Unruhen angezettelt – nachdem es eine Fusionsbombe auf Chudaks Schiff gebeamt hatte. Verden hatte sich auf diese Rebellion schon gefreut. Ihre Gewalttätigkeiten hätten den Erfolg des Plans bestätigt, die endgültige Umwandlung dieser Stammesaffen in etwas, das rudimentär an Krieger erinnerte ... Und er hätte wirklich gern gesehen, wie Chudak vom Mob umgebracht wurde.

Dazu würde es nun nicht mehr kommen. Zumindest würden Chudak und all seine Ferengi sterben, was ebenfalls wichtig war; tot konnten sie ihre Geheimnisse nicht an die Föderation verkaufen. Verden zog einen gewissen Trost aus der Tatsache, daß Chudak nie die Milliarde Krediteinheiten sehen würde, die man ihm für seine Hilfe bei der Zerstörung der *Enterprise* versprochen hatte. Er hoffte, daß Chudak jedoch noch lange genug lebte, um mitzubekommen, daß man ihn betrogen hatte.

Andere Probleme blieben bestehen. Die beiden menschlichen Spione waren entkommen. Die Sensoren bestätigten, daß sie weder Funkkontakt mit der *Enterprise* aufgenommen hatten noch auf das Schiff zurückgebeamt waren, doch solange sie frei herumliefen, gefährdete ihr Wissen den Plan – und obwohl Verden nie damit gerechnet hätte, waren mehrere Besatzungsmitglieder des Schiffes in die Stadt gebeamt. Darüber hinaus waren alle Wachen der Vo Gatyn mit leeren Händen von der Suche zurückgekehrt – alle bis auf eine Gruppe, und deren Unteroffizier hatte man erstochen im Wald gefunden.

Diese Desertion verblüffte Verden. Wie die Menschen, Ferengi, Vulkanier und so viele andere minderwertige Rassen hatten auch die Megaraner sich aus in Stammesformationen lebenden Affen entwickelt. Diese Herkunft hatte sie mit einer starken, instinktiven Treue gegenüber ihren Gruppen und Anführern ausgestattet. Die Wachen hatten eindeutig gegen diese Treue verstoßen.

Oder doch nicht? Ihre Treue war ein Instinkt, aber er blieb der Instinkt des intelligenten Verstands. Vielleicht waren die Wachen nicht einfach davongelaufen; vielleicht hatten sie ihre Treue einer anderen Person als Gatyn geschenkt – oder sogar sich selbst? Manchmal spalteten Gruppen von Humanoiden sich nach einer Meinungsverschiedenheit in kleinere auf. Und manchmal konnten sie von einem starken und klugen Führer unterworfen werden – zum Beispiel von einem Raumschiffcaptain wie Picard ...

Verden erhob sich. »Geben Sie mir eine Karte, auf dem der Weg eingezeichnet ist, den die Deserteure genommen haben«, sagte er zu Ubinew.

»Ich gehorche.« Nach ein paar Sekunden kam eine Folie aus dem Drucker.

Verden ergriff die Karte und wandte sich dem Eingang zu; erst dann riß er sich aufgrund seiner Ausbildung zusammen. »Ich gehe davon aus, daß die menschlichen Spione sich mit den Deserteuren zusammengetan haben«, sagte er zu Ubinew. »Ich bin Ihnen eine volle Erklärung meiner neuen Pläne schuldig, doch die Zeit ist knapp, und ich muß Sie bitten, sich damit noch etwas zu gedulden.«

»Sie haben mein Vertrauen niemals enttäuscht«, sagte Ubinew.

»Ich danke Ihnen für Ihr Vertrauen«, sagte Verden. Er verließ den Raum und stieg die Treppe zum Schloß hinauf. Dort begab er sich schnell in den Audienzsaal der Vo Gatyn, in dem die Vo mit dem Hauptmann ihrer Wache über einer Karte brütete. An den dunklen Steinwänden um sie herum hingen mehr oder weniger zerfetzte Schlachtwimpel.

Die machtlose Herrscherin über Megara bedachte ihren Herrn mit einem verbitterten Blick. »Bei Ihrer Vo Sie eine Audienz erbitten?« fragte sie.

Verden ignorierte ihren Sarkasmus. »Ich glaube, Ihre vermißten Wachen haben sich mit den Spionen der Föderation zusammengetan. Einer der Spione ist ein Schiffsführer, und Ihre vermißten Soldaten haben vielleicht feststellen müssen, daß er ein zu starker Führer ist, als daß sie ihm widerstehen können. Ihre Wachen sollen nach ihnen suchen und sie töten.«

»Ach ja?« fragte sie verächtlich.

Verden wandte sich von ihr ab und dachte nach. Gatyn hatte einen Stolz, der eines Cardassianers würdig gewesen wäre, und das erschwerte es, sie zu benutzen. Obwohl sie nur eine Galionsfigur war, verlangte sie, daß alle sie behandelten, als sei sie die wahre Herrscherin auf Megara.

Verden richtete den Blick wieder auf sie. »Meine Vo«, sagte er in formellem Tonfall. »Es ist meine traurige Pflicht, Sie darüber in Kenntnis zu setzen, daß ein

Teil Ihrer Truppen Sie vielleicht verraten hat. Ich glaube, die vermißten Wachen haben Ihren Feinden die Treue geschworen. Zumindest kann ich Ihnen sagen, wo Sie die Verräter finden werden.«

»Sie es mir sagen«, forderte Gatyn ihn auf.

Verden breitete die Karte auf dem Tisch aus. Gatyn und der Hauptmann ihrer Wache studierten sie. »Sie einem Wildwechsel folgen«, sagte der Hauptmann. »Meine Vo, meinen Männern ihnen zu folgen Sie befehlen?«

»Sie ihnen folgen«, befahl Gatyn. »Aber Sie sie nicht dürfen töten.«

»Sie müssen alle sterben!« schnappte Verden.

Gatyn funkelte ihn wütend an und schaute dann wieder zu dem Hauptmann. »Lebende Gefangene ich wünsche. Ihrer Gruppe ich mich werde anschließen, damit ich sehe, daß die Flüchtigen lebend werden ergriffen.«

»Der Kampf ist gefährlich«, sagte Verden. »Sie sind zu wertvoll, als daß Sie Ihr Leben aufs Spiel setzen dürften.«

Ihr Blick wurde hochmütig. »Ein Werkzeug ich nicht bin, dessen Kosten und Risiken Sie müssen abschätzen. Sie gehen.«

Verden schritt aus dem Audienzsaal. *Meine eigene Ausbildung hat mich hier verraten,* dachte er. Bei den Cardassianern wurde jeder getötet, dessen Disziplin so schwach war, daß er seine Freunde verraten würde. Seine Forderung, die Verräter zu töten, war fast ein Reflex gewesen – und hatte ihn Gatyns Eitelkeit vergessen lassen, ihren Wunsch, das Gefühl zu vermitteln, sie habe hier das Sagen. Sie hatte sich entschlossen, die Verräter und Spione leben zu lassen, lediglich um Verden damit zu trotzen.

Verden schloß die Augen, während der Fahrstuhl ihn in den Überwachungsraum brachte. *Es spielt keine Rolle, ob die Spione und Verräter leben oder sterben,* dachte er. Wichtig ist lediglich, daß sie ergriffen werden.

Worf wollte etwas *tun*, seinen Captain suchen, mit der Keule in der einen und dem Phaser in der anderen Hand gegen seine Feinde kämpfen. Das Warten war eine Qual, und die Antworten, die Anit auf seine Fragen gegeben hatte, überzeugten den Klingonen nicht, daß das Ende dieser Qual unmittelbar bevorstand.

Data war zwar nicht untätig gewesen, hatte die vergangene Stunde aber auch nicht mit etwas Nützlichem verbracht. Zuerst hatte er das halbe Dutzend Bücher gelesen, das auf einem Regal Taygars stand. Nachdem er die Texte aufgenommen hatte, hatte er sie Worf gegenüber als abscheulich gewalttätig beschrieben – eine Wortkombination, die Worf mißfiel. Dann hatte der Androide Anit in eine Diskussion über das Leben auf Megara vor dem Eintreffen der Ferengi verwickelt, ein müßiges Geschwätz, das die Kriegerinstinkte des Klingonen nur noch mehr aufgebracht hatte.

»Die traditionelle megaranische Gesellschaft zeichnete sich durch eine bemerkenswerte Gewaltenteilung aus«, sagte Data zu Worf, als gäbe er damit eine wichtige Beobachtung weiter. »Männer und Frauen teilten sich die wirtschaftliche Macht. Doch Diplomatie und Kriegführung waren männliche Domänen, während die Frauen die Politik und Religion beherrschten.«

»Das die Rattenaugen geändert haben«, sagte Anit wütend. »Aber der Wille der Älteren Götter? Den kein böses Geschöpf ändern kann.« Der Blick, den er Worf zuwarf, besagte, daß er alle Fremdweltler für böse hielt.

Die Eingangstür wurde geöffnet, und ein junges Mädchen schaute in den schmuddeligen Raum. Sie redete schnell auf Anit ein, der seufzte und sich von seinem Stuhl erhob. »Bald zurück ich komme«, versprach er Worf und Data und ging.

Worf nahm auf dem Stuhl Platz, drehte ihn aber so, daß er mit dem Rücken zur Wand saß und zur Tür schaute. Er rechnete zwar nicht damit, daß Anit sie verriet, doch völlig ausschließen wollte er die Möglichkeit nicht. Mittlerweile galt es, sich mit einem anderen Problem zu befassen. »Wir befinden uns in einer *taktischen* Situation, Commander«, sagte Worf zu Data. »Ich sehe nicht, wie Ihr Gespräch mit Anit uns geholfen hätte.«

»Sie haben Mr. Anit bereits alle Fragen gestellt, die für unsere Lage relevant waren«, sagte Data. »Ich habe daher die Gelegenheit genutzt, andere Lücken in meinen Kenntnissen zu schließen.«

»Gibt es bei Ihnen überhaupt noch Lücken«, brummte Worf, »die geschlossen werden müssen?«

Data nahm – wie immer – seinen Sarkasmus wörtlich. »Ja. Ich würde gern Ihre Meinung über Commander Rikers persönliches Verhalten hören.«

In Worf stieg Argwohn empor. »In welcher Hinsicht?«

»Obwohl er ein Mensch ist, versucht er, klingonisches Verhalten nachzuahmen«, sagte Data. »Würden Sie als Klingone seine Nachahmungen als erfolgreich bezeichnen?«

Worf spürte, daß er wütend wurde. »Müssen Sie eine so *persönliche* Frage stellen?«

»Das muß ich«, sagte Data. »Ich möchte für Menschen charakteristischste Merkmale in mir entwickeln, doch meine Anstrengungen haben bislang nur minimalen Erfolg gehabt. Doch *falls* Commander Riker sich tatsächlich klingonischen Maßstäben angenähert hat, könnte ich seine Bemühungen studieren und damit vielleicht eine Möglichkeit finden, menschlicher zu werden.«

Worf dachte darüber nach, während er die Tür des Raums im Auge behielt. Wie immer verärgerte ihn Datas Wunsch, menschlicher zu werden, und im Augenblick war Worfs Geduld auf einem Tiefpunkt angelangt. »Ich frage mich, warum Sie unbedingt menschlich werden wollen«, sagte er. »Für einen Androiden wäre es doch *logischer*, Vulkanier nachzuahmen.«

Data schluckte die Gehässigkeit, als wäre sie nichts weiter als ein vernünftiger Vorschlag. »Diese Vorstellung hat gewisse Vorzüge«, sagte er. »Ich *bin* ein Geschöpf der Logik, und mein Schöpfer hat mich so programmiert, daß ich mich nicht allzu menschlich benehme. Doch ich glaube, als Dr. Soong mich programmierte, verspürte er den unterbewußten Drang, mir ein menschliches Verhalten zu geben, und meine Programmierung spiegelt diesen Wunsch wider.«

»Instinkt«, sagte Worf.

Data nickte. »Ob nun durch Evolution oder durch Technik, wir alle werden von den Kräften geformt, die uns geschaffen haben.«

Worf fühlte, daß ein seltsames Gefühl ihn überkam. Er hatte bei einem Angriff der Romulaner auf die klingonische Kolonie auf Khitomer seine Eltern verloren und war von seinen menschlichen Rettern adoptiert worden. Die Rozhenkos hatten versucht, ihn als wahren Klingonen zu erziehen, doch es war ihnen nicht gänzlich gelungen. Daher hatte Worf sich bemüht, selbst klingonische Tugenden in sich zu entwickeln, obwohl sie ihm irgendwie fremd vorkamen: die Gleichgültigkeit gegenüber dem Schmerz anderer, den Einsatz von Verrat, die Freude, einen Freund im ehrenvollen Kampf sterben zu sehen. Es war schwierig gewesen, doch im großen und ganzen war es ihm gelungen. *Und das nur,* dachte er, *weil ich es immer in mir hatte, vollständig klingonisch zu werden – und weil ich es tun mußte, um meine Erfüllung zu finden. Dieses Bedürfnis macht Data und mich zu … Brüdern.*

Worf konnte diesen Gedanken nicht laut ausdrücken. »Glauben Sie, Sie können menschlich werden?« fragte er schroff.

»Ich glaube, daß ich die Fähigkeit habe, ein Mensch

zu werden«, sagte Data. »Und ich versuche, diesen Prozeß in möglichst kurzer Zeit zu vollenden.«

»Leider«, sagte Worf. »Warum wollen Sie diese Veränderung so schnell erzielen?«

Data dachte über diese Frage nach. »Weil ich ... Verzögerungen ... für unerwünscht halte.«

»Sie sind ungeduldig«, sagte Worf. »Ungeduld ist eine *menschliche* Schwäche.«

Der Androide schaute interessiert drein. »Faszinierend. Obwohl ich dies nicht unbedingt korrekt als Gefühl beschreiben kann, scheine ich einen menschlichen Wesenszug entwickelt zu haben, ohne es zu bemerken. Ich muß dieser Sache bei nächster Gelegenheit nachgehen. Danke, daß Sie mich darauf aufmerksam gemacht haben.«

»Gern geschehen«, sagte Worf sarkastisch – doch zu seiner Überraschung verspürte er tatsächlich Freude darüber.

»Riker an Worf«, sagte Rikers Stimme. »Lieutenant, wir haben vielleicht Informationen über den Aufenthaltsort des Captains. Wir überspielen eine Kartenprojektion in Ihren Tricorder.«

Worf aktivierte seinen Tricorder. Das Display zeigte eine Karte der Region nördlich vom Schloß, in der sich auch mehrere Städte befanden. Eine Linie führte in einem Bogen vom Schloß fort. Sie wich einer Stadt aus und endete mitten im Wald. Dem Maßstab zufolge war die zurückgelegte Strecke etwa dreißig Kilometer lang. »Haben Sie genauere Informationen?« fragte Worf.

»Nein. Besser bekamen Fähnrich Shrev und Kadett Crusher es nicht hin. Der Captain hat sich wahrscheinlich irgendwo entlang des markierten Wegs versteckt. Wir können nur vermuten, daß jemand dort unten ein doppeltes Spiel treibt.«

»Ausgezeichnet«, sagte Worf fast schnurrend. Nichts konnte den Tag so lebhaft gestalten wie ein schöner kleiner Verrat. Es freute ihn auch, daß Wesley Crusher sich nicht in den Schmollwinkel zurückgezogen hatte, nachdem er ihm befohlen hatte, sich auf das Schiff zurückzuziehen. Daß der junge Mann gewissenhaft seine Pflicht tat, trug dazu bei, sich von der Schande zu befreien, die er nach der Katastrophe an der Akademie auf sich gebracht hatte. Es war nur schade, daß es ihm an der Ausbildung eines Kriegers mangelte; diese Mission hätte ihm die perfekte Gelegenheit geboten, Ehre zu erwerben.

Anit kehrte einen Augenblick später zurück, begleitet von zwei Männern. »Mehr bald werden eintreffen«, sagte er zu Worf. »Zwei Handvoll, wie versprochen.«

Worf brummte anerkennend. Er ging davon aus, daß Anit die sechsfingrige megaranische Hand meinte, was also weitere zwölf Leute bedeuten würde. Insgesamt achtzehn Soldaten, sich selbst, Data, Anit und seinen Unteroffizier mitgerechnet. Das war schon eine respektable Streitmacht für diese Mission. Die neuen Leute waren mit grauen Overalls bekleidet, trugen aber Kurzschwerter und Dolche an den Gürteln um ihre Hüften. Sie betrachteten Worf mit dem Ausdruck von Soldaten, und er wußte, daß sie ihn abschätzten, entweder als möglichen Feind oder als möglichen Anführer. In der Tat respektabel.

Worf erwiderte ihre Blicke und zeigte Anit dann die Karte auf seinem Tricorder. »Sprechen wir darüber, wie wir meinen Captain finden«, sagte er.

Nach ein paar Stunden hätte Picard viel für einen allgemeinen Translator gegeben. Doch auch so hatten er und Offenhouse Fortschritte mit Odovil Pardi gemacht. Die Megaranerin war intelligent und kommunikationsbereit, was dazu beitrug, ihre Sprache bruchstückhaft zu erlernen.

»Es ist auch nützlich, daß ich weiß, worüber sie sprechen will«, sagte Offenhouse, als Pardi kurz aus der steinernen Hütte trat. »Geschäfte. Profite. Sie ist eine Frau nach meinem Herzen.«

»Ich würde sie skrupellos nennen«, sagte Picard. »Sie hat unsere Entführung arrangiert ...«

»... und ihr Handlanger hat seinen Anführer getötet«, beendete Offenhouse den Satz. »Ich weiß. Wir können sie hier trotzdem noch gut gebrauchen, nachdem wir die Ferengi rausgeworfen haben.«

Odovil kehrte in die steinerne Hütte zurück. Sie wurde von einem Windstoß begleitet, und der Geruch des Waldes machte Picard erst recht darauf aufmerksam, wie übel es in der Hütte stank. »Mehr Gespräche«, sagte sie. Sie blieb in der Nähe der Tür, und ihre nervösen Blicke erweckten bei Picard den Eindruck, daß sie befürchtete, die Menschen könnten sie angreifen. »Ral'feh, einige Fabriken ein Ding herstellen, das ich nicht kenne.«

»Ding beschreiben«, sagte der Botschafter in seinem Pidgin-Megaranisch.

Odovil fuchtelte mit den Händen. »Ein Metallkasten es ist, größer als diese Hütte. In dem Kasten viele Spulen und Kabel, seltsamer Stein, Comp'ter, Rohre solche ...« Sie malte mit den Händen ein Zickzackmuster in die Luft.

Picard kam diese Beschreibung irgendwie bekannt vor. »Dieser seltsame Stein«, sagte er. »Wenn man ihn berührt ...« Mit der Hand zog er einen Blitz durch die Luft, während er gleichzeitig den Knall eines Donners nachahmte.

»Gewitter«, sagte Odovil und nickte. »Wenn Blitz diesen seltsamen Stein trifft, es macht ...« Sie riß die Arme hoch. *»Bumm!«*

»Dilithium«, sagte Picard. »Herr Botschafter, sie beschreibt einen Antimateriegenerator.«

Offenhouse nickte. »Chudak hat gesagt, sie würden solche Geräte für ihn herstellen. Ich frage mich ...« Er griff wieder auf sein gebrochenes Megaranisch zurück. »Odovil, wie viele Fabriken diesen Kasten machen?«

»So viele.« Sie hielt beide Hände hoch und wackelte fünfmal mit den Fingern. »Auf volle Produktion sie bereits wurden gefahren.«

»Sechzig Fabriken«, sagte Picard. »So viele gibt es nicht mal auf der Erde. Chudak kann auf keinen Fall darauf hoffen, so viele Generatoren zu verkaufen.«

»Ich weiß«, sagte Offenhouse. »Und mir ist auch nicht klar, wie seine Auftraggeber so viele gebrauchen könnten. Wer kann sie also gebrauchen?«

Picard überlegte angestrengt. Im Schloß – war es wirklich erst zwölf Stunden her? – hatte sie beschrieben, welche gewaltigen Mengen an Tritanium ihre Gießereien herstellten. »Odovil«, sagte er. »Fabrik auf Megara ist … macht …« Er versuchte, eine Phaserspule zu beschreiben. Odovil bestätigte, daß zahlreiche Fabriken solche Gegenstände herstellten, wenngleich sie über ihren Verwendungszweck keine Angaben machen konnte.

Picard wußte, wozu sie verwendet wurden. »Odovil, einen Ort gibt, wo alle Gegenstände werden zusammengebracht?« fragte er.

Die Frau schürzte die Lippen. »Tritanium an fünf Orte wir schicken«, sagte sie. »Und … an diese Orte auch andere Dinge werden geschickt.«

Picard nickte. »Bringen Ferengi Dinge auf Schiff hinauf?«

»Nein«, sagte sie. »Dinge in große Gebäude werden gebracht. Warum, ich nicht weiß.«

Alles paßte zusammen. »Raumschiffe«, sagte Picard. »Sie bauen dort Raumschiffe.«

»Und zwar verdammt viele«, sagte Offenhouse. »Und mit all diesen Phaserspulen … Picard, hier rüstet jemand für einen Krieg auf.«

Ich kann es nicht ewig verschieben, dachte Riker. »Rufen Sie das Schiff der Ferengi«, sagte er.

»Aye, Sir.« Fähnrich Anna Novotny, eine von Worfs Untergebenen, stand an der Station, die normalerweise der Klingone bemannte. Die große muskulöse Frau – *ein Mensch, der nach klingonischen Spezifizierungen geschaffen wurde,* dachte Riker bewundernd – öffnete einen Kanal, und Daimon Chudak erschien auf dem Hauptbildschirm der Brücke. Zu Rikers Überraschung schien der Mann sich sogar zu freuen, ihn zu sehen.

»Also schön«, begann Riker. »Wo sind Captain Picard und der Botschafter?«

»Das weiß ich nicht«, sagte Chudak. »Ich habe sie seit gestern abend im Schloß nicht mehr gesehen. Aber wir können verhandeln, Riker. Mehrere *meiner* Besatzungsmitglieder werden ebenfalls vermißt. Vielleicht wurden sie von denselben Unbekannten entführt, und wenn dem so ist, haben wir einen gemeinsamen Feind.«

»Sie haben *nur* Feinde«, sagte Riker. »Was genau schlagen Sie also vor?«

»Daß wir uns zusammentun«, sagte Chudak. »Informationen austauschen, ein gemeinsames Vorgehen beraten, den Planeten absuchen.«

Riker schnaubte. »Was ist Ihr Preis?«

»Kein Preis«, sagte der Ferengi. »Meinen Profit ziehe ich aus dieser Vereinbarung. Sie übrigens auch. Vertrauen wir einander.«

Eher friert die Hölle zu, dachte Riker. »Schließen Sie den Kanal.«

Als Chudaks Gesicht auf dem Bildschirm durch den Sternenhimmel ersetzt wurde, berührte die neben ihm sitzende Deanna Troi seinen Ellbogen. »Er hat nicht direkt *gelogen,* verbirgt aber irgend etwas«, sagte sie. »Das ist offensichtlich.«

Riker nickte. Deanna konnte die Gefühle von Ferengi nicht wahrnehmen, war aber eine hervorragende

Menschen- und Fremdwesenkennerin. »Er hat sich falsch benommen«, sagte er. »Jeder Daimon, den ich bislang kennengelernt habe, war entweder arrogant oder wollte sich einschmeicheln. Es kam immer auf die jeweilige Situation an.«

»Er hat versucht, kooperativ zu wirken«, stimmte Deanna ihm zu. »Also, ich würde sagen, er spielt auf Zeit.«

Shrev und Wesley Crusher saßen am Navigationspult. Nun drehte Shrev sich mit ihrem Sessel und schaute Riker an. Den Kopf hielt sie leicht gesenkt, damit sie die Antennen auf ihn richten konnte. »Commander Riker«, sagte sie und sprach dabei mit fast normaler Lautstärke, »wenn ich die Meßergebnisse des Neutrino-Detektors richtig interpretiere, nähert sich ein Raumschiff auf Kurs siebzehn Komma acht dem Megara-System.«

Novotny arbeitete hektisch an ihren Instrumenten. »Ich habe nichts, Sir«, sagte sie. »In dieser Richtung liegt Weber Fünf-Zwölf. Die Strahlung überdeckt sämtliche Ortungsergebnisse der Sensoren. Sie können nichts anderes wahrnehmen.«

»Ich verstehe«, sagte Riker. So ein Manöver war praktisch ein Markenzeichen der Cardassianer. Er strich über seinen Bart, als könne er dem Gewächs die eine oder andere Idee entlocken. *Das ist wie in diesem lächerlichen Film, den ich Worf gezeigt habe,* dachte er. *Mit jeder Minute werden wir von immer mehr Feinden bedroht. Schade nur, daß ich nicht darüber lachen kann.* »Counselor, vermuten Sie, daß Chudak Zeit schinden will, weil er die Ankunft dieses Schiffes erwartet?« fragte er.

»Das kommt mir wahrscheinlich vor«, sagte Deanna. »Ich schlage vor, Sie bedrängen ihn so hart, wie es Ihnen möglich ist.«

»Einverstanden«, sagte Riker. »Novotny, lösen Sie die Alarmstufe Rot auf. Erfassen Sie das Ferengischiff mit allen Waffen und öffnen Sie dann einen Kanal.«

»*So* hart sollen Sie Chudak nun auch wieder nicht bedrängen«, sagte Deanna.

Riker lächelte verkniffen. »Das gibt mir einen Grund, die Alarmstufe Rot auszulösen, ohne das cardassianische Schiff darauf aufmerksam zu machen, daß wir es entdeckt haben. Chudak!«

Der Daimon erschien wieder auf dem Bildschirm. »Was geht bei Ihnen vor?« fragte er. »Warum haben Sie …«

»Jetzt mache *ich* Ihnen einen Vorschlag«, sagte Riker und legte die arrogante, befehlsgewohnte Haltung eines klingonischen Captains an den Tag. »*Sie* werden alle *meine* Fragen beantworten. Und zwar *sofort*.«

Chudak schnappte nach Luft. »Das ist …«

»Chudak, ich traue Ihnen nicht über den Weg.« Riker lächelte wieder und zeigte seine Zähne. »Habe ich mich völlig klar ausgedrückt? Also, verdammt noch mal … wo haben Sie Captain Picard zum letztenmal gesehen?«

»Im Schloß der Vo Gatyn!« fauchte der Ferengi.

»Wo genau dort?« brüllte Riker und erhob sich. »Mit wem war er zusammen, ging es ihm gut, was ist passiert? Ich will die *Wahrheit* wissen!«

Chudaks Kopf verschwand vom Bildschirm.

Deanna runzelte die Stirn. »Ich konnte fast spüren, welche Angst er hat.«

Riker kicherte wie ein Klingone. »Seine cardassianischen Auftraggeber müssen ihn angewiesen haben, uns zu beschäftigen«, sagte er. »Sie werden nicht gerade darüber begeistert sein, daß er den Auftrag verpatzt hat.«

Riker bemerkte, daß Shrev und Wesley miteinander flüsterten. Er trat hinter sie und räusperte sich. »Würde Worf Sie beide so flüstern hören«, sagte er, »würde er eine Verschwörung vermuten.«

»Ich würde ihm versichern, daß es sich lediglich um höfliche Konversation gehandelt hat, Sir«, sagte Shrev.

»Wir besprachen lediglich die Sensormessungen des cardassianischen Schiffs.«

»Haben Sie etwas entdeckt?« fragte Riker.

»Jawohl, Sir«, sagte Wesley. »Aufgrund der Höhe des Neutrinoflusses schließe ich, daß das cardassianische Schiff ein Reaktorsystem hat, das sogar noch stärker als das unsrige ist. Damit muß es sich um ein Kriegsschiff der Liburn-Klasse handeln – eins ihrer größten. Es hat Kurs auf Megara genommen und wird in zwanzig Minuten hier eintreffen.«

13

Die Gruppe der Söldner kam schnell voran, und schon nach einer Stunde hatte sie die Stadt verlassen und befand sich tief in der auf der Karte verzeichneten Waldregion. Data suchte regelmäßig mit dem Scanner nach menschlichen Lebenszeichen. Da Menschen und Megaraner einander so ähnlich waren, befürchtete er jedoch, daß selbst die schwächsten Interferenzen den Tricorder verwirren würden; ein paar Zentimeter Stein oder Erde würden die Meßergebnisse so stark verfälschen, daß die menschlichen Parameter nicht mehr zu erkennen waren. Dementsprechend dehnte er die Suche auch auf Höhlen und Gebäude aus.

Er fand etwas. »Lieutenant«, sagte er zu Worf, »vor uns befindet sich ein steinernes Gebäude, Entfernung dreihundert Meter, Position dreiundsiebzig Grad. Ich nehme mindestens ein Wesen wahr, das wahrscheinlich kein Megaraner ist.«

»Ein Mensch?« fragte Worf und bedeutete der Gruppe anzuhalten.

»Die Sensorwerte sind unklar«, sagte Data, »aber ich würde es ... vermuten. Ich entdecke in unmittelbarer Nähe fünf Megaraner. Das Gebäude befindet sich in der Mitte einer Lichtung von etwa zwanzig Metern Durchmesser.«

»Ausgezeichnet.« Worf beriet sich mit Anit, während Data die Umgebung scannte. Der Tricorder fand einen kleinen Trampelpfad, der von dem Weg abwich und zu der Lichtung führte. Das war die einzige Möglichkeit, sich dem Gebäude relativ schnell zu nähern; es hätte Stunden gedauert, sich durch das dichte Unterholz des Waldes zu kämpfen, und überdies war Worf nicht der Ansicht, daß man das in aller Stille tun konnte.

»Wir sind in der Überzahl«, sagte der Klingone.

»Nicht lange«, sagte Anit. »Armbrüste und Pfeile sie vielleicht benutzen.«

»Ich gehe voran«, sagte Worf und zog seinen Phaser.

Data überzeugte sich, daß sein Phaser auf Betäubung eingestellt war, und folgte Worf dann den Pfad entlang. Er war schmal und gewunden. Als die Söldner die Lichtung fast erreicht hatten, hob Data eine Hand und ließ sie anhalten. »Auf dem Hauptweg sind Leute«, flüsterte er Worf zu und streckte die Hand mit dem Tricorder aus. »Sie bewegen sich schnell.«

Worf betrachtete die Meßdaten. »Weitere Soldaten«, sagte er.

Anit schaute den Pfad zurück. »Korken in einer Flasche«, flüsterte er bestürzt; offensichtlich ahnte er eine Falle.

»So schlimm ist die Lage nicht«, sagte Worf.

Data wurde klar, daß der Klingone versuchte, die Söldner bei gehobener Stimmung zu halten. Dem Androiden fiel eine Redewendung ein, die für diesen Zweck geeigneter zu sein schien. »Es hat noch nie besser für uns gestanden!« sagte er.

Worf starrte ihn einen Augenblick lang an und gab dann ein seltsam knirschendes, pfeifendes Geräusch von sich, als habe er Schwierigkeiten mit dem Atmen. Als er sich wieder in der Gewalt hatte, bedeutete er Data, ihm zu folgen.

Als sie die Lichtung erreichten, sah Data eine kleine steinerne Hütte. Drei Megaraner kauerten davor auf dem Boden und wärmten sich die Hände an einem Lagerfeuer. Zwei weitere Männer mit Armbrüsten in den Händen standen Wache. Die Ähnlichkeit ihrer Kleidung ließ darauf schließen, daß es sich um Soldaten handelte. Als Data seinen Phaser hob, erblickte einer der Männer ihn, zielte und schoß. Der Bolzen verfehlte ihn, traf jedoch einen Baum neben ihm mit solcher Gewalt, daß der Stamm zersplitterte. Data betäubte den Mann, bevor er die Waffe wieder laden konnte; Worf schaltete den anderen Schützen aus, als er gerade feuerte. Der Bolzen segelte in den Wald davon.

Die Männer, die am Lagerfeuer hockten, sprangen auf und zogen ihre Schwerter. Worf und Data betäubten sie. Data hörte Schreie hinter sich und wußte, daß die Söldner von hinten angegriffen wurden. »Holen Sie den Captain!« befahl Worf und lief den Pfad zurück. Die Kampfgeräusche wurden lauter.

Data ging zu dem steinernen Gebäude. Er öffnete die Tür und sah drei Personen darin: Picard und Offenhouse blinzelten in das Morgenlicht, während eine Einheimische Data fassungslos anstarrte. »Hallo, Captain, Herr Botschafter«, sagte Data. »*Enterprise*, beamen Sie uns hinauf.«

Transporterraum drei nahm um Data und die anderen herum Gestalt an. Worf stolperte, als er materialisierte; er hatte die Keule über den Kopf gehoben. »Nein!« brüllte er De Shay an. »Schicken Sie mich zurück!«

De Shay stand hinter seinen Kontrollen; Überraschung und Unentschlossenheit ließen ihn erstarren. Worf wandte sich an Picard. »Captain! Bitte!« sagte er.

Picard nickte. »Schnell!«

De Shay schaute drein wie ein Mann, der genau wußte, daß er einen schrecklichen Fehler machte, beamte Worf aber auf die Planetenoberfläche zurück.

Picard biß kurz die Zähne zusammen. »Bericht«, sagte er dann zu Data.

»Es gibt nur eine bedeutende Tatsache zu melden, Sir«, erwiderte der Androide, während er, Picard, Offenhouse und die Megaranerin von der Transporterfläche traten. »Wir haben herausgefunden, daß die

Cardassianer auf Megara eine geheime Operation durchführen.«

»Verstanden«, sagte Picard. »Picard an Riker. Nummer Eins, Worf ist zur Oberfläche zurückgekehrt, um dort einen Kampf fortzusetzen. Stellen Sie ein Außenteam zusammen und helfen Sie ihm.«

»Das können wir nicht, Sir«, antwortete Riker von der Brücke. »Ein cardassianisches Kriegsschiff schwenkt soeben in eine Umlaufbahn. Wir sind schon ein großes Risiko eingegangen, als wir die Schilde gesenkt haben, um Sie an Bord zu beamen.«

Der Captain zögerte und nickte dann, während er die Meldung akzeptierte. »Ich bin auf dem Weg zur Brücke«, sagte er. »Mr. Data, kümmern Sie sich um den Botschafter und unseren Gast.«

»Jawohl, Sir.« Als Picard den Transporterraum verließ, wurde Data klar, daß der Captain sich fragte, ob er einen Fehler gemacht hatte. Data war sich selbst nicht sicher, ob es richtig gewesen war, Worf nach Megara zurückzuschicken. Während die klingonische Ethik diesen Schritt verlangte, war Worf in gewaltige Gefahr gebracht worden, indem man ihn mitten in einen Kampf gebeamt hatte. Es würde ein paar Sekunden dauern, bis er seine neue Lage richtig eingeschätzt hatte, und während dieses Zeitraums war er ungeschützt und verletzbar.

Der Botschafter kratzte über die rauhen Bartstoppeln an seinem Kinn. »Cardassianer, was?« sagte er zu Data.

»Jawohl, Sir«, erwiderte der Androide. »Es liegen Berichte von unseren Außenteams vor.«

»Gut, ich will sie mir ansehen. Ach ja – Odovil braucht einen dieser Translatoren.«

»Das ist ein ausgezeichneter Vorschlag.« Data nahm seinen Insignienkommunikator ab. Die Megaranerin trat zurück, als der Androide sich ihr näherte, riß sich dann sichtlich zusammen und blieb stehen. Data befestigte den Translator an ihrem Overall. »Jetzt müßten Sie mich verstehen können«, sagte er.

»Sie ich verstehe«, sagte sie und betastete den Kommunikator. »Wie das funktioniert?«

»Der allgemeine Translator funktioniert …« Data wollte bereits die Linguakode-Theorie, Neuroinduktionstechniken und rekursive elektronische Datenverarbeitung erklären, überlegte es sich dann jedoch anders. »… hervorragend«, beendete er den Satz.

Der Botschafter lachte und gab Data einen Klaps auf die Schulter. »Ich hätte es auch nicht besser ausdrücken können. Und jetzt will ich mir diese Berichte ansehen.«

»Sie warten darauf, daß wir die Schilde senken«, sagte Riker, während Picard das taktische Display auf dem Hauptbildschirm der Brücke studierte. Die Zahlen und stilisierten Symbole zeigten die Positionen von drei Raumschiffen an. Das Ferengischiff befand sich nur hundert Kilometer von der *Enterprise* entfernt, während das cardassianische Schiff vorsichtig manövrierte, um in der Deckung zu bleiben, die Weber 512 bot; der Cardassianer war auf Unterlichtgeschwindigkeit gegangen und würde in ein paar Sekunden in Phaserreichweite sein. Wesley Crusher und Shrev saßen am Navigationspult, bereit, die *Enterprise* jederzeit außer Gefahr zu bringen. Sie hatten stumm zugehört, während Riker den Captain über die Lage informiert hatte. »Chudak hat versucht, uns zu überreden, die Alarmstufe Rot wieder aufzuheben«, fügte der Erste Offizier hinzu.

»Er erwartet, daß wir vernichtet werden«, sagte Deanna Troi.

»Da müssen wir ihn wohl leider enttäuschen«, sagte Picard. Er stellte fest, daß Troi, die in dem Sessel links von ihm saß, sich von ihm abwandte; der Captain vermutete, daß sein Aufenthalt in der Hütte ihm einen etwas strengen Geruch eingebracht hatte. *Leider habe ich keine Zeit, mich zu säubern,* dachte Picard bedauernd und nickte zu dem taktischen Display hinüber. »Nummer Eins, können Sie sich einen harmlosen Grund vorstellen, aus dem ein cardassianisches Schiff sich uns auf eine solche Weise nähert?«

»Vielleicht ein freundlicher kleiner Hinterhalt«, sagte Riker. Endlich hatte das cardassianische Schiff sich so weit genähert, daß die optischen Sensoren es trotz der Hintergrundstörungen scannen konnten. Das Bild auf dem Schirm erinnerte Picard an eine Lanze: lang und schmal, eine Form, die die kleinstmögliche Angriffsfläche bot, wenn das Schiff selbst einen Frontalangriff unternahm. Der Bug starrte vor Waffen. »Captain, die Anwesenheit der Cardis hier ist ein kriegerischer Akt«, sagte Riker.

»Das ist mir bekannt, Nummer Eins«, sagte Picard. »Mir ist ebenfalls bekannt, daß ein Raumschiff der Liburn-Klasse uns an Feuerkraft überlegen ist. Doch vielleicht können wir sie von einem Angriff abbringen. Fähnrich Novotny, erfassen sie den Cardassianer mit allen Waffen und rufen Sie sie.«

»Kanal geöffnet, Sir«, meldete Novotny.

»Cardassianisches Kriegsschiff!« rief Picard. »Ich gehe davon aus, daß Sie lediglich aufgrund eines kleinen Navigationsfehlers hier sind. Kehren Sie sofort in Ihr Territorium zurück.«

Es folgte ein langgezogenes Schweigen, während die Cardassianer immer näher kamen. Einen Augenblick lang hoffte Picard, die Cardassianer würden sich entscheiden, Ärger zu vermeiden. Dann wurde die Brückenbeleuchtung schwächer, und die künstliche Schwerkraft schwankte, während Phaserstrahlen die *Enterprise* bestrichen. »Feuer erwidern!« befahl Picard.

Der Captain hörte das Kreischen der Phaser und das hohle Dröhnen von Photonentorpedos, die aus ihren

Schächten schossen. »Schilde halten!« meldete Novotny. Die *Enterprise* erzitterte unter weiteren Treffern.

»Feuergeschwindigkeit beibehalten«, rief Picard und warf einen Blick auf das taktische Display. »Kurs zweiundfünfzig Komma achtzig, halbe Impulskraft voraus.« Die *Enterprise* war wendiger als der Angreifer, und dieser Vorteil würde sie jetzt vielleicht retten. Die langgezogene, schlanke Form machte den Liburn schwerfällig, und der Großteil seiner Waffen war im Bug konzentriert. Ein Schiff dieser Klasse konnte unmöglich seine gesamte Feuerkraft auf die Flanken richten.

Auf dem taktischen Display drehte das Ferengischiff ab, beschleunigte und entfernte sich vom Schauplatz des Kampfes. Eine Salve Torpedos schoß aus dem cardassianischen Schiff hervor und bohrte sich in den Ferengiraumer. Als der sich langsam drehte, sah Picard, daß sein Warptriebwerk beschädigt worden war. Er konnte nicht entkommen.

Nachdem das Ferengischiff schwer beschädigt war, richteten die Cardassianer ihre volle Aufmerksamkeit wieder auf die *Enterprise.* Der Angriff des Schiffs der Liburn-Klasse wurde zwar etwas schwächer, als das der Föderation seitlich um den Angreifer flog, doch der Beschuß hielt auf einem schier unerträglichen Niveau an. »Wir verlieren die Backbordschilde!« übertönte Novotny den Lärm.

Wesley hatte ebenfalls etwas zu melden. »Sir, die Ferengi rufen die Cardassianer ...« begann er.

Novotny unterbrach ihn. »Die Schilde des cardassianischen Schiffs werden schwächer«, sagte sie. »Sind jetzt auf fünfzig Prozent ... zehn Prozent ... sie werden wieder stärker, haben wieder zwanzig Prozent erreicht ...«

Doch die Schilde erreichten ihre frühere Stärke nicht mehr. Die Phaser der *Enterprise* schnitten durch die zusammenbrechenden Deflektorschilde, und rohes

Plasma spritzte ins All, als Photonentorpedos in den Maschinenraum schlugen, Reaktoren zerstörten und dem Schiff die Energie nahmen. Ein schwacher rosafarbener Schimmer legte sich um die Sensorphalanx und kündete vom schwindenden Vorrat an Notenergie des Schiffes.

»Feuer einstellen«, befahl Picard. Er erhob sich aus seinem Sessel und trat mit einem verblüfften Ausdruck auf dem Gesicht zwei Schritte auf den Hauptbildschirm zu. Wieso waren die Deflektorschilde des cardassianischen Schiffs so schnell zusammengebrochen? »Was ist passiert?«

»Die Ferengi, Sir«, sagte Wesley. »Sie haben einen Computerwurm in das cardassianische Komsystem eingespeist. Er hat ihre Computer ein paar Sekunden lang zusammenbrechen lassen, bevor ihre Gegenmaßnahmen griffen und ihn löschen konnten.«

Von den Ferengi gerettet, dachte Picard und schüttelte den Kopf. Er fragte sich, ob Chudak ihm für erwiesene Dienste eine Rechnung schicken würde.

Auf dem Hauptbildschirm drehte das lanzenförmige Schiff der Liburn-Klasse sich langsam und enthüllte geschwärzte Risse in der Hülle. Metall glühte in den klaffenden Löchern, und Gaswolken spritzten aus undichten Stellen in der Metallhaut. Die Schäden am Ferengischiff erschienen weniger dramatisch, waren aber genauso tödlich. Das Warptriebwerk des Schiffs war zu rotglühender Schlacke geworden; unter Picards Blicken zerrissen mehrere Explosionen die Backbordseite des Schiffs und legten die Frachtkammern frei.

Mord, dachte Picard voller Abscheu, als er plötzlich erkannte, welchen Plan die Cardassianer verfolgten. Hätte er funktioniert, hätte es den Anschein gehabt, die *Enterprise* und der Ferengi hätten sich gegenseitig vernichtet ... und die Ferengi hätten ihre Geheimnisse mit ins Grab genommen. Den Cardassianern wäre es wahrscheinlich gelungen, ihre Anwesenheit hier zu verbergen.

Shrev scannte das cardassianische Schiff. »Ihre Waffensysteme sind vollständig ausgefallen, Sir«, meldete sie mit einer Lautstärke, die für sie praktisch einem Schreien gleichkam. »Sie verfügen noch über Notenergie und ein Impulstriebwerk. Ich scanne einunddreißig Überlebende.«

»Bereiten Sie sich darauf vor, sie an Bord zu beamen«, sagte Picard. »Öffnen Sie einen Kanal ...«

Auf dem Bildschirm stabilisierte sich der taumelnde Liburn, beschleunigte und hielt auf die *Enterprise* zu. »Captain«, meldete Wesley, »sie haben ihr Selbstvernichtungssystem aktiviert. Explosion schätzungsweise in zwanzig Sekunden.«

Picard nickte knapp. »Fähnrich Novotny, erfassen Sie das cardassianische Schiff mit einem Traktorstrahl«, befahl er. »Steuermann, Kurs acht sechs Komma zwölf, Warpfaktor zwei.«

»Captain, ein cardassianisches Selbstvernichtungssystem ...« begann Riker, als die *Enterprise* sich in Bewegung setzte.

»... hat die Vernichtungskraft einer Fusionsbombe von einhundert Gigatonnen«, beendete Picard den Satz. Die Föderation hatte ihre Kenntnisse über diese Selbstmordbomben der Cardassianer teuer bezahlt; mehrere Schiffe waren von ihnen vernichtet worden, während sie versuchten, die Überlebenden besiegter cardassianischer Kriegsschiffe zu retten. »Wenn sie in dieser geringen Entfernung von Megara detoniert, wird die Explosion und die Strahlung die Atmosphäre und die Magnetosphäre des Planeten schwer beschädigen. Megara wird unbewohnbar werden. Wir müssen dieses Schiff von dem Planeten wegschleppen.«

»Verstanden«, sagte Riker grimmig. »Captain, ich empfehle, daß wir uns fünf Sekunden vor der Detonation von dem Schiff lösen und auf Warp acht gehen.

Damit entfernen wir uns rechtzeitig von der Explosion und schützen gleichzeitig Megara.«

»Machen Sie das«, sagte Picard. *Und hoffentlich haben Sie in Bezug auf den Zeitfaktor recht,* dachte er. Das cardassianische Schiff würde sich zerstören, indem es eine Überlastung seiner Reaktoren herbeiführte. Schon unter normalen Umständen führte das direkt zur Katastrophe, doch aufgrund der Schäden, die das Schiff bei dem Kampf erlitten hatte, würden die Reaktoren wahrscheinlich ohne jede Warnung explodieren.

Bei achtfacher Lichtgeschwindigkeit sahen sie, wie Megara sich auf dem Hauptbildschirm schnell von einer Welt in eine kleine Scheibe verwandelte. Die Maschinen der *Enterprise* quälten sich, um das gewaltige Wrack zu schleppen, doch das cardassianische Schiff blieb fest im Traktorstrahl gefangen. »Geschätzte fünf Sekunden bis zur Detonation«, meldete Wesley.

»Traktorstrahl lösen«, befahl Riker. »Mit Warp acht voraus.« Der Traktorstrahl wurde unterbrochen, und das havarierte Schiff blieb achtern zurück, während die *Enterprise* beschleunigte. Das Schiff der Föderation war von seinem Angreifer so weit entfernt wie der Mond von der Erde, als das cardassianische Schiff explodierte.

Die Notaggregate schienen ihren Kampf zu verlieren, die Brücke vom Rauch zu befreien. Chudaks Bein pochte dort, wo er damit auf den Boden geprallt war, doch nichts schien gebrochen zu sein. Der Daimon rappelte sich auf und humpelte zum Navigationspult. Oshal saß hinter den Kontrollen. Er war tot; seine Schädeldecke war abgetrennt worden. Chudak stieß die ins Nichts starrende Leiche aus dem Sessel und setzte sich.

Sein Schiff war tot. Waffen und Schilde ausgefallen, die Lebenserhaltung auf Notenergie ... und die Notenergie selbst auf einunddreißig Prozent, Tendenz fallend. Warptriebwerk ausgefallen. Künstliche Schwerkraft auf fünfzehn Prozent. Außer Kontrolle geratene Brände im Shuttlehangar und in den Frachtkammern. Keine Antwort aus dem Maschinenraum.

Chudak sah ein Bild auf dem zentralen Monitor: das cardassianische Schiff. Es war zwar schwer beschädigt, hielt aber mit Impulskraft auf die *Enterprise* zu, war noch immer kampfbereit.

Wenigstens ignorieren sie uns jetzt, dachte Chudak. Er hatte immer gewußt, daß die Cardassianer ihn vielleicht eines Tages betrügen würden; sie legten andere Leute genauso begeistert herein, wie die Romulaner es taten. Diese kriegerischen Idioten konnten sich einfach nicht vorstellen, daß ein einfacher, friedlicher Händler Vorkehrungen getroffen hatte, Verrat mit Verrat zu beantworten. Das Softwarevirus, das er von einem orionischen Händler gekauft hatte, hatte seinen Zweck erfüllt. Das Überleben war stets profitabel.

Nyenyor schwankte zu Chudak. »Daimon«, keuchte er mit vor Schock schwerer Zunge, »die Cardassianer ... den Sensoren zufolge haben sie ... die Selbstvernichtung eingeleitet.«

»Schulden!« fluchte Chudak. Es bestand keine Chance, sein Schiff zu retten. Der Cardassianer würde seine Existenz als kleine Nova beenden und alles in seiner Nähe zerstören. »Alle Mann von Bord!« befahl Chudak.

Auf dem Boden und in den Wänden glitten Portale auf, und die Überlebenden der Brückenbesatzung stiegen auf die Notteleporter. Chudak und Nyenyor hoben einen Verletzten hoch und trugen ihn in eine Kammer. Die kinderleicht zu bedienenden Kontrollschalter besagten, daß die Notbatterie voll aufgeladen war. Chudak zerrte eine Notausrüstung aus ihrem Behälter und betätigte dann den Hebel.

Der Teleporter setzte die drei Männer mitten in einem megaranischen Wald ab. Chudak betrachtete seine beiden Begleiter und stellte fest, daß sie schwer verletzt waren. Nyenyors linker Arm war eine Masse aus zerfetztem Fleisch und violettem Blut. Aus Brust und Leib des anderen Mannes ragten spitze Metallscherben.

Chudak öffnete die Notausrüstung und holte die medizinischen Geräte hervor. »Die anderen müßten eigentlich in der Nähe sein«, sagte er, während er Nyenyors Arm versorgte. »Wenn wir erst zusammengefunden haben, kommen wir schon klar.«

»Ja, Daimon«, sagte Nyenyor ohne Überzeugung. Mit dem unverletzten Arm holte er den Kommunikator aus dem Kasten und schaltete ihn ein. Auch nach mehreren Versuchen bekam er keine Antwort auf seine Rufe.

Meine Mannschaft könnte auf dem ganzen Planeten verstreut sein, dämmerte es Chudak. Notteleporter waren nicht gerade wählerisch in Bezug auf ihre Ziele; sie erfaßten nach dem Zufallsprinzip sichere Koordinaten.

Etwas knackte im Wald, als wäre ein achtloser Fuß auf einen trockenen Zweig getreten. Chudak sah sich um, machte nur Bäume und Büsche aus, hörte aber ein zweites Knacken, gefolgt von einem dritten.

Einheimische, dachte er und machte nackte Furcht auf Nyenyors Gesicht aus. Chudak griff in den Kasten mit der Notausrüstung und nahm den Phaser an sich. Die Batterie enthielt genug Energie für fünf Schüsse. Chudak suchte in dem Kasten nach Ersatzbatterien, fand aber keine. Also fünf Schuß ... gegen eine Welt voll rachsüchtiger Barbaren.

Die Geräusche in dem einsamen Wald kamen näher.

Worfs Kopf tat weh. Jemand hatte ihm von hinten eins übergezogen, als er materialisierte, und als er erwachte, mußte er feststellen, daß ihm die Hände auf den Rücken gefesselt worden waren. Er, Anit und drei weitere Söldner wurden zu Gatyns Schloß zurückgeführt. Ein Dutzend Soldaten der Vo hatten den Kampf überlebt, aber mehrere waren verwundet, und alle schienen von einem Gewaltmarsch erschöpft zu sein. Ein Mann trug Worfs Ausrüstung. Beim Gehen beschäftigte er sich staunend mit dem Tricorder, ohne sich einen Reim darauf machen zu können; den Phaser hatte er in seinen Gürtel gesteckt.

Worf spannte seine Muskeln an und kam zum Schluß, daß er die Fesseln zerreißen konnte, wenn er es darauf anlegte. Er versuchte, sich unauffällig dem Mann mit seiner Ausrüstung zu nähern. Das würde eine Weile dauern; er durfte nicht zu offensichtlich vorgehen.

Anit stolperte näher zu Worf heran. Seine verbliebene Hand war an seine Hüfte gefesselt. »Zurück Sie gekommen sind«, sagte er ungläubig.

»Ja.« Worf bemühte sich, angesichts des Tonfalls des Mannes nicht zornig aufzubrausen. Anit hatte von Fremdweltlern nie etwas anderes als unehrenhaftes Verhalten kennengelernt.

Worfs Tat schien ihn jedoch nicht zu beeindrucken. »Ein Narr Sie sind«, sagte er. »Töten sie Sie werden.«

»Ich befinde mich in ehrenwerter Gesellschaft«, brummte Worf.

Ein Licht füllte den Himmel aus und wurde immer heller. Die Äste der Bäume über dem Weg warfen scharfe Schatten auf den Waldboden. Worf kniff die Augen zu und senkte den Kopf, um sie vor dem Glanz zu schützen. Das Licht wurde *noch* heller; er konnte es durch seine Lider und die Nickhäute *sehen*. Verängstigte Schreie erklangen um ihn herum. Ein geblendeter Soldat prallte gegen den Klingonen und stürzte mit einem dumpfen Geräusch. *Ein Schiff ist explodiert,* dachte Worf und fühlte die intensive Helligkeit auf seinem Rücken.

Das Licht verblich. Worf spannte seine Armmuskulatur an und zerriß die Fesseln um seine Handgelenke. Er hob den Kopf zum Himmel und heulte das ersterbende Leuchten an, warnte alle im Nachleben, auf der Hut zu sein; die Seelen von Kriegern kamen. *Cardassianische Krieger,* dachte er. *Mein Sohn lebt. Ich* fühle *es! Die* Enterprise *wurde nicht zerstört. Alexander muß leben!*

Obwohl Worf wegen des starken Lichts alles nur verschwommen sah, bahnte er sich den Weg zu dem Mann, der seine Ausrüstungsgegenstände trug. Der geblendete Soldat klammerte sich, gelähmt vor Furcht, an einen Baum. Worf durchsuchte ihn, ließ ein Messer und wertlosen Tand fallen, bis er seinen Insignienkommunikator fand. »Worf an *Enterprise*«, bellte er. »Antworten Sie, Sie *taHgeg* von Tribbelfreund!«

»Es freut mich ebenfalls, Sie zu hören, Mr. Worf.« Von der Strahlung erzeugte Störgeräusche rauhten Picards Stimme auf, doch der Captain klang amüsiert. Die Erleichterung des Klingonen war so groß, daß er sich nicht an Picards Tonfall störte. »Ihr Status?«

Worf riß sich zusammen und nahm dem Soldaten seinen Phaser ab. »Ich habe die Vo Gatyn und ihre Soldaten gefangengenommen«, meldete er. »Medizinische Hilfe wird benötigt.«

»Wir schicken in Kürze ein Medoteam zu Ihnen«, sagte Picard. »Die *Enterprise* wurde nicht beschädigt, aber die beiden anderen Schiffe, das der Cardassianer wie auch das der Ferengi, sind zerstört worden. Es ist möglich, daß Überlebende in Ihre Nähe gebeamt wurden.«

»Ich werde alle gefangennehmen, die ich sehe«, versprach Worf und lächelte zum Himmel empor. *Mein Sohn lebt,* dachte er.

Picard schloß den Kanal, und Worf ging zu Anit hinüber. »Jetzt beide Augen ich verloren habe«, sagte der Megaraner schwach, als Worf seine Hand von der Taille losband.

»Sie werden wieder sehen können«, sagte Worf und drückte beruhigend die Schulter des Mannes. »Haben Sie keine Angst.«

Strahlung überflutete die Sensoren der Basis, doch es kamen noch genug Daten durch, um das Ausmaß der Katastrophe zu enthüllen. Der *Tödliche Pfeil* war vernichtet worden, genau wie das Schiff der Ferengi – und das der Föderation hatte keinen Kratzer abbekommen. Es würde nicht lange dauern, bis die Menschen in Gatyns Schloß auftauchten und dessen Geheimnisse zu ergründen versuchten. Das würde ihnen die Möglichkeit geben, den Plan zu Fall zu bringen, wenn dies nicht schon längst geschehen war.

Verden saß im Überwachungsraum und studierte seine Befehle. Den Männern, die dieses Projekt ausgearbeitet hatten, war klar gewesen, daß es zu einer Einmischung durch die Föderation kommen konnte, und sie hatten dieser Möglichkeit selbstverständlich Rechnung getragen. Die in seinem elektronischen Notizbuch gespeicherten Befehle enthielten Vorschläge, den Plan selbst jetzt noch zu retten. Die Befehle waren einfallsreich und erfüllten Verden mit Bewunderung. Es war tatsächlich möglich. Er rief sein Team zusammen.

»Wir haben noch nicht verloren«, sagte Verden zu seinen Leuten, nachdem sie sich zu ihm gesellt hatten. »Nicht, solange wir noch leben. Wir sind unseren Feinden überlegen. Wir werden sie besiegen.«

»Sie haben einen Plan?« fragte Ubinew.

»Ja«, sagte Verden. »Bereiten Sie alles für die Evakuierung vor. Wir werden uns zu unserem Außenposten in Metari Leeg begeben.«

»Die Werft«, sagte Ubinew. Er zögerte. »Sir, wir haben auf Megara fünfzehn Werften. Wäre es nicht besser, eine entferntere aufzusuchen?«

»Ja«, sagte Verden. »Leider setzt der Teleporter uns Grenzen. Je weiter wir transportiert werden, desto mehr Energie müssen wir aufwenden, und desto größer ist das Risiko, daß wir entdeckt werden. Metari Leeg liegt am nächsten und hält dieses Risiko so gering wie möglich. Geben Sie jetzt die Koordinaten von Metari Leeg ein.«

»Ich gehorche«, sagte Ubinew und nahm hinter einem Kontrollpult Platz.

Verden und die anderen Männer seiner Einheit gingen zum Arsenal und legten dort Waffengürtel an. Einen Augenblick später gesellte Ubinew sich zu ihnen und bewaffnete sich ebenfalls. »Die Koordinaten sind eingegeben«, sagte er zu Verden, während er eine Tarn-Robe anlegte. »Ich habe eine Höhle in unmittelbarer Nähe von Metari Leeg gefunden. Wir können uns dorthin transferieren, ohne die Aufmerksamkeit der Sensoren der *Enterprise* oder der Einheimischen zu erregen. Ich habe bereits Notvorräte in die Höhle transportiert.«

»Ausgezeichnet«, sagte Verden. Er war stolz, solch einen Gefolgsmann zu haben. »Sie gehorchen meinen Befehlen mit Einfallsreichtum. Ich habe noch einen Befehl. Wenn die Föderation die Vo Gatyn ergreift, wird sie keine Geheimnisse für sich behalten.«

»Sie weiß nichts vom Plan«, sagte Ubinew.

»Richtig, aber sie ist eine aufmerksame Beobachterin. Sie müssen sie suchen und töten.«

»Ich gehorche«, sagte Ubinew sofort. Dann schaute er nachdenklich drein. »Sie und ihre Truppen werden noch im Wald sein. Es wird nicht leicht sein, sie zu finden, besonders nicht, wenn sie sich getrennt haben. Ich erbitte, daß zwei Männer mir helfen.«

Verden nickte. »Suchen Sie sie sich aus. Lassen Sie sich nicht gefangennehmen.«

»Ich gehorche«, sagte Ubinew ohne das geringste Zögern. Er winkte zwei Männern, ihm zu folgen, und ging davon. Einen Augenblick später hörte Verden das Summen des Transporters.

Verden führte den Rest seiner Leute zum Transporter. Bevor er auf die Plattform trat, blieb er stehen und aktivierte die Selbstvernichtungsvorrichtung der Basis. Sie war wesentlich kleiner als die, die den *Tödlichen*

Pfeil beseitigt hatte, reichte für ihre Zwecke aber völlig aus. Die Menschen würden hier lediglich einen glühenden Krater vorfinden.

Schade, daß ich sie nicht als versteckte Sprengladung zurücklassen kann, dachte er, als er sich mit seinen Leuten auf der Transporterplattform zusammendrängte. *Es würde mir gefallen, ein paar Menschen zu töten, wenn sie in die Basis eindringen ...* Aber solche Fallen waren unzuverlässig, und vielleicht gelang es den Menschen, solch eine Vorrichtung zu entschärfen. Nein, es war besser, dafür zu sorgen, daß die Basis und ihre Geheimnisse vernichtet wurden.

Der Transporter surrte und versetzte die Cardassianer in eine feuchte, stinkende Höhle. Ein einheimischer Fleischfresser erwachte schnaubend zum Leben, als er Eindringlinge in seinem Heim wahrnahm. Fast beiläufig erschoß Verden das Tier, als es ihn ansprang. Das Geschöpf fiel, die Lippen noch zurückgezogen und die Fangzähne entblößt, auf den schlammigen Höhlenboden und rührte sich nicht mehr.

Verden betrachtete seine Leute. »Wir bilden kleine Gruppen und betreten Metari Leeg getrennt. Wir treffen uns in dem Raumhafen.«

»Und was werden wir dort tun?« fragte Hrakin.

»Wir formieren uns neu«, sagte Verden. »In Metari Leeg befinden sich mehrere einsatzfähige Schiffe. Wir werden dafür sorgen, daß die Einheimischen sie wie geplant benutzen. Wir drücken ihnen praktisch eine geladene und entsicherte Phaserkanone in die Hand, und es wird nicht schwierig sein, sie dazu zu bringen, damit auch zu schießen.«

»Und die Föderation ins Herz zu treffen«, sagte Bwolst.

Hrakin sah über die bloße Hoffnung auf den Sieg hinaus. »Die Föderation wird intervenieren«, sagte er.

»Das ist durchaus möglich«, gestand Verden ein.

»Doch sollte sie Agenten nach Metari Leeg schicken, werden wir diese töten.«

Der cardassianische Befehlshaber redete sich ein, daß der Plan noch Erfolg haben konnte. Die Aussicht, daß die Föderation Megara keine Beachtung schenken würde, war gering – aber ihre bizarren Moralvorstellungen würden verhindern, daß sie Megara vernichteten, um sich selbst zu schützen. Und während sie zauderten, konnte er die Megaraner auf den richtigen Weg bringen. Hatten diese Leute erst einmal herausgefunden, welch leichten Reichtum die Piraterie bringen konnte, würden sie sich nicht mehr aufhalten lassen.

Verden betrachtete das Höhlentier, das er getötet hatte. Es hatte ein Einsiedlerdasein geführt, stolz und unabhängig, in vieler Hinsicht wie ein Cardassianer. *Doch nicht genau wie wir,* dachte er. Es hatte angegriffen, ohne zu denken, und war dafür gestorben. Es hatte nicht gewußt, wie es durch den Kampf seine Bedürfnisse befriedigen, wie es durch Vernichtung schöpferisch tätig sein konnte.

In der Höhlenöffnung leuchtete ein grelles Licht auf, als das Schloß in die Luft flog.

14

Ein paar Sekunden mit Warp acht hatten die *Enterprise* durch das halbe megaranische Sonnensystem geschleudert, und das Raumschiff führte noch die notwendigen Manöver durch, um einen Standardorbit um den Planeten einzunehmen. Wesley hatte sich zur Station des wissenschaftlichen Offiziers begeben und den Planeten gescannt. Die Explosion des cardassianischen Schiffes hatte eine hohe Strahlungsdosis freigesetzt, doch alles in allem sahen die Meßergebnisse gut aus. »Megara hat es überstanden, Captain«, meldete er. »Die Atmosphäre wurde nicht beschädigt, und die Magnetosphäre hat sich stabilisiert. Das Strahlungsniveau ist zwar im gesamten inneren System hoch, sinkt aber schon wieder.«

»Ausgezeichnet«, sagte Picard. Wesley sah, daß er leise lächelte, konnte aber nicht genau sagen, ob der Captain zufrieden oder erleichtert war, daß sein riskantes Spiel geglückt war. »Wann werden wir gefahrlos den Transporter benutzen können?«

»Frühestens in einer Stunde, Sir«, sagte Wesley.

»Das könnte zu einem Problem führen«, sagte Riker zu Picard. »Da unten sind jetzt eine Menge Ferengi, von den Cardassianern ganz zu schweigen. Mir gefällt die Vorstellung nicht, daß Worf ganz allein an einem solchen Ort ist.«

»Mr. Worf wird bestimmt nicht zu hart mit ihnen umspringen«, sagte Picard nachdenklich. »Mr. Crusher, können Sie in der Nähe von Lieutenant Worf Ferengi oder Cardassianer lokalisieren?«

Wesley schüttelte über dem Display den Kopf. »Nein, Sir. Die Strahlung ist zu stark für einen Scan mit hoher Auflösung. Wir müssen näher an Megara heran …« Als die Instrumente auf seiner Station plötzlich verrückt spielten, hielt er inne. »Captain, im Schloß der Vo Gatyn hat es eine Explosion gegeben«, meldete er dann.

»Dort hatten die Cardassianer ihre Basis«, sagte Riker. »Wie schwer war die Explosion?«

»Knapp eine Kilotonne, Sir«, sagte Wesley. Die Angaben auf dem Display ließen nicht den geringsten Zweifel daran, was geschehen war. »Es war eine einfache Antimaterie-Explosion. Es gibt keine Strahlungsrückstände und keinen Fallout.«

»Wir müssen dankbar für kleine Gefallen sein«, sagte Riker. Im Gegensatz zu Kernspaltungs- und Fusionsbomben führten Antimateriewaffen zu keiner anhaltenden Verseuchung. Sie erzeugten einen schnellen Impuls aus Hitze und Gammastrahlung, und dann blieb nur ein verkohlter Krater zurück.

»Einen kleineren Gefallen kann ich mir nicht vorstellen«, sagte Picard. »Mr. Crusher, scannen Sie die Umgebung des Schlosses auf Überlebende. Es wird Verletzte geben; informieren Sie den Ersten Medooffizier, damit sie Hilfsmaßnahmen vorbereiten kann.«

Die von den zerstörten Schiffen ausgehende Strahlung beeinträchtigte noch immer die Sensoren, doch als die *Enterprise* sich Megara näherte, bekam Wesley ein paar zuverlässige Daten. Er bemerkte es kaum, als Botschafter Offenhouse den Captain von der Brücke rief, so stark konzentrierte er sich auf das komplizierte Problem, aus dem Dunst der Strahlung, die Megara umgab, Meßergebnisse zu filtern. Wesley lokalisierte etwa fünfzig Megaraner in einem Umkreis von fünfzig Kilometern um das Schloß, aber die Daten waren nicht so genau, daß er feststellen konnte, ob sie bei der Explosion verletzt worden waren. Er entdeckte auch mehrere Gruppen von Ferengi, und als er das Suchgebiet ausweitete, fand er Lebenszeichen, die eindeutig von Worf stammten.

Etwas fiel ihm jedoch sofort auf. »Keine Cardassianer«, sagte er leise.

»Wie bitte, Mr. Crusher?« fragte Riker.

»Ich kann keine Cardassianer finden, Sir«, sagte Wesley und schaute von seinen Instrumenten auf. »Selbst bei all den Störungen müßten sie auffallen wie die bunten Hunde, aber es sind keine zu entdecken.«

»Vielleicht waren sie alle in der Basis, als sie explodierte«, warf Counselor Troi ein. »Selbstmord wäre eine Methode, der Gefangennahme zu entgehen.«

»Und einem Verhör durch uns«, sagte Riker und schüttelte den Kopf. »Ich kann nicht so recht daran glauben. Es ist zu unwahrscheinlich, daß sich alle in der Basis befanden, als sie explodierte. Außerdem sind Cardassianer Krieger. Sie würden kämpfend untergehen.«

»Falls ich eine Bemerkung machen darf«, sagte Shrev leise, »sie könnten irgendwo dort unten ein Versteck haben, eine zweite Basis.«

»Genau das denke ich auch«, sagte Riker. »Suchen Sie weiter.«

Data hielt sich während des Kampfes im Konferenzraum auf und war in gewisser Hinsicht froh, die Kampfhandlungen verpaßt zu haben. Dies hatte ihm Gelegenheit gegeben, den Botschafter und Odovil Pardi zu beobachten. Die Megaranerin hatte aufgrund der dramatischen Veränderungen bei der künstlichen Schwerkraft und Beleuchtung leicht, aber nicht übertrieben verängstigt gewirkt. Eingedenk der Tatsache, daß es sich um ihre erste Erfahrung mit dem Raumflug, ganz zu schweigen von dem Raumkampf, handelte, kam Data ihre Haltung ziemlich beeindruckend vor.

Ralph Offenhouses Reaktion verblüffte ihn. Die Schlacht schien den Mann verärgert zu haben, als sei sie lediglich eine kleine Belästigung. Er hatte die Berichte studiert, die die Angehörigen der Außenteams verfaßt hatten, und während Phaserschüsse das Schiff erzittern ließen, hatte er Data gebeten, ihm seine Beobachtungen über das Falschgeld mitzuteilen. Alles in allem wäre der angemessene Begriff für sein Verhalten »monoman« gewesen.

Eine halbe Stunde nach dem Kampf beorderte Offenhouse den Captain in den Konferenzraum. »Ziehen Sie sich einen Stuhl heran, Picard«, sagte Offenhouse, als er den Raum betrat. »Sind Sie jetzt damit fertig, uns ordentlich durchzuschütteln?«

»Im Augenblick schon«, sagte Picard und nahm an dem Tisch Platz. Sein Tonfall ließ erkennen, daß er das Benehmen des Botschafters für harmlos hielt, vielleicht sogar für amüsant. »Übrigens, wir haben gewonnen.«

»Das würde erklären, wieso wir noch leben«, sagte Offenhouse. »Aber ich habe so eine Ahnung, daß unsere Probleme auf Megara gerade erst angefangen haben. Unsere Touristen sind da unten auf ein echtes Geheimnis gestoßen.«

»Das klingt vielversprechend«, sagte Picard. Er rieb geistesabwesend an einem Fleck auf seinem Uniformärmel. Der Captain war sehr pingelig, und Data vermutete, daß er sich unwohl fühlte, weil er seit dem vergangenen Abend noch keine Gelegenheit gehabt hatte, sich umzuziehen. »Woraus besteht es?«

»Einfach darin, daß nichts einen Sinn ergibt«, sagte Offenhouse. »Auf den ersten Blick sieht es aus, als hätten die Cardassianer die Ferengi angeheuert, Megara in eine Industriewelt mit einer Menge Werften umzuwandeln.«

»Um Schiffe für die cardassianische Flotte zu bauen«, folgerte Picard. »Ich verstehe. Für eine Investition von fünfzig Milliarden Krediteinheiten bekommen die Cardassianer eine Flotte und eine Basis, die Billionen wert ist. Und Megara wäre ein ideales Sprungbrett für einen Angriff auf die Föderation. Unsere Grenze ist hier kaum geschützt. Die Cardassianer müssen nur Leute herbringen, die die Schiffe fliegen … nein.«

»Sie erkennen die Schwierigkeit bei dieser Theorie, Captain«, sagte Data. »Die Cardassianer müßten mehrere zehntausend Mann nach Megara bringen. Es ist unwahrscheinlich, daß sie den Transport einer so großen Anzahl von Soldaten verbergen können.«

»Vielleicht zu ihrer Welt die Schiffe sie wollen bringen«, schlug Odovil vor.

»Vielleicht … nein«, sagte Picard und schüttelte den Kopf. »Wir würden solche Flottenbewegungen entdecken. Überdies erklärt das nicht, wieso sie die Schiffe in solcher Nähe der Föderation bauen.«

Offenhouse nickte. »Megaras strategische Position muß der Schlüssel für das sein, was auch immer hier geschieht. Aber es gibt noch mehr Ungereimtheiten. Zum Beispiel die Art und Weise, wie die Ferengi in der megaranischen Gesellschaft herumpfuschen. Man sollte doch meinen, sie wollten hier eine effiziente industrielle Organisation aufbauen, aber ihr gesamtes Vorgehen hintertreibt dies. Nehmen Sie zum Beispiel die Armut. Ganz gleich, wie schwer ein Megaraner arbeitet, er kann es nie zu etwas bringen. Das erstickt jede Initiative und fördert die Korruption.«

»Weil die Leute sehen, daß ehrliche Arbeit nicht genügt, um ein anständiges Leben zu führen?« fragte Data. Korruption war eine menschliche Schwäche, die sich schon immer seinem Verständnis entzogen hatte, und er war dankbar für jeden Einblick, der ihm in diesem Zusammenhang gewährt wurde. »Vielleicht erklärt das die weite Verbreitung von Falschgeld.«

»Es ist einfacher, falsches Geld zu drucken, als echtes zu verdienen«, stimmte Offenhouse ihm zu. »Und die

Armut gibt den Leuten guten Grund, Bestechungsgelder anzunehmen ...«

»Zum Glück für Sie«, sagte Odovil. »Einen Korporal ich bestochen habe, damit er mir Sie bringt. Hätte das Bestechungsgeld er abgelehnt, zu den Rattenaugen er Sie gebracht hätte. Dann tot Sie jetzt wären.«

Der Botschafter nickte, als wäre ihre verdrehte Syntax für ihn völlig logisch. »Und dieser Korporal hat einen Soldaten erstochen, um sein Bestechungsgeld zu verdienen«, sagte er. »Ein Leben ist auf Megara nicht viel wert ...«

»Sehr viel sogar«, sagte Odovil unbehaglich. Als sie mit den Fingern auf die Tischplatte trommelte, bemerkte Data, daß ihre Nägel ausgefranst wirkten, als würde sie sie abkauen. Das wies auf eine nervöse Persönlichkeit hin. »Aber viele Leben die Rattenaugen haben zerstört«, fuhr Odovil fort.

»Die Ferengi haben hier einen sehr cleveren Einfall gehabt«, sagte Offenhouse zu Picard. »Ein Megaraner bekommt ohne Arbeitserlaubnis keinen Job. Wenn ein Megaraner den kleinen Ungeheuern mißfällt, zwingen sie seinen Boß, ihm die Arbeitserlaubnis abzunehmen. Das ist häßlicher als eine Hinrichtung, denn es zwingt die Opfer, sich dem Verbrechen zuzuwenden oder erniedrigende Arbeiten anzunehmen. Außerdem zwingt es den Boß, an der brutalen Praxis mitzuwirken, *und* es zeigt den anderen, daß jemand, der den Ferengi nicht paßt, sehr lange leiden muß.«

»Das kommt mir sogar für die Ferengi ziemlich extrem vor«, sagte Picard. »Und überdies als reine Verschwendung. Diese Ausgestoßenen werden zur Belastung für die Gesellschaft. Solch eine Vergeudung ist nicht typisch für die Ferengi.«

»In Ihrer Logik ist ein Fehler, Sir«, sagte Data bedauernd. »Die Ferengi haben diese Aktionen zwar durchgeführt, aber auf Geheiß der Cardassianer. Wir müssen davon ausgehen, daß die Cardassianer diese Aktionen produktiv finden.«

»Es fällt mir nicht leicht, dahinter einen Sinn zu sehen«, sagte Picard.

»Ich stimme Ihnen zu, Sir«, sagte Data. »Kadett Crusher hat die Bemerkung fallen lassen, daß die Ferengi die megaranische Kultur zu vernichten scheinen. Das kommt mir völlig sinnlos vor.«

»So sinnlos wie die Prophetin«, sagte Offenhouse zu Picard. »Jemand hat einen holographischen Projektor benutzt. Ein Gerät, das Bilder aus reinem Licht erschafft«, erklärte er Odovil.

»Was Hologramme sind, ich weiß, Ral'feh«, sagte sie nachsichtig. »Und eins davon die Prophetin gegen die Dunkelheit ist?«

»Das ist korrekt«, sagte Data.

»Also eine Betrügerin der Rattenaugen die Prophetin ist«, sagte Odovil hauptsächlich zu sich selbst. »Überrascht ich nicht bin. Immer falsch ihre Worte sind.«

»Es wundert mich nicht, daß die Programmierer der Prophetin Schwierigkeiten mit der Grammatik der ulathischen Sprache haben«, sagte Data. »Sie ist für das Ohr zwar sehr angenehm, doch die richtige Stellung der Wörter ist sehr schwierig für jemanden, für den das Ulathische nicht die Muttersprache ist.«

Odovil schaute ungeduldig drein. »Von durcheinandergebrachten Wörtern ich nicht spreche«, sagte sie. »*Böse* die Prophetin ist. Ihr ich einmal habe gelauscht, und Haß sie hat gepredigt. Auf eine Weise, wie keine wahre Priesterin würde sprechen – und doch die Leute auf sie hören, wenn zu hassen Fremdweltler sie befiehlt. *Alle* Fremdweltler«, fügte sie mit einem verwunderten Tonfall hinzu, der Data verriet, daß ihr gerade etwas Seltsames aufgefallen war, »nicht nur die Rattenaugen.«

»Es kommt mir verrückt vor, die Megaraner zu lehren, alle Fremden zu hassen«, sagte Picard. »Wie kann dann jemand erwarten, daß sie ihre Feinde mit Raumschiffen versorgen? Die Situation auf Megara wäre so instabil, daß der Planet keine zuverlässige Quelle mehr ist.«

»Da ist noch mehr«, sagte Offenhouse. »Die Ferengi bezahlen die Megaraner mit Papiergeld, das durch nichts gestützt wird, was den geringsten Eigenwert hätte. Man kann damit Nahrung und Kleidung kaufen, aber es hat nichts mit der Industrieproduktion zu tun. Trotzdem fordern die Ferengi einen Großteil davon als Steuern zurück.«

»Steuern?« Picard schaute nachdenklich drein. »Wie ich mich erinnere, haben in der Vergangenheit schwere Steuern oft dazu beigetragen, Revolutionen zu provozieren. Das würde nur die Instabilität noch vergrößern.«

Data lauschte der Diskussion mit weniger als einem Prozent der Kapazität seiner Informationsverarbeitung. Den Rest seiner Aufmerksamkeit widmete er einem faszinierenden Blickwinkel: Zerstörung konnte der erste Schritt in einem Prozeß des Ersatzes sein. Der Prozeß auf Megara wirkte lediglich verwirrend, weil er noch nicht abgeschlossen war. Konnte er mit den bekannten Parametern den Prozeß definieren und sein Ergebnis vorhersagen?

Er konnte es. »Captain«, sagte er, »ich habe eine Hypothese erstellt, der ich gern nachgehen würde.«

Odovil schaute verwirrt drein. »Immer er so spricht, Ral'feh?« fragte sie Offenhouse.

»Man müßte ihn mit Untertiteln versehen.« Offenhouse plazierte einen Ellbogen auf den Konferenztisch und stützte das Kinn in die Hand. »Worauf wollen Sie hinaus, Data?«

»Ich erbitte die Antwort auf eine Frage«, sagte Data. »Miss Pardi, ist Ihnen bekannt, ob die Ferengi beabsichtigt haben, Megaraner dafür auszubilden, durch den Weltraum zu fliegen?«

»Von diesem Gerücht ich habe gehört«, sagte Odovil. Data stellte fest, daß ihr Puls und die Atmung sich beschleunigten, während sie beide Hände zu Fäusten ballte. Es kam ihm seltsam vor, daß sie jetzt mehr Angst zu haben schien als während der Raumschlacht. »Eine Schule sie in Metari Leeg gebaut haben, und dort Leute sie ausbilden, mit Raumschiffen zu fliegen.«

»Das paßt zu meiner Hypothese«, sagte Data und sah Picard an. »Captain, die Cardassianer fänden es nützlich, hier eine feindlich gesonnene, raumfahrende Welt zu haben, die die Föderation bedroht. Um das zu erreichen, schaffen sie auf Megara so eine Gesellschaft.«

»Sie bezeichnen das als Beispiel für Sozialtechnologie?« fragte Picard.

»Ja, Sir«, sagte Data. »Der erste Schritt bestand darin, die alte Kultur zu vernichten, was Platz für die Bildung einer neuen Gesellschaft schuf. Wie auch Individuen, so werden Gesellschaften durch das geformt, was sie sehen und erfahren, und die Zustände wurden so angeordnet, daß die Megaraner lediglich das Gesetz des Dschungels kennen. Es ist ein allgemein bekanntes Prinzip, daß Wesen, die ständig Gewalt und Brutalität ausgesetzt sind, ebenfalls brutal und gewalttätig werden.

Der wichtigste Beweis für meine Hypothese ist wohl die holographische Prophetin. Diese Entität dient lediglich dazu, den Haß auf Fremdwesen zu sanktionieren. Darüber hinaus versorgt jemand die megaranischen Kinder mit Romanen, die Krieg und Raub verherrlichen. Das ist lediglich sinnvoll, wenn man davon ausgeht, daß die Cardassianer den Megaranern Xenophobie einimpfen wollen. Denn Xenophobie ist lediglich in einer kriegerischen Gesellschaft nützlich.

Das genaue Ziel bleibt unklar«, fuhr Data fort. »Vielleicht will man aus den Megaranern Eroberer machen. Gleichermaßen nützlich wäre für die Cardassianer das beschränktere Ziel, sie zum Piratentum zu verführen. Auf jeden Fall muß man den Megaranern die Fähigkeit geben, selbst Raumschiffe zu bauen und zu fliegen. Dies ist jetzt geschehen.«

Einen Augenblick lang war das einzige Geräusch im Konferenzraum das Zischen der Ventilatoren. Das Schweigen der drei Lebewesen ließ Data sich fragen, ob seine Ausführungen töricht waren. Seine Theorie hing von einer Analyse emotionaler Faktoren und Reaktionen ab, und er wußte, daß er nur beschränkte Kenntnisse über solche Dinge hatte.

»Ich weiß nicht«, sagte Offenhouse schließlich. »Wenn die Cardassianer versuchen, die Megaraner dazu zu bringen, alle Fremdwesen zu hassen, können sie sie doch nicht mehr als Verbündete gebrauchen.«

»Es klingt paradox«, sagte Picard. Data glaubte jedoch, seiner Stimme ein gewisses Interesse entnehmen zu können. »Aber vielleicht brauchen sie keine formelle Allianz. Sollte auf Megara eine feindselige Macht entstehen, müßte die Föderation darauf reagieren, ob sie nun einen Vertrag mit den Cardassianern hat oder nicht. Wir müßten unsere Grenztruppen verstärken und Kriegsschiffe hier stationieren.«

»Womit ein Teil unserer Streitmächte gebunden wäre«, sagte Offenhouse langsam. »Wir könnten sie nicht gegen die Cardassianer einsetzen, falls sie angreifen sollten. Das gäbe den Cardassianern einen Vorteil … als würde man vor Beginn des Spiels einen Bauern des Gegners vom Schachbrett nehmen.«

Odovils Gesicht hatte sich umwölkt. »Mein Volk als Waffe sie benutzen?«

»So sieht es aus«, sagte Offenhouse zu ihr. Er rieb seine Augen, und Data erkannte die Erschöpfung auf seinem Gesicht. »Das gleiche haben die Supermächte damals im Kalten Krieg abgezogen. Man gibt einem kleinen Land Waffen im Wert von zig Millionen Dollar und läßt es von der Leine. Kuba, Libyen, Iran, Contras,

Mudschaheddin, Palästinenser – das war eine tolle Sache, um Krieg zu führen. Man konnte ein anderes Land angreifen oder dessen Interessen bedrohen, ohne das eigene in Gefahr zu bringen.«

»Und die Cardassianer haben dieses Konzept nun ausgeweitet«, sagte Picard und lehnte sich in seinem Sessel zurück. »Sie haben sehr viel auf diese Operation gesetzt – doch ihren Einsatz anscheinend verloren.«

»Auch meine Welt verloren hat«, sagte Odovil verbittert. Sie erhob sich, ging zum Fenster des Bereitschaftsraums und schaute auf die Wolken über ihrem Heimatplaneten hinab. Von der Strahlung erzeugte Polarlichter flackerten am Horizont, als würde die Welt langsam von einem kalten Feuer verzehrt. »Zu Ungeheuern sie uns gemacht haben, damit zum Vorteil anderer wir kämpfen und sterben.«

»Ich weiß«, sagte Offenhouse und rieb getrockneten Schmutz von seiner Jacke. »Wir haben die Cardassianer aufgehalten, bevor sie die Sache durchziehen konnten, aber der Dreck, den sie da unten zurückgelassen haben, stinkt schlimmer als Picard und ich zusammen. Um das wieder in Ordnung zu bringen ...« Offenhouse unterdrückte ein Gähnen. »Odovil, im Augenblick könnten wir alle eine Mahlzeit, ein Bad und Schlaf gebrauchen. Picard, würden Sie Counselor Troi bitten, der Lady ein Quartier zuzuweisen?«

Damit war das Gespräch beendet. Data verließ den Konferenzraum und begab sich zur Brücke. Obwohl sowohl der Captain als auch der Botschafter seine Hypothese als korrekt akzeptiert hatten, war Data mit seiner Arbeit unzufrieden. Irgendwie kam ihm seine Theorie nicht vollständig vor, als hätte er einen wichtigen Faktor übersehen.

Natürlich befand Megara sich in der Nähe zur Föderationsgrenze, und die Cardassianer mußten gewußt haben, daß das Projekt jederzeit entdeckt werden konnte. Sie würden für diese Möglichkeit Vorsorge getroffen haben, und obwohl Data noch keine Rückschlüsse auf ihre Pläne ziehen konnte, war ihm klar, daß sie nur zum Schaden der Föderation ausgelegt sein konnten.

Geordis Oberkörper war halb in dem Wartungsschacht vergraben, während er an dem Schildgenerator arbeitete. »Okay, Al, jetzt gib mir mal die Meßwerte auf der Polyphasenkupplung durch«, sagte er.

Alexander betrachtete das Display des Geräts, das er in der Hand hielt. »Fünf Komma vier … vier Komma sechs … vier Komma eins …« Die Werte wurden ständig geringer, als Geordi den Schildgenerator einstellte. »Null Komma null«, sagte Alexander schließlich. »Er ist jetzt phasengleich.«

»Ausgezeichnet.« Geordi zwängte sich aus dem engen Loch und setzte sich auf den Zwischenboden. »LaForge an Brücke. Der vordere Deflektorschild ist jetzt wieder auf einhundert Prozent.«

»Ist jetzt alles in Ordnung?« fragte der junge Klingone, als Geordi die Abdeckplatte wieder auflegte.

Geordi nickte. »Dank deiner Unterstützung, Al. Du hast mir geholfen, es wesentlich schneller hinzukriegen.«

»So etwas mache ich gern«, sagte Alexander. Er wußte, daß Geordi seine Hilfe in Wirklichkeit gar nicht gebraucht hatte; der Ingenieur hatte ihn lediglich beschäftigen wollen, damit er sich keine Sorgen um seinen Vater machte. Andererseits hatte Geordi ihn tatsächlich an den Schiffssystemen arbeiten lassen, als wäre er ein Lehrling und kein Störenfried. Das gefiel ihm an dem Ingenieur. Die meisten Erwachsenen schienen sich über Kinder zu ärgern, als wären sie eine Lebensform, die erst dabei war, Intelligenz zu entwickeln, aber Geordi nahm ihn immer ernst.

Alexander sah zu, wie er seine Instrumente wieder in den Werkzeugkasten zurücklegte. »Geordi? Warum tut mein Vater all diese verrückten klingonischen Dinge?«

Geordi schien die Frage nicht zu überraschen. »Du meinst, warum er zum Beispiel wieder zu einem Kampf zurückkehrt? Das hätten auch viele Menschen getan, um ihren Freunden zu helfen.«

Alexander schüttelte den Kopf. »Menschen würden nachdenken und eine bessere Möglichkeit finden, ihren Freunden zu helfen. Vater ist einfach blindlings drauflos gestürmt.«

»Na ja ...« Geordi setzte sich und lehnte den Rücken gegen die Wand. »Er wollte wohl beweisen, daß er wirklich ein Klingone ist.«

»Warum muß er das denn beweisen?« fragte Alexander. »Er *ist* ein Klingone.«

»Ich meine, er wollte es sich selbst beweisen«, sagte Geordi. »Er wurde von Menschen großgezogen, und manchmal weiß er selbst nicht genau, was er ist.«

»Oh.« Das verstand Alexander sehr gut. Die meiste Zeit über war er sich nicht sicher, ob er Mensch oder Klingone war, und seine Gefühle prallten oft aufeinander wie zwei Gladiatoren auf Triskelion. Auch jetzt noch, da er *wußte,* daß er über seine Probleme sprechen mußte, wäre er manchmal am liebsten allein gewesen und hätte vor sich hingegrübelt. Doch zumindest trug jetzt das Bedürfnis, sich zu unterhalten, den Sieg davon. »Deshalb will er wohl auch, daß ich mich wie ein Klingone benehme. Er kann es nicht ertragen, zusehen zu müssen, wie ein Klingone sich menschlich benimmt.«

Geordi rieb nachdenklich sein Kinn. »Ich glaube nicht, daß es daran liegt, Al«, sagte er. »Ich weiß, daß er wegen seiner Erziehung manchmal ziemlich durcheinander ist. Vielleicht glaubt er, daß du es einmal leichter haben wirst als er, wenn er dich wie einen Klingonen erzieht.«

Alexander dachte darüber nach. »Es wird nicht

funktionieren«, sagte er. »Ich bin zum Teil ein Mensch.«

»Ich weiß«, sagte Geordi. »Er macht dir deshalb das Leben wohl manchmal ziemlich schwer.«

»Nein«, sagte Alexander schnell. »Na ja, jedenfalls nicht absichtlich. Er benimmt sich nur so komisch, wenn ich irgend etwas tue, daß ihm zu menschlich vorkommt ... als versuche er mit aller Macht, ruhig zu bleiben. Er merkt nicht mal, daß er das tut. Counselor Troi hat mit uns darüber gesprochen, aber ...« Er zuckte die Achseln, wußte nicht genau, was er sagen sollte.

»Aber sie kann euch nicht so helfen, wie du es gern hättest«, sagte Geordi. »Ich schätze, es fällt Klingonen nicht leicht, einen psychologischen Rat anzunehmen.«

»Was soll das heißen?« fuhr Alexander wütend hoch. »Wenn es sein, können wir durchaus einen Rat annehmen.«

»Ich weiß«, sagte Geordi. »Vielleicht solltest du es mal mit einem Trick versuchen und deinen Dad dazu bringen, den Rat anzunehmen, ohne daß er weiß, daß er ihn annimmt?«

Alexander sah ihn verdutzt an. »Was?«

»Strategie«, sagte Geordi. »Wenn es auf die eine Weise nicht geht, versucht man es eben auf eine andere. Du benimmst dich in seiner Gegenwart wie ein Mensch. Vielleicht solltest du mal versuchen, dich wie ein Klingone zu benehmen. Wie ein *richtiger* Klingone.«

»Sie meinen, es übertreiben?« fragte Alexander.

Geordi nickte. »Es wird ihm falsch vorkommen, und vielleicht merkt er dann, daß es ganz in Ordnung ist, wenn du dich teilweise wie ein Mensch benimmst.«

Alexander dachte darüber nach. Es mochte eine Weile dauern, bis er das drauf hatte, aber dann würde es Spaß machen. Er mußte in der Computerbibliothek nachschlagen, wie ein klingonisches Kind sich benahm – und das würde ihn vielleicht auf ein paar

Ideen bringen. »Danke, Geordi«, sagte er, als sie sich erhoben. »Wissen Sie, für einen Menschen verstehen Sie wirklich eine Menge von Strategie.«

Geordi kicherte, als er seinen Werkzeugkasten aufhob. »Das habe ich deinem Dad zu verdanken. Er hat einen guten Einfluß auf mich.«

»Ich sage es noch einmal«, schärfte Beverly Crusher den Leuten ein, die sich in Transporterraum drei versammelt hatten. Wesley war unter ihnen und nestelte an dem Erste-Hilfe-Kasten herum, den er um seine Hüfte geschnallt hatte. »Keiner von Ihnen ist Arzt, also lassen Sie sich auf keine Experimente ein. Wenn Sie einen Verletzten finden, stabilisieren Sie ihn lediglich und rufen Hilfe. Also gut, De Shay, sie gehören Ihnen.«

Die Helfer wurden in Gruppen von jeweils sechs Personen auf den Planeten gebeamt. *In einer Stunde werden sie sämtliche Patienten zusammengetrieben haben,* dachte Beverly, während sie ihre Arzttasche aufhob. Als die beim Kampf freigesetzte Strahlung nachgelassen hatte, hatten die Schiffssensoren in der Umgebung des zerstörten Schlosses über einhundert Verletzte entdeckt. Sie wußte, daß viele davon operiert werden mußten, wollte sie sie durchbringen. Bei der Explosion war nicht nur Strahlung und Hitze freigesetzt worden, auch die Druckwelle hatte ihre Körper geschädigt – Verbrennungen, Knochenbrüche, Schockzustände, Verletzungen des Knochenmarks, Netzhautvernarbungen und durch das Licht geblendete Augen, geschwächte Immunsysteme. Und natürlich würde es jede Menge Überraschungen geben, denn Kämpfe schienen immer neue Arten von Verletzungen zu schaffen …

Ein Problem nach dem anderen, Bev, dachte die Ärztin, als sie auf die Transporterfläche trat. Nur so konnte man eine Katastrophe handhaben: Man konzentrierte sich auf den Fall, den man gerade vor sich hatte, und dachte nicht über das Ausmaß des Zwischenfalls nach.

Wenn Helfer versuchten, sich das große Gesamtbild vorzustellen, wurden sie gefühlsmäßig völlig aufgerieben.

Sie materialisierte auf einem Waldweg. Worf stand zwei Meter von ihr entfernt, und mehrere Megaraner saßen auf dem Boden. Beverly scannte Worf sofort mit ihrem Tricorder, obwohl seine schwerste Verletzung unschwer mit bloßem Auge auszumachen war. Mehrere seiner Schädelwölbungen waren zerschmettert worden, und trocknendes violettes Blut klumpte auf der Haut. Abgesehen davon ging es ihm gut; der panzerähnliche klingonische Schädel hatte sein Gehirn bewundernswert vor Schäden bewahrt. »Ich habe Sie gleich zusammengeflickt«, versprach die Ärztin.

»Die anderen sind schwerer verletzt«, sagte Worf, als sie sich an seinem Kopf zu schaffen machte. »Meine Verletzung ist unbedeutend.«

»Klar, es ist ja nur eine Kopfwunde«, sagte Beverly verärgert. Sie behandelte seine Verletzung mit einem Protoplaser. »Halten Sie *still,* Lieutenant. Wenn Sie Schmerzen genießen wollen, tun Sie das gefälligst in Ihrer Freizeit.« Als er über den Witz knurrte, schaute sie sich um. »Was ist mit den anderen passiert?« fragte sie.

»Die grelle Explosion hat sie geblendet«, sagte er.

»Das müßte ein vorübergehender Zustand sein«, sagte Beverly. Sie schauderte, als sie sich plötzlich vorstellte, der halbe Planet könnte geblendet sein – aber nein, Dunst und Staub in der Atmosphäre hatten einen Großteil des Lichts der Explosion ausgefiltert, sogar bei wolkenlosem Himmel. Trotzdem hatten wahrscheinlich zahlreiche Leute das ausgesprochene Pech gehabt, direkt zu dem cardassianischen Schiff hinaufzublicken, als es, kaum eine Million Kilometer von Megara entfernt, explodierte. Vielleicht würde sie Tausende von Geblendeten behandeln müssen …

Eins nach dem anderen, mahnte sie sich. »Es sieht so

aus, als hätten einige dieser Leute auch andere Verletzungen abbekommen«, sagte sie.

»Ich bin ihnen mit großer Begeisterung begegnet«, knurrte Worf. »Sie müssen sich zuerst um den Einarmigen kümmern. Er ist ein wertvoller Verbündeter.«

»Wie Sie meinen.« Sie war mit Worfs Schädel fertig und untersuchte ihn noch einmal mit dem Tricorder. »Es geht Ihnen wieder gut, Lieutenant. Aber Sie sollten ein paar Tage lang keinen Kopfstand machen.«

Beverly ging zu dem nächsten Mann weiter, zu jenem, der nur noch einen Arm und ein Auge hatte. »Sie müssen Kardel Anit sein«, sagte sie, während sie ihn scannte. Der Tricorder diagnostizierte eine Netzhautentzündung und erhöhten Druck im Glaskörper, dazu die Folgen schwerer Unterernährung. »Mein Sohn Wesley hat Sie gestern erwähnt.«

»An ihn ich mich erinnere«, sagte Anit. »Er viel Gold ausgegeben hat.«

Der Mann klang verkrampft. *Xenophobie,* vermutete Beverly, *und der Schock, plötzlich blind zu sein.* »Sie müßten gleich wieder normal sehen können«, sagte sie und gab ihm eine Injektion. »Bis wir Ihren Arm und das Auge ersetzen können, müssen Sie sich noch etwas gedulden.« Sie gab ihm eine zweite Injektion, um den Mangel an Mineralien und Vitaminen auszugleichen.

»Ersetzen?« wiederholte Anit. »Das ich nicht verstehe.«

»Wir können wahrscheinlich wiederherstellen, was Sie verloren haben«, sagte sie. »Aber es wird noch ein paar Tage dauern, bis ich mich daranmachen kann.«

Anit schaute ungeduldig drein, als wolle er zum Ausdruck bringen, daß sie ihn mißverstanden hatte. »Warum das Sie tun würden?«

»Warum nicht?« erwiderte sie, doch dann fielen ihr einige der entsetzlichen Geschichten ein, die Wesley ihr am vergangenen Abend über Megara erzählt hatte. Der Mann mußte glauben, das Angebot sei mit einem

Haken verbunden. »Worf kann es Ihnen besser erklären als ich«, sagte sie.

Doch Worf war nicht in der Lage, irgendwelche Erklärungen abzugeben. Als Beverly zu ihrem nächsten Patienten ging, bemerkte sie, daß der Klingone in die Hocke gegangen war und den Phaser in der Hand hielt, während er in den Wald hinter dem Weg spähte. Die Ärztin wollte gerade etwas sagen, als zwei Phaserstrahlen aus dem Wald schossen. Sie trafen zwei der geblendeten Männer, die auf dem Weg saßen; ihre Körper explodierten, als die gebündelten Strahlen sich in sie hineinfraßen.

»Runter!« rief Beverly. »Alle runter!« Sie hörte, daß Worf in den Wald stürmte, während sie sich flach auf den Erdboden warf, hörte auch die verängstigten Schreie der Männer in ihrer Nähe; wenn es irgend etwas Schlimmeres gab, als in einer Schlacht kämpfen zu müssen, dachte sie, dann, blind und hilflos einem Angriff ausgesetzt zu sein. »*Enterprise*«, rief sie, »schicken Sie einen Trupp Sicherheitswächter runter!«

Beverly zog ihren Phaser, überzeugte sich, daß er auf Betäubung eingestellt war, und schaute sich um. Die Schüsse hatten mehrere kleine Feuer im Laubwerk entzündet, doch über dem Knistern der Flammen hörte sie andere Geräusche. Da sie flach auf dem Boden lag, konnte sie kaum etwas sehen. Das störte sie aber nicht besonders. Jedenfalls würde sie keine Aufmerksamkeit auf sich ziehen, indem sie sich erhob, um sich umzusehen.

Sie hörte das Surren von Phaserschüssen, und dann stolperte ein Megaraner aus dem Wald auf den Weg. Als Beverly ihn sah, zögerte sie, bis sie den Phaser in seiner Hand ausmachte. Sie betäubte ihn und verspürte eine grimmige Befriedigung, als er zusammenbrach. *Das wird dich lehren,* meine *Patienten zu töten, du Scheißkerl,* dachte sie.

Ein zweiter Megaraner stürmte aus dem Wald, blieb

auf dem Weg stehen und sah den Betäubten an. Er tötete ihn, bevor Beverly ihn betäuben konnte, und dann erfaßte Worfs Phaserstrahl ihn und schleuderte ihn weit durch die Luft.

Als Worf auf den Pfad trat, materialisierten die Sicherheitswächter. Sie drängten sich um den Bewußtlosen, und Beverly trat zu ihnen. Worf nahm dem Mann bereits die Waffen und andere Ausrüstungsgegenstände ab. »Das ist ein Cardassianer«, sagte sie, während sie ihn scannte. »Er ist nicht verletzt.«

»Bedauerlich«, sagte Worf und winkte einen seiner Untergebenen heran, einen Fähnrich. »Bringen Sie ihn auf das Schiff und sperren sie ihn in eine Zelle. Die anderen postieren sich rundherum und bewahren uns vor weiteren Überraschungen.«

Beverly sah zu, wie der Fähnrich und der Gefangene dematerialisierten. »Er hat seinen eigenen Kameraden getötet«, sagte sie verblüfft.

»Und noch weitere«, sagte Worf. »Cardassianer lassen sich nicht gefangennehmen.«

»Das klingt ganz so, als würden sie das gutheißen«, sagte sie.

Worf runzelte die Stirn. »Es ist eine ... ehrbare Unannehmlichkeit. Ich habe Fragen, die Antworten verlangen.«

»Wenigstens haben Sie einen Gefangenen«, sagte Beverly. Sie betrachtete die Leute, die auf dem Pfad warteten. »Und ich habe noch Patienten.«

»Ja.« Worfs Gesichtsausdruck wurde nachdenklich. »Versorgen Sie die Frau als nächste, Doktor ...«

»*Ich* setze hier die medizinischen Prioritäten, Lieutenant«, erwiderte Beverly scharf.

»Sie müssen sie als nächste behandeln«, polterte Worf. »Sie ist die Vo Gatyn.«

»Glauben Sie etwa ...« begann Beverly.

»Ich glaube nicht, daß die Cardassianer uns zufällig gefunden haben«, sagte Worf. Er sah die Frau an, die auf einem umgestürzten Baumstamm saß. Ihr Gesicht kündete von schwerer Verzweiflung. »Ich glaube, sie wollten sie töten.«

»Und Sie wollen sie in Sicherheit bringen, bevor sie es noch einmal versuchen können«, sagte Beverly. Wenn man es so sah, war die Forderung des Klingonen logisch.

Worf nickte. »Wenn sie sie ausschalten wollen, heißt das, daß sie für uns nützlich sein kann.«

»Natürlich«, sagte Beverly seufzend. *Und ich dachte schon, er würde weich.* Sie ging zu Gatyn, um sie zu versorgen.

15

Megara hing wie eine fette Mondsichel vor dem Aussichtsfenster des Gesellschaftsraums im zehnten Vorderdeck. Die Strahlung der Schlacht überflutete noch immer die Magnetosphäre des Planeten, und die ionisierten Partikel malten ein unheimliches Polarlicht in den Nachthimmel. Obwohl Deanna Trois Spezies keine Legenden von Geistern und Kobolden kannte – seltsame Lichter und Geräusche in der Dunkelheit konnten ihre empathischen Sinne nicht täuschen –, ließ das beklemmende Licht die Betazoidin irgendwie an verlorene Seelen denken.

Guinan brachte ein Schokoladeneis an Deannas Tisch und setzte sich ihr gegenüber. »Sie wirken melancholisch«, sagte die Barkeeperin.

»Ich *fühle* mich auch so«, sagte Deanna und betrachtete untätig den Eisbecher. »Wir haben eine Megaranerin an Bord. Ich habe gerade mit ihr gesprochen, und ...«

»... und sie hat große Probleme«, fiel Guinan ihr ins Wort.

»Probleme, bei denen ich ihr nicht helfen kann«, sagte Deanna.

»Ich bezweifle, daß es so etwas gibt«, erwiderte Guinan. »Sie haben ein Talent dafür, Antworten zu finden, Counselor.«

»Odovil Pardi ist vor etwa zehn Jahren eine schwere seelische Verletzung zugefügt worden«, sagte Deanna. »Haben Sie schon mal einen Baum gesehen, der als junge Pflanze verbogen wurde? Er wächst verkrümmt heran. Odovils Verletzung hat ihre Persönlichkeit auf ähnliche Weise verformt.«

»Ich weiß genau, was Data sagen würde, hätte er das gehört«, sagte Guinan. »›Ihre Analogie ist falsch, Counselor. Menschen sind keine Bäume.‹«

Deanna lächelte matt, als sie hörte, wie die Barkeeperin Datas Sprachmuster nachahmte. »Ich weiß, Guinan. Das Problem ist nur, daß es Jahre dauern könnte – ach was, würde –, ihr zu helfen, und ich nicht mal weiß, wo ich anfangen soll.«

Guinan schaute auf, als jemand den Raum betrat. Deanna saß mit dem Rücken zur Tür, doch sie spürte Ralph Offenhouses Gegenwart, als er sich ihr näherte.

»Darf ich mich zu Ihnen setzen?« fragte er, während er schon auf den Stuhl glitt. Er hatte gebadet und saubere Kleidung angelegt, doch Deanna spürte, daß er noch müde und hungrig war. Sie kam zum Schluß, daß er etwas Wichtiges auf dem Herzen haben mußte, wenn er seine Mahlzeit und den Schlaf zurückstellte. »Ich wollte mich nach Odovil erkundigen.«

»Haben Sie eine spezielle Frage, oder handelt es sich nur um müßige Neugier?«

»Ich möchte Ihre professionelle Meinung hören«, sagte er. »Ich weiß, daß mit ihr etwas nicht stimmt; sie ist so nervös und sprunghaft wie ein Politiker oder ein Lügendetektor, und ich komme einfach nicht dahinter, warum.«

»Und das ist für Sie von Belang?« fragte Guinan.

»Ja, denn ich muß wissen, wie es ihre Urteilskraft beeinflussen könnte«, sagte Offenhouse. Die leichte Erheiterung in ihrer Stimme schien ihm einen Stich zu versetzen. »Ich bin der akkreditierte Botschafter auf Megara. Sie ist dort unten eine bedeutende Industriemanagerin und hat jede Menge Beziehungen. Ich werde also mit ihr zusammenarbeiten müssen. Haben Sie eine Ahnung, was ihr zu schaffen macht?«

»Es hat mit ihrer Ausbildung zu tun«, sagte Deanna. »Um eine technologische Gesellschaft zu schaffen, sind Fertigkeiten im Lesen und Schreiben Grundvoraussetzungen. Aber als die Ferengi den Planeten übernahmen, waren die meisten Megaraner ungebildet. Unter normalen Umständen dauert es Jahre, einen Erwachsenen auszubilden. Wenn es um Hunderte Millionen von Individuen geht, sind etwa eine Million Lehrer erforderlich.«

»So viele Leute haben die Ferengi aber nicht nach Megara gebracht«, sagte Offenhouse nachdenklich. »Hat Odovil Ihnen verraten, wie sie es angestellt haben?«

Deanna nickte. »Ihr Zustand gab mir einige Hinweise, und ich stellte die richtigen Fragen. Sie haben Neuralimprints benutzt. Kennen Sie diese Technik?«

»Nie davon gehört«, sagte Offenhouse. »Ich muß eine Unterrichtsstunde verschlafen haben … oder ein Jahrhundert. Worum geht es dabei?«

»Neuralimprints sind mittlerweile illegal«, erklärte Deanna ihm. »Es handelt sich um eine experimentelle Ausbildungstechnik, die vor etwa fünfzig Jahren entwickelt wurde. Theoretisch kann man damit einen Stoff, der einer höheren Schulbildung entspricht, in ein paar Stunden vermitteln. In der Praxis fügt diese Methode etwa zwei Prozent der Leute, die sich ihr unterziehen, schwere Schäden zu. Diese Schäden können von kleineren Persönlichkeitsveränderungen bis zur Schizophrenie oder Katatonie reichen.«

Deanna spürte, wie ein beschützender Zorn in Offenhouse aufbrandete. »Und Odovil …«

»… wurde dem Neuralimprint unterzogen«, sagte Deanna. »Es vermittelte ihr eine umfassende Bildung, ließ sie aber auch agoraphobisch und introvertiert zurück. Ein Teil von ihr will in ein Loch kriechen und sich verstecken. Sie arbeitet schwer, weil es ihr dann leichter fällt, mit Leuten umzugehen. Sie kann aber auch ziemlich skrupellos sein, weil sie Angst vor den Konsequenzen eines Scheiterns hat.«

Zu Deannas Überraschung war Offenhouse sprachlos.

»Ich nehme an, die Ferengi hätten sie für ein Scheitern bestraft«, warf Guinan ein.

Deanna schüttelte den Kopf. »Sie hat entsetzliche Angst davor, sie könnten sich entschließen, ihre Fähigkeiten zu verbessern, indem sie ihr eine zweite ›Lektion‹ verpassen. Auch aus diesem Grund will sie mit der Föderation verhandeln – sie hat die Gelegenheit gesehen, sich von der Herrschaft der Ferengi zu befreien, und war verzweifelt genug, sie zu ergreifen.«

Der Botschafter öffnete und schloß mehrmals den Mund, bevor er Worte fand. »Können Sie irgend etwas für sie tun?«

»Ich habe darüber nachgedacht«, sagte Deanna ausweichend. »Ihr größtes Problem waren die Ferengi, und die sind jetzt weg vom Fenster.«

»Ja, die werden ihr keinen Intensivkurs an der Imprint-Uni mehr verpassen«, sagte er. »Aber ... lassen diese Imprint-Lektionen mit der Zeit wieder nach?«

»Nein«, sagte Deanna. »Sie sind permanent.«

Offenhouse schüttelte verwirrt den Kopf. »Warum befürchtet sie dann, sie würde ein zweites Imprint bekommen? Das ergibt doch keinen Sinn.«

»Ängste sind selten logisch«, sagte Deanna.

»Nein, aber Odovil ist eine logisch denkende Frau«, sagte Offenhouse. »Wenn sie vor irgend etwas Angst hat, ist diese Angst auch berechtigt.«

»Tja, die Ferengi würden eine Lektion auf keinen Fall wiederholen«, versicherte Deanna ihm. »Das würde eine sehr verwirrende Störung verursachen. Man könnte es als Art geistiges Doppeltsehen bezeichnen. Das Opfer könnte damit kein normales Leben mehr führen.«

»Dann hat sie vielleicht Angst davor, daß man ihr

eine *andere* Lektion verpaßt«, sagte Offenhouse nachdenklich. Sein Stirnrunzeln verriet, wie angestrengt er nachdachte. »Vielleicht haben sie eine neue Aufgabe für sie – mein Gott, ja. Auf diese Weise bilden sie Astronauten aus.«

»Astronauten?« fragte Deanna, bevor sie das archaische Wort unterbringen konnte. »Ach, Sie meinen eine Raumschiffcrew. Aber was hat das mit Odovil zu tun?«

»Jede Menge«, sagte er. »Was bin ich doch für ein Idiot! Kein Wunder, daß sie Angst hat – *natürlich* ziehen sie dazu die intelligentesten Megaraner heran. Und ...« Plötzlich schien Offenhouse alles um sich herum zu vergessen. Er erhob sich und verließ den Gesellschaftsraum.

Guinan sah ihm nach. »Was ist denn in den gefahren?« sagte sie staunend.

Deanna schüttelte den Kopf. »Keine Ahnung.«

»Hat es etwas mit einer gewissen Megaranerin zu tun?« fragte Guinan.

»Das könnte man sagen.« Seine Gedanken waren ein verwirrender Wirbel gewesen ... aber Odovil Pardi hatte eine wichtige Rolle in ihnen gespielt. »Er würde lieber sterben, als es einzugestehen, aber er wird von Odovil Pardi angezogen, und zwar nicht nur sexuell. Das ist allerdings nicht überraschend.«

»Weil er einsam ist und einiges mit ihr gemeinsam hat?« fragte Guinan. »*Das* klingt wiederum sehr vertraut.«

»Ja, nicht wahr?« sagte Deanna und mußte unwillkürlich lächeln. Plötzlich fiel ihr das Schokoladeneis wieder ein. Sie probierte vorsichtig einen Löffel davon und schmeckte Schlagsahne und Schokoladensauce. »Meine Mutter hat ein Lieblingssprichwort: ›Männer sind so durchschaubar; gesegnet seien ihre kleinen Rattenherzen.‹ Aber sollte aus der Sache etwas werden, wird es wohl beiden zum Vorteil gereichen.«

»Nun ja, Counselor«, sagte Guinan. »Sie verstehen

sich wirklich darauf, Antworten zu finden, nicht wahr?«

»Ein cardassianischer Gefangener könnte sich als nützlich erweisen«, sagte Picard, nachdem Riker ihm Bericht darüber erstattet hatte, was auf der Oberfläche geschehen war. Er lehnte sich in seinem Sessel auf der Brücke zurück und unterdrückte ein Gähnen. Riker hatte ihn auf die Brücke gerufen, als er gerade ins Bett kriechen wollte. Er tröstete sich damit, daß es nicht mehr lange dauern würde, bis er endlich schlafen konnte. »Wo ist er?«

»Im Bau«, sagte Riker. »Worf verhört ihn gerade. Einige Sicherheitswächter sind noch auf Megara. Sie löschen einige Brände und suchen nach allem, was die Cardassianer vielleicht zurückgelassen haben.«

»Während sie gleichzeitig die Augen offen und nach weiteren Cardassianern Ausschau halten, hoffe ich«, sagte Picard.

»Jawohl, Sir«, erwiderte Riker. »Da unten könnten noch ein paar von ihnen herumlaufen. Ich bin überzeugt, daß die Explosion des Schlosses nur als Ablenkung dienen sollte.«

»Vielleicht«, sagte Picard nachdenklich. »Nachdem wir von der Existenz ihrer Basis erfahren hatten, hatte sie keinen Nutzen mehr für sie. Haben Sie schon etwas gefunden?«

Riker schüttelte den Kopf. »Bei der starken Strahlung da unten haben wir nicht mal die bemerkt, die Worf angegriffen haben.«

Data bedachte die Navigationsinstrumente mit einem verwirrten Blick, drehte sich dann mit seinem Sessel und sah zu Picard. »Captain, ich habe eine Entwicklung auf der Oberfläche bemerkt. Vor siebenundfünfzig Minuten befanden sich sechshundertundsiebzehn Ferengi auf Megara. Diese Zahl ist auf fünfhundertundzweiundachtzig gesunken.«

»Einige sind vielleicht an ihren Verletzungen gestorben«, sagte Riker. »Es ist ziemlich ungesund, eine Salve Photonentorpedos abzubekommen.«

»Ich glaube nicht, daß dieser Vorgang irgend etwas mit dem Kampf zu tun hat«, sagte Data. »An allen Orten, an denen Ferengi gestorben sind, halten sich auch Megaraner auf. Ich vermute, daß sie sich rächen.«

»Das erscheint mir fast unvermeidbar«, sagte Riker. »Captain, wir greifen lieber ein, bevor es zu einem Blutbad kommt.«

»Einverstanden, Nummer Eins«, sagte Picard. Er ordnete kurz seine Gedanken. Er hatte für Ferengi nichts übrig, nicht seit ihrem mutwilligen Angriff auf die *Stargazer* ... aber nicht nur die Gesetze der Föderation, sondern auch die Moral verlangten, daß er sie rettete. »Räumen Sie Frachtkammer zwei; wir werden sie als Gefängnisraum zweckentfremden. Fähnrich Novotny, begeben Sie sich mit einigen Sicherheitswächtern in die Frachtkammer zwei und bereiten Sie alles dafür vor, Gefangene aufzunehmen. Mr. Data, übermitteln Sie Chief De Shay die Koordinaten aller Ferengi, die Sie lokalisieren können. Benachrichtigen Sie Dr. Crusher, daß einige unserer Gefangenen vielleicht medizinische Hilfe benötigen.«

»Sir«, sagte Data, »wenn wir die Ferengi gefangennehmen wollen, verlangen die Vorschriften, daß wir die Anklagepunkte nennen, aufgrund derer wir sie festhalten.«

»Sie haben gegen die Erste Direktive verstoßen«, sagte Riker. »Das genügt mir.«

Picard seufzte. »Die Erste Direktive gilt nur für Völker, die der Föderation angehören«, sagte er.

»Wir können sie doch nicht als Passagiere aufnehmen!« protestierte Riker.

»Ferengipassagiere würden in der Tat ein unannehmbares Sicherheitsrisiko darstellen«, sagte Data. Er schaute nachdenklich drein. »Captain, da den Ferengi

Gefahr von den Megaranern droht, schlage ich vor, sie in Schutzhaft zu nehmen.«

»Machen Sie das«, sagte Picard.

»Beschützen wir sie, bis sie vor Altersschwäche sterben«, fügte Riker hinzu.

Picard übergab Riker das Kommando über das Schiff und kehrte auf sein Quartier zurück. Seine Gedanken schienen sich buchstäblich zu jagen, als sei er ein Computer, der in einer Endlos-Programmschleife gefangen war. *Ein paar unangenehme Erfahrungen zu viel für einen Tag,* sagte er sich mit absichtlicher Untertreibung. Er hatte die Sicherheit seiner Crew und seines Schiffes aufs Spiel gesetzt; sie waren nur um Sekunden der Vernichtung entgangen. Er hatte dieses Risiko eingehen müssen, um das cardassianische Kriegsschiff von Megara wegzuschleppen und den Planeten zu retten, doch es war trotzdem ein Glücksspiel gewesen. Und nun mußte er die Ferengi retten, dieselben Wesen, die dazu beigetragen hatten, die megaranische Gesellschaft zu zerstören.

Picard zog seinen Pyjama an und forderte vom Replikator eine Tasse Earl Grey an. Als er an dem dampfend heißen Tee nippte, rief er sich das Gespräch in Erinnerung zurück, das er – vor nicht ganz einer Woche? – mit Offenhouse auf dem Holodeck geführt hatte. Ein Gespräch, bei dem der Botschafter kritisiert hatte, daß die *Enterprise* aufgrund der Zusammensetzung ihrer Besatzung auch Zivilisten in Gefahr brachte. Picard fragte sich, ob die Kritik des Mannes gerechtfertigt war. Unter anderem befanden die Zivilisten sich an Bord, damit der Captain keine ungebührlichen Risiken einging, die den galaktischen Frieden gefährden könnten. Vielleicht war es lediglich eine zynische Übung in Sozialtechnologie, Menschen einzusetzen, um einen bestimmten Zweck zu erreichen ...

Nein, Jean-Luc, sagte Picard sich. Das Ziel war es, dazu beizutragen, den Frieden zu bewahren. Die Methode stellte kein Geheimnis dar, und die Zivilisten auf der *Enterprise* hatten sich freiwillig entschieden, die Risiken zu akzeptieren. Das ließ sich nicht mit Megara vergleichen; dort hatten die Ferengi und Cardassianer eine Welt manipuliert, um etwas zu erreichen, von dem die Manipulierten nichts wußten und das ihnen nur schadete.

Und dieser Zweck war die Ouvertüre zum Krieg.

Picard legte sich hin und schloß die Augen, doch der Schlaf wollte sich nicht einstellen. Er rief sich in Erinnerung, daß der Krieg noch nicht angefangen hatte. Die Diplomaten der Föderation würden versuchen, den Frieden trotz dieser Provokation zu bewahren. Genauso wichtig war, daß der Plan der Cardassianer gescheitert und die Föderation nun gewarnt war. Die Cardassianer waren zwar kühn, aber nicht so unbesonnen, einen vorbereiteten Gegner anzugreifen. Der Frieden würde noch für eine Weile Bestand haben.

Dieses Wissen genügte, um den Captain einschlafen zu lassen.

Er erweckt nicht den Eindruck eines Besiegten, dachte Worf, während er den Gefangenen musterte. Der Mann auf der anderen Seite des Energiefelds saß auf seiner Pritsche und ignorierte den Klingonen. Er saß kerzengerade da und hatte den Kopf nicht gesenkt. Während des Verhörs hatte er geschwiegen, keinen Ton von sich gegeben. Fest stand lediglich, daß ein langsam wirkendes Gift dem Klingonen in ein paar Stunden seinen Gefangenen nehmen würde.

Der Anblick des Mannes erfüllte Worf mit Melancholie. Die Anwesenheit von Cardassianern auf Megara bedeutete, daß es einen weiteren Cardassianischen Krieg geben würde ... und das wollte Worf nicht. *Im Kampf liegt Ruhm,* dachte er, *und danach sehne ich mich ... aber nicht nach der Gefahr, die er für meinen Sohn bedeuten würde. Wenn Alexander stirbt, sollte er als Krieger sterben und nicht als Opfer.*

Der Mann warf Worf einen verächtlichen Blick zu. »Was wollen Sie von mir?« fragte er.

»Verraten Sie mir, warum Sie unbedingt gegen die Föderation kämpfen wollen«, sagte Worf. *Verraten Sie mir, warum Sie unbedingt meinen Sohn in Gefahr bringen wollen.*

Der Gefangene lachte verbittert auf. »Das fragt ausgerechnet ein Klingone?«

»Wir haben *Gründe,* wenn wir kämpfen«, erwiderte Worf. »Welche Gründe haben Sie? Hat die Föderation Ihnen Schaden zugefügt?«

»Wir *müssen* kämpfen«, sagte der Cardassianer. »Darin sind wir uns ähnlich, Klingone. Der Krieg hält unsere Völker zusammen.«

»Das ist nicht wahr!« sagte Worf.

»O doch«, antwortete der Gefangene. »Unsere Völker sind einsame Wölfe, Klingone, das Ihre wie auch das meine. Wir *brauchen* den Krieg, damit er uns zusammenhält. Ohne Feinde, die uns einen, würden wir uns gegenseitig umbringen. Wäre das gut?«

Angewidert wandte Worf sich ab, ohne zu antworten. Krieg war gut, aber Klingonen benutzten ihn nicht als Werkzeug, um ihre Gesellschaft zusammenzuhalten. Das war unehrenhaft … auch wenn Kampf das Fundament der klingonischen Gesellschaft zu sein schien, auch wenn Krieg die erste Antwort des klingonischen Imperiums auf all seine Probleme zu sein schien.

Aber wir sind nicht wie die Cardassianer! dachte er wütend. *Wir führen nicht aus so zynischen Gründen Krieg. Wir vermeiden ihn, wenn er unehrenhaft ist!* Doch während Worf sich dies noch einredete, verspürte er Unsicherheit. In den Worten des Cardassianers lag gerade so viel Wahrheit, daß sie ihm einen Stich versetzten.

Worf wollte gerade den Turbolift betreten, als ihm

klar wurde, daß er sich von dem Gefangenen hatte ablenken lassen. *Ich hätte mich fragen sollen, warum er nicht wie ein Besiegter wirkt,* dachte er verdrossen. *Er benimmt sich wie jemand, der erwartet, den Sieg davonzutragen. Andere Cardassianer müssen die Vernichtung des Schlosses überlebt haben, um den Kampf für ihn fortzusetzen. Das klingt logisch. Aber wo soll ich nach ihnen suchen?*

Worf dachte darüber nach, während er zur Brücke ging. Cardassianer nutzten oft natürliche Tarnungen aus – oder andere Formen von Störungen. Die einheimischen Städte waren mit elektronischen Systemen vollgestopft, die Sensormessungen erschwerten. Vielleicht verbargen die Cardassianer sich in einer der einheimischen Städte – oder in mehreren.

Der Turbolift hielt an; Worf betrat die Brücke und löste dort einen ihm unterstellten Fähnrich ab. Eine schnelle Betrachtung der Instrumente seiner Station ergab, daß die Sicherheit des Schiffes nicht beeinträchtigt war; die geringen Schäden, die die *Enterprise* bei dem Kampf abbekommen hatte, waren bereits repariert. Frachtkammer zwei füllte sich langsam mit geretteten Ferengi. Auf dem Planeten suchten Teams von Helfern noch immer nach verletzten Überlebenden der Explosion des Schlosses.

Wesley Crusher hatte sich freiwillig dafür gemeldet, an den Hilfsmaßnahmen mitzuwirken. Zu Worfs Verärgerung hatte Picard den jungen Menschen absichtlich einer Gruppe zugeteilt, die in einer Gegend arbeitete, in der nicht mit Gefahr zu rechnen war. Es war Worf unverständlich, daß Picard dem jungen Mann die Chance verweigerte, der Gefahr gegenüberzutreten und seine Ehre unter Beweis zu stellen ... Aber das konnte etwas mit dem menschlichen Einfühlungsvermögen zu tun haben. Es war kein Geheimnis, daß Picard sich für den Tod von Wesleys Vater verantwortlich fühlte, einem Starfleet-Offizier. Vielleicht fühlte Picard sich nun auch für den Sohn des Toten verantwortlich; ein Mensch würde versuchen, das Leben seines Sohnes zu bewahren, während ein Klingone seinen Sohn zu einem ungestümen Krieger erziehen würde.

Es fiel den Klingonen nicht leicht, Fremdwesen und ihre Gefühle zu verstehen. Worf schüttelte den Kopf, als wolle er ihn von solchen Gedanken befreien, wurde sie jedoch nicht vollständig los.

Riker, der im Augenblick das Kommando hatte, erhob sich von seinem Sessel und schlenderte zu Worfs Station. »Ich habe gehört, Sie hatten da unten ein paar interessante Erlebnisse«, sagte er.

»Es war … unterhaltsam«, brummte Worf. »Ich glaube, weitere Unterhaltungen stehen uns noch bevor.«

»Weitere Cardassianer?« Riker nickte. »Der Gedanke ist mir auch schon gekommen. Aber es wird vielleicht noch eine Weile dauern, bevor wir nach ihnen suchen können. Die Strahlung und die einheimische Elektronik bringen unsere Sensoren durcheinander.«

Worf knurrte erneut. »Sie werden eine zweite Basis haben, in die sie sich im Notfall zurückziehen können. Die müßte einfacher zu finden sein.«

»Ganz meine Meinung«, sagte Riker. »Wir haben bereits nach Anzeichen einer zweiten Basis gescannt, aber noch keine gefunden.« Er lächelte grimmig. »Fähnrich Shrev kann Cardassianer erkennen, aber wir können von ihr nicht erwarten, daß sie den gesamten Planeten absucht.«

»Es müßte effizientere Möglichkeiten geben, sie zu finden«, sagte Worf. »Wir sind ihnen überlegen.«

Riker schaute angesichts von Worfs Vehemenz überrascht drein. »Ich will Ihnen nicht widersprechen«, sagte er, »aber das hört sich ganz so an, als würden Sie die Sache persönlich nehmen.«

Worf runzelte die Stirn. »Die Cardassianer haben keine Ehre.«

Riker nickte und akzeptierte diese Erklärung. Als

Riker zum Navigationspult ging, um sich mit Data zu beraten, wurde Worf klar, daß es sich in der Tat um eine Sache der Ehre handelte. Der Gefangene hatte Worfs Spezies mit den Cardassianern verglichen, und in seinen Worten hatte so viel Wahrheit gelegen, daß er ihren Stachel spürte.

Wir sind uns nicht ähnlich, sagte Worf sich. *Das werde ich beweisen.*

»Lieutenant Worf«, sagte eine Stimme aus dem Nichts, »melden Sie sich in Transporterraum drei.«

Worf knurrte angesichts des aggressiv-fröhlichen Tonfalls des Computers. »Warum werde ich verlangt?« fragte er.

»Botschafter Offenhouse hat gebeten, daß Sie ihn auf den Planeten begleiten«, antwortete die Maschine.

Worf schnaubte ungehalten.

»Es hätte schlimmer kommen können, Lieutenant«, rief Riker ihm hinterher, als er zum Turbolift ging.

»Inwiefern?« polterte Worf.

Riker kratzte sich am Kopf. »Na ja, er hätte statt dessen mich anfordern können.«

Worf knurrte erneut und verließ die Brücke.

Picard war in einen unruhigen Schlaf gefallen und fühlte sich nicht übermäßig gestört, als der Botschafter ihn bat, ihn auf die Planetenoberfläche zu begleiten. Er begab sich zum nächsten Transporterraum, in dem Data bereits auf ihn wartete. »Der Botschafter hat meine Anwesenheit in Metari Leeg verlangt«, erklärte der Androide, als Picard seinen Phaser überprüfte. »Er hat mich des weiteren gebeten, mich mit allen zur Verfügung stehenden Informationen über die Neuralimprint-Technik vertraut zu machen.«

»Ach was«, sagte Picard, als sie auf die Transporterfläche traten. Der Captain nickte dem diensthabenden Techniker zu, und ein paar Sekunden später materialisierten sie auf dem Planeten.

Es war Nacht, und strahlende Polarlichter flackerten am Himmel über Megara. Das bunte Leuchten ließ Picard erkennen, daß er und Data im Herzen eines Industriegebiets gelandet waren. Um sie herum erhoben sich riesige Gebäude. Breite, gepflasterte Straßen trennten sie. Zahlreiche Fahrzeuge, darunter eine große Schwebeplattform, verstopften die nun verlassenen Straßen. In der Ferne hörte Picard Geräusche, die von Unruhen, einer Feier oder beidem stammen konnten.

Data scannte das Gebiet mit seinem Tricorder. »Der Botschafter befindet sich in dem Gebäude links von uns, Sir«, meldete er. »Er befindet sich in Begleitung von Lieutenant Worf. Ansonsten sind die beiden allein.«

»Hoffentlich gilt das auch für uns«, sagte Picard, als er ein Stück die Straße entlang das Dröhnen eines Ultraschallfokussierers vernahm. Er betrachtete die sich bedrohlich abzeichnende Fassade eines großen Gebäudes. »Diese Bauwerke sind viel zu groß, als daß es sich bei ihnen um Fabriken handeln könnte. Ihre Analyse, Mr. Data?«

»Es handelt sich um eine Schiffswerft, Sir«, sagte Data nach einem Blick auf seinen Tricorder. »Ich entdecke mindestens fünf flugbereite Raumschiffe. Jedes ist mit zehn Phaserbänken bewaffnet und mit Deflektorschilden ausgestattet, die denen eines Raumschiffs der Constellation-Klasse entsprechen. Ihre Frachtkammern haben ein Fassungsvermögen von annähernd zweihunderttausend Kubikmetern. Ich schätze ihre Höchstgeschwindigkeit auf Warp neun.«

»Bemerkenswert«, sagte Picard. »Ein Pirat könnte sich kein besseres Schiff wünschen. Anscheinend trifft Ihre Theorie zu, Mr. Data.«

Der Androide hielt den Kopf schräg. »Diese Entdeckung scheint meine Hypothese in der Tat zu bestätigen, Sir.«

Picard lächelte angesichts von Datas Vorsicht. Sein

Lächeln verblaßte, als er einen toten Ferengi sah. Der Mann hing an den Fersen von einem Laternenpfahl, und allem Anschein nach war er nicht schnell gestorben. *Scheußlich,* dachte Picard und wandte den Blick ab. Der Captain hatte gewußt, daß die Megaraner sich an ihren Feinden rächten, doch die Wirklichkeit erfüllte ihn trotzdem mit Abscheu.

Picard und Data betraten die Ausbildungseinrichtung. Dabei handelte es sich um ein ziemlich kleines Bauwerk, ein zweistöckiges Rechteck ohne Fenster. Der Tricorder führte Data und Picard zu einem kleinen Raum. Das hell erleuchtete Zimmer erinnerte Picard an einen Untersuchungsraum seiner Krankenstation, doch auf den zweiten Blick sah er, daß es nicht genug Geräte enthielt, um diesen Zweck erfüllen zu können. Es waren nur ein paar Stühle vorhanden, ein einfacher Biomonitor und einige silberne Helme auf einem Regal. Die Wände bestanden aus kahlem weißen Plastik.

Offenhouse und Worf befanden sich dort. Der Klingone erweckte nicht den Eindruck, als würde er die Gesellschaft des Botschafters genießen. »Freut mich, Sie zu sehen, Picard«, sagte Offenhouse fröhlich. »Willkommen auf der Party.«

Worf wandte Offenhouse den Rücken zu und erstattete Picard Meldung. »Der Botschafter hat darauf *bestanden,* daß ich ihn hierher begleite, Sir«, sagte Worf. »Es hat keine Schwierigkeiten gegeben. Die Aufrührer haben dieses Gebäude gemieden.«

»Aufruhr ist ein Sport, den man im Freien betreibt«, sagte Offenhouse. »Solange uns niemand sieht, sind wir hier sicher, und wir konnten mit der Untersuchung dieses Orts nicht warten, bis die Unruhen enden.«

»Was *ist* das für ein Ort?« fragte Picard.

»Eine Ausbildungseinrichtung, Sir«, sagte Worf. »Sie ist mit einer großen Anzahl von Raumschiffsimulatoren ausgerüstet.«

»So eine Art Starfleet-Akademie«, sagte Offenhouse. »Nur daß es sich hierbei um die Warpgeschwindigkeitsversion der Akademie handelt.«

Data inspizierte einen der Metallhelme. »Das ist ein Neuralimprint-Helm«, sagte er.

Offenhouse nickte. »Deshalb habe ich Sie ja gebeten, Ihre Kenntnisse darüber aufzufrischen, Data. Die Ferengi haben das Neuralimprint benutzt, um erwachsenen Megaranern das Lesen und Schreiben beizubringen, und es ist nur logisch, daß sie dieselbe Technik für die Ausbildung von Astronauten verwendet haben. Können Sie uns genau sagen, welche Kenntnisse die Imprints vermitteln?«

Data betrachtete die Elektroden im Helm. »Ich kann mir vielleicht Zugriff auf die Software verschaffen.«

»Gut«, sagte Offenhouse. »Ich muß wissen – he, hören Sie auf!«

Data hatte sich den Helm auf den Kopf gesetzt. Lichter pulsierten um seine Hülle. »Sie haben recht, Herr Botschafter«, sagte er. »Diese Einheit ...«

»Nehmen Sie ihn *ab!*« sagte der Botschafter entsetzt.

Data entfernte den Helm. »Wie ich schon sagte, dieses Gerät wurde dazu geschaffen, einem humanoiden Verstand einen Imprint mit Anweisungen bezüglich der Bedienung und Wartung von Raumschiffen zu verpassen ...«

»Data«, sagte Offenhouse mit schwacher Stimme, »wissen Sie nicht, was für ein Risiko Sie gerade eingegangen sind?« Er sank auf einen Stuhl, als hätte er plötzlich Pudding in den Knien.

»Ein Risiko?« Der Androide schaute verwirrt drein. »Ah. Sie beziehen sich auf mögliche Schäden. Sie hätten sich keine Sorgen machen müssen, Sir, denn ein Neuralimprint hat keine Auswirkungen auf mein positronisches Gehirn.«

»Mr. Data«, sagte Picard, »wie umfassend sind die Unterweisungen?«

»Dieses Gerät kann eine Vielzahl von Lektionen vermitteln«, sagte Data. »Das technische Niveau entspricht dem eines Fortgeschrittenenkurses an der Starfleet-Akademie. Zu den wichtigsten Fächern gehören Flugwesen, Navigation und Ingenieurwesen. Es gibt auch zahlreiche Programme, die sich dem Raumkampf, der Spionage, der Erkundung und finanziellen Einschätzung von Zielobjekten widmen.«

»Piraten benötigen solche Kenntnisse«, sagte Worf. Picard hatte den Eindruck, daß der Klingone ein wenig wehmütig klang.

»Ganz meine Meinung, Lieutenant ... seltsam.« Data schaute verwirrt drein. »Es gibt keine Lektionen über Kommunikationsgeräte oder Linguistik.«

»Das kann gut sein«, sagte Offenhouse. »Die Cardassianer wollten, daß diese Leute kämpfen und nicht reden. Data, wie lange würde es dauern, bis jemand, der mit diesen Dingern ausgebildet wurde, tatsächlich ein Schiff fliegen kann?«

Data schaute nachdenklich drein. »Er müßte sich auf jeden Fall mit einem richtigen Raumschiff vertraut machen«, sagte er, »denn Neuralimprints vermitteln Kenntnisse, aber keine Erfahrungen. Doch angesichts des hohen Entwicklungsstands dieser« – er hob den Helm hoch, der im harten Licht des Raums funkelte – »›Dinger‹ ließe es sich in ein paar Stunden erledigen.«

»Sie könnten dafür die Simulatoren in diesem Gebäude benutzen«, sagte Worf.

»Dann könnte eine ausgebildete Mannschaft fast sofort einen Raumflug antreten«, stellte Picard fest.

»Das habe ich befürchtet«, sagte Offenhouse und erhob sich. »Picard, wir sind davon ausgegangen, daß die Ferengi Jahre brauchen werden, um ihre Crews auszubilden. Schließlich dauert es an der Starfleet-Akademie ja auch so lange, nicht wahr?«

»Und sie haben erst vor kurzem damit begonnen,

hier Crews für Raumschiffe auszubilden«, sagte Picard grimmig.

»Genau«, bestätigte Offenhouse. »Es handelt sich um eine sehr effiziente Operation. Es wäre ineffizient, eine Menge Schiffe zu bauen und sie dann herumstehen zu lassen, während die Mannschaften noch ausgebildet werden. Es überrascht mich, daß die Megaraner ihre Schiffe nicht schon bereits benutzen.«

»Diese Gefahr besteht nicht mehr«, sagte Picard. »Wir haben die Cardassianer besiegt.«

»Das ist vielleicht nicht relevant, Sir«, sagte Data, als er den Helm auf das Regal zurückstellte. Er hielt inne, und der Ausdruck auf seinem Gesicht verriet dem Captain, daß er eine neue Idee in Betracht zog. »Unser Eingreifen hat vielleicht genau in ihre Pläne gepaßt. Sobald Megara bereit ist, seine Rolle zu spielen, müssen die Cardassianer die Ferengi ausschalten, damit die Megaraner die Herrschaft über ihre Welt zurückerlangen.«

»Und wir haben soeben die Ferengi ausgeschaltet«, pflichtete Offenhouse ihm bei. »Wir beherrschen diesen Planet nicht; niemand kontrolliert ihn. Nichts kann die Megaraner jetzt noch zurückhalten.«

»Aber sie wurden auch nicht provoziert«, erwiderte Picard.

Offenhouse deutete auf die silbernen Helme auf dem Regal. »Bei der Ausbildung, die sie erhalten haben, ist vielleicht gar keine Provokation nötig. Man hat ihnen buchstäblich die Köpfe mit Gedanken an Piraterie vollgestopft.«

»Wir dürfen die Cardassianer nicht vergessen«, sagte Data. »Wahrscheinlich werden ihre Überlebenden die geheimen Aktivitäten fortsetzen. Wenn hier eine Provokation benötigt wird, können sie sie liefern.«

»Hier?« wiederholte Worf mit einem neugierigen Ausdruck auf dem Gesicht.

»Ich meinte, auf Megara allgemein«, sagte Data.

»Doch wenn sie beabsichtigen, die Megaraner zu einer Laufbahn als Piraten aufzustacheln, müssen sie von einem Raumhafen aus operieren.«

»In der Tat«, sagte Worf fast schnurrend. »Und dieser Raumhafen liegt ihrer letzten bekannten Position am nächsten. Captain, ich schlage vor, daß Sie und der Botschafter sofort auf das Schiff zurückkehren.«

Picard war über den Tonfall des Klingonen auf eine grimmige Art und Weise amüsiert. »Erwarten Sie Probleme, Lieutenant?«

»Man gibt die Hoffnung nie auf, Sir«, polterte Worf.

16

Odovil Pardi betrat Transporterraum drei, als Picard und Offenhouse gerade materialisierten. Der Captain hatte den Eindruck, daß sie angespannt wirkte. Die Megaranerin hatte ihren tristen Overall gegen ein langes Kleid eingetauscht – Picard vermutete, daß Troi ihr bei der Auswahl geholfen hatte; der fließende Stil entsprach dem Geschmack der betazoidischen Counselor – und zupfte nervös an einem Ärmel. »Ral'feh«, sagte sie, als der Transportvorgang kaum abgeschlossen war, »Rattenaugen auf dem Schiff sind. *V-Viele* Rattenaugen.«

»Was, zum Teufel ...« sagte der Botschafter. »Picard, was haben Ferengi hier zu suchen?«

»Wir haben sie gerettet«, erwiderte der Captain. »Die Megaraner wollten sie lynchen. Wir haben die Überlebenden in Schutzhaft genommen.«

Das Kinn des Botschafters zuckte. »Bringen Sie sie dahin zurück, wo Sie sie gefunden haben«, sagte er mit einer Stimme, die so kalt wie das Weltall war.

»Nein«, sagte Picard schockiert. »Das wäre Mord.«

Offenhouse sah De Shay an, dem vor Überraschung die Kinnlade heruntergefallen war, und dann wieder Picard. »Wir müssen uns unterhalten – unter sechs Augen.«

Ein Stück den Gang entlang befand sich ein Konferenzraum. Picard führte Offenhouse und Odovil hinein und nahm ihnen gegenüber an dem Tisch Platz. »Ich werde nicht zulassen, daß die Ferengi niedergemetzelt werden«, sagte Picard.

»Hören Sie mich an«, sagte Offenhouse. »Haben Sie schon darüber nachgedacht, wie wir den Schlamassel da unten wieder in Ordnung bringen können?«

»Ehrlich gesagt, nein«, erwiderte Picard. »Ich habe noch keine Zeit dafür gehabt.«

»Sie sollten sie sich nehmen«, sagte Offenhouse. »Denken Sie nach, Picard. Ich muß die Megaraner überzeugen, daß wir die Guten sind und keine bösen Fremdweltler. Verdammt, wie soll ich das anstellen, wenn sie sehen, daß wir die Ferengi retten?«

»Das wahr ist«, sagte Odovil. »Wenn den Rattenaugen Sie helfen, unsere Feinde Sie sind.«

»Und wenn wir der Feind sind«, sagte Offenhouse, »können wir es vergessen, die Sache da unten in Ordnung zu bringen. Wissen Sie, was das bedeutet? Wir haben nicht die geringste Chance, die Megaraner davon abzuhalten, Piraten zu werden. Klar, Starfleet kann sie besiegen, aber dabei werden wir Tausende von ihnen töten – und damit genau das tun, was die Cardassianer von Anfang an geplant haben. Oder sind Sie bereit, ihre brandneuen Raumhäfen und Fabriken *jetzt* zu bombardieren, um zu verhindern, daß sie ins All vorstoßen?«

»Ganz bestimmt nicht«, sagte Picard verärgert. »Ich werde keinen kriegerischen Akt aufgrund der Annahme verüben, daß diese Leute einmal Probleme verursachen *könnten*.«

Offenhouse schnaubte empört. »Aber Sie sind bereit, ihren schlimmsten Feinden zu helfen. Wenn Sie die Ferengi retten, liefern Sie damit vielleicht erst die nötige Provokation, um sie auf den Kriegspfad zu treiben.«

»Sie schlagen also vor«, sagte Picard, »daß wir uns die Freundschaft der Megaraner sichern, indem wir ihnen erlauben, die Ferengi zu töten?«

»Sehen Sie das als ausgleichende Gerechtigkeit an.«

»Ich sehe es als etwas an, das einem Menschenopfer unangenehm nah kommt«, erwiderte Picard. »Und nicht uns fällt die Entscheidung zu, wo hier die Gerechtigkeit liegt.«

»Nein, sondern den Megaranern«, sagte Offenhouse und nickte zu Odovil hinüber. »Die Ferengi haben das Neuralimprint benutzt, um ihr eine Ausbildung zu geben. Haben Sie eine Ahnung, wie das für sie war?«

Picard betrachtete die Frau. *Wirkt sie deshalb immer so besorgt?* fragte er sich. Ihre Nervosität konnte durchaus eine pathologische Nebenwirkung des Neuralimprints sein – und die Ferengi hatten vielen anderen Megaranern bestimmt noch Schlimmeres angetan. »Ich bezweifle, daß ich mir das volle Ausmaß der Verbrechen vorstellen kann, die die Ferengi hier begangen haben«, sagte er, »aber das spielt keine Rolle. Ich werde die Ferengi auf keinen Fall einem gewalttätigen Mob ausliefern.«

Offenhouse starrte ihn über den Tisch hinweg an. »Auch wenn Sie damit all unsere Chancen hier zunichte machen?«

»Auch dann«, sagte Picard. »Wenn wir nicht jedem gleichermaßen Gerechtigkeit zukommen lassen, lehnen wir die Gerechtigkeit an sich ab. Und bedenken Sie noch etwas«, fuhr Picard fort und hob die Stimme, bevor der Botschafter ihn unterbrechen konnte. »Die Cardassianer haben versucht, Megara in ein Höllenloch der Gewalt zu verwandeln. Wenn wir die Ferengi ausliefern, werden wir damit nur noch mehr Blutvergießen verursachen ...«

»Verdammt!« Offenhouse schlug mit der Faust auf den Tisch. »Hören Sie zu, Picard ...«

»Ral'feh«, sagte Odovil leise. »Zu viel Böses ich habe gesehen. Irgendwo es muß aufhören.«

»Verdammt ...« Der Botschafter hielt inne, als die Frau angesichts seiner Verärgerung zusammenzuckte, und atmete tief durch. »Es tut mir leid, Odovil, aber ich will nicht, daß die Ferengi mit dem durchkommen, was sie getan haben.«

»Gerechtigkeit ich sehen möchte«, sagte Odovil. »Aber wie ein Rattenauge ich nicht möchte handeln, auch wenn der Gerechtigkeit sie entgehen.«

»Das werden sie nicht«, versprach Offenhouse und schaute zu Picard hinüber. »Ich werde dafür sorgen, daß sie bezahlen.«

»Wenn Sie dafür sorgen können, daß die Ferengi der *Gerechtigkeit* zugeführt werden«, sagte Picard und betonte das Wort, »werde ich der erste sein, der Ihnen gratuliert. Aber wir müssen noch etwas anderes bedenken, Herr Botschafter – nämlich die Erste Direktive. Sie sprechen davon, die Situation auf Megara ›in Ordnung zu bringen‹. Das ist sicher ein lobenswertes Ziel – aber wie genau wollen Sie das anstellen?«

»Nun ja … ich weiß es nicht genau«, gestand er ein. »Noch nicht.«

»Und doch sind Sie bereit, die Ferengi in den Tod zu schicken«, stellte Picard fest, »ohne die Auswirkungen zu bedenken, die dieses Gemetzel auf ihre noch nicht ausgearbeiteten Pläne haben könnte. Genau deshalb, Herr Botschafter, befolgen wir die Erste Direktive. Gut gemeinte Patzer sind genauso destruktiv wie absichtliche Böswilligkeit.«

»Was wollen Sie damit sagen, Picard?« fragte Offenhouse. »Sollen wir einfach davonfliegen und dann nach Megara zurückkehren und sie in die Hölle bombardieren, wenn sie Ärger machen?«

»Ich habe nichts davon gesagt, einfach ›davonfliegen‹ zu wollen«, erwiderte Picard verärgert, »obwohl wir genau das tun werden, wenn dies die einzige Alternative ist, hier noch mehr Schaden anzurichten. Herr Botschafter, Sie dürfen Ihre Lösungen nicht einfach auf die Megaraner übertragen. Das haben die Ferengi und Cardassianer getan. Wir können Ihnen unseren Rat anbieten, Lektionen, die wir gelernt haben, weil wir aus unseren eigenen Fehlern schlau geworden sind, aber die Megaraner müssen selbst entscheiden, welchen Weg sie einschlagen wollen.«

»Fehler Sie eingestehen?« fragte Odovil überrascht.

Offenhouse seufzte. »Ja ... und wenn uns welche unterlaufen, machen wir keine halben Sachen. Odovil, ich möchte Ihnen etwas über Khan Singh erzählen. Dann können Sie entscheiden, wieviel Hilfe Sie von mir annehmen wollen.« Er nahm ihre Hand und half ihr aus dem Stuhl, und sie verließen den Raum.

Picard lehnte sich auf seinem Stuhl zurück. *Ich kann von diesem Mann nicht erwarten, daß er für die Gerechtigkeit eintritt,* dachte er traurig. Offenhouses erster Gedanke war gewesen, das Leben der Ferengi im Namen der Zweckmäßigkeit zu opfern. Bei all seiner Intelligenz war der Botschafter ein Produkt des zwanzigsten Jahrhunderts, und diese Epoche war nicht an Gerechtigkeit interessiert.

Shrev überprüfte die Aufladung ihres Phasers, als sie mit den Sicherheitswächtern auf die Transporterplattform trat. *Du mußt diese Abscheulichkeit als Werkzeug ansehen,* dachte sie angewidert. *Du wirst es benutzen, um deine Befehle auszuführen.* Obwohl ihr Volk keine Bedenken gegen Krieg und Gewalt hatte – die Stöcke der Zhuik bekämpften und eroberten einander schon, als es noch keine Menschen gab –, kämpfte es stets ehrenvoll. Es war schändlich, eine Waffe zu benutzen, die einen Feind aus der Ferne tötete, oder zu töten, ohne sich zuvor einem Feind gegenüber zu identifizieren. So kämpften die meisten Säugetierrassen, und ihr anonymer Kampfstil hatte oft zu Millionen anonymer Toter geführt.

De Shay betätigte einen Schalter seiner Kontrollkonsole, und der Transporter setzte Shrev und fünf Sicherheitswächter mitten auf einer Straße in Metari Leeg ab. Es war Nacht, aber die Wärme, die die Gebäude und das Pflaster abstrahlten, gaben ihren Antennen genug

Infrarotlicht, um die Szene für sie zu erhellen. Diese Stadt ähnelte der, die sie und Wesley Crusher besucht hatten, in keiner Hinsicht. Hier gab es keine alten Gebäude, keine Straßen mit Kopfsteinpflaster oder schmale Gassen. Alles war glatt und modern.

Lieutenant Worf und Commander Data kamen aus einem Gebäude. »In dieser Gegend könnten sich Cardassianer befinden«, sagte Worf und kam damit, wie er es stets tat, direkt zur Sache. »Sie sind als Megaraner verkleidet. Wir werden sie finden und besiegen.«

»Sir, wie viele von ihnen sind hier?« fragte ein Sicherheitswächter.

»Das ist ungewiß, Fähnrich«, antwortete Data. »Es ist möglich, daß sich gar keine Cardassianer in Metari Leeg befinden ...«

Worf knurrte ungehalten.

»Doch es besteht der logisch begründete Verdacht, daß wir ihnen begegnen werden«, fügte Data schnell hinzu.

»In der Tat«, sagte Worf. »Fähnrich Shrev.«

»Ja, Sir?« flüsterte Shrev.

»Sie sind imstande, Cardassianer zu erkennen«, sagte der Klingone. »Wenn Sie einen sehen, eröffnen Sie sofort das Feuer. Wir werden dann ebenfalls auf Ihr Ziel schießen.«

»Jawohl, Sir.« Shrev stellte ihren Phaser auf schwere Betäubung ein und sah den Klingonen an. »Sir, wäre es nicht möglich, einen Cardassianer mit einem Tricorder zu identifizieren?«

»In dieser Gegend gibt es zu viele elektronische Interferenzen«, erklärte Data. »Doch wir wissen, daß wir uns auf Ihre Sinne verlassen können.«

»Fangen wir an«, sagte Worf. Der Klingone ging die Straße entlang. Auf einen Wink von ihm schloß Shrev zu Data auf. Worf und die anderen Sicherheitswächter schwärmten aus und schirmten sie ab.

Die Stadt war nicht verlassen. Shrev hörte in der

Ferne das Geräusch eines Tumults, und am Himmel glühte heißer Rauch. Der Himmel selbst hatte etwas Seltsames an sich, doch erst, als Shrev hörte, wie einer der Sicherheitswächter Polarlichter erwähnte, wurde ihr klar, worum es sich handelte. Die Frau nannte den Anblick prachtvoll, doch Shrevs farbenblinde Augen konnten nur verschwommene Lichtflecken ausmachen.

Konzentriere dich auf deine Pflichten, mahnte sie sich. Gelegentlich sah sie Megaraner, doch sie schienen dem schwer bewaffneten Außenteam ausweichen zu wollen und liefen davon, kaum daß sie die Fremdweltler sahen. In diesem Zusammenhang hatte Shrev nichts gegen eine solche Unhöflichkeit einzuwenden; sie bewies, daß die Megaraner Auseinandersetzungen aus dem Weg gehen wollten.

Ohne Warnung wurde aus einem Gebäude ein Phaserschuß abgegeben, der einen Sicherheitswächter traf und tötete. »In Deckung!« rief Worf. Als Shrev sich hinter einen abgestellten Lastwagen warf, sah sie, daß Data in schneller Abfolge eine Reihe genau gezielter Schüsse auf sämtliche Fenster des Gebäudes feuerte und dem Rest des Teams damit Deckung gab.

Worf landete neben ihr hinter dem Fahrzeug. »Sind das Cardassianer?« fragte er.

Shrev spähte um das Fahrerhaus. Sie erhaschte einen kurzen Blick auf eine Gestalt in einem Fenster, konnte aber nicht sagen, ob sie einen Megaraner oder einen Cardassianer gesehen hatte. »Ich bedauere, aber ich kann Ihnen keine zufriedenstellende Antwort geben, Sir«, erwiderte er.

»Schade, daß Sie nicht durch Mauern sehen können«, grunzte Worf.

»Ich teile Ihr Bedauern, Sir«, flüsterte Shrev. Dann kam ihr ein Gedanke. »Vielleicht können wir die Mauern entfernen.«

Worf schüttelte den Kopf. »Unsere Phaser haben dafür nicht genug Energie ...«

Ein Phaserstrahl grub sich in den Lastwagen, der auf den Boden prallte, als seine Schwebevorrichtung beschädigt wurde. »Es könnte eine andere Möglichkeit geben, Sir«, sagte die Zhuik. »Shrev an De Shay. Dürfte ich Sie um eine technische Auskunft bitten?«

»Das ist mein Job«, antwortete De Shays Stimme.

»Wir werden aus einem Gebäude unmittelbar nördlich von uns angegriffen«, sagte Shrev. »Es wäre eine große Hilfe, wenn wir unsere Angreifer sehen könnten. Können Sie den Transporter benutzen, um Teile der Gebäudemauern zu entfernen?«

»Ich glaube schon«, sagte De Shay. Er klang leicht abgelenkt, als arbeitete er schon an dem Problem. »Ich muß die Sicherheitsvorkehrungen abschalten ...«

»Beeilen Sie sich«, sagte Worf.

»Geben Sie mir etwas Zeit, Lieutenant«, murrte De Shay. »Es ist eigentlich nicht üblich, ein Objekt *teilweise* hochzubeamen. Diese Maschine ist nicht dafür konstruiert.«

Worf schnaubte etwas in einer Sprache, die Shrev für einen obskuren klingonischen Dialekt hielt. Er stellte seinen Phaser auf hohe Energieleistung um und gab mehrere Schüsse auf das Gebäude ab. Der Gegenangriff schien jedoch nicht den geringsten Erfolg zu haben; wer auch immer sich darin befand, erwiderte das Feuer.

Ein zehn Meter breiter Teil der Wand leuchtete auf, verschwand und gab damit den Blick auf mehrere Personen frei. Ihrer Deckung beraubt, fielen sie innerhalb weniger Sekunden den Betäubungsstrahlen der Sicherheitswächter zum Opfer. Weitere Wandteile verschwanden, dann auch Stücke von Decken und Böden. Shrev sah, daß De Shay das Gebäude mit dem Transporter systematisch auseinandernahm.

Schließlich stürzte ein Mann zu Boden. »Das ist ein Cardassianer, Sir«, sagte sie zu Worf.

»Gut«, sagte Worf.

Ein weiterer Teil der Wand verschwand. Shrev sah einen Cardassianer mit einem Phasergewehr. Sie betäubte ihn und spürte dann, daß ihre Antennen sich vor Scham über diese unehrenhafte Tat zusammenzogen. Wenigstens hatte er überlebt; später konnte sie sich wegen ihres schändlichen Verhaltens bei ihm entschuldigen.

Es schien eine Ewigkeit zu dauern, doch dann standen nur noch ein paar wankende Wände des Gebäudes. Drei Cardassianer drängten sich nebeneinander mit dem Rücken gegen eine dieser Wände. Sie sahen die Menschen an und hörten auf zu schießen. Shrev fragte sich, ob sie sich ergeben wollten.

»Runter!« bellte Worf. »Alle in Deckung!« Shrev zögerte, bis sie das lauter werdende Sirren eines auf Überladung eingestellten Phasers hörte. Sie drückte sich auf das Straßenpflaster, und dann ertönte auch schon das ohrenbetäubende Dröhnen einer Explosion.

Worf schritt über die Trümmer, während die anderen sie mit ihren Tricordern scannten. Leichenteile lagen zwischen zerstörten, qualmenden Geräten verstreut. *Cardassianische Militärausrüstung,* dachte er, als er Einzelteile erkannte, die er in Geheimdienstberichten gesehen hatte. Einige der Trümmer stammten von einem Kurzstrecken-Holoprojektor, der, wenn man ihn aktivierte, bestimmt das geisterhafte Bild der mit einer Robe bekleideten Frau mit dem grausamen Gesicht zeigte. Seines Erachtens handelte es sich bei diesem Gebäude um einen Vorposten, den man im Notfall als Ausweichbasis benutzen konnte.

»Scan abgeschlossen, Lieutenant«, meldete Data und begab sich durch ein Trümmerfeld zu dem Klingonen. »Keine Anzeichen von Überlebenden.«

Worf nickte. »Und kein Anzeichen eines Fluchtwegs.«

»Das ist korrekt«, sagte Data. Der Androide hielt

nachdenklich den Kopf schräg. »Wenn den Cardassianern klar wird, wie gründlich wir sie besiegt haben, werden sie sicher zögern, uns noch einmal anzugreifen. Anscheinend haben Sie einen vollständigen Sieg errungen.«

Er ist vollständiger, als Sie ahnen, dachte Worf. Indem er hier gekämpft hatte, hatte er einen größeren Krieg verhindert. *Ich habe beweisen, daß mein Volk nicht wie die Cardassianer ist. Ich habe gekämpft, um die Ehre zu bewahren, und nicht, um einen Krieg anzuzetteln.*

Und ich habe gewonnen, weil ich Klingone bin.

Worf lächelte zum Nachthimmel empor, wo Polarlichter wie der Geist eines Helden schimmerten.

Es war reiner Zufall, daß Picard sich in dem Transporterraum befand, als Wesley Crushers Team auf das Schiff zurückgeholt wurde. De Shay rümpfte die Nase, als Wesley und drei andere Helfer materialisierten. Sie waren naß und schmutzig und brachten den Gestank organischer Substanzen in verschiedenen Stadien des Verfalls mit sich. »Offensichtlich habe ich Ihren Auftrag auf die leichte Schulter genommen«, sagte Picard, als Wesley von der Plattform trat.

Wesley betrachtete seine Uniform und lächelte verlegen. »Es war etwas schmutzig dort unten«, gestand er ein, »doch wir haben unser Suchgebiet gründlich durchkämmt.«

»Leider haben wir nichts gefunden«, sagte einer der Männer. »Die ganze Aktion war reine Zeitverschwendung.«

Der Gruppenführer, ein Medooffizier, nickte bedauernd. »All unsere Sensormeldungen wurden entweder durch Störungen beeinträchtigt oder haben sich als falscher Alarm erwiesen. Da unten gibt es Sumpfaffen, deren Werte denen eines Menschen verdammt ähnlich sehen – und der sich wesentlich besser verstecken kann. Nicht wahr, Wes?«

»Sie haben mich ganz schön auf Trab gehalten«, sagte Wesley.

»Sie werden sich bestimmt säubern wollen«, sagte Picard, dem die positive Einstellung des jungen Mannes aufgefallen war. Er schien nicht niedergeschlagen zu sein, weil es ihm nicht gelungen war, Megaraner zu retten, und auch die bedrückte Stimmung der anderen Teammitglieder schien ihm nichts auszumachen. »Gut gemacht, Wesley.«

»Danke, Sir«, sagte Wesley, doch Picards Lob schien ihn verwirrt zu haben. *Er wird es schon verstehen,* versicherte Picard sich, während er über die neue Reife nachdachte, die er gerade in dem Kadetten gesehen hatte. Er hätte gern etwas darüber zu Wesley gesagt, doch er tat dem Kadetten einen größeren Gefallen, wenn er abwartete, bis Wesley diese Entdeckung allein machte.

Worf beamte kurz darauf an Bord. Er war auf der Oberfläche geblieben, nachdem der Rest seines Außenteams bereits zurückgekehrt war, und Picard vermutete, daß er noch einen ungestörten Blick auf das Schlachtfeld genossen hatte. Falls dem so war, hatte der Klingone es sich redlich verdient, und Picard war der Ansicht, daß er zufrieden dreinschaute. »Ihr Bericht, Mr. Worf?« fragte er.

»Kein Cardassianer hat überlebt, Sir«, meldete Worf.

»Haben Sie eindeutige Beweise dafür?« fragte Picard. Die Cardassianer hatten sich als gerissene und entschlossene Gegner erwiesen, und er wollte sie nicht unterschätzen.

»Diejenigen, gegen die wir gekämpft haben, haben nicht zu fliehen versucht«, sagte der Klingone. »Statt dessen haben sie bis zum Tod gekämpft.«

»Das ist typisch für die Cardassianer, Captain«, sagte De Shay. Er hatte als Feuerleitoffizier auf anderen Schiffen gedient und in den Cardassianischen Kriegen gekämpft. »Das sind berechnende Teufel. Hätten sie auch nur die geringste Chance gehabt, den Kampf später fortzusetzen, wären sie geflohen. Aber wenn sie auf diese Weise kämpfend untergehen, wissen sie, daß für sie alles vorbei ist.«

»Ich verstehe«, sagte Picard. »Nun ja, Mr. Worf, da wir nun alle Feinde ausgeschaltet haben ...«

Die Tür öffnete sich zischend, und Offenhouse schaute in den Transporterraum. »He, Picard, haben Sie Zeit? Ich brauche Sie in der Frachtkammer zwei.«

Einen Seufzer unterdrückend, trat Picard zu Offenhouse auf den Gang hinaus. »Gibt es ein Problem, Herr Botschafter?« fragte er.

»Nein, ganz im Gegenteil. Wir wollen Ihnen ein Problem vom Hals schaffen. Das mit den Ferengi.« Offenhouse sah den Captain an, als sie durch den Gang schritten. »Picard, es war richtig, das Leben der Ferengi zu schützen.«

Der Captain runzelte unwillkürlich die Stirn. »Wie kommt es zu diesem Sinneswandel?«

»Hauptsächlich durch Odovil«, sagte der Botschafter. »Sie kann sehr überzeugend sein. Aber mir ist auch etwas klar geworden. Die Megaraner müssen sehen, daß der Gerechtigkeit genüge getan wird. Die beste Möglichkeit schien zu sein, die Ferengi zu töten – aber jetzt ist mir noch etwas Besseres eingefallen.«

Picards Blick verdüsterte sich wieder. »Ich gehe davon aus, daß Sie sich diesmal im Einklang mit den Gesetzen bewegen.«

»Ja, jedenfalls laut Ihrem Schiffscomputer«, antwortete Offenhouse. »Gatyn ist noch auf der Krankenstation. Dr. Crusher will sie nicht nach Hause schicken, sie befürchtet, daß die Megaraner sie lynchen werden. Auf jeden Fall habe ich mich mit Gatyn lange über ihren Vertrag mit den Ferengi unterhalten, und es hat sich herausgestellt, daß die Ferengi formaljuristisch für sie arbeiten.«

»Ist das wichtig?« fragte Picard.

Der Botschafter nickte. »Sehr wichtig. Worf hat uns einen großen Gefallen erwiesen, als er Gatyns Hals gerettet hat.«

Der Captain schwieg einen Augenblick lang. »Sie klingen sehr geheimnisvoll«, sagte er dann verärgert.

Der Botschafter zeigte ein schändliches Grinsen. »Ich dachte, Sie mögen Geheimnisse.«

Picard seufzte. »Nur in meiner Freizeit. Und nur in Kriminalromanen, Herr Botschafter. Ich wüßte eine Erklärung zu schätzen.«

»Nun ja, die megaranische Wirtschaft ist völlig aus den Fugen geraten«, sagte er. »Alles ist darauf ausgerichtet, Raumschiffe zu bauen, während die Leute nur mit dem Lebensnotwendigsten versorgt werden. Wir müssen die Produktion und die Wirtschaft so umorganisieren, daß die Leute bekommen, was sie brauchen. Die Ferengi kennen sich mit der Technik aus, die hier zum Einsatz kommt. Wir können sie also als Berater benutzen, die alte Fabriken auf eine neue Produktion umstellen und neue Werke und Dienstleistungen entwerfen. Gatyn wird die Funktion einer Beraterin übernehmen und die Dienste der Ferengi vermieten.«

»Gatyn hat die Anwesenheit der Föderation auf Megara formell akzeptiert?« fragte Picard.

»Sie wird sie in ein paar Tagen bei einer öffentlichen Zeremonie anerkennen«, sagte Offenhouse. »Sie stellt das einzige politische Oberhaupt dar, das Megara hat, aber nun, da die Ferengi fort sind, ist ihre Position ins Wanken geraten. Sie braucht eine Allianz mit der Föderation, um ihre Herrschaft zu stützen, und Megara braucht sie, um die Lage zu stabilisieren. Sie mag eine Marionette der Ferengi gewesen sein«, fügte er achselzuckend hinzu, »aber sie war nie ein Kollaborateur aus vollem Herzen. Wir können mit ihr zusammenarbeiten – und sie weiß, daß sie uns braucht, um den Schlamassel da unten in Ordnung zu bringen.«

Sie betraten einen Turbolift, und der Botschafter

nannte Frachtkammer zwei als Ziel. »Verraten Sie mir eins«, sagte Picard, als die Kabine durch den Schacht raste. »Sie mögen Odovil Pardi und die Vo Gatyn auf Ihrer Seite haben, aber die beiden sind Sonderfälle. Glauben Sie, daß die Megaraner bei ihrer Xenophobie die Hilfe der Föderation akzeptieren werden?«

»Anfangs wird es wohl ziemlich hart werden«, gestand Offenhouse ein. »Aber wir haben schon mal einen Fuß in der Tür, und das ist bei einem Geschäft stets der schwierigste Teil. Das haben wir Ihren Leuten zu verdanken«, fügte er hinzu. »Sie haben alles richtig gemacht.«

»Es mußte ja einen guten Eindruck machen, ihnen die Ferengi vom Hals zu schaffen«, sagte Picard.

»Es ist mehr als nur das«, sagte Offenhouse. »Alles, was wir hier getan haben, hat einen guten Eindruck auf die Megaraner gemacht, seien es nun die Außenteams, die Waren zu einem fairen Preis erstanden haben, oder Worf, der auf den Planeten zurückgebeamt ist, um diesen Dingsbums zu retten; oder auch Sie, der dieses cardassianische Kamikaze-Schiff vom Planeten weggeschleppt hat. Das alles summiert sich.«

Der Turbolift hielt an und entließ seine Passagiere in der Nähe des Eingangs von Frachtkammer zwei. Vier von Worfs Sicherheitswächtern standen vor den massiven Schiebetüren des großen Raums Wache. »Holen Sie Chudak«, sagte Offenhouse zu der ranghöchsten Wächterin.

Picard nickte der Frau zu, und sie gab den Befehl über das Interkom weiter. Kurz darauf öffnete sich eine kleine Nebentür, und Chudak trat auf den Gang. Seine Kleidung war verschmutzt und versengt, und Staub klebte auf seinem haarlosen Kopf, doch er bewahrte seine natürliche Würde, als er zu Offenhouse hochschaute. »Ach, *Sie* sind es, Sie haariges Scheusal. Verdammt, was wollen Sie?«

»Ich will mit Ihnen über den Vertrag sprechen, den

Sie mit der Vo Gatyn geschlossen haben«, sagte Offenhouse. »Er scheint völlig legal zu sein, wasserdicht und gültig …«

»Natürlich!« schnaubte Chudak. »Suchen Sie etwa nach einem Schlupfloch, um mich verklagen zu können, Sie Glubschauge? Aufgrund dieses Vertrages ist alles, was ich auf Megara getan habe, absolut legal.«

»Ich weiß«, sagte der Botschafter. »Ich möchte sogar, daß Sie Ihren Vertrag erfüllen.«

Chudak schaute verwirrt drein. »Was für ein Trick ist das, Sie stumpfzahnige Mißgeburt?«

»Kein Trick«, sagte Offenhouse. »Hören Sie zu, Sie Knallkopf …«

»Knallkopf?« wiederholte Chudak. »Erwarten Sie von mir, daß ich meinen Kopf gegen den Ihren knalle? Ist das irgendein perverses menschliches Sexritual?«

»Hören Sie zu«, fauchte Offenhouse. Er packte Chudak an den zerrissenen Aufschlägen, riß ihn hoch und stieß ihn gegen die Wand. »Sie haben sich vertraglich verpflichtet, Megara zu industrialisieren. Die Megaraner warten darauf, daß Sie Ihre Arbeit beenden. Sie wollen, daß Sie auf den Planeten zurückkehren und …«

»Sind Sie verrückt?« fragte Chudak. Picard sah, daß er sich verängstigt wand, während Offenhouse ihn gegen die Wand drückte. »Diese dreckigen Schuldner werden uns töten!«

»Was Sie nicht sagen.« Offenhouse ließ Chudak los, und der Ferengi fiel zu Boden. »Wir werden Wachen abstellen, die dafür sorgen, daß niemand Ihnen auch nur ein Haar krümmt – solange sie für uns arbeiten. Und wenn Sie zum Schluß kommen, daß Ihnen die Vereinbarung nicht gefällt, können Sie jederzeit gehen.«

»Das können wir?« fragte Chudak argwöhnisch.

»Aber sicher!« sagte Offenhouse. »Sobald Sie kündigen, werden wir die Wachen natürlich abziehen, aber vielleicht haben Sie ja gar nichts dagegen, allein und unbewaffnet auf Megara zu weilen, während Sie darauf warten, daß jemand Sie abholt ...«

»Picard!« sagte Chudak. »Ich verlange Asyl für meine Crew und mich. Sie *müssen* es uns gewähren.«

»Muß ich das?« fragte Picard. Unwillkürlich wuchs sein Respekt vor Chudak; der Mann hatte zuerst an die Sicherheit seiner Crew und erst dann an seine eigene gedacht. »Mit welcher Begründung bitten Sie um Asyl?«

»Mit ... mit ... mit jeder Begründung, die uns am Leben halten wird!« stotterte der Daimon.

»Da müssen Sie sich etwas Besseres einfallen lassen«, sagte Offenhouse. »Die Megaraner werden alle nur erdenklichen Schritte ergreifen, Sie am Leben zu halten. Der einzige Grund für ein Asylgesuch, der mir in den Sinn kommt, wäre ein Vertragsbruch ...«

»... und wir können kein Asyl gewähren, nur um ihnen zu ermöglichen, einer rechtsgültigen Verpflichtung zu entgehen«, beendete Picard den Satz.

Chudak funkelte den Captain wütend an. »Wir haben unseren Vertrag bereits erfüllt.«

»Und wo sind dann die Krankenhäuser, die Wohnhäuser, die Bibliotheken, die Universitäten, die Nahverkehrsmittel, die kommunalen Wasserwerke?« Offenhouse kicherte gehässig. »Sie können doch nicht allen Ernstes behaupten, Sie hätten Ihre Arbeit hier beendet, nur weil Sie ein paar Schiffswerften gebaut haben. Wenn die Vo Gatyn später mit Ihnen spricht, wird sie ...«

»Die Vo Gatyn?« wiederholte Chudak mit schwindender Stimme. Jede Farbe wich aus seinem Gesicht.

Offenhouse strahlte Chudak an. »Sie ist Ihr Boß.«

»Das können Sie nicht machen!« quiekte der Ferengi. Das offensichtliche Entsetzen des Daimon erstaunte Picard. Er drückte sich tatsächlich mit dem Rücken an die Tür der Frachtkammer. »Gatyn ist verrückt! Sie wird mich umbringen!«

»Nein, das wird sie nicht«, sagte Offenhouse lächelnd und tätschelte Chudaks Kopf. »Keine Bange, Kleiner. Sie freut sich darauf, *laaaange* mit Ihnen zusammenzuarbeiten.«

Geordi trank mit Worf ein Glas im Gesellschaftsraum auf dem zehnten Vorderdeck, als Riker an ihren Tisch kam. Der Commander verschränkte die Arme vor der Brust und sah Worf an. »Okay, Mister«, sagte er. »*Erklären* Sie mir das mal.«

Geordis VISOR zeigte ihm, daß der Klingone ehrlich verblüfft war; seine bioelektrischen Felder kräuselten sich verwirrt. »Sir?« fragte Worf und setzte sein Glas Pflaumensaft auf dem Tisch ab.

»Ich habe mit Data gesprochen«, sagte Riker. »Er hat gehört, daß Sie *gelacht* haben. Nicht gerade ein schallendes Gelächter, wie er eingestanden hat, aber immerhin. Was hat Sie zum Lachen gebracht?«

»Es war Megara«, sagte der Klingone.

»Sie haben *da unten* etwas Komisches entdeckt?« fragte Riker ungläubig.

Worf nickte. »Es war etwas, das Commander Data gesagt hat.«

»Data hat endlich einen Witz erzählt, über den man lachen kann?« fragte Riker. Geordi sah, daß das bioelektrische Feld des Mannes vor Unglauben intensiver wurde. »*Data?* Was hat er gesagt?«

»Es ist geschehen unmittelbar, bevor wir den Captain gerettet haben«, sagte Worf und griff nach seinem Glas. »Die taktische Situation war nicht gut. Wir hatten es mit zahlreichen Widrigkeiten zu tun. Der Sieg war unsicher.« Worf hielt inne, um unerträglich langsam einen Schluck Pflaumensaft zu trinken.

»Na schön, die Dinge standen also schlecht und

wurden immer schlechter«, sagte Riker ungeduldig. »Verdammt noch mal, was hat Data *gesagt?*«

Worf spielte mit seinem Glas. »›Es hat noch nie besser für uns gestanden!‹«

»*Das* hat Sie zum Lachen gebracht?« fragte der Erste Offizier der *Enterprise.* »*Das?* Worf, als Sie diesen Film gesehen haben, haben Sie kaum gelächelt. Ich habe auf der Brücke genau dieselben Worte zu Ihnen gesagt, und Sie haben kaum geknurrt. Warum haben Sie auf Megara also gelacht?«

»Das kann ich nicht erklären, Sir«, sagte Worf und nippte wieder an dem Pflaumensaft. »Sie hätten dort sein müssen.«

Er hat ein ziemlich gutes Gefühl für Timing, dachte Geordi, während Riker sich immer mehr dem Siedepunkt näherte. »Commander, unser Dienst beginnt in ein paar Minuten«, sagte Geordi und erhob sich. »Wir sollten lieber gehen.«

Riker verließ den Gesellschaftsraum mit Geordi. »Das ist nicht fair«, beschwerte der Commander sich, als die Tür sich hinter ihnen geschlossen hatte. »Ich habe mich zerrissen, um eine Möglichkeit zu finden, Worf zum Lachen zu bringen, und Data hat ihn schließlich geknackt. Ausgerechnet *Data!*«

»Sehen Sie die Sache doch positiv«, tröstete Geordi ihn. »In Wirklichkeit ist Worf der Leidtragende.«

»Ach ja?« fragte Riker verdrossen. »Inwiefern?«

»Sie wissen doch, daß Data stets auf Ratschläge aus ist, wie man menschlich werden, Gefühle entwickeln kann und so weiter.« Geordi sah, daß Riker nickte. »Nun ja, jetzt, da Worf gelacht hat, wird Data jede freie Minute damit verbringen, ihn zu beobachten und festzustellen, wie Worf es gemacht hat. Data wird ihn nicht in Ruhe lassen, und das wird Worf in den Wahnsinn treiben.«

Der Korridor dröhnte plötzlich von Rikers Gelächter.

Wesley trank nur selten Synthehol; nach seiner Rechnung war es erst das dritte Mal in seinem Leben, daß er welchen probierte. Doch es gehörte zur Feier. Die Hilfsmannschaften hatten über einhundert Leute gefunden, die verletzt worden waren, als die Cardassianer ihre Basis gesprengt hatten; die Sensorscans belegten, daß sie jeden einzelnen Überlebenden gefunden hatten, und die Krankenstation hatte verlauten lassen, daß die Helfer mindestens ein Dutzend Megaraner vor dem ansonsten sicheren Tod gerettet hatten. Nach ihrer Rückkehr zur *Enterprise* hatten Wesley und die anderen Helfer sich in Zehn-Vorne zusammengefunden, um ihre Abenteuer aufzuwärmen und sich gegenseitig zu ihrer Leistung zu gratulieren.

Wesley hätte lieber ein wenig Zeit allein verbracht, um darüber nachzudenken, was der Captain zu ihm gesagt hatte ... oder besser, *wie* er es gesagt hatte. Es war schön, wieder die Anerkennung des Captains zu finden, aber er wünschte, er wüßte, welche wichtige Veränderung der Mann bei ihm gesehen hatte.

Wesley sah, daß Shrev den Gesellschaftsraum betrat. Er entschuldigte sich bei seinen Kollegen und ging zu ihr hinüber. »Ich habe gehört, daß Mr. Worf Ihnen eine Empfehlung für originelles Denken ausgesprochen hat«, sagte er leise. »Herzlichen Glückwunsch.«

»Danke«, sagte sie und musterte ihn. Er hatte gebadet und eine frische Uniform angezogen, wußte aber, daß er noch ein wenig mitgenommen aussah. »Sie scheinen viel zu tun gehabt zu haben.«

»Es war ein langer Tag«, stimmte Wesley zu. An der Bar bestellten sie Snacks – eine Schüssel Nektar für Shrev, einen Milchshake für Wesley – und setzten sich dann an einen Tisch. Wesley konnte Shrev nicht so recht überreden, ihm von ihrem Erlebnis zu erzählen. Er kam zum Schluß, daß dies über bloße Bescheidenheit hinausging; Zhuiks hatten nichts gegen ein wenig berechtigte Prahlerei einzuwenden, doch sie schien ernstlich bekümmert zu sein. »Ich glaube, ein Schußwechsel ist viel härter als ein Duell mit Messern«, sagte er.

»Ja, auf eine Weise, wie ich es mir nicht vorgestellt habe.« Shrev spielte mit ihrem Spachtel, während sie in ihren Nektar starrte. Wesley bemerkte, daß sie weder die Augen noch die Antennen auf ihn gerichtet hatte. »Es war alles so entfernt, so weit weg. Meine Taten haben zum Tod vieler Wesen geführt, und ich kannte weder ihre Namen, noch habe ich ihre Gesichter gesehen.«

Und jetzt fühlt sie sich schuldig, wurde Wesley klar. »Es ist seltsam«, sagte er. »Das Erschütterndste, was ein Mensch tun kann, ist, jemanden zu töten, den man kennt. Wir führen unsere Kriege aus der Ferne; ein menschlicher Soldat sieht den Feind, den er tötet, nur selten. Unser Verstand funktioniert auf seltsame Art und Weise; diese Distanz zwischen uns und dem Opfer verhindert, daß wir uns schuldig fühlen. Das macht das Töten viel einfacher.«

»Ich habe davon gehört«, flüsterte Shrev.

Wesley nickte. »Und Sie wissen wahrscheinlich auch, daß unsere Kriege viel blutiger sind, als Ihre es je waren. Vielleicht wären die Menschen besser dran, wenn sie ein wenig von den Zhuiks hätten.«

»Das ist ein interessanter Gedanke«, sagte Shrev und hob leicht den Kopf, um Wesley anzusehen. Er hoffte, daß sie in seinen Worten einen kleinen Trost gefunden hatte. »Ich habe viel darüber gesprochen, was ich getan und gefühlt habe, ohne Ihnen die Höflichkeit zu erweisen, mir Ihre Geschichte anzuhören.«

»Ich habe eigentlich gar nicht viel getan«, erwiderte Wesley. »Der Großteil unseres Suchgebiets bestand aus Sumpf. Die Schiffssensoren glaubten, dort ein paar Leute entdeckt zu haben, aber wir konnten keine finden.«

»Dann waren Ihre Bemühungen vergeblich?« fragte Shrev mitfühlend.

»Das würde ich nicht sagen«, antwortete der junge Mann. »Jemand *hätte* dort unten sein können, und jemand mußte nachsehen. Das war nun mal ich.«

»Es freut mich, daß Sie Vergnügen an Ihrer Aufgabe gefunden haben«, sagte Shrev.

»Das habe ich«, erwiderte Wesley und meinte es auch so. Er unterhielt sich noch mit Shrev, während sie ihre Leckereien verzehrten, doch das Gefühl der Befriedigung blieb, als er Zehn-Vorne schließlich verließ. Er hatte endlose Stunden damit verbracht, sich durch einen Sumpf zu schleppen, mehrere Male den Tricorder und den Erste-Hilfe-Kasten über den Kopf gehoben, damit sie nicht naß wurden, während er bis zur Brust in grünem Wasser versank und Sumpfaffen jagte, bei denen es sich *vielleicht* um verängstigte Megaraner handelte. Er war erschöpft, er stank, doch er hatte sich nicht mehr so gut gefühlt seit ... seit dem Vorfall an der Akademie, dachte er.

Wesley glaubte, den Grund dafür zu verstehen – und den Grund, wieso Captain Picard ihm Anerkennung gezollt hatte, obwohl er gar nichts erreicht hatte. *Nach Joshs Tod hatte ich diese heldenhaften Phantasievorstellungen darüber, wie ich meine Tat wiedergutmachen würde,* dachte er. *Das Schiff retten, den Captain retten, eine Schlacht gewinnen – irgendeine große Sache tun, um die Bilanz auszugleichen. Aber so funktioniert es nicht, nicht wahr?* Die Abzahlung der Schuld war nur möglich, indem er sein Leben lang kleine Taten vollbrachte – seine Pflicht erfüllte, die Wahrheit sagte, Befehle ausführte und zu allen Leuten ehrlich war.

Ihm wurde klar, daß er dies von Anfang an getan hatte, ohne großartig darüber nachzudenken, und der Captain dies verstanden hatte, bevor er selbst es erkannt hatte. Wesley kam zum Schluß, bei der Wiedergutmachung seiner Fehler einen guten Start gehabt zu haben.

Es war ungebührlich für einen Krieger, durch die Gänge zu schleichen, über die Schulter zu spähen und um Ecken zu lugen – aber es war auch unannehmbar, daß ein Starfleet-Offizier einen Vorgesetzten ermordete, und Datas beharrliche Fragen über Humor riefen bei Worf Gedanken an Messer in der Dunkelheit und Unfälle mit Luftschleusen hervor. Worf wußte, daß es besser war, dem Androiden aus dem Weg zu gehen.

Der Klingone seufzte. Würde der Androide doch nur das Gefühl der *Entmutigung* entwickeln ...

Alexander saß am Tisch und machte Hausaufgaben, als Worf ihr Quartier betrat. Er stand auf, doch statt ihn mit einer dieser peinlichen menschlichen Umarmungen zu begrüßen, verbeugte der Junge sich mit angemessenem Respekt vor seinem Vater. Worf war etwas enttäuscht. »Ich habe gehört, daß du heute eine Schlacht gewonnen hast, Vater«, sagte Alexander.

»Eine kleine Schlacht«, erwiderte Worf.

»Hast du all deine Feinde getötet?«

Worf schüttelte den Kopf. »Es bestand kein Grund zum Töten.«

Alexander runzelte die Stirn. »Nicht mal einen einzigen?«

»Nein«, sagte Worf.

Alexander knurrte leise und richtete seine Aufmerksamkeit wieder auf seine Hausaufgaben. Irgendwie verstimmt nahm Worf sein *Bat'telh* von der Wandhalterung, setzte sich und schickte sich an, die Schneide des Schwerts zu wetzen. Dabei dachte er über Humor und Gelächter nach. Er sagte sich, daß es damit wie mit der Stickerei oder dem Kochen oder Schwimmen war – nützliche Begabungen bei anderen, die es aber nicht wert waren, daß er sie entwickelte. Eigentlich waren das sogar kindische Interessen. Er überließ diesen würdelosen Humor gern Data … obwohl es interessant gewesen war, Riker damit zu ärgern … und obwohl er für Alexander wichtig war.

Worf hörte, daß sein Sohn gelegentlich knurrte, wenn er an einer besonders schwierigen Frage kaute. *Alexander hat wieder eine seiner Launen,* sagte Worf sich. Diese Stimmung veranlaßte ihn, sich … nun ja, klingonisch zu benehmen, aber auf eine übertriebene Weise. Das würde aufhören, wenn die Stimmung des Jungen wieder umschlug – was keine unangenehme Vorstellung war. *Alexander sollte sich wie Alexander benehmen,* dachte Worf. Troi hatte das mehrmals zu ihm gesagt, doch bis jetzt hatte Worf nicht verstanden, was sie damit meinte. Er fragte sich, wie er das dem Jungen sagen konnte.

Worf hörte mit dem Schärfen des *Bat'telh* auf und hängte es wieder an die Wand. Er trat hinter Alexander und warf einen Blick auf dessen Hausaufgaben. »Für welches Fach arbeitest du gerade?« fragte er.

»Das ist mein Aufsatz für das Fach Erdgeschichte, Vater.« Er drehte das Computerterminal so, daß Worf es sehen konnte. Neben einem Textblock befand sich ein animiertes Bild, das Menschen zeigte, die so ähnlich bekleidet waren wie Botschafter Offenhouse während seines Besuchs auf Megara – lange schwarze Jacken, Nadelstreifenhosen, Zylinder und Schärpen. »Es geht um einen Menschen namens Theodore Roosevelt. Da gab es diesen großen, dummen Krieg zwischen Rußland und Japan, und man hat ihn gebeten, daran mitzuwirken, ihn zu beenden. Das war nicht leicht, weil die beiden Feinde sich wirklich haßten; und sollte eine Seite zur Ansicht gelangen, daß er nicht fair zu ihr war, würde sie sofort den Verhandlungstisch verlassen, und der Krieg würde weitergehen.«

»Das ist ganz natürlich«, sagte Worf. »Was hat dieser Roosevelt getan?«

»Nun ja, der Brauch verlangte, daß er beide Seiten zu einem Fest einladen mußte«, sagte Alexander. »Die Menschen sind wie wir; sie essen gemeinsam, um zu zeigen, daß sie Freunde sind. Aber bei menschlichen Festen wie diesem führt man eine Gruppe nach der anderen herein, verkündet, um wen es sich handelt, und läßt sie dann Platz nehmen. Es war wichtig, als erster hereinzukommen, und so hatte es den Anschein, daß die, die den Saal zuerst betreten würden, in Roosevelts Gunst höher standen. Alle befürchteten, daß diese Schande den Krieg von neuem aufflammen lassen würde.

Also änderte Roosevelt die Regeln. Er ließ alle Stühle aus dem Festsaal entfernen. Dann gab er bekannt, daß das Fest zu einer bestimmten Zeit beginnen und jede Seite den Saal durch eine andere Tür betreten würde. Sie trafen gleichzeitig ein, aber da es keine Stühle gab, wurde niemand entehrt, indem er als zweiter Platz nahm.«

»Clever«, polterte Worf. Er hatte die Begeisterung in der Stimme seines Sohns gehört; seine menschliche Seite war voller Bewunderung für diesen Roosevelt, der einen Krieg beendet hatte. Worf stellte zugleich erfreut als auch verwirrt fest, daß ihn das nicht störte. »Und hat Roosevelt Frieden ausgehandelt?«

Alexander nickte heftig. »Die Menschen zeichneten ihn auch mit etwas aus, das sie Friedenspreis nannten. Sein Volk war geehrt, weil er der erste von ihnen war, dem dieser Preis verliehen wurde.«

»Interessant.« Worf fragte sich, wie er seinem Sohn beibringen konnte, daß er durchaus in der Lage war, dessen menschliche Seite zu akzeptieren. »Man kann von den Menschen tatsächlich einiges lernen«, sagte er schließlich.

Der Interkom erklang. »Riker an Worf. Lieutenant, Data hat im Labor zu tun. Lassen Sie uns beim Abendessen über den Kampf sprechen.«

»Verstanden«, antwortete Worf. Er kam zum Schluß, daß Rikers Verweis auf Data und sein Labor bildlich und nicht wörtlich gemeint war. *Schade,* dachte er. »Komm«, sagte er zu Alexander.

»Klar.« Der Junge schaltete den Computer aus und stand auf. »Auch Commander Riker wird wohl etwas von deinem Kampf hören wollen.«

Auch? dachte Worf und lächelte. »Commander Riker ist ein Mensch mit vielen Interessen«, sagte er, als sie ihr Quartier verließen.

»Er ist ganz in Ordnung, aber ...« Alexanders Stimme nahm einen verschwörerischen Tonfall an. »Ich habe gehört, daß er Tribbel *mag.*«

»Niemand ist perfekt«, sagte Worf. Es freute ihn zu hören, daß sein Sohn darüber lachte.

Benommen vor Erschöpfung stolperte Beverly Crusher den Korridor entlang zu ihrer Kabine. Sie hatte zu zählen aufgehört, wie viele Operationen sie in den letzten paar Dutzend Stunden durchgeführt hatte, und ein Mitglied ihres Stabs hatte sie ins Bett geschickt, damit sie sich ausruhte, bevor ihr eventuell ein schwerer Patzer unterlief. Das Schlimmste war zwar überstanden, doch in ihrer Erinnerung sah sie noch geschmolzene Augäpfel und verstrahltes Gewebe. Wie konnte ein vernunftbegabtes Wesen Waffen benutzen, die so etwas anrichteten?

Genau, wie wir Messer und Keulen benutzen, dachte sie und rief sich Kardel Anits Verletzungen vor Augen. Er hatte auf die altmodische Weise einen Arm und ein Auge verloren. Seine Verletzungen waren leicht zu heilen gewesen – obwohl er ein schwieriger Patient gewesen war, so unkooperativ und argwöhnisch wie ein Romulaner mit einer prachtvoll gedruckten Einladung zu einem klingonischen Bankett. Nun ja, er mochte vielleicht keine Fremdweltler leiden, aber jedesmal, wenn er seinen neuen Arm benutzte oder sein neues Auge öffnete, würde er daran erinnert werden, daß er ihnen etwas schuldig war. Das mochte seine Xenophobie mäßigen, und auch die aller, die ihn kannten.

Trotzdem tat es ihr nun leid, daß sie sich so viel Mühe gemacht hatte, dafür zu sorgen, daß sein neues Auge genau zu dem alten paßte.

Beverly erreichte ihr Quartier. Die Tür glitt bis zur Hälfte auf und klemmte dann. Müde und wütend schlug sie mit der Faust auf die Aktivatorfläche, gab dann auf und zwängte sich durch den Spalt. Ihr Fuß stieß irgendwo an, und fast wäre sie bäuchlings auf dem Boden gelandet.

Mit offenem Mund betrachtete sie den Plunder, der sich in ihrem Quartier aufhäufte: Stoffballen, komplizierte Metallgeräte, Ledertaschen, zwei mit grotesken Schnitzereien verzierte Stühle, Gemälde, Schriftrollen, Kleidungsstücke, ein Webstuhl und verschiedene Geräte, die Beverly unbekannt waren. *Wesley hat gesagt, er habe ein paar Geschenke für seine Freunde gekauft,* dachte sie, während sie sich einen Weg zu ihrem Schlafzimmer suchte. *Er muß mit der gesamten Flotte befreundet sein!* »Crusher an De Shay«, sagte sie. »Was hat dieser Krempel in meinem Quartier zu suchen?«

»Krempel?« wiederholte De Shay. »Oh. Tut mir leid, Doktor. Wir mußten die Frachtkammer zwei leerräumen, und die einzige Möglichkeit …«

»… bestand darin, alles auf die Besitzer zu verteilen«, beendete sie den Satz. »Na gut, beamen Sie das Zeug doch einfach in den Weltraum.«

Der Transporter-Chief hüstelte entschuldigend. »Es tut mir leid, Doktor, aber das wäre ein Verstoß gegen die Abfallbeseitigungsvorschriften.«

Dem Typ, der sich diese Vorschrift ausgeheckt hat, würde ich gern mal etwas verschreiben, dachte Beverly, als sie die Verbindung unterbrach. *Vielleicht ein oder zwei gute Antipsychotika … oder vielleicht einen Schrittmacher für ein törichtes Bürokratenhirn.*

Berge von Tand versperrten ihr den Weg zum Bett. Zu müde, um den Kampf aufzunehmen, schnappte sie sich einen Ballen gesteppten Stoffs, rollte ihn auf einer der wenigen freien Stellen auf dem Boden aus und machte es sich darauf so bequem, wie es eben ging. »Wesley Crusher«, murmelte sie, »wenn du nach Hause kommst, wirst du dir wünschen, wieder in diesem *Sumpf* zu sein.«

»Sie hätten eben nicht Chudaks Kopf tätscheln sollen«, sagte Picard zu Offenhouse. Der Botschafter saß in der Krankenstation auf einem Biobett, während eine vulkanische Ärztin seine blutige, übel zugerichtete Hand versorgte. »Das mußte ihn einfach beleidigen.«

»Ich weiß, aber ich hätte nicht gedacht, daß der Blödmann mich *beißt*.« Offenhouse sah die Ärztin an. »Sind Ferengi allergisch gegen menschliches Fleisch und Blut?« fragte er.

»Es gibt gewisse metabolische Inkompatibilitäten«, erwiderte die Ärztin, während sie den Protoplaser einstellte.

»Gut!« sagte Offenhouse wütend. Der Zorn hatte sein Gesicht so rot wie einen Sonnenuntergang auf dem Mars werden lassen. »Hoffentlich habe ich ihm eine Lebensmittelvergiftung verpaßt! Hoffentlich hat er eine Woche lang Juckreiz! Hoffentlich schwillt er an wie ein toter Fisch und kriegt Schaum vor den Mund!«

»Das wäre durchaus möglich, Herr Botschafter«, sagte Picard. »Sie haben auf andere Leute tatsächlich eine bemerkenswerte Wirkung. Würden Sie mir nun erklären, warum Chudak solche Angst vor der Vo hat?«

»Er hat sie vergewaltigt«, sagte Offenhouse, der sich langsam wieder beruhigte. »Jetzt hat die kleine Weltraumratte fürchterlichen Schiß davor, daß Gatyn es ihm heimzahlen könnte – was sie auch vorhat. Sie wird ihm die nächsten dreißig oder vierzig Jahre lang in den

Hintern treten. Es wird mir großes Vergnügen bereiten, mir das anzusehen.«

»Dreißig oder vierzig Jahre lang?« wiederholte Picard verblüfft. »Das klingt ja ganz so, als wollten Sie die Ferengi als Sklaven behalten.«

»Wer, ich?« Offenhouse setzte einen unschuldigen Blick auf. »Picard, Chudaks Vertrag besagt, daß er Megara industrialisieren muß, *und* daß die Vo Gatyn entscheidet, wann er fertig ist …«

»Und ich bezweifle, daß sie je zufrieden sein wird«, sagte Picard argwöhnisch. »Sie haben diese Vereinbarung vorgeschlagen, nicht wahr?«

»Ich wünschte, ich hätte es, aber Odovil und Gatyn haben den Großteil davon allein ausgearbeitet«, erwiderte Offenhouse. »Chudak muß Ihnen nicht leid tun, Picard. Dieser Vertrag ist die reinste Heuchelei; es liegt eine gewisse Gerechtigkeit darin, die Ferengi zu zwingen, ihn bis zum letzten zu erfüllen.«

Die Ärztin war mit der Hand des Botschafters fertig. Sie verschwendete keine Zeit damit, mit Offenhouse zu sprechen; es befanden sich noch zahlreiche Patienten auf der Krankenstation, Megaraner, die darauf warteten, daß ihre Verletzungen behandelt wurden, und die Ärztin trat sofort zum nächsten Biobett und kümmerte sich um den Patienten. Picard und Offenhouse verließen die Krankenstation.

Sie gingen den Korridor entlang. »Was wird jetzt mit Megara geschehen?« fragte der Captain. »Ich habe Ihre Worte über Umstrukturierung und Gerechtigkeit gehört, aber was haben Sie wirklich im Sinn?«

»Ich will dazu beitragen, sämtliches Übel, das die Ferengi diesen Leuten angetan haben, wiedergutzumachen«, sagte der Botschafter. Er öffnete und schloß die Hand und nickte angesichts der geschmeidigen Bewegungen. »Die Armut, das Verbrechen, die Gewalt … wir müssen dieser Gesellschaft helfen, wieder auf die Füße zu kommen.«

»Und Sie glauben, Sie sind dazu imstande?« fragte Picard.

»Ich? Nein«, sagte Offenhouse. »Ich kann nur ein paar Ideen anbieten und ein wenig Hilfe von der Föderation anfordern. Aber die Megaraner können es schaffen.«

»Sie klingen ziemlich zuversichtlich«, sagte Picard.

Offenhouse nickte. »Trotz allem, was die Ferengi unternommen haben, um sie zu unterdrücken, sind sie anständig geblieben. Es gibt da unten eine Menge Gewalt, aber die meisten Megaraner sind friedliebend und fleißig. Wären sie das nicht, würde es auf Megara viel schlimmer aussehen ... Sie sorgen dafür, daß die Zustände besser werden, weil sie selbst es wollen. Wenn wir ihnen ein paar Jahre Zeit geben, werden sie ihre Welt wieder in Ordnung bringen.«

»Davon bin ich überzeugt«, sagte Picard nachdenklich. »Aber im Augenblick stellen die Megaraner noch eine ernste Gefahr für die Föderation dar.«

»Weil sie Schiffe haben und eine drohende Haltung einnehmen könnten?« Offenhouse tat den Einwand mit einer Handbewegung ab. »Darum haben wir uns gekümmert. Odovil will sämtliche Astronauten einstellen, die die Ferengi hier ausgebildet haben ...«

»... und sie von ihren Schiffen fernhalten?« Picard nickte. »Das ist eine elegante und direkte Lösung für unser Problem, Herr Botschafter. Gut gemacht.«

Der Botschafter räusperte sich. »Nun ja, wir werden nicht *alle* am Boden festhalten«, sagte er, »sondern nur die, denen wir nicht vertrauen. Die anderen ... Odovil wird nämlich ins Frachtgeschäft einsteigen. Ich habe ihr gesagt, daß sie der Föderation Tritanium verkaufen kann, und wir könnten anderen Völkern in diesem Quadranten die Warpgeneratoren und anderen Geräte verkaufen, die hier auf Halde liegen. Wir werden damit einen hübschen Profit machen ...«

Picard schaute zur Korridordecke hinauf. »Warum überrascht mich das nicht?« murmelte er.

»... und das Geld für den Wiederaufbau Megaras verwenden«, beendete Offenhouse den Satz.

»Trotzdem kommt es mir riskant vor, den Megaranern zu erlauben, Raumfahrt zu betreiben«, sagte Picard, als sie die Turboliftür erreichten.

»Alles, was lohnend ist, ist auch riskant«, sagte Offenhouse und lehnte sich gegen die Wand. »Auf diese Weise kommen die Megaraner in Kontakt mit Völkern auf anderen Welten, und das ist die beste Methode, sie von ihrer Xenophobie zu heilen. Sie werden sich selbst überzeugen können, daß Fremdweltler nicht so monströs sind, wie man es ihnen weisgemacht hat.

Überlegen Sie doch mal«, fuhr Offenhouse fort. »Die Cardassianer wollten diesen Teil der Galaxis destabilisieren und die Föderation bedrohen. Nun ja, ich werde den Spieß umdrehen und ihre Schiffe und Fabriken für *unsere* Zwecke benutzen. Megara ist nicht nur der Schlüssel für die Entwicklung dieses Sektors, sondern wird eines Tages auch der Föderation beitreten. Seien Sie nicht überrascht, wenn wir Ihnen in ein paar Jahren Raumschiffe verkaufen.«

»Zweifellos mit Profit«, sagte Picard.

»Sie wollen doch nicht, daß die Megaraner sich betrogen vorkommen, oder?« Die Tür des Turbolifts öffnete sich, und die beiden Männer betraten die Kabine. »Transporterraum drei«, sagte Offenhouse und sah Picard an. »Es wird Zeit für mich, auf den Planeten zu beamen und mich an die Arbeit zu machen.«

»Sie scheinen ja große Pläne mit den Megaraner zu haben«, sagte Picard, als der Fahrstuhl sich in Bewegung setzte.

»Allerdings«, gab Offenhouse ihm recht. »Megara hat ein unbegrenztes Potential. Der Planet wird die wichtigste Welt in diesem Sektor werden, verlassen Sie sich darauf. Und wenn Sie glauben, *ich* sei ehrgeizig, sollten Sie sich mal anhören, welche Pläne Odovil hat. Geben Sie uns ein paar Jahrzehnte, und Megara wird der Erde Konkurrenz machen.«

Picard lächelte über den Optimismus des Mannes, doch dann fiel ihm etwas auf. *Ein paar Jahrzehnte?* fragte er sich. Nach den Maßstäben des zwanzigsten Jahrhunderts war Offenhouse bereits in mittlerem Alter, und selbst wenn die moderne medizinische Technik ihn gesund hielt, betrug seine Lebenserwartung höchstens noch vierzig bis fünfzig Jahre. »Das klingt ja nach einer Lebensaufgabe.«

»Nun ja, ich werde ihr mein Leben widmen«, sagte Offenhouse. Er wirkte seltsam ruhig, als er den Captain ansah. »Ich habe Ihnen noch gar nicht gedankt, nicht wahr?«

»Weil wir Ihnen auf Megara geholfen haben?«

»Weil Sie mich ins Leben zurückgeholt haben«, sagte Offenhouse. »Ich habe beim ersten Mal eine Menge Fehler gemacht, und jetzt habe ich die Chance bekommen, sie wiedergutzumachen. Vielleicht liegt darin sogar eine gewisse Gerechtigkeit. Ich habe meine Fähigkeiten benutzt, um Khan Singh an die Macht zu bringen, und jetzt kann ich sie nutzen, um einer anderen Welt zu helfen. Danke.«

»Gern geschehen«, sagte Picard. Die Aussicht, sich von Offenhouse verabschieden zu können, ließ ihn großzügig werden. »Die Zusammenarbeit mit Ihnen war eine einzigartige Erfahrung.«

Seine übliche Anmaßung stellte sich schnell wieder ein. »Bin ich nicht ein toller Kerl?« fragte er. Der Turbolift hielt an, und die Tür öffnete sich. »Leben Sie wohl, Picard«, sagte Offenhouse, als er auf den Korridor trat. »Ich muß eine Welt retten.«

STAR TREK™

in der Reihe
HEYNE SCIENCE FICTION & FANTASY

STAR TREK: CLASSIC SERIE
Vonda N. McIntyre, Star Trek II: Der Zorn des Khan · 06/3971
Vonda N. McIntyre, Der Entropie-Effekt · 06/3988
Robert E. Vardeman, Das Klingonen-Gambit · 06/4035
Lee Correy, Hort des Lebens · 06/4083
Vonda N. McIntyre, Star Trek III: Auf der Suche nach Mr. Spock · 06/4181
S. M. Murdock, Das Netz der Romulaner · 06/4209
Sonni Cooper, Schwarzes Feuer · 06/4270
Robert E. Vardeman, Meuterei auf der Enterprise · 06/4285
Howard Weinstein, Die Macht der Krone · 06/4342
Sondra Marshak & Myrna Culbreath, Das Prometheus-Projekt · 06/4379
Sondra Marshak & Myrna Culbreath, Tödliches Dreieck · 06/4411
A. C. Crispin, Sohn der Vergangenheit · 06/4431
Diane Duane, Der verwundete Himmel · 06/4458
David Dvorkin, Die Trellisane-Konfrontation · 06/4474
Vonda N. McIntyre, Star Trek IV: Zurück in die Gegenwart · 06/4486
Greg Bear, Corona · 06/4499
John M. Ford, Der letzte Schachzug · 06/4528
Diane Duane, Der Feind – mein Verbündeter · 06/4535
Melinda Snodgrass, Die Tränen der Sänger · 06/4551
Jean Lorrah, Mord an der Vulkan Akademie · 06/4568
Janet Kagan, Uhuras Lied · 06/4605
Laurence Yep, Herr der Schatten · 06/4627
Barbara Hambly, Ishmael · 06/4662
J. M. Dillard, Star Trek V: Am Rande des Universums · 06/4682
Della van Hise, Zeit zu töten · 06/4698
Margaret Wander Bonanno, Geiseln für den Frieden · 06/4724
Majliss Larson, Das Faustpfand der Klingonen · 06/4741
J. M. Dillard, Bewußtseinsschatten · 06/4762
Brad Ferguson, Krise auf Centaurus · 06/4776
Diane Carey, Das Schlachtschiff · 06/4804
J. M. Dillard, Dämonen · 06/4819
Diane Duane, Spocks Welt · 06/4830
Diane Carey, Der Verräter · 06/4848
Gene DeWeese, Zwischen den Fronten · 06/4862
J. M. Dillard, Die verlorenen Jahre · 06/4869
Howard Weinstein, Akkalla · 06/4879
Carmen Carter, McCoys Träume · 06/4898
Diane Duane & Peter Norwood, Die Romulaner · 06/4907
John M. Ford, Was kostet dieser Planet? · 06/4922
J. M. Dillard, Blutdurst · 06/4929
Gene Roddenberry, Star Trek (I): Der Film · 06/4942
J. M. Dillard, Star Trek VI: Das unentdeckte Land · 06/4943
David Dvorkin, Die Zeitfalle · 06/4996
Barbara Paul, Das Drei-Minuten-Universum · 06/5005

STAR TREK™

Judith & Garfield Reeves-Stevens, Das Zentralgehirn · 06/5015
Gene DeWeese, Nexus · 06/5019
D. C. Fontana, Vulkans Ruhm · 06/5043
Judith & Garfield Reeves-Stevens, Die erste Direktive · 06/5051
Michael Jan Friedman, Das Doppelgänger-Komplott · 06/5067
Judy Klass, Der Boacozwischenfall · 06/5086
Julia Ecklar, Kobayashi Maru · 06/5103
Peter Norwood, Angriff auf Dekkanar · 06/5147
Carolyn Clowes, Das Pandora-Prinzip · 06/5167
Diana Duane, Die Befehle des Doktors · 06/5247
V. E. Mitchell, Der unsichtbare Gegner · 06/5248
Dana Kramer-Rolls, Der Prüfstein ihrer Vergangenheit · 06/5273
Michael Jan Friedman, Schatten auf der Sonne · 06/5179
Barbara Hambly, Der Kampf ums nackte Überleben · 06/5334
Brad Ferguson, Eine Flagge voller Sterne · 06/5349
Gene DeWeese, Die Kolonie der Abtrünnigen · 06/5375
Michael Jan Friedman, Späte Rache · 06/5412
Peter David, Der Riß im Kontinuum · 06/5464
Michael Jan Friedman, Gesichter aus Feuer · 06/5465
Peter David/Michael Jan Friedman/Robert Greenberger, Die Enterbten · 06/5466
L. A. Graf, Die Eisfalle · 06/5467
John Vornholt, Zuflucht · 06/5468
L. A. Graf, Der Saboteur · 06/5469
Melissa Crandall, Die Geisterstation · 06/5470
Mel Gilden, Die Raumschiff-Falle · 06/5471
V. E. Mitchell, Tore auf einer toten Welt · 06/5472
Victor Milan, Aus Okeanos Tiefen · 06/5473
Diane Carey, Das große Raumschiff-Rennen · 06/5474
Diane Carey, Kirks Bestimmung · 06/5476

STAR TREK: THE NEXT GENERATION
David Gerrold, Mission Farpoint · 06/4589
Gene DeWeese, Die Friedenswächter · 06/4646
Carmen Carter, Die Kinder von Hamlin · 06/4685
Jean Lorrah, Überlebende · 06/4705
Peter David, Planet der Waffen · 06/4733
Diane Carey, Gespensterschiff · 06/4757
Howard Weinstein, Macht Hunger · 06/4771
John Vornholt, Masken · 06/4787
David & Daniel Dvorkin, Die Ehre des Captain · 06/4793
Michael Jan Friedman, Ein Ruf in die Dunkelheit · 06/4814
Peter David, Eine Hölle namens Paradies · 06/4837
Jean Lorrah, Metamorphose · 06/4856
Keith Sharee, Gullivers Flüchtlinge · 06/4889
Carmen Carter u. a., Planet des Untergangs · 06/4899
A. C. Crispin, Die Augen der Betrachter · 06/4914
Howard Weinstein, Im Exil · 06/4937

STAR TREK™

Michael Jan Friedman, Das verschwundene Juwel · 06/4958
John Vornholt, Kontamination · 06/4986
Mel Gilden, Baldwins Entdeckungen · 06/5024
Peter David, Vendetta · 06/5057
Peter David, Eine Lektion in Liebe · 06/5077
Howard Weinstein, Die Macht der Former · 06/5096
Michael Jan Friedman, Wieder vereint · 06/5142
T. L. Mancour, Spartacus · 06/5158
Bill McCay/Eloise Flood, Ketten der Gewalt · 06/5242
V. E. Mitchell, Die Jarada · 06/5279
John Vornholt, Kriegstrommeln · 06/5312
Laurell K. Hamilton, Nacht über Oriana · 06/5342
David Bischoff, Die Epidemie · 06/5356
Diane Carey, Abstieg · 06/5416
Michael Jan Friedman, Relikte · 06/5419
Michael Jan Friedman, Die Verurteilung · 06/5444
Simon Hawke, Die Beute der Romulaner · 06/5413
Rebecca Neason, Der Kronprinz · 06/5414
John Peel, Drachenjäger · 06/5415
Diane Duane, Dunkler Spiegel · 06/5417
Susan Wright, Der Mörder des Sli · 06/5438
W. R. Thomson, Planet der Schuldner · 06/5439
Michael Jan Friedman & Kevin Ryan, Requiem · 06/5442
Dafydd ab Hugh, Gleichgewicht der Kräfte · 06/5443

STAR TREK: DIE ANFÄNGE
Vonda N. McIntyre, Die erste Mission · 06/4619
Margaret Wander Bonanno, Fremde vom Himmel · 06/4669
Diane Carey, Die letzte Grenze · 06/4714

STAR TREK: DEEP SPACE NINE
J. M. Dillard, Botschafter · 06/5115
Peter David, Die Belagerung · 06/5129
K. W. Jeter, Die Station der Cardassianer · 06/5130
Sandy Schofield, Das große Spiel · 06/5187
Lois Tilton, Verrat · 06/5323
Diane Carey, Die Suche · 06/5432
Esther Friesner, Kriegskind · 06/5430
Melissa Scott, Der Pirat · 06/5434
Nathan Archer, Walhalla · 06/5512
Greg Cox/John Gregory Betancourt, Der Teufel im Himmel · 06/5513
Robert Sheckley, Das Spiel der Laertianer · 06/5514

STAR TREK: STARFLEET KADETTEN
John Vornholt, Generationen · 06/6501
Peter David, Worfs erstes Abenteuer · 06/6502
Peter David, Mission auf Dantar · 06/6503
Peter David, Überleben · 06/6504

STAR TREK™

Brad Strickland, Das Sternengespenst · 06/6505
Brad Strickland, In den Wüsten von Bajor · 06/6506
John Peel, Freiheitskämpfer · 06/6507
Mel Gilden & Ted Pedersen, Das Schoßtierchen · 06/6508
John Vornholt, Erobert die Flagge! · 06/6509
V. E. Mitchell, Die Atlantis Station · 06/6510
Michael Jan Friedman, Die verschwundene Besatzung · 06/6511
Michael Jan Friedman, Das Echsenvolk · 06/6512
Diane G. Gallagher, Arcade · 06/6513
John Peel, Ein Trip durch das Wurmloch · 06/6514
Brad & Barbara Strickland, Kadett Jean-Luc Picard · 06/6515

STAR TREK: VOYAGER
L. A. Graf, Der Beschützer · 06/5401
Peter David, Die Flucht · 06/5402
Nathan Archer, Ragnarök · 06/5403
Susan Wright, Verletzungen · 06/5404
John Betancourt, Der Arbuk-Zwischenfall · 06/5405
Christie Golden, Die ermordete Sonne · 06/5406
Mark A. Garland & Charles G. McGraw, Geisterhafte Visionen · 06/5407
S. N. Lewitt, Cybersong · 06/5408

DAS STAR TREK-UNIVERSUM, 2 Bde.,
überarbeitete und aktualisierte Neuausgabe!
von *Ralph Sander* · 06/5150

DAS STAR TREK-UNIVERSUM, Ergänzungsband
von *Ralph Sander* · 06/5151

William Shatner/Chris Kreski, Star Trek Erinnerungen · 06/5188
William Shatner/Chris Kreski, Star Trek Erinnerungen: Die Filme · 06/5450

Phil Farrand, Cap'n Beckmessers Führer durch
STAR TREK – DIE NÄCHSTE GENERATION · 06/5199
Phil Farrand, Cap'n Beckmessers Führer durch
STAR TREK – DIE CLASSIC SERIE · 06/5451

Ralph Sander, Star Trek Timer 1997 · 06/1997
Nichelle Nichols, Nicht nur Uhura · 06/5547
Leonard Nimoy, Ich bin Spock · 06/5548
Lawrence M. Krauss, Die Physik von Star Trek · 06/5549
J. M. Dillard, Star Trek: Wo bisher noch niemand gewesen ist · 06/6500
Judith & Garfield Reeves-Stevens, Star Trek – Deep Space Nine:
Die Realisierung einer Idee · 06/5550
Judith & Garfield Reeves-Steven, Star Trek Design · 06/5545
Aris Kazidian & Bruce Jacoby, Das Star Trek Kochbuch · 06/5546

Diese Liste ist eine Bibliographie erschienener Titel
KEIN VERZEICHNIS LIEFERBARER BÜCHER!